初禾

著

沉陷

3

中国言实出版社

初禾 —

著

心陨

3

中国言实出版社

**图书在版编目(CIP)数据**

心陨 . 3 / 初禾著 . -- 北京：中国言实出版社，
2023.6

ISBN 978-7-5171-4449-6

Ⅰ . ①心… Ⅱ . ①初… Ⅲ . ①长篇小说 – 中国 – 当代
Ⅳ . ① I247.5

中国国家版本馆 CIP 数据核字（2023）第 077977 号

## 心陨 . 3

责任编辑：张国旗
责任校对：宫媛媛

出版发行：中国言实出版社
   地  址：北京市朝阳区北苑路180号加利大厦5号楼105室
   邮  编：100101
   编辑部：北京市海淀区花园路6号院B座6层
   邮  编：100088
   电  话：010-64924853（总编室）  010-64924716（发行部）
   网  址：www.zgyscbs.cn 电子邮箱：zgyscbs@263.net

经  销：新华书店
印  刷：德富泰（唐山）印务有限公司
版  次：2023年9月第1版  2023年9月第1次印刷
规  格：710毫米×1000毫米 1/16 21.5印张
字  数：300千字

定  价：58.00元
书  号：ISBN 978-7-5171-4449-6

越是黑暗的地方，
越是有挣扎着照亮黑暗的灯光。

他满脸是泪，
他很少这样哭过。

只有在梦里，
他才敢这样宣泄。

他感到有谁正在擦拭他的眼角，
将眼泪抹干。

是谁呢？

他望着声音和光的方向想，
会是谁呢？

夺

生

## 01

"刺——刺——"

下午，包装胶带被撕开，接着一圈一圈缠绕在纸箱上，那声音在不算宽敞的室内过于响亮，以至于刺耳，听久了不免让人感到难受。

打印机不断往外吐着快递单，工人小苏麻利地打好一个包，扯开快递单，啪一声贴上去。

况明正好看见了，在他屁股上踹了一脚，皱着眉说："跟你说多少遍了，快递单不能这么随便贴，要贴在缝线上！"

小苏是蹲在地上的，挨了这一脚，脸色不大好看："哎，况哥，你说话就说话，别顶我屁股啊！"

"顶"这个字本来没什么，但和屁股凑在一起，听上去就有别的意思了。况明立马道："嘴里没个把门的，瞎说什么？"

小苏嬉笑着凑过去："刚才你不就是用皮鞋顶我吗？"

打包间还有其他工人，撕胶带的声音此起彼伏，他们刚才的对话被淹没其中，大约没别的人听见。但况明还是极不耐烦地推了小苏一把："少油腔滑调，赶紧把这些单子都包好，快递马上就要来了！"

小苏哼了一声，不情不愿地说："况哥，这阵子天天加班，我这手都快报废了。王姐做的菜也不好吃，肉没多少，还特别咸。"

况明说："今晚点外卖总行了吧？"

"一顿外卖就解决了啊？"小苏搓着食指和大拇指，笑道，"总得给点加班费。天天这么忙，你倒是发财了，我们拿的还是死工资啊。"

后面这句话小苏故意提高了音量，撕胶带的声音压不住了，一屋子工人都看了过来。

况明心里骂娘，脸上却挤出一个假笑："有钱当然是大家一起赚，我还能忘了你们？都给我打起精神来好好干，你们谁加了班，谁做得多，我这双眼睛可是看得清清楚楚，到时候按量给加班费，给奖金，绝对不会让你们白干！"

一位四十多岁的工人马上说好，脸上都笑出了褶子。

小苏却扭过脸，不屑地喷了声，低声自语道："有本事你现在就发奖金，到时候？到什么时候？"

"今晚咱吃灶头鸡，就约龙门那家。"况明说完拍了下手，"大家辛苦了，这些单子必须在下午5点半之前打包完啊，今天全都要送出去。"

得到老板发奖金的承诺，工人们兴致高涨，撕胶带的声音更加响亮。

反倒是小苏有些蔫儿。况明出去之后，他跟旁边的人说了一声，自己拿着包烟去门外抽。

烟很便宜，五块钱一包，白烟一吐出来，眼前的景象就不真切了。况明刚才那一下踹得很轻，可他总觉得屁股上还有感觉。这让他觉得烦，觉得耻辱。

他要是能当个老板，他也踹况明的屁股。

问题是他穷，只能在这个卖网红卤制品的店当打包工人，日复一日重复着装箱、撕胶带、贴快递单的工作。

可是况明也没比他厉害到哪里去啊，就因为是个小老板，就能踹他屁股。

他烦躁地抓了一把头发，烟灰落在头皮上，把他烫了个激灵。

他骂骂咧咧地把烟灭了，按下辞职不干的念头，被生活的重压推回屋里。

况明走了就没再回来，下午5点30分，快递员准时来取包裹。今天要发的包裹已经全部打包完毕，小苏和其他工人一起将包裹搬上车。

快递员感慨道："你们家生意越来越好了啊。"

"这不冬天了吗，冬天长膘，是卖得比夏天好。"一个工人说。

这时，灶头鸡外卖送来了，小孩子澡盆那么大的钢钵，一下子送来了两钵。

送外卖的店员大家都认识，叫刘珊，嗓门很大："来来来，撑死你们！"

快递员笑道："哟，搞团建呢？"

"什么团建啊。况哥给点的外卖，里面还有一堆单子，今晚要加班。"小苏说，"明天上午你还是9点过来收？"

"原来是加班餐啊，辛苦了辛苦了。"快递员憨厚地笑着，"明天早上还是9点，你们不会要通宵打包吧？"

"那倒不至于，最多做到晚上10点。"

又聊了几句，快递员开着车走了。

灶头鸡是安江城挺有名的食物，拿药材熬的，鸡吃完了，还可以用剩下的辛辣汤汁涮肉烫菜，天气一冷下来，街头巷尾几乎每一家灶头鸡餐馆都是满座。

工人们围坐在一张大桌子前，打包工人、客服和厨师都来了，晚上厨师没活儿，吃了就可以回家，打包工人和客服都得留下来。

有人问："况哥去哪儿了，不等况哥吗？"

有人说："你还操心老板，赚这么多钱，肯定是上哪儿花天酒地去了啊。"

这一顿是走况明的账，吃到一半有人提议喝点酒，于是又叫了酒。本来只是一个加班餐，一屋子人居然吃到了晚上9点多。

屋里一片狼藉，收拾完已经是10点了。

可还得打包，谁都逃不掉。

厨师走之前检查了一下厨房，把东西都归位放好。

工人们一边打包一边看电视。本地电视台在播几个年轻人去荒废很久的江心村探险，一进去就失踪了的新闻。

大家边看边骂，说这些年轻人就是钱多人傻，一天正事不干，老去做这些无聊的事。失踪了还得让救援队员去救，浪费纳税人的钱。

那位四十多岁的工人回忆起当年，一脸感慨，说有的人根本不该救，人没救出来，还搭进去一群救援队员的命。

不久，新闻换了别的，大家的话题也跟着换了。

深夜12点，白天和晚上接的单子终于打包完毕，箱子整整齐齐地码在门口。

小苏最后一个离开，关了打包间的门。

凌晨，漆黑的厨房传出细致而古怪的响动，像是什么东西在地上摩擦。微弱的光线从窄小的天窗射进来，笼罩着爬行的轮廓。

男人穿着夹克，皮鞋在惊恐中已经蹬掉了一只。他不断地往前爬，后来转过身，双手撑在身后，两条腿用力蹬着："你……你想干什么？"

黑影仿佛站在墨一般的雾气里，步步逼近，居高临下，饶有兴致地打量着这个因为害怕而瑟缩的男人。

"况明。"

听见自己的名字，况明一瞬间僵住。


快递员起了个大早，从别家收完包裹后来到二兄老卤这家店，一看时间，还差二十分钟才到9点。院子里静悄悄的，看上去没人。快递员便去附近吃了碗馄饨，回来一看还是没人，于是径自朝打包间走去。

他在这家已经收了半年快递，没那么拘束，想着进屋坐坐，结果打包间的门锁着。他左右看了看，发现厨房的门好像没关实，就走过去一推。

顿时，一股浓重的血腥气涌了出来，他愣了下，往里面一看，只见一个满脸鲜血的人正坐在地上。

快递员张着嘴，后退两步，一屁股坐下。


特别行动队从凤兰市离开这天，下了入冬以来最大的一场雪。那些洁白的粉末像是要洗清这座城市从夏天延续到冬天的阴霾，把那些伤痛都融化在冰冷的泥土里。而顾允醉仿佛也随着飘雪消失得无影无踪。

柳至秦锁定他的时候，他已经不在凤兰市，甚至不在境内。那天通信突然中断，他的影像在跳动的彩色线条与抽象的波纹中消失。柳至秦虽然追踪到了他的大致位置，却无法对他进行抓捕。

这段视频被储存下来，花崇翻来覆去地看，从第一遍看时的惊讶，到后面难以自控的担心，到最后勉强的冷静。

早在发现水上乐园的监控被一个非常厉害的高手修改过后，再结合凤兰市是柳至秦家乡这一点，他就怀疑有人冲着柳至秦而来。但那时线索不多，他考虑得更多的是复仇——神秘人曾经与身为顶级安全专家的柳至秦交过手，吃过亏，所以才设局将柳至秦引到凤兰市来。

可现在看来，这种想法虽然没错，但还是太浅了。神秘人顾允醉的确有复仇的目的，他自己也说了"是你先来招惹我的"，指的就是年初那场针对"银河"的铺网行动。

但复仇显然不是顾允醉的唯一目的，凤兰市不仅是柳至秦的家乡，也是顾允醉的家乡。他在这里做了这么多，过程游刃有余，甚至可以说将警方玩弄于股掌，和柳至秦做一场游戏的目的似乎盖过了复仇的目的。

不，也不单纯是游戏。

他是在用这些难度不同的游戏，来亲自测试并确认柳至秦目前的水平。

视频还在播放，顾允醉说到"为了你，我把海山茶都丢出去了"，花崇从座位上站起来，双手插在西裤口袋里，半垂着头踱步。

两人后面的对话，他已经能背下来了，而顾允醉说话时的神情，也早就印刻在了他的大脑里。

这一系列案子的真相几乎都与他的推断差不离，可直到顾允醉粉墨登场，他也没有想到，给他们带来巨大麻烦的神秘人居然是柳至秦年少时的友人。而他还从这个友人手中接过了那个内涵丰富的玩偶。

一同去海山茶时，他不是没有注意到顾允醉——当时他并不知道这个名字，只知道对方是海山茶的老板，外表出众而气质温润，不是二十来岁小年轻的那种英俊，而是带着一种成熟稳重的气场，让人情不自禁就会多看两眼。

柳至秦还因为他那多看的两眼揶揄他来着，并没有认出对方。

从视频呈现的内容判断，顾允醉其实早就知道柳至秦的近况，两个昔日的同窗已经走上了截然不同的路，一个是跨国犯罪组织的头目，一个是惩凶缉恶的警察，用顾允醉的话来说，就是井水不犯河水。

可是犯罪者与警察，天生就互为对立面，怎么可能井水不犯河水？

顾允醉不用刻意对付柳至秦，柳至秦却有责任配合两国特警的行动，将"银河"一网打尽。

在顾允醉看来，这就是柳至秦主动招惹。而这次的游戏是对柳至秦主动招惹的反击。

花崇停下脚步，轻轻叹了口气，多年来与犯罪分子打交道的经验让他明白，这仅仅是前奏，顾允醉的能力深不可测，少年时代就能与堪称天才的柳至秦打个平手，甚至还略胜一筹。如今这副轻松的做派，更是让人怀疑，他在网络安全这一领域，是否已经没有对手。

他的游戏说复杂也复杂，说简单也简单，归结起来，他的一个核心要点是告诉柳至秦——你想起我了吗？我才是真正的"银河"，我的组织并没有被你们一网打尽，那个被你们二十四小时监控的不过是我的替身。

想到这，花崇就无法不担心。

毫无疑问，顾允醉是个犯罪天才，即便是他，也很难揣摩出顾允醉的心理。普通的犯罪者犯罪是不得已而为之，不断用错误去填补前一个错误。但对顾允醉这样的人来说，犯罪或许只是一个好玩的游戏。

柳至秦在面对顾允醉时一定会非常困难。

这倒不是说柳至秦在能力上不如顾允醉，而是正义与邪恶、光明与黑暗天生就是不对等的。

正义有时难以对抗邪恶，因为正义有太多顾忌，邪恶却百无禁忌。

花崇捏了下眉心，忽然听见门响了一声，回头，只见柳至秦站在门口。

视频已经播放完毕，定格在最后那个抽象的画面上。顾允醉说的最后一句话是"一个是我的搭档，一个是你的搭档"。

柳至秦走进来，将一个文件夹放在桌上："又在看这个。"

花崇握住鼠标，点了点视频右上角的关闭键。

过去一旦解决了案子的核心问题，特别行动队就会尽早离开，但这次，因为顾允醉，特别行动队已经在凤兰市留了一周，其间调查了海山茶的所有门店，也去顾允醉位于城西的住处勘查过，海山茶的员工无人知道他们老板的真实身份，而顾允醉在凤兰市使用过的电子设备也已经全部被销毁。

能够查到的是顾斌合法开店、招募工人、交税的记录，在这个虚假的身份下，他过着一种合法的、积极向上且普通的生活——和这座城市里无数为生活打拼的小商户没有二致。

从某种意义上来说，海山茶是这个国际犯罪分子给自己打造的乌托邦，这里没有杀戮，没有罪恶，只有琳琅满目的甜品，每一份都是他亲手打造出来的甜蜜幸福。

"店是我卖给顾斌的。"海进在一所小学当数学老师，面对警察显得十分拘束，不断摩挲手背，"我爸中风，我和老婆都有自己的工作，店开不下去了，本来想关了，但顾斌找到我，说念书时经常喝我们家的奶茶，出去闯荡了几年，现在回来了，怀念当年的味道，想把海山茶继续做下去。"

海进就是海山茶原来那位老板的儿子，小时候经常在店里帮忙，但从没打算过要将父亲的店接过来自己做。奶茶店在凤兰市太多了，有的店开几个月就倒闭，十几二十年前个体奶茶店的生意还好做一些，后来连锁奶茶店兴起，小店就没什么生存空间了。

有人愿意接手，还是个有情怀的人，出手也阔绰，海进立即以五十万元的价格，将海山茶卖给了顾斌。

现在，他早就不认为海山茶是自己家的了："我们没本事，我爸做了一辈子奶茶，也才那一家店，现在那些连锁店都是顾老板做出来的，和我们没关系。"

海进还拿出了当年和顾斌签的合同，白纸黑字，还盖了章，在法律上是没有任何问题的。

至于顾斌在凤兰市的其他活动轨迹，特别行动队也基本上查清楚了，他每年都会来到凤兰市，但待的时间不长，除了今年。没有做过违法犯罪的事，待在海山茶的目的似乎只是开发新品。

这里是他的乌托邦，也是后花园。

"顾允醉说，他放弃了海山茶，事实确实如此。"花崇说，"他再也不能在这儿扮演一个普通的奶茶店老板了。"

柳至秦坐在花崇不久前坐过的靠椅上，盯着显示屏出了会儿神，"他一定还会出现，也许我们和R国都错误估计了'银河'这个组织，它的触角已经延展到了我们还没能了解的地方。"

花崇绕到柳至秦面前，和柳至秦对视片刻："给我说说你这个同学。"

柳至秦压低唇角，眼睛眯了一下："他……"

这段日子以来，他也在尽力回忆顾允醉。虽然已经回忆起顾允醉当年的模样，却很难将那个清瘦、有些高傲的男孩和现在那个微笑着的犯罪头目画上等号。

他与顾允醉是初一时在凤兰理工大学的计算机竞赛班认识的，在那个班上，乃至之后的数年，顾允醉都是他遇到的唯一一个对手。

他向来清楚自己的天赋，尤其是在计算机和数学上，竞赛班的第一次测评，他满以为自己能拿第一，却被顾允醉压了一头。

他就是那时候注意到顾允醉的，后来每一次测评，他和顾允醉都要较量一番，即便没有测评，他们自己也会私底下比试。

班上的同学按年龄分了小团体，他们在低年级这一拨，起初他不太想加入，是看到顾允醉加入了，他才加入的。

不熟的时候，顾允醉让人觉得清高，一熟就开始讲笑话。他时常觉得顾允醉讲的笑话很蹩脚，毫无笑点。显然大家和他意见一致，为了顾全顾同学的面子，才捧场笑一笑。

顾允醉那么聪明的一个人，竟然没有发现。后来有一次，小团体里唯一的女生笑得太假了，顾允醉才知道自己讲的笑话根本不好笑。

"你们这样不诚实。"顾允醉还为此发了脾气，后来写了个攻击程序，把大家的作业都破坏了。

柳至秦记得初二的暑假，和顾允醉一起参加了计算机夏令营，约好初三冬天一起参加全国竞赛。但是初三开学后，大家再一次聚在理工大的竞赛班时，顾允醉和另外两个同学却缺席了。

那两人是因为无法兼顾竞赛和中考才离开，中途还回来和他们聚过一回，但顾允醉却是直接消失，谁也不知道他为什么就不见了。

## 02

顾允醉的失踪牵扯到发生在凤兰市的一起失踪案。

派出所的资料显示，十六年前，家住兰祁街的顾永哲莫名消失，一同消失的还有他刚满十五岁的儿子顾允醉，以及十三岁的女儿顾风琴。

顾永哲老家在凤兰市下面的一个村子，妻子过世后，为了拉扯两个孩子，便来到城里，凭力气在映安机械配件厂当保安。

保安工作辛苦，顾永哲为了攒更多钱，基本上就住在厂里，是加班最积极的一个。然而那年8月26日，同事想和他换班，却怎么都联系不到人，后来找到他家里，敲门也没人应。

他有两个小孩，同事们都知道。大人不在家，小孩子总应该在。同事觉得奇怪，把这事跟保安队队长说了。大伙分头找，始终找不到人，只得上派出所报了警。

顾永哲老家已经没有亲人了，派出所也不知道怎么调查。那年头侦查技术不行，街头巷尾也不像现在这样全是监控设备。

后来民警进到顾永哲家里，发现没有任何被破坏、抢劫的痕迹，生活用具都整整齐齐放在该在的地方，两个小孩的房间也没有异常。

看上去就像一家人将家收拾好之后一起出远门，不久之后还会回来。然而他们的衣柜里却放着不少夏天的衣服——当时正是夏天。他们也许根本没有带走换洗衣服。

这一点在顾永哲同事处得到证实，大家都说，顾永哲就这些衣服，不在的只有一件旧衬衣。

别说在当年，就是现在，失踪案也很难侦查。派出所查了半天，因为有别的案子，再加上顾永哲没有家人来催促，这起失踪案就搁置了。

"顾允醉在凤兰市有合法身份，他后来怎么会成为'银河'？"花崇双手抱在胸前，"他成为'银河'，那顾永哲呢？"

柳至秦说："可能性太多，不过假如顾永哲的真实身份就是我们目前了解到的保安，那他大概已经遇害了。"

花崇皱了下眉："那假如他另有身份呢？"

"我们已知的是，'银河'这个犯罪组织，至少十年前就已经在 R 国活动了。十年前绝不是它的起始点，当时这个组织就有一大批精通网络的人。"柳至秦道，"而顾允醉失踪于十六年前，失踪之前，他在计算机上的天赋就已经显现了。"

花崇说："你的意思是，'银河'是因为看中了顾允醉的天赋，想将他招为己用，所以带走了他？又因为顾永哲阻止，所以杀害了顾永哲，可能还有顾允醉的妹妹？"

柳至秦点头："我觉得这是最容易想到的一种可能。年初查'银河'时，有个问题始终困扰着我——'银河'为什么会有那么多精通网络的人，它是怎么做到的？如果我刚才的假设接近真相，那就说得通了，这个组织最初的头目，至少是头目之一，对计算机非常热衷，他在大范围地寻找这方面的天才，遇到像顾允醉这种单亲家庭的孩子，父亲又异常忙碌，就直接将人带走，进行某种我们无法想象的训练。"

花崇神色忽变，定然地看着柳至秦。

柳至秦愣了下："怎么？"

花崇深吸一口气："我在想，假如真是这样，那我遇见你这件事就很不容易。"

柳至秦起初没听懂，明白过来时眼中闪过一丝惊讶，既为被他忽视的一种可能，也为花崇刚才说的那句话。

在做"银河"组织寻找少年天才这个假设时，他忘了将他自己也算进去。在凤兰理工大学的计算机竞赛班上，他与顾允醉旗鼓相当，连老师也说不清他们谁更优秀，谁更有潜力。

那么他与顾允醉应该是同时被盯上的。

"银河"寻找的不仅是天才，而且是容易被悄无声息带走的天才。倘若天赋异于常人的天才生在一个富有、成员众多的家庭，他们大概率会放弃这个天才。

他们带走的更可能是那些缺少监护的天才少年。

顾允醉至少还有父亲，而他才是真正的无父无母。即便兄长再怎么爱护他，一天中的大多数时间他也没有在他身边，他要上学，还要打工，他是被兄长拉扯大的。

对"银河"来说，他也许比顾允醉还容易下手，算年龄的话，他也比顾允醉小一点。

然而最终被带走的却是顾允醉，他则好好地生活在这座城市，对擦肩而过的危险毫无察觉，直到最终离开这里，先是考入军校，然后凭借在计算机上出众的能力，成为信息战小组的核心成员。

是什么偏差造成他没有被带走，而有父亲的顾允醉却被带走了？

他闭上眼，脑海里浮现出的是兄长安择的身影。

安择很忙，但一有空就去学校接他放学，能待在家里的时候一定不出去，尽量和他一起吃饭。

他没有父母，兄长就是他的父母。

他与顾允醉在天赋上相差无几，很可能是兄长在无意中将他救了下来，让他不致成为那个被犯罪组织最终选中的人。

"银河"不带走他，关键不在于他，在于他的哥哥，安择比顾允醉的父亲更加尽责。

两人都沉默下来。片刻，柳至秦长吸一口气，打破此刻的安静："按照这种假设，我可以理解顾允醉为什么会针对我。我和他本来没有什么不一样，他如果留在顾永哲身边平安地长大，也许将和我一样，成为警察，即便不是警察，从事的也应该是计算机方面的工作。"

"但是他的人生被'银河'彻底破坏了，他失去了父亲，也许也失去了妹妹，在'银河'的培养下，他甚至失去了自己。他成为一个犯罪高手，'银河'新的头目。但他偶尔回忆起当年的事，就会想象如果这一切没有发生，他会是什么样。"花崇道，"你成了他与自己对比的参照。他一定非常清楚你的家庭，他想过，为什么被选中的不是你，偏偏是他？"

"他跟我说过井水不犯河水，他的确早就关注到我了，只是没有必要对我做些什么。"柳至秦走了几步，坐下，"我参加追踪'银河'的行动，这彻底激怒了他。"

花崇跟着走近，站在柳至秦腿边，低头凝视着那双黑色的眼睛，好一会儿才说："我刚才走了好几回神，总在想，如果是你被带走……"

柳至秦摇了摇头。

花崇很快恢复冷静，随手翻起桌边的资料，声音比刚才多了一分克制和严肃——他这样说话的时候，给人以威严的感觉。

"这只是其中一种可能，还有一种可能——顾永哲并不是受害者。"

"顾永哲的身份现在看来没有太大的问题。"柳至秦道，"他是普忠村的农民，妻子在生女儿时因为难产过世。妻子离开后的第二年，他来到凤兰市。但这仅仅是资料上的信息，当年想在一个人的身份上做文章是件很容易的事。因为技术的限制，我们现在倒回去查，查到的也只是一笔糊涂账。"

花崇说："所以顾永哲不一定就是真正的顾永哲。"

"我明白你的意思。"柳至秦点头，"真正的顾永哲可能早就不在了，顾允醉是被他们养在这里，初三前的暑假顾允醉被接了回去。那么发生在顾允醉身上的事，就和我没有太大联系。"

花崇想了想："我们的结论可能都下得太早了。"

柳至秦看了下时间："我想去见见理工大的老师。"


前往凤兰理工大学的路上，柳至秦说起这一趟的目的。他偏向于认为，顾允醉是被"银河"选中，而顾永哲是个无辜的父亲。

这么一来，"银河"选择的过程就耐人寻味。

"银河"组织的部分成员确实来自中国，现在被信息战小组控制的顾厌枫就有中国血统，"银河"可能广撒网，但他们是以什么方法细致了解每一个少年的呢？

理工大当年的竞赛老师，其实是最了解学生们天赋的人。

十多年前上竞赛课的楼已经拆了，现在也不兴上竞赛课了。花崇和柳至秦找到当初负责竞赛班学生工作的廖主任，他已经快到退休的年纪。可他竟然还记得中途离开的顾允醉，提到就遗憾地摇头。

"顾允醉这孩子，还有安岷，他们是我教过的最优秀的学生。"因为柳至秦并未说自己本名叫安岷，廖主任没认出来，"我还盼着他俩多给我拿些奖回来呢，结果不知道怎么，人就不见了。"

花崇偏过头，看了柳至秦一眼。

柳至秦提出想看看竞赛老师的名单，廖主任很配合，找了好一会儿才把资料弄齐。

柳至秦一个个名字往下看，找到了他与顾允醉当时的责任老师黄伟。

每个竞赛班都不止一个老师，廖主任身为主任，也会在各个班上上课，而责任老师相当于班主任。

黄伟的名字后面备注着两个字：离职。

"黄老师离职了？"柳至秦说，"什么时候的事？"

廖主任愣了好一会儿，仿佛费了不少劲才想起这么一个人："他啊，他在我们这儿没工作多久。我想想，他带的竞赛班应该只有顾允醉那一个，后来过了一年还是两年，他就辞职做生意去了。"

柳至秦记得，初三那一年的竞赛课也是由黄伟负责，也就是说，黄伟并不是在顾允醉失踪之后就立即离开的，他起码还待了一年。

"找到了。"廖主任费力地看着资料上的小字，"他是十四年前辞职的，走了就和我们没有来往了。"

之后，柳至秦还一一确认了其他老师的现状，花崇让孟奇友核实黄伟，得到的答复竟然是，这个人也失踪了，时间正是十四年前，与他从凤兰理工大学辞职的时间对得上。

"所以他就是发现顾允醉的'伯乐'？"车在寒风里穿行，柳至秦坐在副驾上，盯着前方灰白色的街景。在他印象里，黄伟是个没什么特点的老师，讲课不错，但不像其他竞赛老师那样喜欢引导大家发散思维，很难给人留下特别深刻的印象。他能记得这个人，更多是因为对方是责任老师。

"失踪的时间有点巧。"花崇开车，"不过他的家庭背景孟队还没有查清楚。"

说这话时花崇眉心一直拧着，顾允醉到底是怎么成为"银河"的一员，继而成为首脑的，他们现在只能根据线索做一些推断，真相只有顾允醉本人才知道。

可是得知黄伟可能是所谓的"伯乐"后，花崇就感到一股冷气在肺腑间冲撞徘徊。

那个人原来离柳至秦那么近吗？他是否密切地观察过柳至秦，洞悉安家的一切？他曾经将柳至秦视作优秀的"种子"，甚至到了计划带走的一步？他在柳至秦和顾允醉之间反复徘徊，最终选择了更易下手的顾允醉。

安择的存在让他十分苦恼。在带走顾允醉之后，他没有立即从凤兰理工大学消失。因为他还是不愿意放弃柳至秦，他贪婪而邪恶，也许他的任务只有一个，可是谁遇见两个天才，不想一起据为己有？

他耿耿于怀，想要等待一个将柳至秦也带走的机会。可是安择始终没有给他这个机会。

直到柳至秦升上高中，他才彻底放弃，离开凤兰理工大学，进而从所有人的视野中消失。

至少在这种假设下，柳至秦是足够幸运的，他从"银河"的阴影下逃了出来。

柳至秦注意到花崇情绪不太对劲，中途让靠边停下，和花崇换了位置。

"有些事情一早就是注定好了的。"柳至秦温声说，"比如我有安择这么一个哥哥，比如后来我在联训营遇见你。我也有点后怕，但是仔细想想也没什么可后怕的，重要的是已经发生的事，已经遇到的人，而不是那些差一点就发生的事。差一点，就是差了十万八千里，就是不存在。"

花崇双手撑在鼻梁两侧，好一会儿才轻轻笑了声："安岷同学。"

"嗯？"

"你还挺懂哲学。"

耗了些时间，凤兰警方把黄伟的情况查清楚了，他不是本地人，十八年前作为人才被引进到凤兰理工大学，然而他的学历却是伪造的，理工大未能发现，他的家庭也是个空壳，警察赶到他所谓的老家，得知根本没有他这样一个人。

"这个黄伟，真的是跨国犯罪组织的成员啊？"孟奇友没想到一系列麻烦的案子解决了，更麻烦的还在后头。

不过涉及"银河"的案子，肯定不能交给地方警方来侦查，凤兰警方能做的基本也就到头了。花崇和孟奇友聊了会儿，孟奇友得知自己不必为后续侦查负责，松了口气。

柳至秦这边仍在追踪顾允醉的踪迹，但暂时没有收获。特别行动队继续留在凤兰市也无济于事，在大雪天踏上了归途。

已是12月，隆冬降临。

花崇的调令只有一年。今年他是春节后就由洛城市局调到了特别行动队，既是帮沈寻的忙，也是镀一层金，再过两个多月，任期一到，他就要回洛城了。

不过现在出了顾允醉的事，他不可能说走就走。虽然"银河"这个案子不归他们刑侦一组管，但既然顾允醉的目标是柳至秦，那在顾允醉彻底伏法、"银河"真正被一网打尽之前，他都不能离开。

以前每次从地方回来，大家多多少少都会因为解决了一起案子而得到几天休息时间，让紧绷的神经得以放松。这次却不同，柳至秦带着顾允醉的线索直奔信息战小组，和程久城，还有组内其他核心成员一起一开就是几个小时的会议。

花崇也去见了沈寻。

沈寻提出一个有些尖锐的问题："花队，你和柳至秦都觉得顾允醉是在挑衅，是复仇。但你们有没有想过，他还有更'理性'的目的？"

花崇说："有新的线索？"

沈寻摇头："你们在'前线'，我在'后方'，我没有直接与顾允醉接触，但可能有更多的工夫去琢磨这个人。我们对'银河'这个组织的判断可能从一开始就错了。顾厌枫也好，顾允醉也好，都比我们认为的更加强悍。'银河'明面上的首脑顾厌枫被捕，但不管是顾厌枫本人，还是顾允醉，他们显示出来的都是游刃有余。我总觉得，顾允醉想做的并不仅仅是报复和挑衅。"

花崇说："所以是你刚才说的更'理性'的目的。"

沈寻说："但我想不出这个目的到底是什么，还得靠你和柳至秦。"

花崇沉默了会儿，看见沈寻桌上堆着的一大摞文件："最近地方报上来的案子很多？"

沈寻苦笑："是啊，年底了，有的兄弟单位早前不愿意把案子报上来，现在眼看着破不了，年底的线又在那儿卡着，就全都往我这堆。"

"我看看。"花崇起身去拿。

沈寻按住了："你们才回来，而且现在也不是时候。"

花崇挑了下眉："查案还兴是时候不是时候？"

"顾允醉、'银河'是你俩的重点。"沈寻说，"信息战小组那边还不知道会给柳至秦下什么任务。"

花崇还是将文件拿了过来："没事，我看看再说。"

## 03

柳至秦站在顾厌枫面前，第一次近距离、不靠摄像头观察这个背着无数条人命的犯罪集团头目——至少是头目之一。

顾厌枫真人比经由摄像头看到的更加苍白，眸色也更浅。他的双手从宽大的囚服里伸出来，露出一截纤细的手腕。那皮肤极薄，对着光线时近乎半透明，一条条青蓝色的血管在其下蜿蜒叉开。

因为顾厌枫危险评级达到了最高级，警方在派人与他接触时非常慎重，在柳至秦推开门之前，没有一名信息战小组的成员在他面前露过脸。

柳至秦执意要面对面和顾厌枫交流。程久城起初不同意，但柳至秦说明了多年前与"银河"真正头目顾允醉的纠葛。

程久城叹了口气，给了他见顾厌枫的权限。

柳至秦打量顾厌枫时，顾厌枫也以一种堪称好奇的眼神观察着他。

许久，顾厌枫用不那么标准的中文道："安岷。"

柳至秦微微蹙眉："你知道我？"

顾厌枫轻声笑起来："你已经和顾先生打过照面了？"

柳至秦说："你是他什么人？"

顾厌枫说："怎么样，你输给他了？"

两人的谈话完全是牛头不对马嘴，加上顾厌枫腔调奇怪，从外面的监控看上去显得诡异。

不等柳至秦回答，顾厌枫忽然点了点头，自问自答道："一定是你输了，要不你现在也不会来找我。你想从我这里打听什么？"

柳至秦冷眼看着这个微笑的男人。

毫无疑问，顾厌枫长着一张足够吸引人的脸，尤其是那双眼睛——顾允醉在投影里刻意提到了这双眼睛，可顾厌枫笑起来却像没有心，并非假笑，而是那种将罪恶当作笑料的笑。

"顾允醉和你是什么关系？"柳至秦将刚才的问题重复一遍，"你和他都姓顾。"

顾厌枫肩膀轻轻颤了颤："他是我弟弟。"

柳至秦说："但他说你是他的搭档。"

"也没错啊，兄弟就不能做搭档吗？"顾厌枫满脸无所谓，"他是我唯一的弟弟，但我不是他唯一的搭档，想跟随他的人多得是。"

柳至秦一时无法辨别这番话的真假，他印象中，顾允醉只有一个妹妹，并没有哥哥，凤兰警方的调查资料也显示，顾家失踪的一共三口人。顾允醉没有留下任何 DNA 信息，无法和顾厌枫的做比对。

顾厌枫是在撒谎吗？但撒这种谎有什么意义？

假如顾厌枫真是顾允醉的兄长，那事情似乎比他和花崇判断的更加复杂——顾允醉在凤兰市生活期间，身边的亲人只有父亲和妹妹，而在被突然带走之后，却多了一个哥哥，兄弟俩可能一同在"银河"成长，一人是"银河"明面上的首领，一人藏在黑暗里，是这个犯罪组织真正的老板。

那顾允醉很可能就不是单纯地被黄伟选中……

柳至秦飞速整理思路，又道："我和顾允醉好歹做了几年同学，我怎么不知道他有一个哥哥？"

顾厌枫弯着眼，慢条斯理道："哎，我刚才说过我是他的亲哥哥吗？我记得我只说了他是我弟弟吧？"

柳至秦觉得这人也许在耍自己："你的意思是，你们不是亲兄弟？"

顾厌枫说："你猜？"

柳至秦按捺着情绪："我猜不到，换一个问题吧。你和'银河'的那么多高层被捕，部分在我们这里，部分在 R 国警方手上，顾允醉不急着救你们，却跑凤兰市布那么大一个局，和我做游戏。我很好奇，他这个老板当得怎么这么没有责任心？"

柳至秦发出一个上扬的音节，以此表达自己的疑问。

"他难道不应该想方设法营救你们吗？你也说了，你是他的搭档，还是他的哥哥。"柳至秦盯着顾厌枫的眼睛，不紧不慢地说，"搭档、亲人、手下落到了警方手上，他还有心思和我一个局外人玩游戏？"

顾厌枫露出苦恼的神情，手指在头发上卷了卷，半天才说："你这个警察真八卦，还挑拨我们的关系呢？"

柳至秦笑了声："不是挑拨，只是诚实地表达我的好奇。因为我想不通他为什么要这么做。老巢都被一锅端了，他还挺有玩心。"

"那不然呢？自投罗网？"说出这个成语，顾厌枫显然费了很大的劲，苍白的脸上都憋出几分血色。

柳至秦说："看你这么轻松，你是料定他有办法将你救出去了。"

"救？"顾厌枫像是听到了一个无比好笑的笑话，笑得眼泪都出来了，"他为什么要救我们？"

柳至秦说："你不是正等着他在外面搞事情吗？"

"'银河'不会营救输给警察的失败者。"顾厌枫的声音忽然沉下来，眼中有类似癫狂的东西一闪即过。

说完这句话，他又恢复了玩世不恭的状态，摇着头说："我从来不担心你们会要了我的命，他也不担心。"

柳至秦不动声色地捏紧右手。

顾厌枫这句话没说错，"银河"组织罪大恶极，但也许在将来很长一段时间内，顾厌枫等人都不会受到法律的严惩，因为涉及国际合作，尚有大量取证工作要做。顾厌枫可能会被关上数年，甚至更久，受害者家属才能看到他为犯下的罪孽偿命——这已经是最乐观的结果了。

很多战斗在一线的特警希望能够当场击毙犯罪头目，因为若是错过了当场击毙的机会，就是给了他们一张免死牌。

"顾永哲是你的父亲吗？"柳至秦又问，"顾允醉在凤兰市生活时，你在哪里？"

"顾永哲？"顾厌枫似乎对这个名字很陌生，想了许久才反应过来，"他也配？"

柳至秦说："可他是顾允醉的父亲。"

顾厌枫似乎不愿意聊这个话题："你说是就是吧。"

"回答我上一个问题。"柳至秦道。

"我一直在R国。"顾厌枫笑道，"我出生在你们国家，但是在我很小的时候，就被带到了R国。所以你看，我的中文才会这么糟糕。"

在柳至秦离开之前，顾厌枫说："虽然很不忍心告诉你，但看在顾先生在意你的分儿上，我还是告诉你吧——你们的行动并没有多成功，'银河'的庞大超乎你们的想象。你们以为'银河'是十多年前才出现的吗？不，我们早就开始繁衍，生生不息。"

"早就开始繁衍。"程久城站在监控显示屏前，紧皱着眉。


"这其实符合我和花队的判断。"柳至秦将矿泉水瓶放在桌上，斜靠在桌边，"他们在各国寻找种子，将这些人集中起来培训，弱者被淘汰，强者成为高层、首脑的左膀右臂，有的——比如顾厌枫和顾允醉，则直接成为首脑，我们的行动只是斩断了他们的一只足，他们还有很多只足，而这只被斩断的足，说不定很快也会重新长出来。只不过……"

程久城转身："嗯？"

柳至秦说："在今天之前，我忽略了一种可能——顾允醉也许不是被选中的，他可能是被刻意放在凤兰市，他的身世比我想象的更加复杂。"

程久城想了想，说："他的某个家人本来就属于'银河'？"

柳至秦点点头。

程久城沉默片刻："我再和特警方面、R国警方通个气。"

柳至秦回到刑侦一组，老远就看见昭凡往花崇办公室里钻，一同钻进去的还有一条毛茸茸的大尾巴。

二娃虽然是德牧，但没有经过系统训练，不怎么懂规矩，长时间没见到花崇，一看见人，马上兴奋地往桌子上蹦。

花崇这趟回来是因为预计到短时间内又得离开，所以没有去接二娃，二娃委屈死了，埋在他怀里拱来拱去。

昭凡大喇喇地坐在座位上，腿一跷，就开始邀功："只要没任务，我就去看它，它的饭我都拌过几次，它觉得我手艺好，每次都吃得一点不剩。"

花崇心里好笑，二娃一条大狗子，胃口本来就好，就算倒一盆狗粮豆子，啥也不拌，它也能吭哧吭哧吃完，这和手艺好不好有什么关系？

"你们再不回来，我都快觉得我才是它亲爸爸了。它还特别亲我，可能已经忘记你们了吧。不过你也别太伤心，狗子都是这样的，谁给肉谁是爸爸。"昭凡说着一招手，"二娃宝贝，到爸爸这里来！"

哪想二娃一点面子都不给，赖在花崇身上直哼哼，哪管一旁那个野爸爸。

昭凡的手定住了。

花崇笑着揉二娃的脸："我们狗子不这样，我们狗子忠诚。"

二娃竖着耳朵，得意地嚎了一声。

昭凡顿感受挫："没良心的狗子，忘了昨天给你烧的牛肉了？"

二娃眼里只有花崇，半步都不肯离开。

昭凡懒得跟狗子计较了，又说："这样，下次我给你们一起做，狗子一盆，你一盆，都尝尝，我的手艺肯定比以前还好！"

花崇眼皮跳了跳。昭凡这话听着怎么这么奇怪呢？

怎么像要给他做狗粮呢？

他和二娃吃的能一样吗？

昭凡还没发现自己说的哪儿不对劲，继续道："还差一盆，你一盆，狗子一盆，柳至秦一盆，你们的饭我都包了！"

"稀罕你包？"柳至秦进来，"严啸的三餐还不够你发挥？"

"啧，那没挑战性。我做什么他都说好吃好吃。"昭凡在做菜这件事上有种奇异的上进心，双手往腿上一拍，"就这么说定了！"

柳至秦道："谁跟你说定了？"

二娃和花崇亲够了，又去缠柳至秦，就是不去缠昭凡。

它是只忠诚的狗子，几顿饭可骗不走它。

昭凡一看这黏糊劲："唉，我鸡皮疙瘩都出来了。走了走了。"

柳至秦平常见着他就撵，这回却将人留下来，正色道："上次和 R 国的联合行动，你也去了？"

昭凡愣了下："你说'银河'那次？"

"对。"

"去了啊，按照你们信息战小组给的线索。哦对了，还有 R 国安全部门给的线索。这帮孙子搞了好几个陷阱，想把我们引诱过去炸死，他们武器、弹药都不缺，要不是我们这边提前接到了情报，死伤肯定会很惨重。"

说起作战经过，昭凡就滔滔不绝，满脸愤慨。行动里有伤亡，牺牲的特警不是昭凡队上的，但他仍旧因此感到悲伤。

"不过总算将'银河'一网打尽了。"昭凡说，"R 国牺牲的兄弟比我们多。"

柳至秦眼色微沉："'银河'还存在。"

昭凡说："什么？"

柳至秦没有将细节告知昭凡，下一次行动之前，昭凡这个级别的特警自然会被召集起来开会，他只说："'银河'这块硬骨头，可能还要再啃一段时间，才能全部吃下。"

昭凡听明白了，一改刚才的吊儿郎当，在柳至秦肩上拍了下："没事，兄弟们都在，有什么用得上的，就跟你凡哥说。"


顾允醉又一次销声匿迹了，特别行动队不能只围着这么一个目标转，还有大量案子需要尽快侦破。花崇从沈寻那里调来几宗疑案，原本打算自己带着刑侦一组解决，把柳至秦留在信息战小组，但柳至秦说："别把我排除在外啊，我不是你的队员了？"

花崇说："我怕你忙不过来。"

柳至秦摇头："干等着也是浪费时间。既然顾允醉盯上我了，他就会再一次行动，我留在信息战小组，他行动起来也麻烦，不如出去查案子，等他找上门来了，再跟他较量较量。"

花崇说："你这是把自己当诱饵。"

"不算。"柳至秦说，"不管有没有他，我都不可能缩着，他盯着我，但他不是我唯一一个要解决的麻烦。"

此时正是傍晚，天上大片火红的云，金辉透过窗户洒进来，柳至秦正对花崇，背对着光，身形被晚霞勾勒。

花崇看了他好一会儿，吁了口气："我本来想让你留在这边，你在这里，他基本上无法对你做什么。到了地方上，变数就多了，我不放心。但你一定要跟着，那我就辛苦一点，给你当当保镖好了。"

柳至秦垂首笑。

花崇挑眉："笑什么？"

"不跟着你，你以为我能放心？"柳至秦靠近说，"从顾允醉盯上我的那一刻起，他就已经盯上你了。"

花崇唇角动了动。

"他知道我们是经历过生死的搭档。"柳至秦说，"他那样的犯罪分子，对付我的方法里怎么可能缺了你？"

花崇笑道："也对，他还刻意提到了我和顾厌枫的眼睛很像。"

"不像。"柳至秦忽然道。

花崇抬头："嗯？"

"我第一次通过摄像头看顾厌枫时，也觉得他的眼睛像你。"柳至秦说，"但真正和他面对面，那种像就不见了。"

安江市，市局重案组。

"赵队！赵队！哎，你等等我！"何若抱着一堆文件从走廊上跑过，追着前面穿制服的女警。

警察这个行业里，男性本就多于女性，若将这个范围缩小到刑侦一线，女性就更加稀少。几乎所有城市的重案组，队长都是男性，但在安江市，重案组的负责人却是一名女性。

赵樱，三十四岁，警校毕业，从派出所民警一步一步走到今天，侦破了多起疑案和重案。安江市是座大城市，城市繁华，经济发达，警界精英也多，她没有背景，全靠实打实的本事，上一任重案组队长升职时，点名要她来接替自己。

四年下来，她没有辜负前辈的期望，她辖内的命案，没有哪一起无法侦破。

但现在却出现了一个非常棘手的情况。

从夏天开始，安江城似乎出现了一个连环凶手，作案之后，他会在现场留下一双筷子。筷子是最普通的筷子，在任何超市、便利店都能买到。而每次放在被害人身边的筷子都不一样，摆放的方式也不一样，有的只是随意扔在尸体边，有的则是插在尸体的某个部位。

刚刚由分局转交过来的这起命案，筷子就插在被害人的脖子上。

死者名叫况明，四十五岁，是一家卤味制品店的老板，被杀死在自家厂房的厨房里，发现现场的是每天早上前去收包裹的快递员。

快递员被那番血腥的场景吓得直接从厨房门口爬了出来，不断重复着两个字："脖子……脖子……"

何若终于在警车旁追上了赵樱，喘着气说："赵队，我来开车！"

案发已有三天，加上之前的案子，这已经是第三起案发现场出现筷子的案子了。对破案向来充满自信的赵樱脸上神色不明，罩着一片不易察觉的担忧。

他们要再去现场一趟。

车已经开出去了，何若问："赵队，你怎么了？"

赵樱揉了下眉心："我昨天往特别行动队打了申请，这个案子单靠我们的力量可能很难解决。"

*04*

年底亟待侦破的案子太多，花崇和柳至秦商议之后，最终选择了安江市。

"安江市啊？"海梓接到出发命令就立即从家中赶来了，"安江市很特殊的。"

"嗯？"花崇快步经过走廊，"哪里特殊？"

"安江市的重案组老大是个女的。"海梓说，"叫赵什么，嗐，名字我忽然给忘了。前年她还到我们这来参观学习过。"

柳至秦说："赵樱，据我所知，是大城市重案组唯一的女负责人。"

花崇想了想，点头说："挺厉害的。"

他自己就曾经是洛城的重案组队长，而洛城的规模和安江市相似。大城市里的重案组队长压力很大，出现疑案悬案的概率比小型城市多很多，一旦开始侦查，所有的信息都会汇总到队长这里。队长不仅要冲在前线，还要运筹帷幄，不管对体力还是精神承受力，都是巨大的考验。

他是男性，尚且在一些时候感到难以支撑。赵樱是女人，其中的辛苦自是非比寻常。一些老前辈对女警抱有偏见，认为她们不应该出现在重案组，那是男人的战场。赵樱不仅进入重案组，还当上了队长，能力可见一斑。

"那这次的案子肯定不好解决啊。"海梓说，"这么厉害一人，还是没把凶手给逮出来。这都第三起案子了。我有个预感……"

柳至秦回头："什么？"

海梓说："你们看，这都 12 月了，我的经验告诉我，12 月遇到棘手的案子，春节一般就只能在外地过了。"

花崇笑笑："还是争取春节让你们回家过。"

海梓却又不好意思了："我开玩笑的，花队你还当真啊？我干了这么多年，就没几年春节是在过的，有次春节回去了，我妈还不适应，问我咋大春节的没事干，是不是犯了错误，被组织给开除了。"

一行人说起春节加班的事来，那话就多了。越是厉害的人，肩上的担子就越重，年底大案频发，即便某一年年底没发生什么重案，但地方累积上来的大案也让人吃不消，久而久之也就习惯了，聊起来还有点意气风发的意思。

花崇上飞机没多久就睡着了。他是那种格外"务实"的刑警，能休息的时候一点儿不含糊，不像海梓那几个，看云都能看半天。

特别行动队到达时，安江市的天气还算不错。机场修得很气派，市局派了车子来接，从机场高速到市局，沿途的街景从茂盛的树木变为鳞次栉比的高楼，高楼的玻璃在艳阳下反射着光芒，看久了眼睛不免酸胀。

来接的刑警里有一名女警，名叫何若。她留着短发，个子不高，一路上都有些忐忑，说是没有和上面的领导合作过。

花崇说："不用把我们当领导，大家都是兄弟单位。"

"兄……兄弟单位。"何若挠挠头，"可我不是男的，我们队长也是一位女警。"

海梓一拍大腿："那姐妹单位？"

何若笑起来："你们真没架子，赵队派我来接你们时，我还有点害怕。"

海梓不解："这有什么好怕的，大家都是警察。"

"我是女的呀。"何若不好意思地摸了下手指，"很多人一听重案组有女警，还是女队长当家，人还没见到就开始抵触了。"

"我们不会。"花崇温和地看向何若，"放心。"

何若年纪不大，竟是因为这一声"放心"红了脸："好……好的。"

警车本来要直接开去市局，花崇得知中途会经过命案现场后，临时决定先去现场兜一圈。

二兄老卤的厂房在东城区边缘，周围拉着一圈警戒带。

安江市寸土寸金，中心区域租金太高，因此像二兄老卤这样不大需要利用客流且规模较小的个体生产商都在城市边缘。二兄老卤所在的街道叫作阿姊街，周围有很多做网络生意的店铺。相应地，快递站点也多得出奇，狭窄的路上时常有快递车经过，店内店外，就连路边都堆着很多快递箱子。

二兄老卤算是占地较大的一家，它有一个院子，院墙不高，正面一个铁门，铁门和围墙上都嵌着防盗尖状物。院子是普通水泥地，左右各有两栋房子，左边那栋是平房，厨房就在里面，右边那栋有两层，是办公区域，工人们接单、打包、休息、吃饭都在那儿。

何若喊道："赵队！赵队！咱姐妹……咱兄弟单位来了！"

赵樱立即从右边那栋楼出来，有些惊讶地看着花崇一行人，连自我介绍都忘了做，直接说道："你们这就过来了？"

"嗯，反正都要来看看。"花崇说，"赵队？"

赵樱这才将手套取下来："你好，赵樱。"

被害人况明的尸体是四天前被快递员发现的，目前被保存在安江市的法医鉴定中心，现场已经经过详细勘查，不少地方都画着线。

"这是尸体被发现时所在的地方。"赵樱指着厨房里不锈钢桌和水池之间的区域，"况明死于机械性窒息，他的颈部有一道宽约两厘米的勒沟，凶器是粗编麻绳。凶手在用麻绳杀死他之后，又用利器在他颈部扎了两个孔，插入两根筷子。"

来之前，花崇已经在细节照片上看到况明的颈部。勒杀是非常常见的谋杀手段，但在被害人死亡之后，再往脖子上扎两个洞插上筷子，这却有点匪夷所思。

淌出的血液可能给凶手造成麻烦，扎孔也显得多余。这是什么必须要完成的仪式吗？还是凶手在"签名"？

连环凶杀案里，部分凶手会在命案现场留下自己的标志，暗示有相同标志的案子都是自己的"杰作"，刑警们形象地将这种行为称作"签名"。

花崇拧眉在不锈钢桌旁走了一圈，说："但是筷子本身就是一种'签名'了。"

赵樱说："对，这也是一直困扰我的地方。三起案子，每一起的现场都有筷子，如果忽略材质不同的话，筷子本身就是'签名'，无须再插在被害人的身上。"

没有看到尸体，对整起案件的了解也不深，花崇暂时不好下结论，又道："没有发现凶手的足迹吗？"

赵樱说："痕检员倒是找到了一组足迹，但同时也发现地板被清理过。"

花崇问："足迹来自谁？"

"是在这儿工作的一个工人，叫苏元，这个人我们很容易就找到了，但是他不承认杀害了况明，只承认半夜曾经进过厨房。"赵樱叹了口气，"痕检员的意思是，他的说法有一定的可信度，因为地板确实被清理过，连况明的足迹都没有，这就说明，清理时间是况明死亡之后，而清理的人是凶手。苏元如果是凶手，他不至于在清理之后返回，留下这么清晰的足迹。"

花崇问："那这个苏元是怎么解释他半夜进入厨房的？在看到况明的尸体之后，他没有报警？"

赵樱向对面的一堵墙抬了下手，那儿立着三个大型冷冻柜，柜门本是银灰色的，但沾着许多油污和血迹，看上去很脏。

"这里不仅是厨房，也等于一个小型仓库。"赵樱说，"冷冻柜里储备着很多肉，我们检验过了，要么是过期肉，要么是卫生不合格的。况明低价将这些本不该出现在人们餐桌上的肉收购起来，经过加工，用香料去除其中的异味，包装成美食。苏元偶尔会来这盗走一部分肉，卖给对面街道的两家馆子。况明遇害当晚，他自称自己就是前来盗肉的。"

花崇绕过不锈钢桌，走到冷冻柜前面，拉开一看，带着臭气的冷气扑面而来。

旁边的海梓喊了一声："这老板真黑心啊！这种肉也能加工拿出来卖？"

虽然肉都被冷冻着，但数量太多，那臭气就显得格外浓郁。即便是见惯了腐尸的刑警，一时间也感到不舒服。

不锈钢桌上还放着三个没有盖的塑料箱子，里面放着真空包装的卤味，生产日期和保质期已经打上去了，但享用它们的买家不会知道，它们早在生产日期之前就已经过期了。

"对了，柜门的把手上检查到了苏元的新鲜指纹。"赵樱说。

花崇算了下冷冻柜和不锈钢桌之间的距离，又退到门边。不锈钢桌相当于这间厨房的工具桌，它正对着门，从门外进来，很容易就能看到倒在不锈钢桌一侧的尸体。

而苏元却说，自己根本没有注意到尸体。

"要考虑夜晚的情况。"柳至秦走到花崇身边，"半夜不开灯的情况下，这儿就是乌漆墨黑，苏元的目标是左侧的冷冻柜，而尸体其实是在不锈钢桌的阴影里。苏元偷盗食物，精神处在一个很紧张的状态，想要速战速决，确实有可能注意不到阴影里的尸体。快递员和他不一样，快递员进来时天已经亮了，一眼就能看到桌边的尸体。"

花崇视线朝上，发现天花板的一角挂着一个摄像头："监控是不是没工作？"

赵樱苦笑："是这儿的厨师关的。"

"厨师？"

"对，叫王显。"赵樱说，"厨师一共四人，况明遇害之前几小时，他们还在这儿加班，12点就一起离开了，王显关掉了摄像头。所有工人都证实，关摄像头是况明的要求。那摄像头只有白天开，方便他偶尔监督厨师们工作，人走时关灯关监控，这早就是大家的共识了。"

花崇说："凶手很可能知道这一点。"

监控提前关闭对凶手非常有利，摄像头成了摆设。凤兰市水上乐园那个案子，顾允醉有能力关闭摄像头，却偏偏选择了修改，柳至秦才有办法恢复整个视频。

花崇偏头看了柳至秦一眼。柳至秦轻声道："还有别的线索。"

赵樱又带着众人去右边那栋房子，经过院子时花崇下意识看向地面。

"院子有扫帚划拉的痕迹，足迹也已经被破坏。"赵樱说完左右看了看，指着角落里用干枝条扎的扫帚，"喏，就是那种，城市里其实不太常见，除了环卫工人，已经很少有人还用这样的扫帚。"

右边这栋房子比厨房更乱更拥挤，桌椅板凳还保留着案发前的状态，打包用的工具——胶带、小刀、塑胶袋、箱子放到处都是，还有许多本该被快递员收走的包裹。右侧的墙边有一排电脑桌，摆着四台电脑，桌上摊开好几个本子，字迹各不相同，都比较潦草。

"客服们平时就在那儿工作，接单、售后都是客服管。"赵樱说，"苏元主要负责打包，不过问询中我们也了解到，这种个体户商家，职责划分不是特别严格，苏元也可以当客服，桌上那些本子就是他们的工作记录。"

花崇注意到桌上有油，地上还扔着啤酒瓶。

"案发前，除了况明，其他人都在这儿聚餐。"赵樱说，"聚餐的要求是员工们提的，冬天生意好，厨师、客服、打包员都连续加班，要求老板给点外卖，况明答应了，但他很少和员工一起吃饭，所以他没有出现，也没人觉得不对。"

花崇走了几步，拿起桌上的工作记录翻阅："况明离开是什么时候？"

赵樱说："点完外卖之后，大概是晚上6点。"

花崇又问："后来他去了哪里？"

"棋牌室，就在离这里两条街的地方。况明十多年前就离婚了，儿子在实验中学读书、住校。"赵樱说，"我们已经检查过他的通信记录，没人约他12月19日夜里回厂里来，他在员工们都离开之后突然出现在厨房，原因我们还没有调查清楚。"

对案子有了一个初步而直观的了解，特别行动队回到市局。

裴情要亲眼看看尸体，花崇与他一同前往法医鉴定中心。

况明的尸体被放在解剖台上，脖子上的伤最引人注目。首先是那两处曾经被利器捅开，然后插上筷子的地方，伤口的直径比筷子粗，深度约有五厘米，生活反应微弱，当时况明是刚死亡不久，伤口内侧有锯齿痕迹，利器不快，凶手将刀插入后，反复旋转过，直到将伤口彻底撑开，才将筷子插进去。

其次是颈部的异常弯曲，勒沟位于喉结附近，造成甲状软骨和环状软骨骨折。而被勒杀时，向上的血液无法回流，尸体呈现颜面肿胀青紫的情况。这让尸体看上去十分狰狞。

花崇戴着口罩，站在解剖台边，观察了一番，道："你觉不觉得尸体不太协调？"

裴情抬起头："勒杀的情况下，除了颈部和颜面，尸体上通常伴有其他挣扎伤、束缚伤，尤其是手部，手指骨折的情况不少见，但这具尸体上的挣扎伤几乎可以忽略不计。"

花崇说："况明身高一米七九，体重接近一百八十斤，算是比较壮的体型，要勒杀他，凶手需要在力量上压制他。在求生意识下，况明必然挣扎，如果他不挣扎，或者挣扎较弱是什么情况？"

"人在清醒时被勒颈，激烈挣扎是本能。"裴情说，"除非他当时已经昏迷了。凶手快将他勒死时他才有意识，但那时已经太晚了。"

花崇说："下毒？"

裴情说："我听说已经做过毒理药理检验，排除了用毒的可能，从尸表的情况看，也没有中毒的特征。"

花崇说："头部呢？"

裴情摇头："没有损伤。"

花崇嘶了声："那怪了，一个壮汉，不可能就这么毫不反抗地让人给勒死吧？"

"我重新做解剖。"裴情说，"花队，你先出去休息下，一会儿给你一个明确的结果。"


## 05


柳至秦没和花崇一起去法医鉴定中心，何若给他和许小周、岳越介绍了一下市局刑侦支队的情况。

安江市局坐落在闹市区，三栋大楼远看相当气派，给犯罪分子以威慑，走入其中则能看到一切井井有条。刑侦支队的办公区域在一号楼，赵樱管理的重案组占了五楼、六楼这两层，大部分队员都正出外勤，留在办公室的人不多。

"你们来之前，我们已经开始对被害人况明的人际关系做调查，二兄老卤的员工也在挨个排查，这是一部分问询记录，柳队你看看。"何若第一次和特别行动队打交道，有点紧张。

一听这称呼，许小周和岳越就在一旁笑。

柳至秦也笑了声："我不是队长。"

"啊，我知道的。"何若有些尴尬，她刚被选入重案组不久，是组里资历最浅的，赵樱让她协助特别行动队，实际上就是当个跑腿的。她做事认真，做足了功课，当然知道队长是花崇，可是面前这位柳至秦也很有分量，她一时不知道怎么称呼对方，总不能直呼大名吧。

"柳，柳……"她结巴半天，没说出个名堂。

许小周看不过去了："就叫柳哥吧。"

何若觉得这好像太随意了，但好歹松一口气。

就在小女警纠结称呼时，柳至秦已经看了会儿调查资料："况明去年才创办二兄老卤？"

"是的。"何若严肃起来，"况明不是安江本地人，他出生在离市区三百多公里的四梁村，这个村子在行政上其实是归隔壁伊市管，但因为去安江市的交通更加便利，四梁村的村民对安江市更有归属感，出来打工的大多在安江市发展。"

柳至秦一边听一边看资料。上面写着，况明今年四十五岁，二十二岁就从四梁村出来，早年去沿海给人打过工，积累了部分资金后，自己开过服装厂、小型运输公司，折腾来折腾去，三十五岁回到安江城时，并没有比当年离开四梁村时更富裕。

而在他外出打拼的数年里，他老家的父母相继去世，那些年通信不发达，村里没有电话，况明也没有手机，彼此联络只能靠写信，但信太容易丢失了，况明两次都是过了大半年，才知道至亲已经离开。

他唯一的儿子况山是在外地和前妻生的，从领证时间来看，两人是先有了孩子，才结的婚。这段婚姻并未延续太久，况明的服装生意失败后，前妻就跟他提出了离婚。

离婚后况明带着年幼的况山回到安江市，逢人便骂前妻薄情寡义，几乎所有认识况明的人，都听他骂过前妻。

不过这两三年，况明的生意做起来了，不再为生计发愁，也就不怎么再提起前妻了。

"况明回到安江之后，因为没有门路，钱也耗光了，最初过得比较艰难。"何若说，"他在餐饮行业给人打工，杰金斯叔叔的厨房你们听说过吗？"

许小周说："就那个开了很多连锁店，后来倒闭了的烤肉店？"

何若点点头："总店就在我们这儿。在况明的打工历程里，杰金斯是他待得最久的地方，后来还当上了区域经理。可惜杰金斯只顾扩张，不注重品质，最后那些连锁店一家一家地倒闭了。"

首都也有杰金斯，柳至秦还和信息战小组的队友去吃过一回，里面乌烟瘴气，给人感觉很廉价，大家都不满意，吃了一半就出来了，换了一家继续。那时杰金斯就已经不行了。

"杰金斯彻底倒闭之前，况明就辞职出来做生意了，就是……"何若在资料上找到时间，"就是四年前。他以前没有做过餐饮业，杰金斯应该教了他不少东西，他当区域经理期间，赚的钱也不少。他开的第一家店是个平价牛排餐厅，牛排套餐只要十九块钱，小吃免费。"

岳越想到了不久前在二兄老卤厨房看到的那些过期肉，皱眉道："十九块的套餐，用的肉……"

何若也觉得恶心，继续说："这家牛排餐厅因为便宜，很快就做起来了，况明还开了分店，前年年底，分店加总店一共有六家。"

柳至秦注意到这六家全都关门了，和杰金斯的情况似乎有些类似，问道："也是因为经营不善？"

何若摇头："那倒不是。现在外卖、网红零食很流行，实体店大部分开始走品质路线，他那个十九块钱的牛排套餐，压根儿追求不了品质。在去年注册二兄老卤之前，况明把市里的六家店都关了，开到了安江下面的各个区县。"

柳至秦点点头。况明这一招走得不错，安江这种大城市，低价自助已经越来越没有市场，租金和人力耗费也极高，下沉到区县，收益往往比大城市好。

"二兄老卤的网店做得挺大的，我都买过，觉得味道确实不错。"何若叹气，"但当时我也不知道肉都是那种肉。"

柳至秦扫完了这并不完整的调查记录，并未看到况明与他人产生比较明显的矛盾，被况明仇视的前妻卢湘，目前当地警方还没有找到。而另一点值得注意的是，况明可能长期使用过期肉，食品安全这一点，有没有可能是他遇害的原因？

而且况明这个案子并非单独的凶杀案，他的尸体上插着筷子，在他遇害之前，安江市已经出现两名身上插有或是身旁摆放着筷子的死者。如果杀死他们的是同一个人，那动机都出在食品安全上吗？

"你们这两天调查时，有没有发现况明与人明显结仇？"柳至秦问。

"摩擦有，但严重到以杀人来报复的情况，我们暂时还没有发现。"何若说，"况明以前在杰金斯的同事，大部分对他的评价都比较高，说他是个很擅长平衡上司和下属关系的人，为人处世既让上司觉得舒服，也不让下属为难。其实他被提拔为区域经理，管上半城十多家店的业务时，杰金斯已经开始走下坡路了，但他手上的店下滑得不如下半城厉害……"

听到这儿，柳至秦又有了新的想法——况明工作能力强，在企业困难阶段固然让部分同事钦佩，可也有可能引起另一些人的忌妒，比如其他区域经理。

当地警方还没有来得及去调查这一块。

"牛排餐厅是他和杰金斯以前的一名厨师合伙搞的。"何若接着说，"这名厨师叫王敢，已经过来做过问询了。他和况明关系不错，很配合调查。他说从餐厅从主城撤出去之后，况明就不怎么过问餐厅的事了，只是象征性地分一下红。我们调查下来，就觉得况明这个人确实挺会做人的，不是那种容易招人恨的商人。"

柳至秦想了想："况山还没有来过？"

许小周啧了声："不应该啊这。"

"我们通知了况山，但是这孩子说马上要准备考试，想等考试完了再来。"何若有些无法理解，"遇害的是和他相依为命的父亲，他也太冷漠了。"

柳至秦说："现在我们对况明的了解还是太片面。"

何若愣了下："嗯？"

"你刚才说他会做人，不容易招人恨，可他的独生子对他的死毫不关心。"柳至秦说，"这说不过去，他也许还有我们不知道的一面。"

"这……"何若想了想，"我们还会继续调查的。"

柳至秦没有责备的意思，起身道："其他两起案子呢？"

何若马上说："稍等，我这就去调资料。"


花崇从法医鉴定中心回来时，得知柳至秦在重案组的三号办公室，那里存放着大量案件资料，于是也赶了过去。

投影幕布上出现一名中年妇女，微胖，烫着大街上时常见到的小卷，皮肤松弛，穿一件黑底艳花的外套，脖子上绕着一圈色彩缤纷的丝巾。

这是第一名被害人，黄霞，五十二岁，民企退休，退休之前负责厂里的人力资源工作。今年8月19日，黄霞被发现死在自家的民宿里，致死原因和况明一样，也是勒颈造成的机械性窒息。她的尸体边放着一双筷子，筷子并未插入她的身体。

花崇轻轻关上门，几乎没有发出声音，办公室里的人都看向投影幕布，只有柳至秦若有所察地转过身，正好对上花崇的视线。

花崇食指压在嘴唇上，做了个"嘘"的手势，然后静悄悄走到桌边坐下。

柳至秦又转了回去。

何若一边放死者生前的照片，一边介绍这起案子。

黄霞的家庭在安江市的收入水平算中等，其丈夫白忠国也在同一家企业工作，职位比黄霞高，管理着一个技术创新科研小组，被手下人叫作白总。

据两人的女儿白娇说，父母感情一直不好，大概在她初中开始，就各过各的了，家里有三套房子，父母并不住在一起，但是也没有离婚。她小时候和母亲关系更好一些，大学毕业之后踏上社会，和男朋友到了谈婚论嫁的年纪，也逐渐理解了父亲。

黄霞退休之后，经常和老姐妹们出去搞短途游，用丰厚的存款买理财产品，钱生钱。

白娇和男朋友不想给人打工，觉得打工永远都发不了财，这几年安江市大力发展旅游，他们在周边搞了很多网红景点。他们计划在西郊的江边建民宿，借一借这网红的东风，但资金不够，只得向黄霞借。

黄霞二话不说把钱从理财产品里取出来，但不是借，而是入股。

今年年初，民宿开了起来。白娇是学新媒体的，男朋友则会一些设计，加上资金充足，生意做得十分红火。

黄霞最初经常约老姐妹去捧场，后来客人多起来，就没再约人去了，不过偶尔过去帮忙，住个两三天。

西郊的群山和江畔有很多类似的民宿，看着都很漂亮，但管理没一家是规范的。黄霞在自家民宿的后院被杀死，警方排查下来，没有目击证人，也没有监控拍到任何异常情况和可疑人物。

而当时这起案子没有立即报到市局重案组，仅由西城区分局刑侦大队侦查。直到两个多月后，又一名被勒颈死亡的被害人身上出现了筷子。

第二名被害人名叫汪杰，男，二十七岁，就职于安江市博物馆，日常工作就是给游客讲解各种文物的故事。

汪杰不是安江市本地人，父母经商，他十八岁时考到安江大学，学的是市场营销，毕业后还留学了两年。据其父母说，他们希望汪杰能够回到家中，进入家族企业工作，但汪杰非常喜欢安江这座城市，想留在安江工作。

其父疏通关系，将他安排在博物馆。这份工作很清闲，几乎没有工作压力。汪杰在安江市买房落户，日常开销靠父母。

他比较低调，从未在工作中露富，给游客讲解时也算兢兢业业。

11月3日，博物馆方面报警称，已有三天未能联系到汪杰。一周后，警方接到报案——南部浓蛮镇山头的废弃隧道边发现腐烂尸体。经查，正是此前失踪的汪杰，他的脖子上插着一根筷子，脖子另一侧也有筷子孔，而那一根已经脱落。

11月中旬，两起均出现了筷子，并且被害人都是死于勒杀的命案才被市局并案处理。

"然后就是况明这一起……"何若说到这才发现花崇来了，连忙打招呼，"花队！"

花崇点点头："并案的依据是死亡原因和筷子，是吗？"

何若打开灯："是的，我们认为筷子是凶手留下的'签名'。"

"黄霞，五十二岁，民企退休；汪杰，二十七岁，家境殷实，工作清闲；况明，四十五岁，网红食品店老板，有过一段艰难的创业史。"花崇停下来想了想，"三个人之间好像没有什么共同点。"

何若面色凝重，说："对的。并案之后，我们尝试找到他们的共同点，况明暂时不提，就黄霞和汪杰，他们的人际网络没有重合的地方，生活区域也不同。连环凶手作案时通常锁定某一个群体，但是黄霞和汪杰确实不像同一个群体。"

许小周说："都比较富有，生活惬意？"

柳至秦转了下椅子："但况明归不进这一类。"

许小周抓了下头发："也是。黄霞退休之后过得很舒服，这源自她几十年来的积累，汪杰不靠博物馆的工作吃饭，对他来说给游客讲解文物只是一种兴趣。况明虽然是个小老板了，但其实还是困于钱，他过得不轻松，财富也没有积累到他期望的程度。"

"网红……"花崇说，"网红好像是他们不太显著的一个共同点。"

何若一时没明白："网红？"

"黄霞女儿开的民宿，是网红民宿，况明的卤味店在网上被叫作网红店铺。"柳至秦一边说一边看着手机——那是他刚搜到的安江市博物馆微博，"至于汪杰，就比较牵强了。你们市博这一年多在搞转型，模仿国内其他博物馆，推出具有地方特色的文创产品，但效果似乎不太理想。"

"啊！"何若一拍手，"这的确也属于大范畴的网红。"

柳至秦看向花崇："花队，你是这个意思吧？"

花崇说："嗯，但你刚才也说了，这么拉在一起，显得有点牵强。其实前面两起案子并得比较草率。"

何若脸上一阵红："可是筷子这个'签名'太明显了，赵队说应该并案。而且我们这已经查了几个月，凶手藏得很深，留给我们的线索太少了。普通案子不会这么久还破不了，从这一点看，连环作案的可能性也很大。"

三号办公室暂时就成为特别行动队的地盘了，电子和纸质的资料都存放在这里，供花崇一行人查阅。何若说要去给大家煮咖啡，花崇笑了笑，说不必，让小女警去休息一下。

"每次遇到并案不并案的问题，你都特别谨慎。"门关上之后，柳至秦说。

现在办公室里都是他们自家人，花崇说话比刚才直白一些："三名被害人的人际网络缺少交叉点，背景也各不相同，命案现场的筷子是可以理解为'签名'，但是这凶手既然那么注意仪式感，那为什么每次的筷子都不同？"

柳至秦点头："这也是我比较困惑的地方。一个会在现场'签名'的连环凶手，几乎都会选择一致的'签名'。"

"还有一点，第一起案子的筷子并没有插在黄霞身上，是直接扔在尸体旁，后面两起案子，筷子都插在被害人的脖子上。"花崇摸着下巴，"筷子的作用仅仅是'签名'吗？如果的确仅仅是'签名'，那筷子代表什么？"

"吃饭？"岳越摸了下自己的肚子，"呃，可能是因为我这会儿饿了，一想到筷子就会想起吃饭。"

柳至秦说："这和饿不饿没有关系，任何人都会把筷子和吃饭联系在一起。"

岳越小声对许小周道："我想去吃饭了。"

许小周乐了："花队还没说开饭。"

花崇听见了，一看时间，他们一到安江市就忙开了，以前去别的城市，当地警方还会意思意思招待他们先吃饭，这回赵樱不搞那些客套的，他们反倒更自在。

"你们先去。"花崇说，"我和小柳哥一会儿再去食堂。"

两人走后，花崇又道："勒颈是一种非常需要力量的谋杀方式，三名被害人，黄霞是女性，勒杀她比勒杀其他两人相对容易，而她身上没有筷子。"

柳至秦说："筷子在掩饰什么？"

花崇道："那就要看裴情的解剖结果了。"


## 06


裴情出具的尸检报告给花崇的判断提供了有力的支撑。

"导致况明死亡的的确是勒颈，但凶手在勒杀他之前，他就已经昏迷。"裴情一边展示细节图一边说，"我在况明的手臂和腿部发现了瘀伤，但这些瘀伤都是过去造成的，在被勒死时，他几乎没有反抗。"

花崇快速翻到后页，已经看到昏迷的原因了："电击？"

赵樱也在："但是上次尸检时，我们没有在尸体上发现电流斑。"

裴情点头："电流斑是判断被害人是否遭受过电击的重要依据，只要与电击有关，几乎都能在被害人的尸体上找到电流斑。人被电击时，电流经过皮肤，会形成火山口状的损伤。"

说着，裴情拿来一张纸，画出一个简要示意图："像这种圆形，有的是正圆，有的比较椭，摸上去质感坚硬，和周围皮肤颜色不同。其实况明体表也有电流斑，而且是在非常明显的部位，但是电流斑被人为破坏了。"

赵樱马上联想到那一双插在况明颈部的筷子。因为前面两起案子都出现了筷子，他们先入为主地认为，筷子就是凶手的"签名"，而将筷子插在被害人身体上，这是一种浮夸且诡异的仪式感。从而忽略了由筷子造成的伤，有可能是凶手在掩饰什么。

"电流斑在手部、大臂、脚底、脚背、胸部、颈部都比较常见。"花崇说，"既然是电击导致昏迷，那么况明的尸体上应该还存在其他与电击有关的特征。"

裴情盖上笔，说："是。我起初并不确定他受到过电击，但他在被勒死之前挣扎扎小，清醒状态下几乎不可能出现这种情况，把服药、头部遭到击打等情况都排除之后，就只剩下电击了。况明颈部被插筷子的这两处，部分细胞核纵向伸长，呈栅格状排列，经过组织病理学检验，确认是由电击造成的。此外，受电击影响，况明的心脏出现了心室纤颤现象。"

赵樱说："上一位被害人汪杰，颈部也插着筷子，裴老师，你方便再做一次解剖吗？"

裴情说："即便你不提，我也打算对汪杰、黄霞重做尸检。"

两名被害人的尸体一直保存在法医鉴定中心，解冻之后，裴情立即投入工作。

汪杰的情况和况明一样，被筷子破坏的正是电流斑，而黄霞经过解剖和组织病理学检验，排除了被电击的可能，而结合她尸表上的挣扎伤可知，她是三名被害人中唯一一位在清醒状态下被勒死的人。

特别行动队一到就发现了当地警方几个月都没发现的问题，海梓专门点了一杯超大杯拿铁放在裴情桌子上，"裴老师您辛苦了。"

裴情"谢谢"都不说一句，拿起就喝。

花崇已经有了一些思路，但这毕竟是安江市的案子，他有意让赵樱先说，

"赵队，你有什么想法？"

"三名被害人，一人被直接勒死，两人在被电晕后勒死，电流斑还被破坏，因为'签名'，所以这种破坏看上去很正常。凶手不愿意让我们知道，后面两起案子中出现了电击。"

会议室摆的不是圆桌，像个小型的教室，赵樱在第一排桌子边来回走了两圈，"和下毒、殴打头部等相比，电击是比较难以发现的一种……假如不是实在对付不了汪杰和况明，凶手不会采取先让他们昏迷的手段。"

"黄霞是女性，五十多岁，力量、体力可能都不是凶手的对手，凶手有把握直接将她制伏。"花崇说，"但汪杰和况明都是成年男性，徒手勒死他们不是一件容易的事。"

赵樱蹙眉："而凶手不愿意让我们知道他在面对三人时的差别，他想隐藏的其实不是电流斑，而是他自己？"

"嗯，黄霞和汪杰、况明构成了一种实质上的参照。"花崇问，"赵队，你们之前做过侧写吗？"

赵樱说："我们认为凶手可能是健壮的男性。"

花崇说："那现在呢？"

赵樱沉默了会儿，说："男性的可能性还是更高，但凶手是女性也不是不可能，或者是比较瘦弱的男性。黄霞身上的挣扎伤非常明显，凶手虽然最终勒死了她，但这个过程显然不轻松。如果是非常健壮的男性，黄霞也许挣扎不到这个地步。"

"凶手是相对强壮的女性，或是较为瘦弱的男性——这可能就是他不愿意让我们知道的事。"花崇从座位上站起来，双手插入裤袋。

此时天寒地冻，但室内开着空调，开会之前他就把外套脱了，现在上身穿着的是一件浅灰色布纹衬衣。

"我有一个疑问，假如这三起案子的凶手是同一人，他在黄霞的尸体旁放下筷子到底是什么意思？"花崇说，"在时间线上，黄霞是第一名被害人，在杀害她之前，凶手是不是已经锁定了汪杰和况明？并且清楚自己必须借助电击来杀死他们？如果他早就想到需要用筷子来掩饰电流斑，筷子既是他的'签名'，也是他不可或缺的作案工具，那他为什么不把筷子插在黄霞身上？"

赵樱思考须臾，说："如果插在黄霞身上，那这一套'签名'就更加流畅，我们今天也不会因为筷子插还是没插，而找到电流斑，做出被害人和凶手的体型对比……所以凶手在杀害黄霞时，也许并没有锁定汪杰和况明？更没有意识到勒死他们对他来说非常困难，必须借助电击？"

花崇说："从逻辑上来讲，确实应该这么理解。那么出现在黄霞身边的筷子可能就是单纯的'签名'，到第二次作案时，凶手发现正好可以利用这个'签名'。有时我们在侦查连环凶杀案时容易掉进一个误区——看到和现场格格不入的、连续出现的东西，就认为必然是'签名'。而'签名'就是连环凶手的挑衅、耀武扬威，没有实质意义，凶手也许利用的正是这一点。"

赵樱点头，有些自责道："我确实掉进这个误区了。"

花崇又说："但我刚才的推断，都建立在一个前提条件下——三起命案的凶手是同一个人。"

赵樱愣了一下："何若跟我说，你们好像不认为这三起案子应该并案。"

花崇笑了笑，缓和此刻紧张的氛围："我们刚来，和小何交流时裴情的尸检结果还没出来，我对三起案子的了解也比较肤浅，并案还是不并案，我都不便下结论。只是在并案与否上，我向来比较慎重。"

赵樱说："我明白，并案确实必须慎重。我也接触过一些看上去像连环凶杀案的案子，结果并下来查到最后，凶手根本不是同一个人。但这次的案子……"

花崇半挑着眉："嗯？"

赵樱叹了口气："可能是直觉吧，虽然还没有找到三名被害人之间的联系，出现在现场的筷子也不一样，我还是认为应该并案。"

很多场合，当一个人提到直觉时，往往会让周围的人觉得不靠谱。和实打实的技术、成绩相比，直觉简直太不可信了。可是听赵樱提到直觉，花崇却没有表现出丝毫不屑，反倒是了然。

刑警的直觉说起来是很虚的东西，外行不了解，但经验丰富的刑警多多少少都有一个自己的"直觉判断体系"，那是从多年侦查要案的经历中得到的，非要让他们形容，那也形容不出来。而且这样的直觉也不是次次有用，往往会有偏差。

但当一起案子的侦破出现困难时，线索碎裂复杂，他们的直觉有时能起到很重要的作用。

所以花崇从来不会去否定一名刑警的直觉，尤其赵樱还是这座大城市的重案组队长，她就像他在洛城担任重案组队长时一样，对这座城市的了解极其深刻。

针对尸检的碰头会开完之后已经是深夜，安江市这边给特别行动队安排了市局附近的酒店，住宿环境可以说是花崇调来之后最好的一回。

这一天异常忙碌，先是去了况明案的现场，回到市局后就整体了解之前发生的两起案子，裴情做了三场解剖，大伙儿来到酒店时，都已经十分疲惫。

海梓晕头转向地撞进房间，花崇却在他和裴情那间标间门口喊："我叫面了啊，你们吃几两？"

海梓才不想吃，只想关了灯赶紧睡，今天只是一个开头，明天他还想去黄霞和汪杰遇害的地方勘查。

"这都什么时间了还吃面啊？"他蒙着被子说，"我不吃，给钱也不吃，花队你自己吃。"

裴情上了趟卫生间就听到海梓帮他拒绝面，赶紧冲出来："谁说我不吃？"

花崇笑道："赶紧的，几两？"

裴情说："三两吧，加牛肉加鸡蛋。"

海梓瞪着眼："哟，您可真能吃！"

"我这是未雨绸缪。"裴情脱下外套，"某些人一会儿看着我吃，肯定会来讨饭。"

海梓无语，心想说谁讨饭呢！

花崇问完海梓、裴情这屋，又去问岳越和许小周，那俩也要加餐，他一边在手机上点单一边回到自己房间，付完款就将手机扔床上了。

他和柳至秦的行李箱摆在两张床中间，都打开了，柳至秦坐在床边看他，那眼神他一时没看明白。

"怎么了这是？"他走过去，蹲在柳至秦面前，"我脸上有面啊？"

柳至秦看他一眼："你这就点好了？"

花崇莫名其妙："那不然呢？"

柳至秦下巴往门的方向点了下："问一圈儿了也没问我，这么大一人坐这儿，结果被你忘了。"

花崇起初听得还有点惊讶，后来就笑了，连忙把手机拿过来，外卖订单怼他脸上，"看看，落下你了没？有没有你最近爱吃的姜鸭面？"

还真有。

柳至秦也笑了。

不久面送来了，分量足，还特别香，对门海梓果然受不了，分走了裴情的一半面，花崇提着口袋去过道上扔时还听见他俩吵。

收拾完毕就到了凌晨，花崇在窗边消食，顺道和柳至秦说说想法。

"电击最常见的情况有两种，一种是自卫，比如较弱的人在面对较强的人时，用电击工具对付对方，伺机逃脱。另一种是偷袭，在袭击发生之前，被害人没有察觉到他的存在，或者在刚察觉时，袭击已经发生。"

说着，花崇拿着手机在柳至秦面前比画了一下："如果我在你面前，你注意到我了，袭击大概率不会成功。"

柳至秦说："裴情今天的尸检结果，再加上你的判断，凶手正在一步一步变'弱'。"

花崇说："他很谨慎，这一点从他对现场的清理，还有破坏电流斑就能看出来。"

柳至秦撑着额角："不过从这些细节出发，还是不能做一个相对具体的侧写。"

花崇赞同："关键还是出在动机上。赵队和小何的意思是，针对汪杰和黄霞，他们所做的人际关系排查足够细致，但我觉得明天我们还是得自己再查一回。他们可能遗漏了什么，要么就是凶手的动机藏得太深，他们还没有挖到那一步。"

"况明这边，他儿子况山的反应值得注意，况山等于是被况明一手拉扯大，这个年纪的男生很多都有脱离家庭、不再被父母掌控的诉求，但正常情况下，他不至于对况明的死无动于衷。"柳至秦说，"他可能知道一些东西，这些东西让他对况明失望，渐渐到了仇恨、没有感情的地步。"

花崇说："我去一趟实验中学。"

"还有你在意的过期肉。"柳至秦说，"并案的话，我目前只在过期肉这一点上看出三名被害人可能存在交集。"

"那就是食品安全的范畴？"花崇想了想道，"黄霞女儿的网红民宿也可能存在类似问题，至于汪杰供职的博物馆……"

"博物馆有专门的餐饮区，但据我了解，博物馆很少出现和食品安全有关的问题。"柳至秦说，"第一，去博物馆就餐的人总量就小，而博物馆能够提供的食物也少；第二，博物馆那种机构，如果想要捞一笔油水，最不可能做文章的就是食物。"

花崇说："那问题可能出在汪杰的家庭？"

柳至秦点头："汪家家大业大，三年前才开始做面包生意，也顺道卖奶茶、甜品。不过餐饮业不是核心业务。"

一提到奶茶，花崇就皱了下眉。

他们解决完凤兰市的案子之后，几乎没有休息就赶到了安江市。凤兰别具一格的咸奶茶给他留下了很深的印象，但更深的印象却来自"海山茶"的老板顾斌。

也就是顾允醉。

顾允醉用数条人命引柳至秦入局，将那些无辜的、犯罪的人统统变作手中的道具。

测试柳至秦，诱惑柳至秦，奖励柳至秦……

直至激怒柳至秦。

当这个人浮出水面时，他比柳至秦更加愤怒。

在跨国联合行动中被擒获的顾厌枫并不是真的"银河"，或者说顾厌枫只是"银河"的一个影子、一个分身，顾允醉才是真正的"银河"，此人极难对付，在犯罪之余，竟然还有闲心回到故乡，开一家备受瞩目的奶茶店，玩儿似的过起了普通人的生活。

这样的游刃有余让花崇当时身上起了一片鸡皮疙瘩。


## 07


安江市冬天很少下雪，即便下也是郊外的山上，城内下的是雨，连绵多日，有时一下起来，能持续十天半月。

夜里雨就下起来了，早晨特别行动队开始分散行动，海梓在酒店门口望着灰蒙蒙的天叹了口气，"最烦查案遇到这种天气了。"

实验中学是安江市最好的中学之一，管理严格，校外人员没有特殊情况不允许入内。花崇出示证件之后，门卫不信任地打量他，又将证件翻来覆去地看，生怕来的是个假警察，递上来的是张假证件。

好在一同前来的还有当地警察，用方言和门卫解释了几句，门卫才笑着放行。

花崇到得早，此时还是早读时间，况明的儿子况山所在的高一（4）班正在做英语小测试。

花崇在走廊上扫视一番，看到了埋头写字的况山。他穿着校服，和周围的学生没有什么区别，他很认真地应付试卷，况明的遇害似乎没有对他产生任何影响。

"况山这孩子，唉……"班主任是位四十多岁的女老师，教语文，得知警察来了，连忙赶过来，将花崇请到办公室。

早读时间办公室没有别的老师，班主任倒了杯热水，放在花崇手边，"劳烦你们又来这一趟。前两天就有几位警察来过了，况山什么都不愿意说。"

"一会儿下了早读，我和他聊聊，您看行吗？"花崇问。

班主任点点头："第一节是我的课，你们找他说说也好。"班主任又叹气，"家里出了这种事，他这越是表现得平静，我这心里就越是慌啊。"

离早读结束还有一会儿，花崇索性和班主任多聊几句："您接触过况明吗？"

班主任说："我们每学期都会开家长会，况明有一次没来，我让况山回去跟他说，再忙也最好抽空来一趟。没过多久他就来了，要给我送礼。"

"送礼？"

"嗯。他大概是误会了吧，觉得我让他来学校，是暗示他送礼。"班主任苦笑了下，"其实我只是想和他谈谈况山的事。我们当班主任的，都得对学生有个全方位的了解。"

花崇观察班主任的神情，发现在说到这件事时，她有些不满和鄙夷。

"我对况明的了解更多还是来源于况山。"班主任又道，"这孩子对他父亲有很多怨言，就拿上次送礼的事来说吧，他知道我拒绝了况明送的礼，就来跟我说，他父亲没有文化，以为钱能摆平一切事，还跟我道歉说对不起。"

早读课下了之后，班主任将况山叫过来。

况山起初不知道是怎么回事，一看到警察，下意识就想跑。班主任劝了几句，他才警惕且不耐烦地走回来："我说过希望你们不要耽误我准备考试，你们缠着我干什么？"

"你是况明的至亲，他离奇遇害，并且牵扯到最近一系列发生在安江市的命案。"花崇略微显露出几分气势，认真看着况山，"你有义务配合我们调查。"

况山被这气势压着，没有再反抗，但过了好一会儿才说："你们想知道什么？"

"本来只是想从你这里了解况明的日常生活情况，但现在我有更想和你聊的事。"花崇说，"你和况明之间好像没什么感情？"

况山皱眉："你这么说是什么意思？"

"我想我说得足够直白了。"花崇道，"你的父亲被杀死，你一点不在意？"

况山别开视线："麻烦你不要对我进行道德绑架！"

听到这句话，一旁的警察愣了，"这是哪门子道德绑架？"

"难道不是吗？"况山忽然激动，"谁规定他死了我就一定要为他伤心？他只是生了我，我本来就和他没有什么感情。"

花崇提醒道："他还养了你。你现在的吃穿住行，你的学费，都是他提供的。"

"所以你们这就是道德绑架！"况山更加激动，"我不难过，你们还要逼着我难过！"

花崇示意他少安毋躁："那你能告诉我，为什么那么反感你的父亲吗？"

况山哼了声："你根本不懂！"

"我像你这么大的时候，也和我父亲关系糟糕。"花崇提起自己的少年时代，"他组成了新的家庭，我为了从家庭中逃离，去了一所很糟糕的学校。他几乎没有关心过我的成长，我对他也没有太深的感情。"

况山疑惑地瞪着眼，但好歹情绪缓和下去了。

"但我代入自己想了下，如果有一天他遇害，我不说多么伤心，至少会有触动，在力所能及的情况下协助警方调查。"说着，花崇眯眼看向况山，"所以我很好奇，况明到底对你做了什么，让你反感到这种地步？"

"我……"况山鼻梁上滑过一串汗珠，似乎想吐露藏在心中的事，但话到嘴边，还是犹豫了。

"不着急。"花崇说，"你可以再考虑一下，我等着你。"

几分钟后，况山问了个看似毫无关联的问题："你刚才说，你爸组成新的家庭，是……是因为你妈过世了吗？"

这话问得极不礼貌，但花崇并未表现出不悦，只是摇了摇头："他们离婚，各自组建新的家庭，我被判给了父亲。"

"哦。"况山反复捏着手背，终于道，"那你们调查出什么来了吗？况明有可能是被谁杀死的？"

花崇说："你心中好像有一个答案？"

况山情绪再次不稳定："我是问你们知道他为什么被杀吗？"

花崇和激动的少年对视片刻，摇头。

"他，他活该！"况山忽然说。

花崇说："活该？"

"他害死了我妈！"况山肩膀开始颤抖，"一定是有人给我妈报仇，他害死了我妈，他就该偿命！"

一旁的警察低声对花崇道："花队，这不对啊，况明的前妻卢湘没有去世，赵队已经联系上她了。"

"我妈不是卢湘！"况山愤愤道，"我妈叫康晴，况明把她给害了！"

康晴，这个名字头一次出现在警方的视野中。为防疏漏，花崇还特意看了看身边的警察，对方证实，在此前的调查中，还没有掌握这条线索。

况山眼眶忽然红了，手背胡乱在脸上揩了把："你们都不知道这个人，况明那些朋友、员工也不知道他从外面买了康晴。"

花崇道："买？你说的这个康晴，是况明买来的？"

据况山说，康晴是况明八年前买来的女人，康晴这个名字应该不是真名。

刚来到况家时，康晴连话都说不清楚，况山一度认为她是个精神病。但时间一长，从小缺乏母爱的况山就发现康晴温柔善良，无微不至地照顾他。

况山小时候身体不怎么好，经常去医院，况明从来不陪他，将他丢给康晴。他输液时，康晴从不离开，自己差点饿晕，也要守着他。

慢慢地，他对康晴产生了很深的感情，将康晴当作自己的母亲。

"我不知道她具体多少岁，她自己也说不清楚，反正她很小就被卖了，况明不是第一个买她的人。"况山越说越消沉，捏紧的拳头正在发抖，"她陪了我五年，那五年里我每一次生日，都是她陪我一起过的。但她没有生日，我跟她说，我的生日就是她的生日，等我长大了，赚钱了，我就给她养老，她虽然没有生我，但是我真正的妈。"

说到这儿，况山停了很久，他的眼睛被额发的阴影挡住，眼神看不真切。

花崇问："她是怎么死的？"

"被况明'弄'死了。"况山深吸一口气，"就在那个厂里。"

花崇说："二兄老卤的院子？"

况山点头："我们以前就住在那里，市中心房子贵，况明买不起，当时那一片连城乡接合部都不算，就是郊区，就是农村，房子没人买，便宜了况明。他老是虐待她，我当时还小，不知道他们关起门来在干什么，她死的时候，我都不知道她是怎么死的。"

花崇面沉如水，线索在眼前穿梭。

来之前他就知道况山和况明之间必然发生过什么事，不然况山不会对况明的死这般冷漠。但是他没想到这对父子之间夹着一个女人，且是一个买来的、身份不明的女人。这女人在被况明买下五年后被况明杀死，极可能是性虐待导致。

一同前来的安江刑警更是惊讶，惊讶里还有几分难堪。

如果况山没有撒谎，那么在他们的辖区内，就曾经发生过人口贩卖和买家杀人这样的恶劣案件，而他们竟然全然不知！

花崇思考的显然更多。

人口贩卖？身份不明？跨国犯罪组织"银河"就长期进行人口贩卖，假如况明的死和"银河"联系起来，那势必将从深不见底的黑暗里扯出一张大网。

花崇闭上眼，轻轻甩了下头："你确定康晴是被况明杀死的？况明是怎么处理的尸体？"

况山的脸变得惨白，瞳孔颤动，仿佛想起了那可怖的一幕："他把她拖出来，在院子里挖了个坑，埋下去。他不知道我看到了，但我就是看到了，他杀过人！"

花崇在况山肩上拍了拍："后来他跟你解释过康晴为什么消失吗？"

况山的眼泪终于掉了下来："他说她跑了，又说女人都贱，依附男人，还想背叛男人。我不敢告诉他我什么都看到了，我恨他，我想他去死！"

证明况山没有撒谎的方法很简单，看看院子里到底有没有尸骨就行。花崇通知赵樱，赵樱马上派人过去，当真在二兄老卤厨房后面的一块地下挖出了一副白骨。

"这下你们相信我了吧？"况山咬牙切齿地说，"你问我对他为什么没有感情。他杀了我妈，我恨不得他死！"

这一突如其来的线索打乱了警方的节奏。

已经被并案侦查的三起案子里，最近发生的一起中的被害人曾经杀死过一名买来的女性，并将其埋在自家院子里。假如是有人为康晴复仇，所以杀了况明，那汪杰和黄霞的遇害和此事有关系吗？

由于挖出了白骨，现场正在进行勘查，柳至秦也从市局赶过来了——他本来正在调查况明的通信情况和网络痕迹，况明遇害当晚出现在厨房这件事很蹊跷，当时那么晚了，所有人都已经离开，况明去干什么？还是说，有人将况明叫了过去？

通信记录没有异常，况明当晚接到四个电话，全部核实下来，没有一个是让他去厨房的。

小雨下个不停，打伞麻烦，不打伞不一会儿衣服、头发就湿了。柳至秦过去时没撑伞，花崇丢了件透明的雨衣给他。

"白骨的身份不好核实，况山说她叫康晴，但赵队刚才联系我，说向况明几个交往密切的朋友核实过了，他们都没听说过况明买过人，也都没有见过康晴。"花崇裤子上有不少溅起来的泥点子，他也没在意，"调查时间太短，暂时也没有发现这里或况明的家里有这个康晴生活过的痕迹。"

柳至秦道："你怀疑况山没有说实话？"

花崇皱着眉，犹豫了几秒，说："不好说，这件事太突然了，而且很蹊跷。你想，况明如果确实花钱从人贩子那里买了人，还一起生活了五年，他的嘴会那么严，一个朋友都不告诉吗？他说不定会跟朋友，尤其是男性朋友炫耀。但现在的情况是，除了况山，没有其他人知道康晴的存在。"

柳至秦道："而况山说的地方确实存在白骨。"

花崇捏住眉心，"其实当我听况山提到人口贩卖时，第一想到的是'银河'。"

柳至秦瞳光一沉。

"但进行人口贩卖的也不只是他们。"花崇又道，"抛开况山的证词，这具白骨到底属于谁，其实还说不清楚。"

柳至秦微垂着眼眸，看着脚下的地面。雨似乎大了些，落在地上，溅起细小的水雾。片刻后，他说："假如况山没有说实话，那他撒谎的目的是？"

花崇摇头："我这一时半会儿也没有什么头绪。白骨做起尸检来很麻烦，裴情可能难以确定死亡原因。"

"其实照况明的心理状态，他在被前妻抛弃之后，孤身回到安江，对女性非常厌恶，但又需要有一个女人来解决生理需求、照顾他和况山的生活，低价买一个来路不明的女人，是他可能做出来的事。"柳至秦道，"而况山自幼失去母亲，对康晴的态度从敌视到亲近，再到后来的当作亲生母亲，也不是不可以理解。当他目睹了况明杀死康晴，对况明产生强烈的恨意，但又不敢让况山知道自己看见了，也不敢报警，这同样符合他那个年龄阶段的心理。"

柳至秦顿了下，又道："不过康晴的存在只有况山一个人知道，这一点确实不合逻辑。"

花崇说："也有可能是赵队那边还没有调查得特别深入。"

下雨的时候，天似乎就黑得特别快，这才刚过中午，天色就很暗了。

况山被带到二兄老卤，这是况明死亡之后，他第一次来到这里。

他在白骨坑边站了好一会儿，低着头，举着伞，虽然穿着冬季厚重的衣服，还是显得十分单薄。

没人知道他在想些什么。

"我们以前就住在那里。"况山指着已经被改造成办公室的二层小楼，"一楼是吃饭、看电视的地方，二楼有三间房，隔音效果不好，我经常听见他们房间传出那种声音。况明对我妈不好，经常打她，她脸上老是有伤，夏天露胳膊露腿，胳膊和腿上也是伤。我问她痛不痛，去不去医院，她都摇头。"

"除了买菜、陪我去看病，况明不准她离开这里。"

况山没有上楼，出神地看着二楼窗户，好一会儿又说："我就是在那里看到况明埋她。"

柳至秦忽然问："你很想她吗？"

况山怔了下："我……我当然想她。"

这一瞬的迟疑未被柳至秦放过，柳至秦又问："你有她的照片吗？"

况山眼神充满戒备："没有。我们没有拍过照片。"

"那她的遗物呢？"柳至秦又道，"你们感情那么好，虽然况明告诉你，康晴是自己走了，抛弃你们爷儿俩，但你清楚，她没有抛弃你们，她被杀死了，你没有想过将她的东西留下来一样，也算是留个念想吗？"

况山的表情一下子变得很难看。

柳至秦等了会儿，这才道："所以是没有？"

"我不敢留。"况山的声音有些发抖，"况明把她的衣服、鞋子，还有别的东西都扔了，我如果藏起来，他会怀疑我知道了。"

柳至秦又看了会儿这个消瘦的少年，没有再问。

因为况明遇害，二兄老卤所在的这条街这几天气氛一直很怪异。街上几乎都是做电商的网红食品店，平时院子门开得大大的，现在进出之后马上关闭，都不想和二兄老卤扯上关系。

当地警察早就在周边铺开排查，没问出什么有价值的线索。现在二兄老卤的院子里挖出了一具白骨，排查不得不重新进行。

像况明这样自己买了个院子来做生意的不多，大部分商家都是跟业主租的院子，几年前这里发生了什么，他们根本不知道。

但也有例外。

排查进行到晚上，许小周带来一个六十多岁的老太太。

老太太姓梁，说以前确实看到一个年轻女人住在况明家的院子里。

## 08

"唉！我记不清她的长相了，就记得她挺黑，不怎么好看，口音不像我们这儿的。"梁老太回忆道，"我每次看到她，她都拉着一个小车，就那种买菜的车，你们知道吗？"

见梁老太要比画，花崇点点头："知道，您接着说。"

"她很热心的，有一回我拿的东西太多了，她和我一起从菜市场出来，还帮我提了一路。"梁老太说，"其实她自己拿的也不少了。我怕她拿不动，她说没事，习惯了，平常就是干这种活的。听她这么说，我就以为她是哪家的保姆。但一问呢，她又说不是。我见她往况家的院子走，问她住那儿呢？她说对的，住在亲戚家。后来我还遇到她几回，但都只是打个招呼，没聊别的。"

花崇说："那您记不记得起，最后一次看到她是什么时候？"

梁老太想半天，直摇头："哎哟，那得有好几年了吧。我还问过况家那小孩，说怎么没见着你们家阿姨啊？小孩说她走了。我们这些老婆子，有时吧，就好奇，我问她走哪儿去了？小孩怎么也不说。我这不自讨没趣吗？后来我也没再打听她走哪儿去了。"

安江市局，重案组所在的楼层，每间办公室都亮着灯。

"梁老太如果没有记错，那康晴确实在况明家生活过一段时间。"花崇落座，将一个记事本丢在桌上，"赵队，你那边有没有什么发现？"

两年多以前，况明在甸嘉街购置了一套房子，两室一厅，和况山一起搬了过去。况山没住多久，大多数时间住在学校的寝室，况明几乎算独居，遇害之前一直住在那里。

这套房子在案发后不久，当地警方已经赶去勘查过一回，发现了况明、况山之外的陌生足迹。经核实，足迹属于两名按摩店的女郎，分别在11月24日和12月5日被况明带至家中提供特殊服务，均与况明做过不止一次交易，但没有任何情感上的瓜葛，涉案的可能性较低。

出现康晴这一线索之后，赵樱再次带人过去，希望能够找到有关此人的蛛丝马迹。

"屋里有少量女性用品，但经过我们核实，没有一样是属于康晴的。"赵樱叹了口气，"我找况山也了解了一下情况，他说早在处理尸体时，况明就将康晴的一切销毁了。"

花崇点头，况山也向他表达过同样的意思。

现在的情况就比较让人如坠云雾。况明杀过人，而这人是况明通过某种非法手段购买的，这无疑是一条至关重要的线索。但支撑这条线索的物证却几乎没有，康晴的身份也难以确认。

一具埋藏在院子里的白骨，只要有心，其实可以编造出与真相大相径庭的谎言。

况山是被害人况明的儿子，但花崇无法仅凭一段描述而完全相信况山。

而白骨是谁？死因是什么？在现阶段又能从哪些方面决定当地警方和特别行动队的调查方向呢？

这时，裴情完成了对骸骨的尸检，推开会议室的门。

"DNA比对暂时出不了，我估计没办法通过比对确定身份。"裴情道，"只说我从尸骨上看到的情况吧。死者是女性，身高一米六一，死亡年龄在二十五到二十七岁之间。我在她的肋骨上发现了一道锐器戳刺的痕迹，这和况山说的不太一致。"说着，裴情一边展示细节图，一边在自己右胸示意了一下。

"况山说康晴是被况明折磨致死。"花崇说，"但康晴真正的死因是锐器刺破内脏？"

裴情点头："否则不会在肋骨上留下这种痕迹。"

"厨房还有旁边的二层小楼重新装修过，我在二层小楼没有验出大面积血迹。"海梓道，"这种伤会有大量血液喷出，但是重新装修之后，血液就被彻底清除掉了。"

花崇又看向赵樱："赵队，你们上次接触那两名被况明叫到家中的女人时，她们有没有提到过况明的癖好？"

赵樱说："我问过，她们觉得我这问题好笑。"

花崇蹙眉："好笑？"

"认为警察这么提问有伤体面吧。"赵樱耸了下肩，"但该问的还得问，她们说况明的需求很正常，给的钱也很正常。"

花崇道："那他就不是一个热衷折磨女性身体的人。"

裴情说："况山很可能在撒谎？"

"但我想不出他撒这种谎的目的。"花崇说，"康晴这条线索是他给我们的，如果他不说，我们连院子里有尸体都不知道。至少在短时间内，我们不至于去挖院子。假如况山有什么想隐瞒的，一开始，他就不用提到康晴这个人。"

赵樱神情严肃："花队，那这条线索该怎么来利用？"

花崇看出赵樱的疑虑："你是觉得，这条线索可能将后续侦查引导到一条错误的路上？"

赵樱点头："因为我看不出它和前面两起案子有任何关联。"

花崇想了想："那我们让问题回到这三起案子本身上来，继续深挖两名被害人的生活。其实昨天我和柳至秦讨论过一种可能——他们遇害也许与食品安全有关，但今天突然来了个康晴，节奏有点被打乱了。赵队，你既然相信这三起案子是连环凶杀案，那就认定这个方向去查，查的过程中考虑一下康晴这条线。"

赵樱眉心拧得很紧："我又担心假如不是连环……"

"所以我们来了。"花崇笑了笑，缓和此时紧张的氛围，"你们或主动或被动遗漏的，我来捡起来。你不要有后顾之忧。"

赵樱有些惊讶地看着面前这位与自己同龄的警察，好一会儿才回过神，眼神变得坚定："是，花队。"


凌晨，DNA 比对结果出来了，库中没有样本，白骨的身份无法确定。

"预料中的结果。"柳至秦说，"康晴如果的确是况明买来的，那她很可能是个黑户。"

花崇问："通信上还是没有突破口？"

柳至秦说："况明没有接到过可疑电话，但他出事前的状态比较可疑。"

"嗯？"花崇说，"哪方面？"

"况明给员工们点完外卖就离开了，先是去一家简餐餐馆吃了饭，然后回家，晚上 8 点 30 分的时候出门，到常去的棋牌室打牌。"柳至秦将监控调出来，"注意看，在棋牌室，他一直在看时间。"

花崇说："他惦记着一件必须做的事。"

"我又调了棋牌室前段时间的监控，况明一去打牌，往往会打到半夜 3 点、4 点。"柳至秦说，"但那天他刚过晚上 12 点就撤了。"

花崇问："你找过棋牌室老板和他的牌友了？"

"找过，那天况明提前就和他们说好了，晚上家里有事，要先走，让老板多找一个'接下'的。"柳至秦划拉视频，"但实际上，他在离开棋牌室之后，没有回家，而是直接赶到二兄老卤，这是最后一个他被拍摄到的画面。"

街口的监控中，况明鬼鬼祟祟，不断向四周张望，像是在等着什么人出现。

"你再看这个视频。"柳至秦又点开一个，"同样的时间，同样的地点，况明又在警惕地张望。"

花崇说："他怎么回事？老是在这个时间点到他自己的厂里？"

"我本来以为被害当晚，是他第一次深更半夜跑去二兄老卤，但是把时间线往前推，最近半个月，他至少去了四次。可能还更多，但是选择了其他路，监控没有将他拍下来。"柳至秦关掉视频，坐下，"我反复看这些视频，想到了一种可能。"

花崇撑着额角："说说看。"

"他这么精明的商人，怎么会看不出冰柜里的存货少了？"柳至秦说，"那个叫苏元的员工偷过期肉出去卖也不是一两回了，虽然每次拿得不多，但积少成多，时间一长，他这个当老板的，大概率会怀疑有人偷肉。"

花崇说："所以他半夜过去，是为了抓现行？"

"厨房明明有监控，我想过他为什么不利用监控。"柳至秦道，"原因可能是那个监控一旦处在工作中，提示灯就会亮，而且会发出细微声响。监控开着，苏元就不可能去偷东西。而且厨房一直以来就有下班关监控的习惯，况明自己定的，最后离开的厨师执行。况明几乎没有机会自己去关监控。如果某一天，他提出今后监控不必关了，或者私底下告诉厨师，都可能让偷肉的人知道，自己被发现了。"

花崇沉思片刻："有道理。"

"苏元不是每天都偷，况明也没有每天都去守，他去过的那几次，都没有抓到他。"柳至秦接着道，"其实遇害当天，况明是去对了的——如果他没有被杀死的话。"

"等一下。"花崇抬手，"那这个苏元，嫌疑还是很大。他被况明发现，然后杀了况明，清除痕迹，再故意留下足迹，给出一个错误的线索，以偷盗来掩饰杀人的罪名。"

说着，花崇忽然蹙眉，"不对……"

柳至秦看着他，知道他已经想到了一个关键点上。

"重来！"花崇拿起笔，开始在记事本上写画，"凶手锁定了况明，想要在一个适当的地方杀死况明。他最终选择的是二兄老卤的厨房，因为这里一到了深夜，监控就会关闭，而二兄老卤是况明自家的地盘，周围环境较乱，方便他作案。"

笔在纸上发出唰唰唰的声响，柳至秦看向纸，又看了看花崇。

"但怎么将况明引到厨房来杀害，是凶手迫切需要解决的问题。"花崇说，"直接让况明来，那等于暴露自己，如果不成功，那就完了。通过发信息、打电话等方式，会留下线索，警方早晚会查到，所以也不能采用。从这方面来说，他的反侦查意识不错。"

柳至秦点点头。

"其实更加重要的是，况明是个心思比较复杂的人，不管凶手采取什么主动的方法，况明都会怀疑其中有诈。"花崇抬起头，"只有让况明'主动'，后续行动才会顺畅。"

柳至秦道："让一个商人主动行动，那就要动他的利益。苏元盗窃冰柜中的肉，看似唯利是图，也许唯利是图只是表象，他想通过唯利是图，达到将况明引至厨房来的目的。他很了解况明，知道况明不会选择打开监控，而是亲自抓现行。这样就神不知鬼不觉地将况明引了过来。作案之后，他先清理现场，再留下足迹，告诉警方自己盗窃冰柜里的肉。盗窃是事实，可以向买家求证。这么一来，他就把自己择出去了，从一个曾经出现在现场的、非常可疑的人，变成了一个'仅仅'盗窃了肉的小偷。"

花崇说："重大案件里，受破案压力、思维误区影响，小偷小摸的人最容易被忽视。"

柳至秦眯缝着眼："这次我们不能再忽视这样一个人了。"

苏元，二十六岁，安江市辖内王孝村人，初中文化，父辈都是农民。五年前，他离开老家，来安江市打工，由于没有学历，只能做很底层的工作，诸如给人洗脚、工地体力活、在菜市场做搬运。去年年底，二兄老卤急招打包工人，他应聘通过，这份工作是他来安江市以来做过的最轻松的工作。

这些都是上次接受问询时，他亲口告诉警方的。

这几天他和二兄老卤的其他员工都处在警方的监控下，没有异常举动。

再次被带到市局，苏元显得很茫然："我……我已经认罪了，你们还要问我什么？"

花崇观察着这个清瘦的男人。

苏元不高，只有一米七三，在问询室里脱了外套，里面穿着一件薄薄的棕色毛衣，身板虽然被毛衣挡着，但看得出绝不强壮，偏瘦弱。

这种身材，和他根据三名被害人的遇害情况做出的侧写相吻合。

"怎么想到偷肉的？"花崇随便找了个问题切入，"在以前工作的地方，也做过这种事吗？"

苏元赶紧摇头："没有没有，我以前从来没有偷过！"

花崇问："偷一次能卖多少？"

苏元低下头："三十来块钱。"

花崇说："况明一个月给你开的工资有三千二百元，还管吃，你冒这么大的风险，就为了三十块钱？"

"我就是一时糊涂，三十块钱也是钱啊，有钱谁不想赚？"苏元轻声道，"而且我也没办法，家里穷，我爸又生病了，肺病，不治就等死，治的话得花很大一笔钱。我没本事赚大钱，只能赚这种小偷小摸来的钱。"

花崇眼色逐渐变沉。

苏元和他想象的不太一样。按照他与柳至秦的判断，苏元嫌疑重大，可这一来二去聊下来，他看到的只是一个再普通不过的农村青年。

柳至秦现在正在调查苏元的背景，苏元是否与况明，以及另外两起案子有关，还没有一个定论。

若从此时的接触出发，花崇已经有些怀疑昨晚的判断了。

"我卖的那些钱，全都……全都拿出来了。"苏元紧张道，"我都做了记录的，我一分不少全还……还……"

说到这儿，苏元忽然卡住了。况明已经遇害，他即便想还钱，又能还给谁呢？

"我还到店里。"他说，"我这种情况会被判多久啊？我还想照顾我爸！"

柳至秦盯着显示屏，片刻，拿起矿泉水喝了半瓶。

苏元的背景比较简单，和之前交代的没有什么出入。而最近半年的通信、上网记录并无异常，他的父亲确实生病了，住在县城的医院里，休息日他就坐长途汽车赶回去探望。

柳至秦握住双手，抵住下巴，想到了另一种可能，苏元有没有可能是被利用了？

利用也分为两种，一是凶手与他有接触，暗示他偷肉卖钱；二是凶手与他并无接触，偷肉是他在缺钱的情况下自发采取的行动，后被凶手知晓，从而利用。

柳至秦想了会儿，给花崇发去一条信息：

试探一下他是不是被引导。

花崇看一眼手机，又放回兜里。

明亮的灯光下，苏元已经一头汗水。

"你怎么想到偷肉的？"花崇问。

苏元愣了下。

花崇说："从别人那里听到的？"

苏元用力摇头："因……因为……"

"嗯？"

"因为我小时候，家里太穷了，我爸偷过肉去卖。"

这理由出乎花崇意料。

"我真的是一时走错了路，我保证，今后我再也不干这种事了！"苏元捂着眼睛，肩膀抖动，"其实我都后悔了，但偷东西会上瘾。"

问询结束之后，花崇回到临时办公室。

"方向没错，但是细节可能有误。"柳至秦道。

花崇口干舌燥，知道桌上的水是柳至秦的，拿起就喝："况明半夜出现在厨房，大概率是察觉到肉被盗窃，跑去抓现行。凶手利用了苏元。他知道苏元盗窃，也知道况明半夜去抓现行，这个人只能是与二兄老卤关系密切的人，所以嫌疑人是员工的可能性很大。"

柳至秦说："二兄老卤一共就那么些人，加上快递站、供应商，也没多少人。我这就去查。"


## 09


况明的案子捋出一条思路之后，花崇立即前往第一起命案发生的地方——江恒客栈。

他是总负责人，其他队员可以专注一条线，但他不行，他得在全方位了解三起案子的基础上，进行大方向的判断。

江恒客栈位于安江市西郊林仙区，林仙区过去叫林仙镇，归安江市管辖，这几年才被划成区，因为有山有水，风景秀丽，成了安江市的网红旅游名片。

从直升机上看，林仙区的山上坐落着一栋栋风格各异的庄园，不是民宿就是餐厅，江边的坡上也有很多类似的建筑，远看似乎交通非常不便，但到了地方才知道，所有民宿和餐厅外都有修好的路，自驾的话，只要不是旺季，车就能开到门口，搭公共交通或是旺季堵车，那就只能徒步走一段路了。

此时是 12 月，是一年中相对较淡的季节。安江市市区是不会下雪的，林仙区的山上到了 1 月最冷时会飘雪，那时客人又会来一拨。

但现在很多山里的民宿都关门了。

而江边的大多还开着。

路上何若跟花崇说，这是因为江边的地理位置要好一些，那些民宿啊餐厅啊都机灵，利用原来江边的老破房，直接打掉一面墙，弄成残旧的风格，客人坐在破墙旁一边吃饭，一边能欣赏江上日落。

江恒客栈就曾经是这些江边民宿中，生意最不错的一家。

然而黄霞在客栈内遇害之后，游客惊恐离去，黄霞的女儿白娇伤心过度，也没有精力再经营民宿，将民宿关了。

如今出现在花崇眼前的，是一栋灰蒙蒙的房子，周围杂草丛生，院子里横七竖八扔着桌椅板凳。作为装饰的彩灯有的还挂在树上，有的已经垂下来，灯泡破裂，不注意看的话，像一个被风刮破的巨大蜘蛛网。

海梓说："这房子至少有四十多年了吧？"

"可能都不止。"何若说，"以前这一带全是平房，最高也就三层楼，住的都是底层讨生活的人，比如船工、采石工之类的，房子盖得很差，也没个归属。谁有钱了谁就搬走，换一拨人来住。本来以前在我们市，谁都不稀罕这儿，结果后来网红风一刮，这些房子全成了香饽饽。你还别说，有生意头脑的人将这些房子一装修，弄几个甜点，就真成游客打卡地了。"

花崇没急着进入江恒客栈，一边听何若说，一边观察周围的环境。

如果不看周围被装修过的土房，这儿其实是个彻头彻尾的农村，路和他来之前想象的不同，他本以为是统一铺设的路，其实是各个民宿自己填的，而且就只填了自家门口那一块，导致整条路像补丁拼凑而成。

这种地方，大概率没有公共监控。而各个民宿内部的摄像头必然存在大量盲区。凶手正是从盲区中经过，杀害了黄霞。

海梓在院子里喊："花队，你进来吗？"

花崇道："来了。"

黄霞家开的这间民宿，是斜阳路规模较大的一间，有前后两个院子，餐厅两家，名义上是民宿，但赚得更多的其实是餐饮业生意。

"你看这个位置，难怪是网红打卡地，视野绝了啊！"海梓已经爬到餐厅二楼那面被敲掉的墙边。

破旧的墙就像一个画框，画框中大江流过，铁索桥横江而跨，对岸的高楼在山上鳞次栉比，极有层次感，即便此时天气不好，乌云翻滚，仍能感受到这绝妙的艺术气息。

花崇也上去了，看过之后道："如果是晴天，太阳落山时，应该会更漂亮。"

"这条路叫斜阳路，就是因为夕阳壮美。"何若说，"网上有不少在这个角度拍的照片，他们家生意好，就是因为拿下了这个角度。"

花崇转身："这里的老房子是怎么个卖法？这里视野最开阔，做生意的都想拿下这套吧？"

何若嘻了声："这里面门道可多了，钱都是其次，关键得看你关系到没到位，反正水挺深的，不是有钱就能买得到。"

花崇眯了下眼："详细说说。"

何若微怔："花队，你觉得这和案子有关？"

"不一定。"花崇说，"不过可能算一条线索。"

何若有些顾虑："这个……"

"和林仙区的规划有关吧？"花崇说，"你只管说，我来判断。"

何若觉得这是个丑事，而特别行动队到底是外人，但命案必破，她再怎么也不能拦着，顾虑再三，还是说了。

斜阳路这些房子，要么是采石厂的厂房，要么是过去的人们自发修建的，产权就是一笔糊涂账。江仙区准备搞网红经济后，这些房子就划到区项目组手上了。

区项目组这帮人谁还没个亲戚呢？知道这一片将来肯定能发展起来，就把房子卖给和自己关系近的人。

虽然都在斜阳路上，但位置、角度那可有大学问，边上视野不行，没人要，中间的、高一点的能争得头破血流。

"黄霞刚遇害时，我们过来调查过，当时没往他们家是怎么拿下这套院子上去想。"何若说，"花队，是要查这一块吗？"

花崇走到破墙边，远望奔流不息的江水。

江恒客栈生意好，容易引人忌妒，而斜阳路的情况又更特殊一点，江恒客栈不是因为服务多好、投入多大而红火，根本原因是这个近乎完美的观江角度。

而江恒客栈能拥有这个角度，其中绝对少不了猫腻。

忌妒心可以让一个心存不满的人做出任何事。

花崇看了看时间，"他们还没到？"

"应该快了。"何若说，"命案现场就在后面，现在去看看吗？"

花崇点头，对海梓道："走。"

"他们"指的是黄霞的女儿白娇，还有白娇的男友，当地警方早就对他们进行了一轮又一轮问询，市局保存着这份记录，但花崇想在案发地亲自见见他们。

后院比前院大，不对游客开放。当初尚在营业时就没怎么打理，现在数月过去，荒草疯长。站在这里，才能切实感受到，斜阳路仍旧是一个没有经过系统开发的农村，所谓网红只是它的半面妆。

前院传来汽车的响动，何若看了看，说："他们来了！"

白娇穿着黑色的大衣，化着淡妆，眼中充满悲伤和小心翼翼。她是一个人来的，说和男友已经在上个月分手了。

"民宿的生意做不下去了，我又因为妈妈的事动不动发火，给了他太大的心理压力吧。"白娇声音很轻，"你们这次找我，是查出凶手了吗？"

只片刻接触，花崇就看出白娇是个从小被家人保护得很好、几乎没有吃过苦的女孩，在黄霞遇害之前，她也许从来没有经受过挫折，顺风顺水，前行路上的一切障碍都被父母摆平了。

"暂时还没有。"花崇说。

闻言，白娇的神色黯淡了些，旋即又极有教养地笑了笑："没事，辛苦你们了，我相信警察一定会找到凶手。"

花崇说："请你跑这一趟，是有一些问题想问你。"

白娇见过何若几次，却是第一次见花崇，求助地看向何若。

何若连忙说："这是上面下来督办案子的领导，你有什么都可以跟他说。"

白娇惊讶地回过头，眼中又多了一丝光亮："督办……是引起重视了吗？请你们为我妈妈讨回公道！"

花崇安抚了白娇一会儿，问："我看过问询记录，是你和杜穹（白娇前男友）最先发现现场的？"

白娇低落地点点头，开始讲述当时的情况。

盛夏，斜阳路所有餐馆和民宿都满员了，房间早在一个半月之前就订出去了，餐厅每天限量接待客人，必须提前预约时间段。

江恒客栈上上下下忙得不可开交，白娇和杜穹一商量，临时聘了六个服务员。黄霞得知女儿忙不过来，主动赶来帮忙，遇害之前她已经在客栈住了九天。

餐厅对外说的是营业到夜里 12 点，但那段时间 12 点根本打不住，小年轻们除了想看江上落日，还想看江滨夜色，客人一拨接着一拨，往往要到凌晨 3

点，客人才会全部离开。

而在凌晨3点之前，店里都是忙忙碌碌的，没有人能够休息，也注意不到后院的角落里发生了什么。

8月19日凌晨3点30分，送走最后一拨客人，白娇精疲力竭地躺在沙发上，牢牢盯着天花板，一句话都说不出来，脑中也一片空白。

她太累了，可是也太开心了。这是她头一次创业，每天的进账超乎她的想象。这么赚下去，等淡季到了，她就把店给关了，和杜穹一起去南方海边越冬。

她躺了一会儿，那口气缓过来了，才听见杜穹在叫她："娇娇，看见黄阿姨了吗？"

白娇坐起来，忽然觉得有点不对劲。

这一晚上她好像都没见着妈，平时妈忙前忙后的，精力特别充沛，还经常帮客人们挑选拍照的角度。

她这店开这么久，出现在小众点评上最多的就是她妈妈。客人们经常说，江恒客栈有个热情的大姐，做的东西好吃，人也好，虽然上年纪了，却特别时尚。

她的妈妈已经成她的活招牌了。这一晚上没出现，不太正常。

杜穹说："我刚才去厨房问了，肖叔他们都说没看见黄阿姨。"

当时白娇也没想到能出什么事，起身道："我下去找找看。"

江恒客栈前院装饰得很文艺，相当于整个客栈的门面，后院暂时没来得及整理。白娇本来打算忙过这阵子，把后面也收拾出来，明年就更赚钱。

白娇在三栋房子和前院都找遍了，还是没找着人，她就跟杜穹说："我们去后院看看。"

后院灯都没有，杜穹打开手机里的电筒，白色的光往黑暗深处一照，白娇的胸口莫名紧了下，颤声说："那是什么？"

刚才光闪得太快了，她隐约捕捉到一团匍匐在地上的黑影。

电筒的光缓慢地照回去，两人都看清了，黑影是一个倒地的人。

"是我妈妈。"时隔数月，白娇已经平静下来，可讲到这里时，她还是不由自主抓紧了衣服，眼眶泛红。

花崇温声道："慢慢说。"

白娇擦了擦眼角："我和杜穹当时以为她只是晕倒了，马上叫了救护车，后院太黑了，什么都看不清楚，我吓得要命，根本来不及去想妈妈怎么会晕倒在那里，只顾着让杜穹去叫人。"

花崇看过勘查记录，警察赶到时，黄霞的尸体已经被转移到客栈大厅，而重要的案发现场有大量凌乱的足迹。可见是白娇和杜穹当时的举动，帮了凶手一个大忙。

"我们把妈妈抬出去，到了有灯光的地方，我才看清妈妈的脸，她、她……"白娇做了好几个深呼吸，才将语气中的恐惧压了下去，"我们所有人都吓得说不出话，妈妈躺在地上，瞪着我们。"

黄霞是被勒死的。

勒死属于机械性窒息，是最常见的谋杀手段之一。被勒死的人颈部会出现明显勒沟，面部青紫肿胀，有的还会双眼突出，舌头挤出口腔。

对于普通人来说，这样一具尸体给予视觉的冲击必然非常大。

直到救护车赶到，白娇还是蒙的。她不知道发生了什么，也不知道周围的人到底在说什么，只看见医生摇摇头，和杜穹说了几句话。之后，有人开始尖叫，杜穹拿起手机，打了个电话。

然后警察就来了。

"他们说，妈妈早就死了，我们发现她的时候，她已经死了快五个小时，她的身体已经僵硬。"白娇断断续续地说，"他们让我回忆五个小时之前发生了什么，妈妈怎么会去后院。我不知道。我从上午 10 点就开始忙，晚上是最忙的时候，客人那么多，哪一桌都在叫我……我连妈妈不见了都不知道。"

现场勘查的记录很详细，黄霞尸体所在处是一块长满青苔的泥地，按理说可以留下足迹，然而足迹被破坏，痕检员提取到的只有白娇等人的足迹。

泥地上还有一双筷子。这双筷子的出现非常突兀，经查，是江恒客栈自己的筷子。警方怀疑是黄霞因为某个原因带来的，但筷子上却没有黄霞的指纹。

那么筷子很可能是凶手带来的，因为戴了手套，所以没有留下指纹。

不过筷子并没有成为重要线索，直到第二起与筷子有关的命案发生。

警方调取了江恒客栈里里外外所有监控，说是所有，其实加起来也只有四个，分别是斜阳路上唯一的公共监控，以及三个客栈内的监控。

它们的覆盖范围很小，凶手能够轻易地避开。

黄霞的人际关系是当时调查的重点，客栈的工作人员，还有部分客人都接受了问询。但是直到今天，这个案子也没有任何突破口。

一个比较遗憾的地方是，在第二起案子发生前，当地警方并没有将黄霞案列为重案，只是由分局自行侦查。后来移交给市局重案组之后，一些排查进行起来已经非常困难了。

比如难以再找到当天在江恒客栈消费的客人。

跟白娇了解完当天的事后，花崇提到之前与何若讨论过的问题："你是怎么拿下这个院子的？"

白娇愣住了，茫然地眨了下眼："什么意思呢？"

花崇说："据我所知，在斜阳路上，这个院子算是观江视野最好的地方，在这里做生意，比在别的院子做生意更容易赚钱。相应地，拿下它不是一件容易的事。需要足够的金钱，更需要人脉。"

白娇显得很困惑："但是我没有觉得很困难啊。"

花崇挑了挑眉。

白娇说："我自己有一笔存款，爸爸和妈妈各自支援了我一些，我当时和杜穹一起来看房子，觉得这特别好，就回去跟妈妈说了。之后办手续，一切都很顺利。"

花崇说："你和杜穹都没有主动去疏通过关系？"

白娇摇头。

花崇心里有数了。白娇能得到这个院子，不可能这么简单，要么是黄霞找了关系，要么是她父亲白忠国。这条线索还得追下去。

过了中午，天空放晴，阳光从云间照下来，像一道道光剑抛向江水，站在破墙边，不管怎么拍，都是一幅颇有格调的画面。

花崇拍了好几张，发给柳至秦。脑中循环着已知的线索。

从动机着手的话，黄霞遇害有可能是阻碍了别家赚钱。但斜阳路上这些房子、院子的买卖，和另外两起案子暂时还看不出有什么关系。

同样，况明那起案子，如果认为和康晴的死有关，那也和另外两起案子没有关系。

花崇吁了口气，出神似的看向江水。

这时，手机嗡嗡振了两声。是柳至秦发来的消息。

这些照片有什么问题？

花崇盯着对话框，手指顿了顿，没有马上打字。

照片没有问题，甚至和案子本身没有太大的关系。

他只是站在这儿思考时，忽然看见天放晴了，美景乍现，正好手机就拿在手上，于是随手拍了两张，又随手发给柳至秦。

但柳至秦当然不知道他就是随，还琢磨了半天照片上是不是有什么线索。

柳至秦的信息又来了，是一个问号。

花崇轻笑了声，发去一条语音："没事，我是不是影响你工作了？"

影响说不上，柳至秦也刚回到临时办公室，端着一杯冲好的速溶咖啡。

花崇今天去林仙区了，他和许小周则留在市内继续梳理况明的人际关系。

况明近期时常在半夜来到二兄老卤，举止怪异，遇害当晚提前从牌桌上离开，在排除掉被凶手以某种方法叫到案发地的可能后，就只剩下一种可能——他去抓偷窃冷冻肉的员工。

苏元有不小的嫌疑，并且他确实曾经出现在案发现场，有充足的作案时间。不过在对他进行问询之后，花崇认为凶手可能另有其人——一个知道苏元盗窃冷冻肉，也知道况明试图抓现行的人。

二兄老卤只是一个小作坊，员工职责划分并不明确，像苏元这种打包工人也可以帮忙接单、充当客服，或是在客户要求立即送货时跑跑腿，但厨师一般不和其他工作搅和在一起，而且厨师直接面对食材，是最容易发现冷冻肉少了的人。

况明一共请了四个厨师，另外还请了一个杂工。

"冷冻肉少了？"沈铁是厨房的头，以前在况明开的烤肉店工作过，况明开了二兄老卤后，将他请来开发菜品，不是普通员工，有点技术入股的意思。

他年纪和况明差不多大，眉间皱纹很深，像刀刻上去似的。

"我不知道啊，那些肉放在冰柜里，冻得跟石头一样，不是拿出来马上就能用，还要解冻，而且你们不是都知道了吗？肉有问题，过期了，解冻之后很臭，不能立即烹饪，还得拿香料除臭，除臭就是很大的一个工序，基本都是大伟在做吧？送到我这儿来的都是处理好的肉了。"

许小周问："你的意思是，你几乎不会亲自从冰柜里取肉，也对冰柜里的存货没数？"

"我当然没数啊。"沈铁很不耐烦，"你们难不成还怀疑我搞了况明？我至于吗？我有老婆有孩子，明年我孩子就高考了，我就指着安安稳稳地生活，这店子做大做强，况明和我说亲不亲，说疏不疏的，我有啥理由害他？"

沈铁口中的大伟全名叫高伟，这恐怕是全国最常见的姓名之一，高伟的长相也普通至极，属于那种丢在人群里，马上就会被淹没的人。

"肉是我拿出来解冻。"面对特别行动队，高伟显得很紧张，"那些冰柜，我……我一天得开关好几回。"

许小周说："那你知道有人持续盗窃冷冻肉吗？"

高伟低着头，沉默了好一会儿。他个子不高，一米七上下，穿着一件褪色的老式夹克，下面是一条皱巴巴的西裤，裁剪粗糙，脚上的棕色皮鞋有很多折痕，连鞋面上都沾着许多污泥，不知道已有多久没有擦过了。

看他半天不说话，许小周就明白他什么都知道。

"嗯。"高伟终于点头，"我点过数，被偷的不多，也不是每天都被偷。"

许小周又问："你跟谁说过吗？"

高伟连忙摇头："我跟谁说去啊？偷这个也是没办法，卖不了多少钱的。可……可能就是特别困难，我理解。"

许小周略皱起眉："你理解什么？"

高伟结巴半天，表达得不是很清楚："就是理解他有困难。你们是不是觉得偷这点肉没意思啊？能卖多少钱？三十块钱能有吗？奶茶都买不了一杯的……"

许小周不知道他怎么忽然激动起来，仿佛受到了某种刺激。

"那是你们好的生活过得太久了，你们……你们……刀没有插在自己身上，你们就不知道痛！"高伟涨红了脸，"反正，反正我能理解他，因为我也苦过，他偷就偷吧，我没能力帮助他，但我绝对不会告诉老板。"

"都什么跟什么？"许小周问完高伟之后跟柳至秦抱怨，"高伟这人畏畏缩缩的，但说到偷肉马上情绪就不对了，不断跟我强调他理解偷肉的人，还说我们没有被扎过刀子，所以不知道痛。"

柳至秦没有亲自问询，但一直通过监控看着几间问询室的情况。

高伟确实吸引了他的注意，这似乎是个非常容易产生同理心的人。在后续的问询中，高伟交代，并不确定盗窃冷冻肉的是谁，但是心里有几个怀疑的对象，其中就包括苏元。

不过在被问及是否知道况明准备抓现行时，高伟震惊得脸颊抖动，那种反应不像是装出来的。

柳至秦觉得高伟身上可能有线索，但一时半会儿又想不出这线索到底是什么。

其实若从体型来看，高伟基本符合凶手的侧写，但他有什么理由杀死况明？

柳至秦琢磨了一会儿，没有找到任何动机。

除了高伟和沈铁，在厨房工作的另外两人也都一一接受了问询。

厨师王显，三十一岁，安江市本地人，做了多年卤味生意，除了在二兄老卤上班，自家还有一个卤味摊子，主要是妻子和父母在负责。和沈铁不同，他经常从冰柜里拿食材，自称记忆好，知道食材丢失的事。

出事之前关闭监控的就是他。

"但不关我的事啊，我多嘴跟谁说去？在我们这一行，这真不是什么不得了的事，哪家厨房不被偷啊？这还算少的呢，而且丢的东西也不值几个钱。没人管的，你看况明不也没管吗！"

得知况明为了抓到偷窃冷冻肉的员工，前后多次半夜去厨房，王显唇角抽了半天，颇感无语的模样："唉，他这样……没必要啊，他都赚这么多了，何苦活得这么累？"

厨师郑健，五十二岁，安江市本地人，今年下半年才来二兄老卤工作，无儿无女，独自照顾老母亲，一般遇到需要加班的情况，留到最后的都是他，关监控的也是他。

"监控这事我跟况总提多少回了，晚上不能关，浪费得了几个钱呢？可他听不进去，说安装摄像头主要是为了落实食品安全责任，其实就是监督我们这些干活的。晚上没人，那还监督个啥？"

杂工谭梦是在厨房工作的唯一一名女性，二十六岁，安江市青芸镇人，她的情况和苏元比较相似，没有学历，在大城市里举步维艰，做过不少工作，但都匍匐在底层。

"我知道是苏元，只有他会这么做。我也知道况总知道有人偷肉。况总这人精明，虽然总是笑眯眯的，但对眼皮子底下发生的事其实门儿清。他半夜跑来抓人我不意外，老板都是这样的，最恨被员工占小便宜。"

这五人里，没有不在场证明的有三人，分别是谭梦、郑健、高伟。

打包工人、客服也都挨个接受问询，不久排查范围扩大到供货商，在这些人里，比较值得注意的是赵酒兰和严敏。

赵酒兰是二兄老卤的行政，三十六岁，招聘、财务之类的事全都由她做，进货、出货她比谁都清楚，几乎每天都会去厨房点数。

起初她说不知道冰柜里的冷冻肉少了，后来又说上个月她在核对消耗时就发现不对，但因为丢失得很少，不值几个钱，所以没有声张。

"况总肯定知道，他那个人，就是现代周扒皮。我都知道了，他还能不知道？得罪人的事就让他去做吧，我也只是个打工的，我拿自己那一份工资就行，别的我才懒得管。"

严敏，男，三十三岁，过期冷冻肉就是从他的"黑心作坊"卖出来的。

敏锐肉制品加工厂虽是合法企业，但是在健康、卫生的表皮下，也生产过期肉，这些肉都是低价回收的，重新加工一番，马上就"变废为宝"。

敏锐肉制品加工厂和二兄老卤是长期合作的关系，严敏作为敏锐老板的儿子，容易被查的过期肉都是他亲自送，还帮忙查查库存。

况明出事，牵扯出过期肉的事，严敏汗如雨下，马上将责任都推到况明身上："是况明主动向我们提出购买过期肉的，我们从来不会隐瞒肉的问题，都是谁告诉我们，他们愿意买那种肉，我们才会做。其实我们只算一个承接商，接了单子才生产。"

敏锐肉制品加工厂的多名员工称，一个月前，况明来到厂里，和严敏产生激烈的冲突，两人在厂房外面甚至动了手，严敏扬言要搞死况明。

对于那次冲突，严敏解释说是况明以生产过期肉敲诈勒索他，想要用更低的价格大量购买过期肉。如果他不答应，那就将过期肉的事情捅出去。

这事最后没谈成，严敏也不是好惹的，做的本来就是流氓生意，和况明算是流氓对上了流氓。

做完这一轮排查，的确找到了几个有疑点的人，他们缺乏不在场证据，能够利用苏元和况明之间的矛盾，但一个至关重要的问题仍旧没有眉目，那就是动机。

严敏倒是有动机，甚至说过要搞死况明。但过期肉买卖的事后来还是按照原计划进行，他真的会因为一时气不过杀害况明？

柳至秦垂眸琢磨，觉得可能性极小。因为一旦况明出事，警方就会查到过期肉，从而查到敏锐肉制品加工厂。生意做不成了，对严敏来说才是最大的伤害。

但抛开严敏，其他人没有一个有明确的动机。

动机是犯罪的核心组成部分，在有预谋的凶杀案中，除开极个别的无差别行凶，绝大多数案子都存在动机。

凶手也许将动机隐藏得很深，警方一时半会儿难以察觉，但它就像一条蛛丝，将一切都串联了起来。


花崇发来照片时，柳至秦正在梳理手上的线索，他头脑快速转动，乍一看手机上的照片，下意识就认为是什么可靠的线索，立即认真分析，但是分析了半天，也没看出个头绪来。

照片有好几张，但角度几乎没有变化，有的拍模糊了，有的比较歪。

这风格似曾相识，花崇拍他、拍二娃，或者随手拍个什么风景，都是这种调调。

但若是在工作中拍现场照、物证照，花崇就仔细得多，起码不会模糊，如果确实拍模糊了，那就删了重来。

没道理将模糊的线索照也一股脑发给他。

一问才知道，这些照片压根不是什么线索照，就是花崇案子查到半途，拍下来给他欣赏的风景。

这一天柳至秦一方面要掌控整个排查进程，一方面要跟进每一个细节，精神一直紧绷着，没有松懈过。花崇这一打岔，他才稍稍放了会儿空，发去语音："你也爱拍这种风格的照片啊？"

花崇一时没听懂："这什么风格？"

柳至秦就发了小众点评的一个截图过去："将破旧的墙壁当作相框，相框外是大江大河、城市森林，现在很流行这么拍。"

花崇笑了笑："我们小柳哥懂的还真不少。"

柳至秦也笑。

两人说了一会儿，花崇又道："不过这张照片也可以算一个间接线索。"

柳至秦道："嗯？"

花崇简单地说了下斜阳路这边旧房的购买猫腻，柳至秦听完后道："如果是靠关系占了这么好的一个位置，那江恒客栈确实容易引人忌妒。"

"汪杰那个案子我还没来得及亲自跟，黄霞案重新走一遍，线索虽然不少，但和况明案始终没有一个明确的关系。"

江水映着阳光，金灿灿一片，有些刺眼，花崇背过身，因为刚看了明亮的东西，立即转向昏暗的小屋，视觉难以适应，像是打了一片重重叠叠的影子。

"我有种预感，开始跟汪杰案之后，三起案子之间的割裂感会更重。"视野再次清明后，花崇朝楼下走去，"被害人的死因和筷子将三起案子并在一起，凶手的作案动机又把它们撕扯开来。"

警车停在院子外的补丁路上，海梓摁了摁喇叭。他们今天来林仙区，主要目的是还原现场，至于后续调查，还要回去之后接着进行。

花崇朝警车走去，上车后又向那些老旧的楼房看了一眼。

它们都是上世纪的建筑了，当年那些船工、采石工修建它们，只是为了有一个遮风挡雨的住处，他们一定想不到，自己艰难生活的承载物在几十年后居然成了年轻人争相打卡的网红建筑。

思想不共通，所以喜怒哀乐也不共通。

柳至秦叫了声"花队"，花崇回神："嗯？"

"在想什么？"柳至秦说，"突然就不说话了。"

花崇也说不好刚才到底在想什么，侦查初期，大量线索奔涌而来，比这斜阳路上看见的江水还要凶猛。

他必须将思路放得极宽，但这样做也会产生不少问题，比如过度发散导致部分想法缺少支撑，并且收不回来，令调查方向出现一些负面问题。

"没事。"花崇道，"回来再说。"

柳至秦说："行，我们把三起案子全部吃透，再来找其中的动机和关联。"


接到花崇的通知后，赵樱立即联系林仙区规划项目组。

该项目组吃着林仙区开发的红利，风光无限，最初没把赵樱当回事，赵樱在他们气派的工作区当场发火，这才叫来了项目组的负责人。

负责人姓周，五十多岁，用上好的茶招待赵樱，赵樱却一口都没喝。

江恒客栈的事，周组长当然知道，但怎么都没想到这事在几个月之后能查到自己头上来，半蒙半忐忑，尴尬地问："赵队，我们能帮什么忙啊？"

"斜阳路刚开发的时候，老房买卖的依据是什么？"赵樱冷声问道。

周组长一惊："这……"

赵樱说："江恒客栈拿到了斜阳路上位置最好的院子，当时看上那个院子的人不少吧？你们是以什么标准，最终将院子交给了白娇？"

周组长支吾半天，又尴尬地笑起来："我说赵队，这规划的事你还不了解吗？肯定不是谁看上，谁就一定能买啊。"

赵樱不悦地看了他一眼："所以白娇是怎么拿下那个院子的？"

周组长在办公室转了半天，叹了一口挺沉重的气："不是她拿下的，是她妈妈帮她拿下的。"

赵樱说："嗯，黄霞。"

这名字让周组长愣了下，额头上渗出冷汗，仿佛忽然意识到那起大家聊过不少次的案子真跟自己有关。

赵樱说："黄霞和你们有什么关系？"

周组长方寸已乱，马上招了。

黄霞和周组长的妻子认识多年，是牌友，退休之后偶尔和其他老姐妹结伴出去旅游，为了斜阳路院子的事，黄霞私底下找了周家好几次，又是送钱，又是故意输牌，周组长被吹了耳边风，就让白娇拿到了那个院子。

"黄霞当时对我们千叮咛万嘱咐，说不要让她女儿知道，她女儿单纯，不需要晓得这些事。"周组长不安道，"其实这种事太多了，斜阳路上房子就那么些，真不是有钱就能买到的。赵队，这事赖不到我这儿啊，所有房子卖出去，其实都有人情债。"

赵樱说："那当时还有哪些人想要江恒客栈那套院子？"

"哟，那就多了。"周组长擦擦汗，"我也是费了很多力，才帮下了这个忙。"

赵樱严肃地盯着他："到底有哪些？"

周组长吓一跳，叫来秘书："你等等，我们这就整理出来！"

花崇回到市局时，已经拿到了这份名单。

## 11

安江警方按照名单进行排查时，花崇没有跟进，汪杰那边他掌握的线索还太少，他必须亲自去一趟。

鉴于黄霞和况明在社会上有一个相似的身份——老板，花崇让赵樱再次在江恒客栈的员工身上花些工夫，暂时不管动机，将没有不在场证明的人标出来，以便之后和二兄老卤的可疑员工拉一条线。

赵樱照做，花崇将岳越和裴情派过去和当地警方一起做这件事。现在裴情已经不再是那个只会跟尸体对话的法医了，其他活儿，只要是花崇安排下来的，他都干。

海梓还笑话他，说赔钱货的高冷特质被花队调教没了，成功从刑侦一组性价比最低的赔钱货变成顶级赚钱货了。

对此，裴情竟然还挑了挑眉毛，颇有些得意。

倒是柳至秦走过来冷冷说了句"调教这种词不可以乱用"。

海梓就无语了，无情黑客管得真的很宽啊！

安排好工作，花崇就和柳至秦出发了。

他们今天要去第二名被害人汪杰遇害之前供职的安江市博物馆，之后还要去汪杰遇害的隧道，尽可能多地了解这起案子。

赵樱也通知汪杰的家人了，他们今天晚上，最迟明天会再来安江市一趟，协助警方侦查。

时值岁末，城市张灯结彩，街头巷尾满是节日气氛。大型商场正在搞主题装扮活动，超大号玩偶立在商场外的广场上，分外惹眼。

沿途的绿化树上全都挂着彩灯，可以想象到了晚上，满街将是一番火树银花的景象。

即便此时还是白天，洋洋喜气也已经遮不住。

这时候最容易放松，人们奔忙了一年，过得无论好坏，年是要跨的，春节更是要过的，即便手头的工作还没有做完，绷了三百多天的神经也渐渐松了。很多行业一到这个时节，就索性停工。不停工的，业务量也开始减少，一切等到来年春暖花开时再继续。

但刑警们却无法因为元旦的到来而放松。

相反，此时正是犯罪高峰期，他们不仅不能放松，反而还要将弦绷得更紧。

安江市博物馆坐落在城市北部，离最繁华的区域有一定距离，不过安江市本来就繁华，即便不是中心区域，街上仍是十分热闹。

和很多大城市的博物馆一样，它修建得十分气派，是新馆，主体建筑有五层高，因为博物馆的特殊性，每层的层高远超一般建筑，一眼看去相当雄伟。

主体建筑周围有一圈占地面积不小的花园，花园将博物馆和外面的热闹隔离开来，让这里多了一分幽静。

警车如果停在外面，走进去得花不少时间。何若开着车，遇到门卫时还和对方掰扯了几句。

听说市局来查案，门卫表情相当不耐烦："你们怎么又来了？"

"汪杰那案子没查清楚，我们当然要来。"何若底气挺足，"而且公安部的领导来了，大哥，别堵着了行吗？"

何若故意将"公安部"三个字念得很大声，门卫一听，弯着腰直往车里看。

花崇朝门卫笑了笑，门卫惊讶地瞪了个眼，行是放了，但怼了何若几句，"又不是不让你进去，你跟我撒什么谎啊？找个新来的小伙子，就冒充公安部的领导，哪家领导这么年轻啊？"

何若无语。

花崇亦无语……

柳至秦在一旁笑了笑，等车缓缓开进去，才偏过来对花崇说："我们领导就这么年轻。"

博物馆里人不多，两个和汪杰年龄相仿的讲解员正在给游客介绍藏品，副馆长龚力闻讯赶来，一来就问："小汪的事有眉目了？"

何若跟对方解释这案子要重新详查，龚力点点头，"应该的，应该的，他是咱们这儿的员工，平时工作也基本没有出过什么错，和同事处得可以，突然出了这种事，不查清楚，我们这心里也是慌着的。"

花崇提出找个方便说话，也方便感受汪杰日常工作的地方，龚力便将他们带到了二楼瓷器展厅。

瓷器展厅正好没人，一件件珍贵的瓷器在灯光的衬托下沉静而肃穆，是这片大地千百年历史的见证者，也是汪杰短暂生命的见证者。

"其实我们的讲解员，每个厅都能讲的，不过小汪对瓷器、陶器最有研究，一般就待在这两个厅，他这人挺好说话的，其他厅忙不过来，或者游客需要同一个讲解员从头陪到尾，他也乐意去其他厅。"龚力说，"他也不显摆他的家世，在他出事之前，我们这里的绝大部分员工，都不知道他家里有钱。去年年底评'优秀讲解员'，他被评上了，照片还在一楼大厅呢……"

花崇一边听龚力说，一边在玻璃罩前缓缓踱步，欣赏那些精美的瓷器，脑中渐渐出现一幅画面——汪杰穿着博物馆定制的白衬衣和黑西裤，手握一个黑色的扩音器，小话筒就别在衣领上，细致耐心地讲着每一件藏品的历史。假如有游客没听明白，他会立即停下来，用更风趣直白的语言再讲一回，哄得大家笑语连连，这时他又会笑着提醒大家，说这里是博物馆，稍微注意一下音量。

"汪杰是怎么到这儿来工作的？"花崇停下脚步，"他的专业不对口，走正常招聘流程的话，应该没法成为正式员工吧？"

博物馆有很多义务讲解员，他们来自各行各业，对历史文化有丰厚的兴趣和知识储备，经过考核之后就能穿上黄马甲、红马甲，周末来工作两天。这类讲解员其实并不难当。

但拿工资的讲解员就不好说了，必须得是专业人员。

"这……"龚力犹豫了会儿，"小汪是通过关系进来的。但这和我们馆、和我都没有什么关系，我们决定不了。他们家有钱，找了上面的关系，要塞到我们这儿来。这种事其实年年都有，我们也不愿意有啥也不会的人来，就说还是得考察一下他的能力。结果挺出乎我们意料的，他虽然和我们专业不对口，但作为一个讲解员还是合格的。"

花崇琢磨着黄霞和汪杰这一并不显著的共同点——他们都是因为"关系"而做成了某种事。

黄霞可以说完全是靠关系为女儿白娇拿下了斜阳路上视野最好的院子，汪杰没有她那么突出，他本身的能力是被认可的，可是若是没有汪家的关系，他能力再被认可，也不可能被博物馆破格录取。

"你看，这是我们的电子反馈箱。"龚力将花崇带到瓷器馆门口的方柱形屏幕边，点到汪杰的信息页面，"有的游客会来这里反馈，也就是给讲解员打分，小汪的评分一直挺高的，他讲的东西容易听懂，而且擅长和游客互动。上次你们来的时候就问，谁有杀害他的动机，这我是真的想不出来。他做什么都挺客气的，也不露富，开的车都是普通代步车。而且他啊，虽然在游客那儿的评价不错，但他不争这个，他的主任还跟我说，他时不时主动把机会让出去，很会做人。"

花崇向龚力道了谢，给柳至秦发信息。


哪儿去了？


柳至秦很快回复。


三楼小花园。


三楼有个大平台，栽了不少草木，还有个露天咖啡馆，供游客们休息。花崇赶过去时，看见柳至秦正坐在一张椅子上。

这个天气，露天咖啡馆已经歇业了。

"你不冷啊？"花崇边说边走过去。

柳至秦道："冷空气容易让头脑保持清醒。我刚才跟汪杰的三个同事聊了下，调出他们内部的工作记录，还有部分汪杰工作时的录像。我的感觉是，汪杰其实是个比较普通的讲解员，他的普通在于——他不够努力，不会和同事去争抢些什么。"

花崇点头："龚馆长的意思是，他在为人处世上很有分寸，知道什么行为在职场会引人不满，加上他并不在乎这份工资，所以能够让出去的，他一般都会让出去。"

"这让他成为一个很难让同事产生不满的人。"柳至秦说，"我本来认为，他和黄霞相似，但这么看来，其实他们的差别很大，黄霞一定会招来其他商家的忌妒，但汪杰很难说。"

花崇说："汪杰的保密工作做得不错，他似乎很擅长隐藏自己。"

柳至秦沉默了会儿，说："那况明、黄霞、汪杰这三人的联系还是很模糊。

069

从已知的线索出发，黄霞遇害可能和江恒客栈那个院子有关，况明遇害可能和他长期销售过期肉产品，以及康晴的死亡有关——当然现在还不能排除其他原因。这些原因联系不起来。我想做一个假设。"

花崇抬眼："三起案子，凶手不同？"

"第一起案子被后面两起案子利用了。"柳至秦说，"筷子没有被插入黄霞的身体，筷子为什么会被丢在她的尸体边？筷子的作用是什么？这都得打一个问号。但况明案和汪杰案里，筷子的作用非常明确，就是掩盖电流斑。"

花崇说："但第一起案子发生后，并没有引起当地重视，媒体也没有报道，凶手知道现场有筷子的途径可能不多。"

"在第一起案子发生时，凶手可能就在现场。"柳至秦说完摇了摇头，"也不一定在现场，但他知道筷子的事。汪杰和况明身上的电流斑都被筷子破坏，这就不可能是巧合，所以汪和况一定有联系，黄霞不一定和他们有联系。"

花崇说："汪杰现在看来是个各方面都不错的人，而况明却可能杀害过一名被贩卖的女性，又昧着良心做生意……可以从这两点入手，深挖汪杰。"


汪杰遇害的废弃隧道在安江市南部浓蛮镇山头，安江市的发展重心虽然在南部，但是浓蛮镇过于偏远，是安江市比较落后的地方。

警车从市区驶出，彩灯、玩偶和高楼大厦一起消失得无影无踪，闯入视野的是一片看不到边际的绿色。

这个季节，会黄的树叶已经掉了，埋入土里成了第二年的养分，只有四季常青的植物还喧嚣地生长着。

前面是一段凹凸不平的土路，之前接连下雨，土路不易干，全是水坑，车开上去晃得十分厉害。何若抱歉地说："还有一会儿，那个废弃隧道很远，那一片以前有铁路，但早就没用了，隧道也跟着报废了，你们忍一下啊。"

花崇说："没事。"

在土路上颠了大约半小时，隧道终于到了。

地上有一条泥色的条状物，不仔细看都辨别不出那是被泥裹着的警戒带。

当初警方封锁过现场，不过大自然轻而易举就将人类留下的痕迹纳入自己的吐息中，渐渐消磨殆尽。

"这是尸体被发现的地方。"何若蹲在隧道边，"现场基本没有被人破坏，但是雨水把凶手的足迹冲掉了。"

花崇拿着平板电脑，点出现场照。

警方发现汪杰尸体时是 11 月 11 日，在那之前，安江市连降大雨。尸体被发现时已经开始腐烂，死亡时间在 10 月 31 日到 11 月 1 日，隧道边并非第一现场，只是抛尸现场，隧道附近有未被雨水冲刷掉的车辙印，经比对，是汪杰自己的车。

之后，警方在邻市的村子里找到汪杰的车，车已经被烧成了空架子，痕检师未提取到任何具有指向性的线索。

而村子之间由土路相连，车未上高速，抛尸之后没有被摄像头拍到，仅有当地村民说，半夜看到火光，还以为哪家出事了，后来才知道是有一辆车子燃起来了。

"10 月 31 日，汪杰轮休，没有去上班，一早他就开车去了城北，路上好几个摄像头拍到车了。但是到了浓蛮镇，就没人知道他上哪儿去了。"何若说，"当天他的通信记录也没有异常。分局就是根据他的行踪，在浓蛮镇一带搜索，最终找到他的尸体。"

"有一个相似点。"柳至秦道，"况明半夜出现在二兄老卤的厨房很蹊跷，汪杰出现在浓蛮镇，也没有道理。况明那边已经明确，他是为了抓到偷窃冷冻肉的员工，所以才去厨房的。汪杰这边也一定有一个原因。"

花崇点头："而且很可能是他主动过来的。凶手利用了他的主动。"

柳至秦转身："汪杰大概率是在浓蛮镇遇害，那命案现场……"

"我们判断可能是在车上，凶手烧车，也许就是为了毁灭车上的痕迹。"何若叹了口气，"其实我们也抱着找到命案现场的希望，但是浓蛮镇不大，居民也不多，排查下来，没有人能够提供线索。"

"凶手的计划很周密，把汪杰当成了'帮凶'。"花崇道，"汪杰开车前来，在浓蛮镇的某个地方，凶手等着他，上了他的车，然后在车上将他电晕，接着把他勒死。又将他的车作为抛尸工具。事后驾车逃逸，一把火把罪证烧了个干净。"

何若满心疑问："汪杰为什么会这么听话呢？"

花崇和柳至秦都没回答。

案子现在呈现的是汪杰听话，但是如果将况明案代入进来，那其实不是听话。况明是听了谁的话，才去厨房自投罗网的吗？

不，他是非常主动地要去抓偷窃者。

那么汪杰驾车来到浓蛮镇，是不是也带着某个明确的，别人却不知道的目的？而凶手利用了这个目的。

案件扑朔迷离，一个看似与案件毫无关联的人又一次出现了。

顾允醉。

在凤兰市的"海山茶"旗舰店，顾允醉亲手将一个电子玩偶送给了花崇。这个电子玩偶与其说是他监视特别行动队的工具，不如说是他现身的重要设备。

毕竟对他这样的人来说，任何联网的东西都可以成为他的眼睛，防不胜防，并不需要刻意靠这个玩偶。

那天投影出现大片雪花后，通信就中断了，柳至秦追踪到他当时正在 R 国南部。

之后，顾允醉销声匿迹，而顾厌枫对这场游戏似乎十分感兴趣。

他们来安江市之前，整理行李时，柳至秦看着电子玩偶出了会儿神。

"带上。"花崇说，"顾允醉绝对不会只出现一次，凤兰市的案子是他对你的考核，你通过了考核，他一定还会来找你。"

沉寂许久的电子玩偶再次启动，柳至秦迅速接入追踪程序。

顾允醉好整以暇地坐在一间宽敞而洁白的房间里，通过画面完全无法辨认具体位置。

"我以为你会留在信息战小组盯着我，没想到你技高人胆大，又跑出去查案。"顾允醉穿着深灰色的高领毛衣和黑色西裤，微笑着看向摄像头，"这次的案子有趣吗？"

追踪程序运行，笔记本电脑发出轻微动静。追踪程序是柳至秦亲手写的，而顾允醉的反追踪本事也登峰造极。

"银河"不是那么轻易就能被锁定的。

柳至秦眯了眯眼："你想说什么？"

顾允醉说："我喜欢你警惕的样子，也喜欢你们队长着急的样子。"

柳至秦眼神一沉。

"不过这次我是来向你提供帮助的。"顾允醉笑起来，"你要不要听听我的解题方法？"


## 12


"先给你抄一个答案吧。"顾允醉从椅子上站起来，走动时，皮鞋鞋跟在地板上磕出干脆的响动，"康晴不是况明被杀的原因。"

柳至秦面无表情地盯着投影中的人。

在目前已经进行的调查中，康晴是个非常突兀的存在。况明的儿子况山说，康晴是况明买来的女人，照顾他多年，被他视作亲生母亲。

然而况明却兽性大发，将康晴杀死并埋在自家院子里。

不管是人口买卖，还是谋杀藏尸，都足以吸引警方的全部注意力。可如果将康晴放入三起凶案之中，又显得格格不入。

况明的朋友并不知道康晴，周围的街坊却证实了康晴确实出入过况家。

但只有况山明确说，康晴是况明买来的女人，被况明折磨致死。

康晴的死因和况山所述不一致——从和况明有过金钱关系的按摩女的证词可知，况明没有特殊癖好，康晴死于折磨的可能性不高，而裴情在解剖中发现白骨上有锐器刻痕，疑似肺部被刺伤导致死亡。

康晴的一切都扑朔迷离，而知情者况山显然隐瞒了部分真相。

"虽然康晴只是一件低端货品，但我们对每一件货品负责。"顾允醉说，"货品什么时候报废，报废的原因是什么，这些都需要跟踪了解。"

柳至秦说："康晴是你卖给况明的？"

顾允醉笑了笑："我说了，康晴只是一件最低端的货品，买她的人，也只是最低级的客户。况明有什么资格让我亲自卖货？"

柳至秦很轻地抬了抬下巴："说下去。"

"你们是不是查不到况明是通过什么途径购买康晴的？他的同事、朋友也不知道他买了这么一个女人？"顾允醉眯起眼的时候，眼尾向上扬起，似笑非笑，"因为但凡和'银河'有关，痕迹都会被消除。至于康晴到底是怎么死的，你们可以再去查查况明那个叫什么山的儿子，小朋友说的话，不一定句句都是实话。"

柳至秦说："你为什么肯定，康晴绝不是况明遇害的原因？"

"谁会为一件'商品'复仇？嗯？"顾允醉像是听到了一个笑话，"我刚才怎么说的？康晴是我们最低端的货品，但再低端，也是从我们手里出的货，她的背景没有人比我们更清楚。"

柳至秦冷笑："你把自己择得挺干净。"

顾允醉耸耸肩，"你们的筷子案与我无关，你和你的队长因为一桩人口贩卖怀疑到我头上来，我倒是没什么，但是让你们走弯路，我这里有些不安。"说着，顾允醉笑着点了点自己的胸口，"毕竟，你们都是我难得相中的猎物，在康晴这个不值钱的货品上伤脑筋，实在是没有必要。"

柳至秦睨着投影，缓缓吐字："猎物？"

顾允醉哈哈大笑："如果你觉得这个词不好听，不妨换一个，意思对就行了。但在你们眼中，想必我也是猎物吧？互为猎物，就不要再惺惺作态了。"

此时，电脑突然发出程序冲突的声响，柳至秦转身查看，几不可察地皱了皱眉。

顾允醉并不是一味地躲避，还主动发起攻击，追踪程序不断报错。

"啧，你这么费力追我有什么用吗？"顾允醉轻松道，"我可以让你锁定，但我在你们的特警能够包围的范围之外，R国警察不会那么乖地配合你们。"

柳至秦在键盘上敲击片刻，头也不抬："还想说什么？继续。"

"一心二用。"顾允醉哼了声，"筷子让你想到了什么？"

这时，办公室的门从外面打开，花崇走了进来。

顾允醉神情微变，竟是微微颔首，以示礼数，"花崇队长。"

花崇看向投影，严肃得近乎庄重。

在凤兰市；他近距离接触过这个男人。当对方将礼品袋递到他手上时，他还笑着说了谢谢。

"顾允醉。"花崇说。

"幸会。"顾允醉又笑了，"我正在和安岷探讨解题的方法，我们以前经常这样，队长要不要参与？"

柳至秦下意识挡在花崇面前。

他们现在正在安江市重案组，顾允醉就算有天大的本事，也不可能对花崇做出什么。但柳至秦不愿意花崇就这么暴露在顾允醉面前。

顾允醉笑起来："安岷，你们的队长需要你这么护着吗？"

花崇用力握了下柳至秦的手臂，不躲不避地看着顾允醉："筷子代表饮食，饮食代表生活。"

顾允醉点点头："所以你们想从食品安全着手。二兄老卤的过期变质肉，网红客栈那些名不副实的劣质食物，但博物馆是什么？"

花崇没有回答顾允醉。不是因为回答不上来，只是没有必要将侦查细节告知这个犯罪组织头目。

刚才警方已经查到一条线索。汪杰的家族企业在餐饮领域涉足不深，其下的茶餐厅屡次出现食材检验不合格的问题，这和二兄老卤、恒江客栈有相似之处。

但是让人不解的是，如果这三起命案确实与食品安全有关，那么为什么是汪杰遇害？汪杰从未参与过家族企业的经营，他甚至很可能根本不知道自家企业的问题。

"饮食代表生活。"顾允醉说，"生活对有些人来说，只是生存。"

花崇眉心收紧。

"当然，我知道的也不多。"顾允醉笑着冲柳至秦挑挑眉，"解题还需要安岷同学自己来。"

程序仍在报错，投影开始出现一道道横线，那些横线让顾允醉的面目变得扭曲，最终融化在闪烁的光影中。

信号断了。

花崇走到柳至秦身边，手在柳至秦背上轻轻拍打。

"他又来搅局了。"柳至秦转身，斜倚在桌沿。

花崇此前在另一间警室，已经通过监控听到了柳至秦和顾允醉的对话，"他至少证实了我们之前对康晴的判断，康晴出现在这一系列案子中是个意外。而且真正杀死康晴的，也许不是况明。"

柳至秦说："是况山。"


况山这几天处在警方的监控中，再次被带到市局，显得很不耐烦。这不耐烦像是一种遮掩，他试图掩饰自己的不安。

"你们找到杀死况明的凶手了吗？"他穿着一件米白色的卫衣，卫衣胸口写着外文，他半抬着头，额发挡住了视线，从阴影中射出的目光畏惧而黏稠。

"凶手没找到，但查到了另一起案子的线索。"花崇将白骨的细节照放在桌上，往前一推，按在况山面前。

况山一看到照片，就激烈地打了个哆嗦："你……你给我看这个干什么？"

花崇意味深长道："怎么，你很害怕？"

"我……"况山额角抽动，"这种照片是个人都会害怕吧？"

"陌生人的骸骨，当然会害怕。但这是康晴的骸骨。"花崇说，"她不是你视为母亲的人吗？"

况山细长的脖颈绷紧，喉结滚了几下，又看了照片一眼，很快别开。

"你说康晴是被况明折磨致死的，但我们调查下来，却发现很多疑点。"花崇找到肋骨的特写照片，"第一，你的父亲况明没有虐待人的习惯；第二，经过尸检，我们发现康晴的死因是肺部被利器刺穿。"

况山突然瞪大双眼，嘴唇发白："尸……尸检？"

"很诧异吗？觉得尸体一旦腐烂，尸体上的一切线索就消失了？"花崇说，"但即便只剩下白骨，法医还是能找到被害人死亡的真相。"

况山很轻地摇了摇头，近乎自语道："她就是被况明弄死了。"

花崇说："况明用刀捅穿了康晴的肺？"

况山眼中翻涌起恐惧，仿佛看到了当年那血腥的、不愿意再去回忆的一幕。

"到底是谁杀死了康晴，我们还会继续调查。"花崇说，"你也许是唯一的目击者，而你所讲述的经过和事实不符，所以在今后一段不短的时间里，我们随时会找到你，你什么时候想坦白了，随时可以来找我们。"

说完，花崇站起身来，居高临下打量了况山十多秒，转身离开。

就在他打开警室的门时，况山忽然"啊"了一声。

花崇问："怎么？"

况山此时脸色非常苍白，嘴唇更是毫无血色。

两人对视须臾，况山摇了摇头："没，没怎么。"


"花队，你的意思是，况山有可能才是杀死康晴的凶手？"重案组队长办公室，赵樱来回走动。

"他的反应不像是一个与康晴的死完全无关的人，不过当事三人，两人都已死，想要找到证据很困难。"花崇坐在沙发上，"康晴死的那天到底发生了什么，只有况山一个人知道。而即便他说出当时的情况，在没有物证的情况下，这个案子还是很难处理。"

赵樱说："有一点我很难理解。"

花崇说："他说出自家院子里有尸体？"

"对。"赵樱道，"康晴没有身份，已经在二兄老卤的院子里埋了三年，始终未被发现。人如果是况山杀的，他为什么要在这个节骨眼上，告诉我们院子里埋了具尸体？"

"他没有时间权衡利弊。"花崇说，"我那天去学校找他，问他为什么对亲生父亲的死亡无动于衷。人有时在连续问询下控制不了自己的思维，他说出况明杀害了他心爱的'母亲'，借以表达他对况明只有恨，没有亲情。如果不看康晴死因的话，他的解释似乎符合逻辑。"

赵樱点点头，遗憾道："那这个案子很可能会成为悬案了。"

"赵队，其实我过来找你，还有另一件事。"花崇道，"康晴的死也许很难找到真正的凶手，但她代表一个现象——安江市曾经存在过有组织的人口贩卖。"

赵樱深吸一口气："这……"

"在这次的案子解决之后，希望你们能够分出一部分警力，再详查一下人口贩卖。"花崇道，"这和公安部今年跟踪的跨境犯罪也有关联。"

排查仍在紧锣密鼓地进行。连环凶杀案令社会不安，市局和各个分局派出大量警力，在大街小巷巡逻。

目前重案组和特别行动队最担心的就是，凶手还会作案。

杀害黄霞的凶手不一定就是杀害况明和汪杰的凶手，但很显然后面两起案子必然出自同一人或是同一团伙之手。

他，或者说他们，还会寻找下一个目标吗？已经锁定下一个目标了吗？

让柳至秦烦心的不仅是案件本身，还有顾允醉。

顾允醉自上次在凤兰市出现之后，就销声匿迹了，这回现身的目的是什么？为什么选择这个时机？

真如顾允醉所说，是来提供线索的？

那这线索着实无关紧要。

目前警方并没有将侦查重点放在康晴身上，食品安全才是焦点。顾允醉这一现身，只明确了一个问题，那就是"银河"的势力曾经扩展到安江市，神不知鬼不觉地在这里做人口贩卖生意。

康晴绝不是唯一的"货品"，而"银河"如此庞大的一个犯罪组织，必然也不会甘心只做小型人口贩卖。

他们在安江市经营，必然有更大的目的，康晴这样的小型人口买卖仅是顾允醉顺手做的事而已。

他更大的目的是什么？

柳至秦捏了捏眉心，看着桌上那个电子玩偶。

它现在又是一个普通的玩偶了，没有任何功能。


安江市南部最繁华的金枫广场，咖啡馆的门被推开。

吧台的服务员大声迎客："欢迎光临！"

客人裹着厚重的大衣，在吧台前驻足，仰头看向墙上的价目单，片刻道："一杯摩卡，谢谢。"

服务员趁机推销会员卡道："充两百元打九折，充六百元今天这杯免单！女士，您要办一张吗？"

客人只是笑了笑："我不经常来这里。"

服务员有些遗憾，又问要不要买一盒摩卡便利装，和现做的一样。

客人还是微笑摇头。

服务员心想，看你穿得不错，没想到是个抠门的，脸上的热情消失了，草草收银，让铃响了来吧台取餐。

客人没有马上离开，站在吧台边看服务员做咖啡。服务员觉得那道目光让人很不舒服，但也不好说什么，毕竟有的客人就是喜欢这么盯着。

她加快动作，做好摩卡："您的咖啡。"

客人端着托盘，向墙边的长桌走去。那里只坐着一个人，正在看书，面前也放着一杯摩卡。

## 13

咖啡馆里有书，只要点了单，就能免费阅读。

客人放下托盘，双手握住装着摩卡的杯子暖手，视线停在对面那位客人的书上，轻声问："这本书讲的是什么？"

"你来啦。"灰衣客人个头很小，用书遮住自己的脸，给来人看封面，"健康饮食。"

黑衣客人笑了笑："看也没用，这种书里讲的食物，没一样是你喜欢的，你照着它做，坚持不了三天。"

"哎，那也不一定啊。"灰衣客人说，"我觉得我以前吃得太不健康，是该改改了。"

黑衣客人说："改？那就没有油水了。"

灰衣客人努了下嘴，惋惜道："没油水是真不行，我可怕没油水了。"

黑衣客人喝了口咖啡："所以说啊，你跟着这种书学没用。苦不是吃够了吗，现在想吃什么就吃什么吧。"

"你说得对。"灰衣客人果断将书扣在桌上，开始吃自己点的樱桃蛋糕。

咖啡馆里的音乐和人们聊天的声音恰到好处地遮盖了二人的聊天内容，片刻，灰衣客人放下叉子，声音比刚才低了不少道："我有新的目标了。"

黑衣客人却皱了皱眉："我今天来，就是想告诉你，咱们的计划暂缓一下。"

灰衣客人惊讶："为什么要暂缓？"

"现在查案的不只是市局，还有上面来的人，我打听过了，叫特别行动队。"黑衣客人说，"据说里面的成员全都是从各地抽调过去的精英。"

灰衣客人笑起来："那正好啊。怎么，你怕了啊？"

"该避的风头还是应该避一避，起码先看看他们到底有什么本事。"黑衣客人又道，"你要记住，我们不是随便玩一玩，后面还有更大的计划。"

"我知道我知道。"灰衣客人有些不耐烦了，"可我想给他们一个下马威啊。"

黑衣客人挑眉："什么下马威？"

灰衣客人向前倾了倾身子，眼中燃着一丝疯狂："赵樱。"

"赵樱？"黑衣客人显然不赞同，"她不在我们的惩罚范畴之内。"

"她怎么不在？"灰衣客人舔了舔下唇，神情充满怨恨和贪婪，"她和我们是一样的人，她明明应该做我们做的事，可是你看看她，她成了那些人的帮凶！她还想抓捕我们。我现在想到她的名字，还有她那张脸，这里就难受。"说着，灰衣客人戳了戳自己的胸膛，"她在保护应该被惩罚的人，她就是那些人的帮凶！"

此时，音乐声回落，灰衣客人最后这一句十分突兀。服务生的视线扫过来，黑衣客人立马警告地看向灰衣客人。

灰衣客人再次将声音压回去："没事，他们听不清。"

"现在不是动手的时候。"黑衣客人似乎不想再说赵樱，"而且赵樱是不是我们下一个目标，这不是由你一个人决定的。"

灰衣客人像是受不了那道视线，不悦地别开眼。

"情况特殊，暂时先老实藏着。"黑衣客人语气缓和了些，甚至伸出手，摸了摸灰衣客人的脸颊，"听话。"

灰衣客人咬住嘴唇，好一会儿才说："我知道了。"


黄霞的丈夫白忠国前段时间在外地出差，最近回到安江市。在黄霞刚遇害时，分局已经对他做过问询，后来黄霞案和汪杰案并案，重案组又调查过他。

何若问："通知他再来一趟吗？"

柳至秦摇头："不用，我正好去他家里看看。"

白忠国在企业里算是中上层，为人严肃刻板，极少露出笑容。即便是对女儿白娇，他的态度也十分冷淡。

早在黄霞遇害之前，白忠国和黄霞就已分居。白忠国现在独自住在城东一处中高档小区，四室两厅，还带一个宽大的阳台。

住在这种户型的一般是多口之家，人少了也住不着。

以前黄霞也住在这里，分居后才搬去另一套房子，也是中高档小区，面积小了些，但地理位置比这里还好，房子也更新。

柳至秦一进屋，就闻到一股墨水的味道，客厅有一张很大的红木桌，上面摆着文房四宝，单是毛笔都有二十多支，整齐地挂在笔架上。家具是老式的，墙角摆着两个仿造的青花瓷瓶，墙上挂着字，模仿的是瘦金体。

书法似乎是白忠国的爱好。

白忠国泡了壶茶，对警察的到来既不惊讶也不热情，似乎比较反感警察又拿黄霞的事来打搅他，但这种打搅又是意料之中的。

"我和黄霞当年是经人介绍认识的，但娇娇读高中时，我们就没什么感情了，娇娇考上大学，我们就分开住，各过各的。"白忠国给柳至秦倒茶，"她怎么得罪了人，我不清楚，我虽然是她名义上的丈夫，但和陌生人也没有太大的区别。"

柳至秦说："黄霞托关系帮白娇拿下斜阳路上位置最好的院子，这件事你知道吗？"

白忠国点头道："她问过我有没有门路。我跟她说，斜阳路多少人盯着，娇娇一个小姑娘，买一个中等的院子就行了，生意要一步一步做，不要一上来就图最好的，那是在别人口中抢肉。但是她不听，说我不愿意帮助女儿。"

"她就是这种脾气，你跟她讲道理，她听不进去，还会反咬你一口。"白忠国叹了口气，"其实我当时已经给娇娇找过关系了，让娇娇拿靠西的一个院子，视野差一些，但适合她这种创业的小姑娘。"

柳至秦说："你告诉白娇了吗？"

"告诉了，但她说她妈已经给她搞定了，是斜阳路上最好的院子。"白忠国遗憾道，"女儿随母，和我也不怎么亲。"

柳至秦说："问一个比较私人的问题，你们过不下去的原因是？"

"互相看不惯吧。"白忠国苦笑，"年轻的时候还能互相体谅，老了就不行了，从为人处世的方式，到家里的柴米油盐酱醋茶，什么都能扯一扯。"

"具体的呢？"柳至秦说，"她是什么地方让你觉得过不下去了？"

白忠国看着墙上的字，想了很久，后来甚至闭上了眼睛。

柳至秦耐心地等着。

白忠国是做技术出身，和技术死磕的人通常都有些偏执。而白忠国老来的兴趣是书法，墙上挂着两幅陶渊明的诗句。

"我跟她第一次闹矛盾，是厂子里出台的一个管理工人的新政策。"白忠国缓缓开口，"先是延长工作时间，找到部分因此而无法兼顾工作和家庭的工人、频繁出错的工人、埋怨情绪很重的工人，然后开始劝退。这些工人年纪普遍都不小了，拖家带口的，硬是被清除了出去。"

柳至秦轻轻皱起眉，白忠国说的这种事在社会上很常见，处在法律法规的灰色地带，解决起来有许多桎梏。

但这和黄霞有什么关系？

白忠国接着道："任务是上头领导下的，黄霞当时在人事部，管具体清除。这件事吧，她做得不地道。"

柳至秦听明白了，白忠国始终站在工人这边，认为新政策无理，而新政策的具体执行者黄霞是帮凶。不过既然是高层的意思，黄霞除了执行，似乎也没有别的办法。

"她完全可以表达自己的不满，她和我讨论过很多次，她自己认为新政策不合理，而且当时上面只是让人事部研究出一个可行的方法来，她是负责人之一，她的话是有分量的。"白忠国说，"但是她不愿意为那些工人发声，她只会跟我抱怨不合理，没有人性，但在讨论会上，她第一个站出来，无条件支持领导，就那种拍马屁吹捧，你应该也见识过吧？"

柳至秦点点头。

他自己所处的职场倒没有发生过类似的事，但在他接触过的案子里，这种吹捧并不少见。

"她明明知道上面的决定是错的，但是她还是为这错误的决定冲在最前面。"白忠国摇头，"我为她感到臊得慌，她哪怕表达一下不满，尽量去争取一下也好。她跟我说，新政策的适用范围只是那些工人，横竖不关我和她的事，可她要是为工人们说话，那上面对她、对我都会有看法。我跟她说，你这就是典型的刀没扎在自己身上不知道痛！"

柳至秦说："冷漠。"

"嗯。"白忠国接着道，"我和几个工程师去反对了，但没用，这事就得人事部管。她又回来和我吵。后来翻来覆去地吵，日子就过不下去了。"

柳至秦听白忠国说了很多和黄霞相处的琐事，对黄霞有了更深的了解。

黄霞和白忠国都出身于不错的家庭，人生算得上顺风顺水，早年相爱的确是出于对彼此的欣赏。而黄霞给领导层当"帮凶"这件事触及了白忠国的底线，在他眼里，黄霞这就是作恶。

花崇又去了一趟林仙区，赵樱正带着队员在斜阳路上排查。当初有意和白娇抢院子的人后来都在斜阳路或者山上买下了其他院子，生意有的做得好，有的做得差。

不过因为林仙区整体规划得不错，又靠着安江市这个巨大的客流来源地，所以就算是做得最次的，也赚了不少钱。

"黄霞遇害的时候，正好是旺季，各个店铺都忙得不可开交，我们调了所有监控，基本上能够确认，名单上的人没有作案时间。"赵樱说，"而且我挨个排查下来，感到他们的情绪都比较正常。"

花崇说："所以黄霞被对手报复的可能性不大。"

赵樱眉心紧锁："花队，我这心里不踏实。"

"嗯？"花崇问，"不踏实的原因是？"

"我本来以为，根据项目组提供的名单排查，大概率会发现有疑点的人，但这些被我怀疑的人，其实都在积极地生活。他们没有因为在不公平竞争中落败而自暴自弃，把自家的店都做得有声有色。"赵樱叹气，"可这是我们目前掌握的最重要的一条线索了。如果凶手不在他们之中，那就意味着路又一次走错。"

花崇看得出赵樱身上扛着很重的压力。即便特别行动队已经过来支援，这位罕见的重案组女负责人的神经仍处在极度紧绷的状态。

"侦查的过程不会总是走在正确的路上。"花崇笑了笑，"把错的路排除了，不就离正确的路更近了些吗？"

赵樱低着头，好一会儿才勉强笑了笑："不好意思啊花队，让你见笑了。我这人就是这样，想赶紧解决案子，害怕夜长梦多。可能，可能和我成长的环境有关吧。"

花崇忽然对赵樱的成长环境有些感兴趣，但此时显然不是问这个的时候。

"排查我再继续做。"赵樱深吸一口气，打起精神来，"当天晚上出现在江恒客栈的人我们也都在核实。"

回市局的路上，花崇和何若聊起赵樱。

显然，何若对赵樱十分崇拜："赵队真的很厉害啊，她是从江心村出来的，拼到现在太难了。"

花崇没有听说过江心村，在手机上输入名字，跳出来的内容让他忽然皱起眉。

网上和江心村对应的词是"鬼村"、"死人村"、"绝户"、"惨"，往下看，几乎都是被冲毁的房屋、疯长的阴森草木。

也有人在社交账号上更新江心村探秘，这些照片要新一些，但也是一片荒凉。

"江心村已经没了，天灾人祸，太难了。"何若说，"我们本地人提到江心村都害怕，我小时候我妈总拿江心村来吓我，说我要是不听话，就把我扔过去。"

花崇一边听何若说，一边浏览页面。

江心村位于安江市最西，在山坳里，落后而贫穷，村里的青壮年大部分都外出打工了，留在村里的多是老年人和小孩子。

不知道为什么，出生在江心村的小孩多是女孩，男孩极少，因此当年有人说江心村就是"女儿谷"。有专家去调研过，说那里的环境、空气、水资源更容易生女孩。不过当地人并不相信，认为是巫术降临到了村子上。

外面的人不愿意进去，里面的青年男子一成年就想往外跑，江心村一年比一年穷，渐渐被安江市所遗忘。

人们提到它的时候，一般也只是说："哦，那个'女儿谷'。"

二十多年前，江心村遭了灾。夏季，大雨不断，庄稼全部被淹，房屋也垮塌了。江心村向外界求救，救援队员费力深入其中。

不久，暴雨引起山洪、泥石流，几乎整个村子都被冲毁，绝大多数村民和救援队员死亡，被救出来的村民仅有九人。

获救的村民被安排到其他村镇，有了新的户籍，开始新的生活。但他们的家被永远埋藏在了江心村，这二十多年里，提到江心村，人们第一个想到的就是"鬼村"。

"赵队是靠资助读的书，她什么关系都没有，就自己拼。"何若说，"她这个'江心村幸存者'的身份其实很励志，也很好用。前几年局里就有领导问她想不想利用一下这个身份，做一次正能量宣传，她拒绝了。她说不想利用江心村，她是幸运的一个，但那些死去的同乡是不幸的。"

快到市局时，花崇收起手机，扭头看向窗外。

"回来了？"柳至秦在重案组楼下遇到了花崇，一起朝食堂走去，身后跟着一只被喂得肥胖的橘猫，橘猫后面还跟着两只狸花猫。

市局附近有所大学，宿舍虽然不允许养猫，但还是有学生偷着养。到了毕业季，这些带不走的猫就面临被丢弃的命运。

学校组织了小动物爱心救助团队，不过不是每一只猫都能找到下一个归宿，有的流浪到了市局，有一口饭吃，就不肯走了。

市局地方大，也有纪律，但它们像是知道自己不该在这里乱跑似的，就占着几块遮风挡雨的角落，将市局当成了家。虽然都是流浪猫，但它们和外面的流浪猫还是有些区别的，比如不怕警犬，走路时还有自己的队形。

特别行动队刚来时，流浪猫们很有领地意识，觉得来的是生人，个个虎视眈眈的，现在见着就爱贴上去。

那只橘猫特别喜欢贴柳至秦。

花崇蹲下来，挠了挠橘猫的下巴。橘猫喵呜一声，又蹿到柳至秦后面去了。

"它不喜欢我。"花崇笑道。

柳至秦说："花队虽然很优秀，但也不是谁都得喜欢吧？"

橘猫伸了个脑袋悄悄看。

橘猫一路跟到了食堂，和守在那里的同伴一同排队等饭去了。

目前针对三起案件的调查都不算顺利，但也不是毫无线索。这种情况花崇经历了无数回，感到一切尚在掌握中。

当然，这个掌握得排除不久前忽然现身的顾允醉。

饭后两人绕着市局散步，柳至秦听完林仙区的侦查情况，说："我这里有一个新的想法。"

花崇脚步一顿："嗯？"

"筷子。"柳至秦说，"筷子关联食物，对我们来说，有食物就能活，没食物就是死路一条。断了食物，等同于断了生路。"

上次顾允醉也提到了筷子，花崇说："筷子指的是生路？"

柳至秦点点头，把白天在白忠国那里了解到的事和花崇说了说："黄霞的行为从某种意义上来说，就是断了那些工人的生路。"

花崇思索了好一会儿，说："白忠国怨她的也是这一点，她明知道不对，而且她有能力为那些工人争取些什么，即便最后那些工人还是会被辞退，但或许补偿措施会更合理。"

"白忠国今天强调了好几次——刀不扎在自己身上就不知道痛。"柳至秦说，"结合筷子这个意象，我怀疑凶手痛恨黄霞的行为。"

花崇说："只是痛恨行为？"

柳至秦说："我想过凶手是不是在那些被辞退的工人中，但这样一来，其他两个案子还是无法解释。所以我猜测，凶手可能对类似的行为深恶痛绝，他曾经受过这样的伤害。"

市局外面川流不息，人们行色匆匆。

夜幕早已降临，街头桃红色的彩灯亮了起来，一派辞旧迎新的气息。

花崇看向那些与他和柳至秦擦肩而过的人，他们有的面无表情，有的眉眼间有明显的喜色，有的满脸悲苦。

人们的喜怒哀乐并不相通。

"有道理。"片刻，花崇说，"那就按照这个思路去查一查况明和汪杰，看能不能找到共同点。"

这时，柳至秦忽然看向街对面。花崇也顺着他的目光看去。

街对面有个商场，商场周围是宽阔的广场，拿到摆摊许可的小贩们有秩序地招揽客人，年轻人端着小吃，赶集似的流连忘返。

花崇有些诧异，看柳至秦的样子，似乎是也想去逛一逛。

现在柳至秦居然还有这闲情逸致。

"走。"柳至秦说，"过去看看。"

过了马路，花崇才知道自己想错了，吸引柳至秦的不是小摊，而是小摊旁边的街头艺人。

他们有二十多个人，带着吉他、架子鼓、键盘等乐器，你方唱罢我登场。

地上有多余的乐器，柳至秦和一个长头发小伙聊了会儿，对方慷慨地将木吉他借给他。

柳至秦朝花崇招手。

花崇笑起来：" 怎么？"

"给你唱首歌。"柳至秦轻轻拨弄着吉他弦，乐声悠扬。

花崇睁大双眼："给我？唱歌？"

来特别行动队之前，柳至秦学了一段时间吉他，偶尔在家里弹一弹，基础水平，花崇听不出好歹。

他没想明白，柳至秦怎么这时候想弹吉他。

这大马路上的，周围还是一圈艺术工作者。这人是不是又想搞行为艺术了？

"今年你生日都过了，案子太多，也不能特意为生日的事停下来。"柳至秦继续拨弄吉他弦，"那就先唱一首歌抵着，回去再补过。"

## 14

二兄老卤所在的这条街原名叫阿姊街，但因为整条街几乎都做电商生意，又被在这儿做生意的人戏称为暴富街。

安江市局的警力相对充足，排查工作一直在有条不紊地进行，岳越按照花崇开会时说的方向，挨家挨户和人聊天。

暴富街上最常见的无外乎三种人，一是商贩，包括老板和底下的工人；二是快递员，有时也帮着送送外卖；三是做餐饮生意的，馆子都是苍蝇馆子，管饱不管卫生。刑警正儿八经找他们问案子有关的事，他们大多不愿意说，嫌晦气、嫌麻烦，不愿意让这种事影响自家做生意。

但找他们瞎聊，想到哪儿说哪儿，他们那兴致就来了。一来二去，还真能聊出东西来。

去年年底，暴富街上发生过一件说大不大、说小也不小的事，这事和况明扯上了关系。

有电商的地方就少不了快递站，街东口那家以前有两个快递员是聋哑人。虽说送快递收快递不是非要会听会说，但聋哑总归不方便。而且聋哑人时常比画夸张的手势，喉咙发出古怪的声音，尤其是他们着急的时候，那种不断比手势的样子有些吓人。

就有胆子小的店铺不愿意让聋哑人上门收快递，还给老板提过建议，让把聋哑人给辞退了。

老板是个心善的人，说那两个聋哑人是他老乡，家里困难，出来找份工作不容易，会回去跟他们说，尽量让他们不要激动地比手势，如果实在不愿意让他们收快递，那他亲自去收就是。

听到这种解释，一般人也就算了。谁的生活都不容易，残疾人更加困难，何必去断了别人的生路？

可是没多久，其中一个聋哑人就被撞死了。

派出所的民警来看过，确定是交通事故，撞人的很可能是一辆面包车。但是事发地没有监控，当时也没有目击证人，难以找到肇事者。

在这儿做生意的人很多都猜测，说不定是哪家看不惯聋哑人，才故意闹这一出。

但猜测始终是猜测，什么证据都没有，最后就不了了之了。

老板后来又招了一些快递员，全都是生活很困难的残疾人。隔壁的商家跟他说，你这是何苦呢？工资一块钱不少，他们做的事还没正常快递员多。

老板乐呵呵地说，但是他们也需要一份养活自己的工作，能帮就帮吧，就当积福了。

残疾快递员们在街头巷尾穿梭，工作都很积极，别家的快递员大多也很照顾他们，一些商家不愿意用他们，他们就不去收货，一时间大家也都相安无事。

然而去年12月，剩下的那个聋哑人快递员在二兄老卤门口被一辆三轮车给剐了，摔出挺远，没受什么重伤，但是一番检查、治疗下来，还是花了一万多元。

聋哑人没有办医保，这笔费用都得自己出。

那三轮车是况明家的，快递站老板就跟况明商量，也不是让况明全出，只是让况明分担一点。

况明当时没说什么，大大方方把钱给出了。但没过多久，他就联合几家对残疾快递员不满的商家，要求他们离开阿姊街。理由是这里路窄，人多车也多，正常人走在路上，都很容易被擦着剐着，更别说聋哑人和瘸子。上次撞死了一个人，这回又剐伤了一个人，影响阿姊街的风水，大伙做起生意来也提心吊胆，万一哪天又把谁给撞着了怎么办？

倡议完全是站在商家的角度，而商家又是阿姊街上最重要的存在。

一些商家面上不说什么，心里对残疾快递员也早有怨言，谁不想沟通更顺畅一点？发快递速度更快一点？残疾人自己的问题，为什么要他们这些商贩来买单？残疾人不容易，难道他们就容易了？

另一些商家虽然可怜残疾人，但是觉得况明他们说得也有道理，做生意讲究风水，风水被破坏了，那生意还怎么做？况且这回赔钱吃亏的是况明，下回万一就轮到自己了呢？一万多块钱赔出去，那可是无妄之灾啊。街上那么挤，谁知道自己家的三轮车、面包车会不会撞上个残疾人？

快递站老板想保住残疾员工，挨家挨户做工作，说他们确实活得很辛苦，有的人是因为生了怪病才变成现在这样，能不能通融一下，让他们在这个社会上靠劳动养活自己？

商家们大多不乐意，况明说，他们是靠劳动养活自己的吗？不是，他们是靠大家的怜悯。残疾人就该去残疾人该待的地方。现在社会福利不是很好吗？不用工作也有吃有喝的，何必出来讨生活，危险，还累，一个不小心命就没有了。

老板费力地解释，说残疾人的福利不是你们想象的那么好，如果失去工作，他们都很难在城市里养活自己。

况明说，怎么可能？他这是污蔑咱们的社会福利体系吗？现在哪里还有穷死饿死的情况？国家对他们够好了，哪像这些健全人，还要努力工作。他自己都想去当个残疾人，他们残疾人吃着他们纳税人的钱，多舒服。

老板听到后来，已经说不出话。

况明又说，在城里真活不下去，那就回乡下呗。他就不信真能饿死。

因为被街上大多数商家抵制，街东口那家残疾人快递站最终没能坚持下去。老板辞退了所有残疾人，聋哑人哭着发出怪声，打着很多人都觉得瘆人的手势，仿佛在控诉着什么。

但他们还是全都离开了。街东口很快就有了新的快递站。这段关于快递员的插曲不久就被遗忘，对忙碌的商贩来说，卖货才是最重要的事。

"况明还做过这样的事……"听完岳越的汇报，花崇在桌边走了两步，想着况明对快递站老板说的话——怎么可能？现在哪里还有穷死饿死的情况啊？我就不信真能饿死。

因为自己肢体健全，就看不见残疾人想要生活在这个社会上所面临的困难以及承受的痛苦。没有共情能力，不屑于去共情。

花崇支住下巴，很沉闷地呼出口气。

况明绝不是个例，事实上，他已经见识过无数类似的情况。

比如当盲人呼吁关注他们这个群体时，很多健全的人说："你们不能就待在你们该待的地方吗？福利已经够好了，你们花了我们纳税人的钱，还想怎么样？什么都得围着你们转吗？"

比如贫困山区那些一年也吃不上一顿肉的孩子在镜头中露出渴望帮助的眼神时，很多过着富足生活的人说："不至于吧，哪里有这么穷的地方？炒作吗，作秀吗？肯定是骗局啦，我觉得不会有这么穷的人。"

有人在为这些弱势群体奔走，有更多的人因为无知、傲慢、自私，在阻止这场奔走。

缩小到阿姊街，奔走的是快递站老板，他几乎用他自己的善良、付出，为残疾快递员们觅得了一条出路，而况明和其他商贩又将这条路给堵上了。

这条路，对于那些残疾人来说，其实就是生路。因为他们的特殊性，那可能是他们唯一的生路。

生路……

花崇抿了抿唇，联想到黄霞曾经做过的事。

黄霞帮助公司高层辞退工人时，和丈夫白忠国发生激烈争执，其间说过一句话——他们也不是没了这份工作就不能生存吧？有手有脚的，怎么就要死要活了？人都是被逼出来的，没了这份工作又不会死，说不定还会激励他们发财呢！

白忠国怒斥她根本没有同理心。

黄霞做的事和况明做的事并不相同，但想法和本质却是一样的。

但凡他们站在被辞退工人、失去工作的残疾快递员的角度想一想，可能就不会说出这么残忍的话。

柳至秦得知这条线索后，立即着手调查快递站老板，以及被迫离开的残疾快递员。

"怎么样？"花崇问。

柳至秦将平板电脑放在花崇手上："快递站老板叫潘镇，三十五岁，十几年前就从乡下到安江来打拼了。他家里有个聋哑人弟弟，这很可能就是他关注残疾人群体的原因。"

花崇往下看："离开阿姊街后，他在兰央街又开了一家快递站？用的还是残疾快递员？"

"没错。"柳至秦点头，"兰央街周围是居民区，基本上没有商贩，有也是做居民生意的餐饮店、便利店。他开的这家快递站就挨着一家便利店，送货多于收货，在他那儿工作的快递员还比以前多了。"

花崇干脆道："我去他店里看看。"

警车在拥堵的路上缓缓前行。

现在，黄霞案和况明案已经有了一个不算显著的联系，而这个联系又与凶手留在现场的筷子紧密挂钩，他们有可能是因为辞退工人、迫使残疾快递员离开而招致杀身之祸。

但这其中又有很多暂时还未解开的谜团。

若从这两条线索来推断凶手，潘镇还有他手下的残疾快递员都有杀害况明的动机。

和阿姊街相比，兰央街整洁干净得多。这条街位于安江市南部，周围的三个楼盘都是中高档小区，住在里面的人收入大多不错。

潘镇的快递站在街口，在马路对面就能看到。花崇过去时，一个走路有些跛的男人正在往拖车上搬包裹，动作很小心，不像媒体常曝光的"让包裹飞一会儿"。搬完包裹后，他拉着拖车往小区里走，门卫给他开了门，他一边鞠躬一边说谢谢，门卫也笑着点头。

这时，一辆面包车停在快递站门口，一个穿着夹克的高个男人从驾驶座下来，马上有人从店里跑出来搬货，从他们发出的单调音节可判断，他们都是聋哑人。

高个男人也在搬货，搬的都是大件。

花崇认出来了，那就是潘镇。

虽然是大冷天，潘镇还是浑身大汗，得知站在自己面前的是警察时，他先是愣了下，然后憨厚地笑起来，"进来坐吧，我这儿有些聋哑人，他们打手势时有点奇怪，你不介意吧？"

花崇摇头。

店里摆着六个货架，包裹都编了号，一切井井有条。

花崇观察着进进出出的快递员，他们全都其貌不扬，衣着简朴，脸上、手上是艰辛生活的痕迹，但是眼中都泛着有奔头的光。

一个聋哑快递员发现花崇在看自己，还不好意思地笑了笑，冲他打了个手势。

潘镇说："他在跟你说下午好。"

花崇看一遍就学会了那个手势，也向对方比了个下午好。

快递员笑容更灿烂了，又忙自己的事去了。

"他们说得没错，我确实是从阿姊街被赶出来的。当初我选在那儿，主要是觉得那里都是做生意的人，活路多，但是我忽略了一个问题——做生意讲究风水和效率，我这些兄弟姐妹，人品都没得说，老实，也踏实，但是手脚肯定没有健全的快递员快。他们赶我们走，最初我没想通，觉得咋这么没有同情心，但后来觉得，其实也可以理解。"

潘镇笑了笑，又道："就是他们说的，现在福利这么好，残疾人就该待在残疾人的地方，怎么都饿不死，这一点我不同意。他们自己幸运地作为健全人活在这个世界上，看不到别人的不幸，还要用自己的幸运去讽刺别人的不幸，这让我感到很难过。"

"不过离开阿姊街，我们也算是因祸得福了。"潘镇指了指货架，"我当时不知道怎么办，到处求助，兰央街这边的楼盘愿意帮助我们，这个门面都是他们免费提供的。他们信任我们，我们也尽心做事，挺好的。"

花崇向潘镇透露了况明遇害的事，潘镇惊讶得半分钟没说出话来，之后轻轻叹了口气，"我明白你今天为什么来找我了，你是觉得我和我的这帮兄弟姐妹，有可能害死况明吧？"

花崇眉心很轻地蹙了下。

他今天的确是抱着怀疑来的，但刑警的经验和嗅觉告诉他，潘镇，还有这些为了生计而付出更多的残疾快递员不可能是凶手。

他们在况明那里遭的罪，没有在他们心里酝酿出恨，他们只是转了个身，继续拼命地活着。

潘镇很坦然道："怀疑是应该的，我配合调查。我这里的监控二十四小时都开着，他们每天工作到什么时候，去了哪里，我这儿都有很详细的登记，而且兰央街监控很多，我听说基本上是无死角覆盖，你们尽管去查。"

花崇在情感和理智上都已经排除了潘镇等人的作案嫌疑，但在程序上还是派人过来调取了监控。结果是他们都有不在场证明。

柳至秦检查了所有监控，确定没有被修改过。


夜晚的安江市成了桃红色的灯海，这种艳丽到有些俗气的颜色在冬夜大片铺开的时候，竟然也能让人感到赏心悦目。

警车就停在灯海下面，流光在车身和玻璃窗上闪烁。

"受害人没有成为加害者，放在整体上看是合理的。"柳至秦调整了一下暖风的角度，"潘镇和他那里的快递员有杀害况明的动机，但没有杀害黄霞、汪杰的动机。假如况明对他们做的事，就是凶手动手的原因，那凶手实际上是站在正义的角度，替潘镇，替被况明伤害的残疾快递员复仇。同样，黄霞那边也是类似的情况。"

花崇沉默了好一会儿，嗓音低沉地开口："也就是说，有一个人……不，大概率是有一群人，在暗中寻找黄霞、况明这样的人，实施报复？"

柳至秦说："我很想知道，他们到底是怎么锁定黄霞和况明的。"

"其实像黄霞和况明的人很多，对别人的苦难无法感同身受，自己过得不错，就认为苦难并不存在，有人想要伸出援手，他们不愿意搭一把力，通常还会阻止。"花崇扶住额角，"类似的事情太多了。"

"不，虽然类似的事很多，但黄霞和况明在其中也算是比较突出的例子了。"柳至秦说，"假如的确有这么一个群体，那他们注意到黄霞和况明，也在情理之中。"

柳至秦顿了下，又道："他们不只注意到了，对这两人还十分了解——至少在况明这件案子上来看是这样。黄霞和汪杰，如果我们掌握足够多的线索，大概率也能发现这个共性。"

花崇靠在椅背上，闭上眼，桃红色的灯光像星星一样打在他的侧脸上。

光影将他的轮廓打磨得更加深邃。

"有一个群体，这个群体里有人恰好就在被害人的交际圈中，所以很容易发现被害人做过的事，并将他们列为目标，然后藏在暗处，利用被害人周围的人和事来作案。"花崇说得很慢，"将和三名被害人有过较密切接触的人放在一起，有共同背景的人，可能就是我们想要找的人。"

柳至秦沉声道："惩罚者。"

花崇摇了摇头："我觉得更可能是复仇者。"

柳至秦侧过身："嗯？"

"面对相似的遭遇，有的人会选择转身、放下，比如潘镇和他的快递员，可能那些被辞退的工人也大多选择了放下。"花崇说，"可还有极少部分的受害者无法释怀，想要报复。但因为某些原因，他们无法报复那些伤害过他们的人，只能将仇恨加诸相似的人身上。"

花崇看着前方的灯光："他们在向他们经受的无知和恶意复仇。"


## 15


博物馆并未因为警方的排查而受到影响，每天开馆之前，还是有不少人呵着白气跺着脚，在大门口排队等待入场。

花崇坐在警车里，看了看那一串排得歪歪扭扭的队伍。

前不久已经来过一回，汪杰的同事和领导对汪杰的评价不错，但案子查到这个地步，他仍认为，博物馆和汪杰之间还存在着某些未被警方掌握的线索。

汪杰生前是靠家族关系得到这份工作的，兢兢业业，不争不抢，与同事关系和睦。遇害后富二代的身份才得以曝光，大家对他的好评基本上建立在一个前提下——汪杰是个富二代，但并不像富二代。

柳至秦已经查过汪杰的上网以及通信记录，他在网络上几乎从未发表过言论，有一个微博号，但关注的都是新闻号，只看不评，其他社交账号也有，但表现得很平淡，网购从来不评价，甚至不确认收货，等时间到了系统自动确认。

这种人几乎没有可能在网络上引来仇恨。

只能是他日常的某些行为或者说过的话让凶手注意到了他。

按理说家庭富裕的人交际圈都比较广，但是汪杰定居安江市之后几乎脱离了家人，也没有和这边的富人圈子有太多联系。

他的生活比较单调，和普通工薪族一样上班，下班之后喜欢独自开车去各个有特色的餐馆享用晚餐，当地警方调取了不少他去过的餐馆的视频，发现他总是坐在人少的地方，除了点餐，不与旁人交流。

这个习惯大概率也不会令他惹上事端。

那么最可能使他成为凶手目标的时间段，还是他一天中在博物馆工作的这八个小时。

调查没有收获，不代表线索就不存在，也许只是排查还不够深入。

花崇看了眼时间。安江市是座大型都市，这样的都市都有一个毛病——早上道路拥堵。

他想在博物馆开馆时赶到，以游客的身份体验一回，结果出门过早，在早高峰即将形成时就到了博物馆，现在只能坐在车里等。

一同前来的海梓坐一会儿就坐不住了，去动车载广播。

花崇也没管，这个时间段的广播播的不是早间新闻就是路况，听听也没什么。

"经过一天两夜的救援，消防战士终于找到了齐章等三人。"女播音员干练的声音传来，"来让我们听听他们是怎么说的。"

海梓道："这又是驴友私闯了不该去的地方？"

花崇也在听。

一段嘈杂的声音之后，一个带着哭腔的男声说："谢谢你们，谢谢你们，我们差点死在里面了，我再也不敢了，救援费用我一定会支付，这地方我今后坚决不来了！"

外景主持人说："你们为什么想到这里来？"

"冒险呗。"还是刚才那个男声，"我们好奇，当年这里不是出过事吗，都说这里被诅咒了，我们就要看看，是什么诅咒这么厉害！"

另外有人说："阴森森的，死了那么多人，我们一进去就出不来，可能真的遇到鬼打墙了……"

"鬼打墙是不可能的。"主持人连忙道，"你们就是不熟悉路，加上冬天天气不好，才被困在里面。"

"对对，没有鬼的，他被吓傻了，胡说八道。"男声又说，"反正我们肯定不再干这种事了，辛苦消防战士，你们是我们的救命恩人！"

后面主持人又引导获救者说些呼吁驴友不要私自探险的话，切回直播间，女播音员再次强调探险的危险。

这条新闻只听了一半，所以海梓有些云里雾里。

但花崇听到了关键词"江心村"。

之前何若跟他提过江心村的惨剧，赵樱就是江心村那场灾难的幸存者。

"搜一下江心村、驴友。"花崇说，"看看到底是怎么回事。"

海梓马上搜起来："啊，我知道了。江心村自从多年前的自然灾害之后，就整个封村了，它在安江市西边的山陵地带，交通不便，也没有什么开发价值，所以封村之后，那儿就一直荒着。刚才那个新闻里的驴友一共有四个人，开一辆越野车进去探险，说什么想探探'鬼村'虚实，还在网上搞直播，结果直播到一半就迷路了，遇险出不来，报警求助，耗了挺长时间，新闻都报道几次了……嘻，这些人可真会找事。"

这时，开馆时间到了，花崇熄了火，带上外套，向博物馆大门走去。

在门口执勤的工作人员记得他，马上迎上来说："我们副馆长今天休息。"

"没事。"花崇说，"我不找他，来听听解说。"

工作人员很诧异："那我……"

"不用管我。"花崇又道，"我去哪儿请讲解员？"

工作人员说："你想听谁讲解？我给你安排吧。"

海梓说："我们自己来就行，你别紧张。"

工作人员只好指了指修得十分气派的咨询台，说："游客一般是去那里登记，有一对一讲解，也有一对多讲解，我们专业的讲解员是要收费的，其他义务讲解员免费。"

花崇道了谢，和海梓一起向咨询台走去，最后约了一位男性专业讲解员。

早上开门之后是博物馆人流量的一个小高峰，义务讲解员几乎都被约满了。花崇本来也不打算约义务讲解员，汪杰是专业讲解员，和其他专业讲解员说不定有什么共性。

"我姓付。"讲解员身材高大，相貌还算俊朗，指了指自己胸前的铭牌，客气地做自我介绍，"待会儿有任何问题，你们都可以打断我。"

花崇以前也去过博物馆，但那是局里组织的活动，他没什么兴趣，全程听得晕头转向。这回跟着这位付讲解员，注意点仍不在文物上，而在对方的讲解方式，甚至是用词上。

跟随讲解员一起逛博物馆确实是一种和自己逛不一样的体验。

上次来到这儿，他也顺便看了看文物，尤其是瓷器馆和陶器馆的藏品，但作为外行，即便每一个藏品上面都有简单的文字介绍，他看过之后也没有什么印象。

可这回跟着讲解员，感受就不同了。

讲解员在讲述一件文物时，声情并茂，带着很强烈的个人情绪，他说的不仅是文物的历史，还有它的意义，它所反映的当时社会生活的风貌，甚至有时还会自由发挥一下，带上当今现实。

花崇发现，讲解员一旦把文物联系到现实，某些观点就显得偏颇——也许对方关于古代的观点也是偏颇的，但因为他对历史了解不多，所以感受不像在对方提到现实时那么深。

讲解毕竟不是上课，讲解员和游客之间更多是一种交流互动的关系，在从青铜器馆出来后，花崇问："你们讲解时都会聊聊时事吗？"

"嗯……"讲解员想了想，"每个人风格不一样，但其实做我们这一行吧，话都挺多的，喜欢表达，我这还不是最爱表达的，以前我有个同事……"说到这里，讲解员脸色忽然沉下去，"不好意思啊，不该提到他。"

这里不该被提到的，恐怕只有遇害的汪杰了。

花崇立即问："是出什么事了吗？"

讲解员叹了口气，道："我如果说了，你们不会觉得晦气吧？"

花崇摇头："有什么晦气不晦气的。"

"他前阵子被人给害了，警察查了很久也没找到凶手，可惜啊，挺好一人。"讲解员说，"他讲解风格挺犀利的，也很有个人色彩，我刻意模仿过他，但可能感悟没那么深吧，就犀利不到他那儿去。"

花崇说："怎么个犀利法？"

"对社会上的很多热点，他都有自己的看法，还能和文物结合起来。"讲解员回忆片刻，"就比如说我们刚才看的青铜器馆，你知道那个时代，人的尊卑贵贱是分得很清楚的，贵族和奴隶天生就有无法逾越的鸿沟，贵族杀害奴隶取乐也是可以的。以前我们这里发生过富人高薪招聘人陪玩的事，有几个学生不幸被伤害了，媒体闹得沸沸扬扬，他把历史和当下结合起来，说那些富人的行为不是不能理解。"

花崇双眉轻轻压了压。

讲解员继续说："反正他一直是这样，总有他的道理，当时我们也不知道他自己就是富二代啊，后来知道他家是干什么的，觉得他有那些认识也不奇怪，他本来就是那个阶层的人。"

所有展馆都走了一遍，讲解员笑着请花崇给自己打个好评。花崇笑了笑，答应了，在电子屏那儿打过分之后，再次找到汪杰的介绍页看了看。

博物馆的打分系统最高分是五分，汪杰属于五分讲解员，上次花崇先入为主地认为五分讲解员就是全好评，这回从五分那里点入，才发现其实也有游客打了三分，甚至是一分，但这些低分都被隐藏了，没有累积到一定程度，就不会影响明面上的五分。

在打分这件事上，往往有个规律——给好评的很少评价，即便写了几行字，也几乎没有实质信息；差评就不一样，既然是差评，就必然有给差评的理由。

系统还保存着差评原因，只是极少有人会点进那个被隐藏的界面。

花崇点开，越往下看，眼色就越深。

"这个讲解员三观绝对有问题，讲文物就讲文物，夹带私货干什么？被拐卖的妇女儿童，喝不上奶茶的女孩，在他眼里就低人一等，就不该被帮助，放在古代就是奴隶？听听这说的都是什么话！"

"我是脑瘫患者，我生病不是我的错，我一直努力生活，但在他的认知里，我这样的人好像就不该奋斗了，奋斗也是丢人现眼。他没有说我，他说的是盲人，觉得我们这些特殊群体拖累了整个社会的发展。"

"我不能忍受他拿江心村的事来开玩笑，我是老安江人，江心村出事时我在新闻里看到了。死那么多人，他竟然说那是优胜劣汰，自然法则！不知道这种人是怎么当上讲解员的。"

类似的评论还有几条，花崇看完后又看好评，寥寥留言几乎都在吹捧汪杰的"独到见解"，肯定他所谓的"优胜劣汰"。

好评占了绝大多数，可见大部分游客都赞同汪杰的看法。

花崇找来部分汪杰讲解时的视频，发现他确实喜欢表达自己的观点，由于他幽默风趣，游客大多被他逗乐，即便是说起江心村时，他用的也是那种轻松的语气。游客如果不是本来就是被他讽刺的一方，几乎不会感到被冒犯，从而给他留差评。

不过讲解员带客时一般不会被录下来，更多汪杰工作时的状态只能由同事的回忆去推断。

花崇回到市局，和柳至秦大致交流了一下看法。

"也就是说，汪杰因为自身的成长环境，体会不到底层、不幸者的疾苦，在他眼中，他们不值得被拯救，就该遵循优胜劣汰的法则，被光明正大地抛弃。"柳至秦缓缓道，"而且他还倾向于站在施害者的立场看待一件事，他喜欢接触文物，放弃进入家族企业，来到博物馆做'清贫'的工作，实际上是因为他向往古代那种阶级分明的生活？"

　　花崇坐在电脑前："我之前一直不太能想通他为什么选择博物馆。现在有头绪了，接触文物，将自己代入几百、几千年前的社会，这让他觉得很满足。在那个时代，他是贵族，是统治者，可以肆无忌惮地踩踏奴隶和被统治者。博物馆就是他的精神乐园。"

　　柳至秦抱臂，沉默了一会儿，说："我们这算是找到三名被害者的共同点了吗？"

　　花崇点头："第一名被害人黄霞，站在决策者的角度，甘当资本的一把冲锋刀，不考虑失去工作的工人如何生存，认为他们没有用了就该离开，不该继续占着公司的资源。"

　　"第二名被害人汪杰，出身给了他优越的成长环境，他认为他自己就是优，底层就是劣。他可能不是故意去发表他的那些观点，但他发自内心地认为，疾苦不该存在。那些'失败'的人活该渐渐消失。"花崇接着道，"至于第三名被害人况明，他掠夺了残疾快递员的工作机会，认为这些人就不该出来，反正社会福利那么好，总不至于饿死。"

　　"对别人的痛苦视而不见，眼睛长在天上。"柳至秦说，"但他们不该就这么被凶手'裁决'。"

　　花崇歇了一会儿，说："不知道赵队那边有没有进展。"

　　赵樱将重案组分成两拨，她自己跟的是况明这边。随着排查的进一步深入，她发现经常给二兄老卤送餐的店铺里，有个名叫刘珊的竟然是她同乡。

　　"江心村？"花崇对这个村子有些敏感，赵樱只是在与他说案子时提到了这个插曲，他却忽然打断，问起刘珊的情况，"况明出事之前，正好在约龙门灶头鸡点过外卖，那天送餐的人中，有刘珊吗？"

　　"有。"赵樱说，"况明点得多，送餐的除了刘珊，还有另外两个男性。"

　　花崇观察了赵樱一会儿，觉得她在提到刘珊时，情绪比较高涨，他问赵樱："你们以前认识？"

　　赵樱摇头："不认识，但都是从江心村出来的，不容易。村子封了，我们这些幸存者被送到各个地方，这么多年我也没再见过同乡，这回遇到她，看她过得不错，我还是挺欣慰的。"

花崇想起早上听到的新闻，说："你很多年没有回过家乡了吧？"

赵樱叹了口气，苦笑道："现在哪里还有什么家乡啊。我是最幸运的，被救出来了，我的所有亲人、朋友都永远留在了那座大山里。"

这必然是赵樱的一块伤疤，即便她能够平静地提及，这平静里仍旧有伤痛。

花崇继续看排查报告，逐渐发现这个刘珊和二兄老卤的关系其实非常亲近。

阿姊路上有不少餐馆，几乎都是卫生条件不合格的小店铺，规模最大的是约龙门灶头鸡，谁家想吃好的了，想搞搞聚会，那就去约龙门吃，或者直接让约龙门的服务员送来，平时就将就吃。

约龙门旁边有个盒饭铺，虽然不在一个店面上，但老板其实是一个人。老板计划得好，盒饭他们家要做，大鱼大肉他们家也要做，满足两种需求。

刘珊几乎每天都会推着餐车去二兄老卤送餐。除了员工、快递员、供货商，她算得上是和二兄老卤打交道最多的人了。

而这个人在前期调查中，几乎没有进入过警方的视线。其实这么一个人，已经是二兄老卤的半个员工了，有时下午盒饭铺闲，她还会来坐坐。

她对况明的了解，不一定就比其他员工少。

赵樱说："花队，你好像怀疑刘珊有问题？"

花崇考虑了一会儿，决定不隐瞒赵樱："我们现在正在寻找三起案子根源上的联系，这你是知道的。"

赵樱点点头："对，我和我的队员也正在做这件事。"

"从和二兄老卤的关系亲疏来说，刘珊应该放在被重点关照的范围内。"花崇接着道，"她有个特点——是江心村的幸存者。而我在查汪杰的过程中发现，汪杰曾经公开调侃过江心村，认为当年的自然灾祸是优胜劣汰。"


16


与此同时，针对黄霞人际关系的再调查也取得了进展。

刑侦一组共享着各类线索以及推断，江心村这个隐藏的关键词浮出水面后，岳越立即道："我记得斜阳路上有家店里也有江心村的幸存者！"

岳越说的这名幸存者名叫刀呈，女，今年三十一岁，相貌显老，看上去像四十岁。

刀呈在冰海天空当杂工，冰海天空和江恒客栈都是网红民宿，中间隔着三个院子。她的身份信息并未显示她与江心村有关，她的籍贯写的是安江市澜水镇，岳越接触她时也没发现她有任何可疑点，是后来和冰海天空的老板聊天时，得知刀呈是从江心村出来的。

"我这人吧，和这条路上的其他老板都不一样，他们做什么都是为了赚钱。我呢，当然赚钱也是一个重要目的，但不是我的全部目标。"

老板是个中年男人，微胖，用一桌子考究的茶具招待岳越，聊案子之前说了一堆令人头昏脑涨的茶叶鉴赏，岳越几次打断他，他还有些不乐意，不过好在是把话题给拉回来了。

"我还想给社会做点贡献，比如拉一把那些生活困难的人。"老板说着笑了笑，脸上泛出的油光都有些反光了，"我这儿招的人几乎都有故事，比如前台的张小妹，她还没成年就被她爸妈卖给隔壁村的老男人了，生了几个小孩，身子都给拖垮了，她那个老公还想打死她。我知道了这事，就帮她打官司，她老公现在蹲号子去了，我把她接过来工作，她老公出来还想闹事，我这儿的兄弟一只手就能把他给撂了。"

"再比如刀姨，唉！刀姨比我小啊，我就跟着他们喊。"老板又说，"她这辈子苦啊，你是外地来的，不知道我们这里那个江心村出的事。噢，那个村子不知道怎么回事，遭了大半年的灾啊，全村的人都快死绝了，也就刀姨，还有几个人逃出来。"

"刀姨最初都不敢说自己是从江心村出来的，你知道为什么吗？"老板叹了口气，自问自答，"因为很多老板都嫌江心村出来的人不吉利。其实这也能理解的，他们的家人都死了，家园也没了，身上晦气。但我不怕这些。我这人吧，就爱跟那些封建迷信抗争到底，而且刀姨不就是需要我救助的人吗？哈哈哈，你一会儿可以去看看，刀姨在我这儿过得挺好的。我以前跟她说，和其他从江心村出来的人有没有联系，可以把他们都叫来，在我这儿干活，我包吃包住。刀姨说人都散了，嘻，那就算了。"

柳至秦赶到冰海天空，刀呈刚在厨房处理完厨师需要的菜。

她穿着民宿的制服，罩着一条灰色的围裙，双手戴着粉色袖套，脚上踩一双黑色雨靴，头发盘着，用帽子束起来，但大约因为干活干得太久了，几缕发丝已经散开。

她手上还有没擦干的水，看向柳至秦的目光有些戒备，"你们是警察？"

老板很热心地赶过来："刀姨，他们想和你聊聊，你就上去聊聊呗，我开个茶室给你们。你把围裙摘了，咱老百姓有义务配合警察啊，你别紧张，我都跟他们聊过了，没事！"

刀呈脸上的皮肤很松弛，她这个年纪本不至于这样，看来是从来没有好好护理过。

她跟在柳至秦后面，嘴唇抿了好几次，似乎想说些什么，还未走到茶室，额角已经有了汗水。她往后看，有个转身就走的动作，但岳越在她后面，她也走不了。

在茶室落座后，柳至秦没有废话，开门见山道："你以前生活在江心村？"

刀呈肩膀明显缩了一下，视线很快扫向下方，不与柳至秦对视，"我的籍贯是澜水镇。"

柳至秦说："江心村封村之后，你被安排在澜水镇生活？"

好一会儿，刀呈才艰难地点了点头。

柳至秦凝视着她，看出她藏了不少事，并且她此时的忐忑有些说不过去。

"你好像很不愿意对人提及你的故乡？"柳至秦说。

刀呈张了两下嘴，仿佛是靠这重复的动作来缓解内心的不安。片刻，她扯出一个苦笑："故乡已经没了，还提它干什么呢？"

柳至秦换了个话题："你认识江恒客栈的黄霞吗？"

刀呈腰背一挺，眼神躲闪，似乎下意识要否认，但在犹豫之后，还是点了点头："认……认识的。"

柳至秦说："认识到哪种程度？只是听说过这个人，平时打过照面，还是聊过天？"

刀呈说："就打过照面，其他的没有了。"

柳至秦点点头，"行，这一点我之后还会继续查。"

刀呈紧张道："你想查什么？"

"你和黄霞的关系。"柳至秦语调很平缓地说，"你刚才的话只是你单方面的证词，我们办案还需要核实每一句话。"

刀呈额头的汗水落了下来，沿着松弛的皮肤和皱纹蜿蜒向下。她的双手握了握，说："为什么要查这些呢？你们难道觉得是我害了黄霞？我和她……和她没有什么关系啊。"

和刑警辩驳有无关系其实毫无意义，在很多命案中，所谓的关系都藏得非常深，粗浅的排查什么都查不出来。往往只有当侦查进行到某一特定程度，诡异的、匪夷所思的关系网络才会露出真容。

"对了，你是哪一年从澜水镇来到安江市的？"柳至秦又问，"我听说澜水镇在整个安江市里，都算是发展不错的地方了，你在那儿生活得不满意？"

刀呈有些恍惚，用套袖擦了擦汗道："前年，我是前年过来的。澜水镇好是好，但怎么都只是一个镇，我想趁着年轻，到城里来赚几年钱。"

柳至秦说："你一个人？"

刀呈迟疑片刻，答："嗯，我一个人。"

似乎是想掩饰此时的不安，刀呈又补充了一句不太有意义的话："我本来没找到工作，城里找工作挺难的，但是周哥是个好人，愿意帮助我们这些人，我就在他这儿上班了。"

柳至秦说："离开江心村后，你和其他幸存者没有再联系过？"

"联系又有什么意义呢？"刀呈看着斜前方的茶具，"聚在一起就免不了回忆以前的事，我们得向前看啊。"

柳至秦道："真的没有联系过？"

刀呈皱着眉点头。

柳至秦说："行，我之后会去核实。"

刀呈神情慌张，有点欲言又止的意思。

"你想说什么？"柳至秦道。

刀呈尴尬地牵了牵唇角，这是一个很难看的笑："你说的核实是怎么核实啊？问其他人吗？"

柳至秦并不介意透露查案手段："问询是一种方式，但口供容易造假，我们更依赖的还是技术手段，比如查看监控和通信记录。"

刀呈脸上褪去一层血色。

柳至秦眯了下眼："你好像很紧张？"

刀呈连忙摇头："没有没有，我只是没有经历过这些事。"

柳至秦观察了她一会儿，说："不介意我再问个问题吧？"

刀呈看着自己的手，反应慢了半拍："嗯。"

柳至秦说："你认识刘珊吗？"

刀呈眼尾一下子张开，咬肌在脸颊上浮现。

"不，不认识。"

柳至秦往后靠着，双手抱在胸前，没有立即说话。

101

刀呈否认认识刘珊，但她其实是个不那么擅长撒谎的人，至少不擅长在警察面前撒谎。在听到"刘珊"这个名字时，她面部的细小反应已经出卖了她。

她认识刘珊，并且与刘珊有着某种不能被外人知晓的关系。

"刘珊和你一样，也是江心村的幸存者。"柳至秦放慢语速，仍然紧紧盯着刀呈，"比较巧的是，她现在也在餐饮行当里工作。不过她的工作环境没有你好，冰海天空算是网红民宿了，你们走的是精品路线，她还在天天做盒饭、送外卖。"

刀呈不自觉地抠着手指，她的手比脸粗糙，指甲缝里有不少污物："是……是吗？我确实比较幸运，我遇到了周哥。"

"不过你们还有一点相近。"柳至秦向前一倾，这种姿势容易给接受问询的人造成压迫感，"你在一名被害人附近工作，而她在另一名被害人附近工作。"

闻言，刀呈几乎是难以自控地瞪大双眼，恐惧地看向柳至秦。

柳至秦在心中数秒，一秒，两秒，三……不到三秒，刀呈再次低下头去，紧咬着嘴唇，肩膀开始颤抖。

"这似乎太巧合了，所以我才会注意到你，问你这么多问题。"柳至秦放轻语气，"但你也不必过分焦虑，我今天来，就是初步向你了解一些情况。"

茶室安静下来，刀呈的呼吸声很重也很急。

柳至秦等了会儿，才继续说："还有没有什么想跟我说的？"

刀呈摇头。

柳至秦说："行，这段时间我们都会在这边调查，想起什么来了，及时联系我。"

刀呈声音很低："好，好的。"

柳至秦离开茶室，步伐如风。他已经看出刀呈有问题了，目前缺少的是决定性的证据。

另一边，两辆警车停在阿姊街。

近来阿姊街上每天都有警车和警察，商户们起初很不习惯，现在也逐渐适应了。花崇和赵樱从警车上下来时，有个快递员还冲他们乐呵呵地打招呼："又来上班啦？"

"注意安全。"赵樱皱着眉叮嘱，"骑车别骑这么野。"

"不会不会，在你们跟前我哪敢瞎骑啊。"快递员挺自来熟的，说完嗖一声飙走了。

此时是上午11点，正是阿姊街开始忙碌的时候，各个苍蝇馆子正在准备

102

午饭，电商正在把昨晚接的单子一箱一箱往快递车上摞。并不宽敞的巷子里人和车挤来挤去，廉价的油烟味格外刺鼻。

刘珊工作的约龙门灶头鸡敞着大门，一个服务员端着一盆油水朝外面的水沟里泼，店里忙忙碌碌，可也井然有序。

赵樱站在店门口看了一圈，让那个泼水的服务员把刘珊叫出来。

知道来者是警察，服务员不敢含糊，马上跑回后堂喊："珊姐，珊姐，警察找你！"

刘珊出来得却很迟，双手在紫色围裙上反复擦抹，眼神很是戒备。

她三十五岁，扎了条马尾辫，身上有股不轻的油烟气："找我有什么事吗？"

已经有别的服务员从后堂探出半个身子看了。赵樱看了他们一眼，对刘珊道："有些情况想跟你了解一下，我们换个地方说话。"

这换的地方，就是二兄老卤的院子。

二兄老卤已经停业了，院子和二楼小屋里堆着很多食物和快递包装箱，它们已经没有用了，不久之后将被统一处理。

站在二兄老卤门口，刘珊迟疑了好一阵，似乎很害怕："来这里干什么啊？这不是才死……"

花崇看出来，她想说这才死了人。

"我们想跟你了解的事和况明有一定关系，所以请你到这里来。"花崇说，"厨房你不用进去，就在院子里吧。"

刘珊不悦地看向花崇，那眼神中带着几分恨意。而花崇只是从容地与她对视。不久，她收回视线，走了进去。

赵樱说："我们查到况明遇害的晚上，是你来送的外卖。"

刘珊激动起来，说："那又怎样？你们怀疑我杀了他吗？这怎么可能？我怎么杀他？下毒？我只是送菜，拿出来时就打包好了，我连下毒的机会都没有！再说，那天来的又不光我一个人！"

"当然不是下毒。我们找到你，其实和你那天送外卖也没有太大的关系。"花崇说，"但我们发现，二兄老卤的外卖几乎都是你送，你和这里的每个人都很熟悉，可以说是这里的半个员工。"

刘珊蹙眉："那又怎样？"

花崇说："所以我想跟你聊聊况明。以你出现在二兄老卤的频率，你对他应该有所了解吧？"

刘珊说："我能了解啥啊？我就是个送餐的。除了他们这家，其他家我也

103

得送啊。"

"那你和况明有过接触吗？"花崇又道，"比如聊聊天什么的？"

刘珊冷笑：“我哪来那么多时间？我们店里忙得要死。”

这显然是句谎话，因为二兄老卤的员工已经证实，刘珊经常在送外卖的时候和况明闲聊几句，也跟他们打听过况明的事。有一次大家说起残疾快递员，刘珊流露出厌恶，说况明这事做得不地道。

当时阿姊街一直有个传言，说是某家商铺的人为了赶走残疾快递员，故意撞死了人。这事没证据，连警察都查不到证据。但是况明公开表示不想和残疾快递员合作之后，不少人私底下议论，觉得撞人的可能是况明。

那天既然聊到这件事了，刘珊就把撞人的事提出来，说她也觉得是况明撞了人。

"其实我们是老乡。"赵樱忽然道。

刘珊瞳孔一缩，诧异地看向赵樱。

花崇看出，刘珊的诧异并不是因为得知办案警察和自己是老乡，而是因为赵樱毫无征兆地把这件事给说了出来。

刘珊早就知道赵樱是从江心村出来的人。

花崇故意撤了两步，给二人留出空间。

"所以我想，你不必对我们过于抵触。"赵樱笑了笑，"二兄老卤的所有工作人员，我们都已经做过问询，其他和二兄老卤关系密切的，比如快递员、供货商，还有你这样的送餐员，都在排查范围内，我找你，并不是因为我怀疑你。"

刘珊的脸色并没有因此变得好看，眼神也更加复杂。赵樱提到的江心村对她来说，似乎比警察找到她这件事更让她不安。

"那我说了，我不了解况明。"刘珊说，"你们问我，我啥都答不上，还不是浪费你们的时间吗？"

赵樱不接这句话："在工作时遇上老乡，是我没有想到的。离开江心村后，我就再没有回去过了，也没有见过其他一起出来的人，不知道大家都过得好不好。"

刘珊压着唇角，花崇觉得她正在琢磨赵樱这话到底是什么意思。

"咱俩遇上也算是缘分了。"赵樱一派拉家常的语气，"这些年你回去看过吗？"

刘珊不耐烦道："回去干什么？啥都没有了。我也没有那个时间。"

"是吗？"赵樱点点头，又问，"那你和其他人联系上了吗？我们能出来，都不容易，好好活着，更不容易。等这个案子解决了，咱们聚一聚吧。"

刘珊不看赵樱，说："我和谁都没联系，也不知道他们在哪里。聚的事还是算了吧，我看没啥好聚的，你是警察、公务员，我就是个杂工，走不到一块去。再说，我不想谈以前的事了，亲人都死了，没意义。"

警方其实已经掌握了一些线索，但花崇没有让赵樱立即将线索丢在刘珊面前，他们还有别的办法去核实此前的推断。

下午，花崇回到市局时柳至秦已经在电脑前工作了。

花崇走过去，单手撑在柳至秦椅背上。

柳至秦没转过来，只说："刀呈和刘珊都否认和其他江心村幸存者有联系，但是在黄霞遇害之前，刘珊去过斜阳路，很可能见过刀呈。"

## 17

花崇沉思片刻，说："可能不只是见面这么简单。刘珊和刀呈都在刻意隐瞒和江心村幸存者的联系，他们聚在一起做过某件事。"

柳至秦抬头，"赵樱也是江心村的幸存者。"

花崇说："你怀疑赵队？"

"我怀疑所有和江心村有关的人。"柳至秦道，"而且她是这一系列案子的负责人。"

花崇下意识地在椅背上拍了拍，"我本来打算问问她，当年江心村遭灾的具体情况。现在能够查到的资料不全，而且最清楚江心村发生了什么的人，一定是他们这些从灾难里走出来的人。"

"可以问。"柳至秦说，"我也很好奇当年发生的事。赵樱也许与案子无关，也许已经被牵扯其中，但不管是哪种情况，和她聊一下那场灾难的经过，对我们都没有坏处。"

赵樱被请到市局附近的咖啡馆时很是诧异："花队，有什么话非得在这里说？"

她少见地没有穿警服，而是穿了黑色短款羽绒服、牛仔裤、短靴，冬天里最寻常的打扮。

上午咖啡馆人很少，音乐的声量恰到好处。花崇选的是角落里的位置，周围没别的客人。灯光是温暖的橘黄色。这种环境容易让人放松，精神上不那么紧绷。

花崇点了两个单人套餐："我觉得这里比局里更适合聊聊以前的事。"

服务员将桂圆茶放在赵樱面前，她似乎很少喝这种装点得很漂亮的饮品，近乎出神地看了好一会儿，说："你想问我当年发生在江心村的事？"

花崇认真地点头，说："三起命案，其中的两起，被害人身边都有从江心村出来的人。至于汪杰，他曾经公开调侃过江心村，而且针对他的调查还没有结束，也许我们在他身边也能找到一个江心村幸存者。虽然这么说，你可能觉得被冒犯，但从现有的线索判断，这一系列的案子可能与江心村撇不开关系。"

赵樱下意识地抿住唇角，视线朝下，看着粉红色的茶水，须臾，她轻轻吸了口气，说道："我不觉得被冒犯。"

花崇十指相交，半条小臂搭在桌上。

"我的确是江心村的幸存者，但我更是一名警察。"赵樱眼里的光闪了闪，坚定而专注，"既然江心村是一条重要线索，那我作为重案组负责人，必然会追查到底，配合到底。"

花崇看着她，缓了口气："我想知道那场灾难里，除了失去家园、失去亲人，你感受最深的是什么？"

赵樱眉心皱起又松开，重复了好几次这个动作，似乎是在用力回忆当年的一幕幕。

花崇等了会儿，又道："一时想不起来也没有关系，想起来的东西不连贯也没有关系，你可以一边想一边说。我知道让一个人回忆自己经历过的苦难很残忍，但站在刑警的角度，我需要了解关于那场灾难尽可能多的信息。"

赵樱摇头："花队，我明白，我也是刑警。"

两份刚做好的甜点被送来，服务员离开后，赵樱开始讲述："我们村子其实每一年都会遇到自然灾害，我和我的家人、朋友都习惯了。习惯很可怕，它会让你失去敬畏和警惕……"

安江市主城富庶而繁荣，其经济带动了周边很大一块区域的发展。但是再发达的城市，也难以照顾到辖内的每一个角落，尤其是那些位于与邻市交界处的群山之中的村镇。

江心村就是安江市最落后，最贫穷的地方。很多安江人甚至不知道安江市还有这么一个村子，而不少听说过江心村的人则认为江心村属于邻市。

"我们安江怎么会有这么穷的地方？不可能的，肯定是隔壁的村子。如果江心村是我们的村子，不早就富起来了？"

江心村的穷是很多因素造成的。它过于偏僻，在大山深处，修路困难，加上地质条件不好，修好的路一遇到暴雨，就有被冲毁的风险。

别的村子起码有一项支柱产业，江心村什么都没有，种植、养殖业在这里都很难发展。

交通限制了产业，产业的停滞又反过来限制了交通。长久以来就形成恶性循环。

村里的年轻人，尤其是年轻男性基本上都离开了，剩下的几乎都是老人、女孩作为弱势群体，他们逐渐被遗忘。

赵樱就是被留在家乡的女童。她从来没见过父亲，母亲在她很小的时候就死了，家里有个外婆，有个妹妹。

为了活下来，她学着大一些的女孩，到山林里去采菌子和野果。

有人定期到村子里来收山货，只要把采集来的山货放在背篓里，守在村口就能换来几张钞票。

但钱太少了，村民也没有讨价还价的能力。赵樱采一周，摔得浑身是伤，甚至冒着失去生命的风险，最终换来的也不过是几块钱。

不过即便是几块钱，对她和她的家人来说，也已经很珍贵了。

赵樱最害怕的是冬天和夏天，冬天山里降雪，有雪灾，夏天更可怕，暴雨能持续大半个月，家被淹都是小事，最吓人的是山洪、泥石流。

但打从记事起，她就每年都会经历雪灾和洪水。

某些年份，有扛着摄像机的人到村里来拍视频、考察，还带来不少吃的、用的。他们承诺会改变这里，赵樱像其他村民一样满怀希望，但是他们总是一去不复返，给予希望，却又抹杀希望。

赵樱十二岁那年，入冬不久就又开始下雪。起初她没有当作一回事，毕竟雪灾她已经经历过许多次。但那次大雪延续了很久，进村和出村的路全部被雪压毁了，大部分房子也被压毁。失去房子的村民寄居在别人家，不久连食物也不够了。

大家一边等待着救援，一边杀掉村里的家猫家狗果腹。若不是实在没有食物了，没人愿意这么干。

然而江心村第一次被外界广为熟知，不是因为雪灾，也不是因为贫穷，而是因为他们吃掉了家养的猫狗。

那个冬天，据赵樱所知，村里其实死了不少人，有人被饿死，更多的是被冻死。山里太冷了，没有取暖的条件，即便往年雪灾没有这么严重，也有人被冻死。

饿死冻死，对江心村的村民来说都不是新鲜事，但对村外的人来说，这年头还会有人被饿死冻死吗？不可能，没人信。媒体更是不可能报道这种事。

温度上去之后，雪化了，村民们终于从堪称恐怖的雪灾中熬了过来。最困难的那段时间，政府其实组织了赈灾救援队伍，但是江心村的地理条件太恶劣了，送进去的食物实在是有限，媒体更是深入不了。直到路被再次打通，几家电视台和报社才赶到。

媒体的本意是报道村民在面对灾难时的顽强不屈，以及政府的救援行动。村民们朴实，记者让讲怎么扛过来的，他们就把整个冬天的事原原本本地说了，其中不乏为了活命吃掉猫狗的事。

为了突出村民们面临的困难，电视台和报社都将吃猫吃狗当作重点来报道，结果引起了轩然大波。

安江市大部分区域冬天只下很小的雪，落在地上就化了，只有江心村那样的大山深处，才年年有暴雪。市民们不理解区区一场雪，为什么就能让村民杀猫杀狗。一时间，对村民们的骂声铺天盖地。

"怎么能吃宠物？狗狗不是人类最好的伙伴吗？我家猫狗双全，就是再困难，我也不能饿着它们啊！这些村民还是人吗？根本没有进化完好吧！"

"对对对，政府不是派人赈灾了吗？钱也捐了，食物也捐了，想啥呢？还能把狗吃了？"

"真有那么穷吗？真有那么饿吗？我不信。江心村我虽然没有去过，但是我去过别的偏僻村子，也在山里头，家家户户小别墅呢，日子过得比我们家还好。"

"我也觉得不会有这么穷的地方，无良媒体编的吧。还说什么采一个礼拜果子只能卖几块钱，怎么可能啊，几块钱就只能吃一碗泡面！"

"听我说，这个村子如果真穷，那也是活该。天啊！他们居然连狗都吃？"

外界的骂声本来传达不到江心村来，整个村子只有两台电视，能收看的频道少得可怜。

然而灾后重建工作刚开始，媒体却大规模涌入，争相报道吃猫吃狗的后续。它们将网友骂人的视频放到老实巴交的村民们面前，让他们听，让他们看，然后问他们有什么感想。

就像市民们不相信还有这么穷的地方，不理解村民们吃猫狗一样，村民们也无法理解市民们的质疑。他们茫然、愤怒、委屈的脸被拍下来，一经报道，立即引爆新一轮的激烈声讨。

"可真会做戏啊，演技这么好，为什么不当演员呢？"

"看到没，我们缴的税还要给你们盖房子。老子不服！凭什么用老子的钱去养这帮没进化完的人？"

"他们根本就不穷好吧，衣服都是崭新的呢！"

"上次我就说了，这都什么时代了，怎么可能有人会饿死？而且你们看看新闻报道，没有一个人被饿死冻死好吗！"

江心村在那年的冬末春初成了整个安江市的焦点，人们看到他们穿上新衣、接过一袋袋大米，看不出任何穷态。

可是这些东西其实都是雪灾时无法被送入江心村的物资。

赵樱记得，年幼的妹妹在看完一个记者逼迫她看的咒骂视频后哭了一晚上，问："姐姐，那些人为什么要这么说我们？我们做错了吗？我们没有撒谎啊，就是穷，一箩筐果子就是只能卖八块六毛钱啊，他们为什么不信呢？"

赵樱比妹妹更难过。记者也采访她了，而且不止一次。她一遍遍向镜头讲述自己的生活，请求援助，渴望理解，然而回应她的却永远是——演技真好啊，不就是想要钱吗？别来骗人了，没有那么穷的地方，不可能饿死，有手有脚的怎么会饿死啊，怪就怪你们懒，还蠢。

这场闹剧一直持续到夏天。

江心村熬过了雪灾，被毁的路和房屋被修好了，可是暴雨又来了。

赵樱家的房子漏雨。起初，她和妹妹将外婆转移到唯一一间不那么漏雨的房子。后来，整间房子都塌了。外婆被埋在里面，救援队员将外婆救出来时，老人已经没有气了。

暴雨没有停歇，越下越大，村里的河流涨水，把地势低的房子都淹没了。村民们又像往年一样彼此帮助，渴望共渡难关。

因为吃猫吃狗的事，媒体对江心村多有关注，但关于暴雨的新闻一发，很多人觉得这是报应。

一些媒体呼吁关注江心村，在这里发生的可能是多年难遇的洪水。可是真正关注灾难的人很少，施以援手的人更是寥寥无几。

赵樱眼睁睁看着上午还说过话的村民被水冲走，一瞬间就被吞没。

村里死的人已经比雪灾时还多了，大家被统一转移到高处，救援队员在那里搭建了临时房屋。

暴雨还是没停。

赵樱看着不远处的山坡，有些害怕，因为她熟悉那些山坡，被雨水冲刷太久，山坡的泥土早就松了。可是他们又不得不待在这里，因为这里已经是最安全的地方了。村主任说了，现在没有条件将大家转移到别的地方去。

三天后的夜晚，暴雨加剧，山坡忽然被冲毁，泥沙俱下，山洪在天地间翻滚。高地上的临时房屋、下方已经被洪水淹得只剩下屋顶的土房，全部被卷入泥石流。整个江心村，几乎彻底消失。

赵樱在获救之后，很长时间不言不语。她始终无法回忆泥石流突发时的情形，妹妹没了，邻居没了，将她救到高地上来的队员也没了。

在这场灾难里，死亡的不仅是村民，还有大量救援队员。

据官方统计，活下来的村民一共只有九人。

"我们被转移到附近的镇和县，第二年江心村就封村了。"赵樱没有动过甜点，只在口干时喝了些许茶水，她看着花崇，目光却似乎没有焦点，像是穿过花崇，看向了更远的地方，"我……我其实已经很多年没有再去想过以前发生的事了。我不能去想，一想就难受，就觉得冷。"

冷的不是那年冬天的雪灾，也不是那年夏天的山洪，是在胸膛里跳跃的，本该火热的人心。

"花队，你问我印象最深的是什么，刚才我想不起来，因为我一直避免去想那件事。"赵樱叹了口气，"现在我想起来了，是外面的不理解、咒骂。灾难什么的，其实我们都习惯了，包括每年冬天和夏天都会有人因为寒冷、洪水而死去。刚从江心村出来时，我经常做噩梦，梦到他们指着我的鼻子，一遍又一遍说——你们在撒谎，你们是骗子，哪里有那么穷的地方，你们编什么故事，不就是想要钱吗？你们连狗都吃，你们不配为人！反正我绝对不会给你们捐钱，你们就该死！是你们害死了我们的队员！"

花崇说："队员？"

赵樱点点头，说："最早被转移出来时，我们九个幸存者是被安排在一起的，个人信息也没有对外隐瞒。但是不久，就有人写信骂我们害死了救援队员，骂我们都不该活着。"

花崇之前就觉得奇怪，为什么所有幸存者都被分散到了不同的地方，现在终于找到了解释。

"我后来才知道，其实在雪灾之后、暴雨之前，有一些组织看到了我们的困难，想帮助我们，他们觉得我们的穷和落后与地理条件有关，想分批把村民转移出去。"赵樱遗憾道，"但是这件事被那些不相信我们穷，又恨我们吃了猫狗的人阻止了。他们总说我们不是真的穷，也不可能有这么穷的地方。呼吁帮助的声音毕竟是少数，不久就被咒骂的声音压下去，在暴雨之前，一个离开村子的人都没有。"

花崇说："假如在冬天和夏天之间，帮助没有受阻，即便只有一批村民离开……"

赵樱点点头："那幸存者也不只是我们九个啊。"

片刻的沉默后，赵樱又道："这些事就不能老想，一想我这心里就难受，就得钻死胡同。他们自己过得好，看不到我们，甚至骂我们是骗子，这我都理解，可是为什么要阻拦别人对我们的帮助呢？为什么要压下求助的声音呢？他们可以看不见，可以不帮忙，但没必要冷嘲热讽啊。"

说着，这个以强硬著称的女警竟颤抖了起来，声音带着一丝哽咽："我们出生在那种地方，这不是我们的错。但在他们眼中，我们就是活该的。这件事就扎在我这儿，痛。"

赵樱用力捶了捶自己的胸口："已经有愿意帮助我们的好心人看到我们了，如果他们没有被阻拦，那我的妹妹、还有一些和我妹妹差不多大的孩子，说不定都能获救，平安长大，有光明的前程，我们这一代人的命运就可以被改变了。"

赵樱长吸一口气，看向天花板，不让眼泪落下来："但是被救的只有我们九个人，其他人连挣扎的工夫可能都没有，泥石流一下来，就都没有了。他们的生路都被那些不理解、不相信断绝了。"

## 18

江心村的幸存者并不好查，由于当年闹得沸沸扬扬的吃猫吃狗"丑闻"，以及大批救援队员在泥石流中遇难，幸存者们成了"不配"活着的人。

为了最大程度地降低他们可能因此受到的伤害，相关工作人员将他们分散在安江市的各个村镇，如果想要改名，也都尽量满足，这就导致他们的户籍信息在系统里不再一目了然。

柳至秦花了些工夫，将除了赵樱、刘珊、刀呈以外的幸存者全部落实，她们是——

　　樊渝，女，三十五岁，渝快动物健康中心合伙人，未婚。

　　蔡曼，女，二十八岁，家住柯凤村，务农，已婚，育有一儿一女。

　　白若娟，女，三十岁，家住道龙镇，家庭妇女，已婚，育有一子。

　　常怜，女，二十九岁，彩虹花海个体户，未婚。

　　刘有男，女，二十七岁，长风印刷职员，未婚。

　　聂俊，女，三十一岁，家庭妇女，育有一女。

　　花崇看着名单："当年的九名幸存者，全是女性？"

　　"对。"市局的部分办公室里放着简易健身器械，柳至秦正在做引体向上，声音听着比平时紧一些。

　　花崇看了他一眼，不太明显地皱了皱眉。柳至秦一直都有健身的习惯，他们当警察的，必须保持身体的强健和体力的充足，但柳至秦最近健身的频率和强度都增加了。

　　是因为顾允醉的出现。

　　将来是否有一场恶战，现在谁也说不清楚。他们能做的就是时刻做好准备。

　　花崇将视线转回名单，柳至秦做完一组，从器械上下来。引体向上是很耗费体力的项目，他脖子上渗出些汗珠，走到桌边拿水。

　　"江心村的男性本来就很少，能出去的都出去了。"柳至秦灌了小半瓶，"除了蔡曼和白若娟，其他人都在安江市，各有各的工作。"

　　"刘有男、常怜、樊渝都未婚。"花崇说，"一个职员，一个个体户，一个合伙人。"

　　柳至秦点头："这一系列的案子里，已婚者的作案概率远小于未婚者，她们有家庭的牵绊，我重点调查的也是那三名未婚者。你猜我查到一条什么线索？"

　　花崇抬起头："和汪杰有关？"

　　"嗯。"柳至秦拿起毛巾擦汗，"彩虹花海离博物馆只有三公里，是安江市最大的植物市场，常怜在那里有一个门面，主要卖多肉植物。"

　　花崇立即想到一条线索："汪杰的家中就有不少多肉植物！"

　　"汪杰偶尔会开车去彩虹花海，他应该不算种花种草的狂热爱好者，但他喜欢看，也喜欢买。"柳至秦又道，"在他的支付记录中可看到，他去过彩虹花海的八家店铺，其中就包括常怜的小店银色月光。"

花崇沉声道："所以汪杰和江心村的交集，不仅仅是他曾经讽刺过江心村，他还和江心村的幸存者有过接触。"

"在汪杰遇害之前，常怜去过博物馆四次，现在进博物馆需要用身份证预约，她留下了四次记录。"柳至秦说，"她很可能是去看汪杰的。"

花崇走了几步："这就说得通了，三名被害人都曾经与江心村的幸存者接触过，他们的言行触及幸存者们的底线。"

柳至秦摇头："我觉得这不是幸存者的底线。"

花崇先愣了下，旋即点头："幸存者中的某几人，已经因为共同的心结和怨恨，形成了一个犯罪组织，'幸存者'不再是她们的核心标签，'犯罪者'才是。"

柳至秦将毛巾搭在肩头，坐下来在键盘上敲了几下，显示屏上立即出现一个相貌普通的女人，她穿着略显臃肿的厚运动套装，系一条沾着泥土的围裙，脚踩筒靴，正在从面包车里搬盆栽。

"这就是常怜。"柳至秦说，"按照我们之前的推断，凶手是对筷子有某种执念的人，筷子象征餐食，餐食又象征活路，所以凶手的心结其实是活路。对江心村的幸存者来说，她们九人虽然活下来了，但其他亲人、朋友的生路却被当时那些辱骂、曲解他们的人断绝了。离开江心村多年，幸存者里有人走出来，有了家庭和事业，但有的人即便有了事业，还是没能走出来，她们想复仇，但无法向伤害过她们的人复仇。"

须臾，柳至秦接着道："她们的复仇具有很大的随机性——从身边看得见、听得见的恶行着手，至于看不见、听不见的，则暂时放下。刘珊'看见'了况明，她就在阿姊街工作，清楚况明为了赶走残疾快递员做过的事，况明说的'现在社会福利这么好，谁还能饿死'强烈地刺激到了她。"

花崇说："那黄霞就是被刀呈'看见'了。黄霞为公司制订辞退工人的计划，这件事虽然不是在斜阳路发生的，但黄霞是个喜欢和人聊天的人，一盘瓜子一壶茶水，她也许亲自跟刀呈说过辞退的事。"

柳至秦道："但这里我还是有点没理顺。你记得白忠国的话吗？黄霞其实很清楚辞退工人是件有违人性的事，她喜欢和人聊天，有强烈的倾诉欲，但也不至于将这件事拿出来说。"

"我估计这件事只是被她不小心带出来了。"花崇道，"她和白忠国感情不睦，喜欢掰扯家长里短，和任何人都能骂自己的丈夫几句，说到激动处，正好就把产生矛盾的经过说出来了。"

柳至秦想了想："有道理。在刀呈听来，黄霞的话非常刺耳，比如'辞退就辞退，有手有脚难道还能穷死'。"

花崇再次看向名单，沉默。

柳至秦等了会儿，问道："怎么？"

"刘珊、刀呈，我们都已经接触过了，她俩不像是策划能力很强的人。"花崇双手抵着下巴，"常怜是个个体户，也许具备策划能力，但她们上面可能还有一个人，正是这个人影响了她们，将多年来潜藏在她们心中的怨恨激发了出来。"

柳至秦靠在桌上："赵樱倒是有这种能力。"

花崇说："这个名叫樊渝的合伙人值得注意。她是一名宠物医生，对医学具备一定了解，做到合伙人这个地步，相应的财力、个人能力理应不缺。而且你想过没，她为什么要当宠物医生？"

柳至秦立即反应过来："外界抨击江心村吃猫狗，对她产生了巨大的影响。"

"她在补偿，但可能不仅仅是补偿。"花崇整了下衣服，"你继续查她们之间的联系，我估计通信记录会有收获。我去见见常怜。"


彩虹花海下午生意不太好，不少店铺都关门了，银色月光在一条冷清的支路上，几个店铺的老板在路边摆了张桌子打麻将。

常怜没打，站在一旁看。

"常姐，也来摸一把？"牌桌上有个四十多岁的女人说。

他们做生意的，彼此称呼都是什么姐，什么老板的，跟年龄没什么关系。常怜笑着摇头："你们打，我就看看。"

"嘻，你都看几年了，也没见你打会儿啊。"

"就是，光看不过瘾啊，还是要自己打。"

常怜说："我打不好，怕输钱。"

大家哄笑："你这姑娘，怕输钱怎么能随便说呢？"

"就是，而且打牌这事吧，也不是打得好就能赚钱，还得看运气。你运气好了，闭着眼睛瞎打也能赢一套房。"

常怜说："一套房太夸张了。"

有人清一色和了，牌桌上的话题马上变成了刚才那一把牌局，麻将洗得哗啦啦的，上家抱怨下家酸，骂骂咧咧又开始新一把。

常怜听他们吵了会儿，余光瞥见支路口的车。

那车不像进货、送货的车，应该是客人来了。

他们这条支路还开着的店里，就她没打麻将，这生意该她做。她马上笑盈盈地迎上去："买花啊？"

花崇下车，后面跟着海梓和一名当地刑警。

常怜一看他们的衣着，脸色忽然变了，嘴角颤了下："你们……"

那名当地刑警出示证件，花崇道："常女士，我想跟你了解几个情况，哪里说话方便？"

牌桌那边热闹，有人看见常怜将"客人"往店里带，喊道："常姐，你生意来啦！"

"嗯，嗯。"常怜敷衍地应着，"你们打啊，我一会儿再来看。"

花崇跟在常怜身后，来到店铺门口时，打量了一番店内外的布置。

门面不大，没怎么装修，放花的铁架子生锈了，角落里放着一堆死掉的多肉。

在洛城时，他和柳至秦侦查过一起和花店老板有关的案子，那案子的被害人被称作"卖花西施"，店铺装点得非常别致，看得出花了很大功夫。而常怜的店铺是那种最普通的植物店，走量，花花草草卖得也不贵。

"你们有什么事吗？"常怜忐忑地问。

花崇转向她："你开这个花店有多长时间了？"

常怜几乎是下意识地抓了下围裙："有三年了。"

花崇说："那就是一到安江市就开了花店。"

常怜脸色渐白："你们知道我是三年前来的安江？你们到底想问什么？"

"三年前你生活在雾康镇，这我确实知道。"花崇又道，"我还知道，你的家乡其实不是雾康镇，而是江心村，你的本名叫常勇林。"

常怜瞪大双眼，她的黑眼仁很小，这么一瞪眼，就显得眼白极多，有些惊悚。

花崇说："你和从江心村出来的其他人还有联系吗？"

常怜怔住了，好一会儿才摇头："早就没联系了，我们出来之后就没有联系过。"

"是吗？"花崇说，"和刀呈、刘珊也没有联系过？"

常怜仍是摇头。

花崇在她面前走了两步："和樊渝，也没有联系过？"

听到樊渝这个名字时，常怜下巴绷了一下："没，没联系。"

"我已经和刀呈、刘珊接触过了。"花崇说，"我问过她们同样的问题，她们说，没有联系过——和你的回答一样。"

常怜看着一旁的云竹。

花崇接着说："但后来我查到，她们私底下见过面。虽然不知道她们为什么要隐瞒这件事，但既然隐瞒了，也许就是因为有不愿意让警方知道的秘密。"

常怜猛地侧过脸，面露讥讽以及愤怒："我们江心村的人做错了什么吗？当年你们那么逼我们，现在还要来查我们！我们本本分分地生活，你们凭什么来查我们？江心村死的人还不够多吗？"

她这段话说得又急又颤，把海梓都震了一下，花崇却平静道："如果真是本本分分地生活，我们当然不会来查你。前不久，博物馆一位名叫汪杰的讲解员被杀害，他曾经在你这里买过多肉植物。"

常怜表情非常僵硬地说："这……这和我有什么关系？我店里来来往往那么多客人，他们死了我就要被查吗？"

"你去过博物馆四次。"花崇又道，"且每次都是在汪杰上班的时候。"

常怜咽了口唾沫："博物馆安静，不要钱，我去坐坐都不行？"

花崇转换话题说："我想看看你这里的监控记录。"

常怜显然不乐意，说："监控有什么好看的？"

海梓道："请配合调查。"

常怜没办法，只得点开视频："只有最近一周的，其他时间都没了。"

花崇说："其实我更想看看 10 月 31 日的监控记录。"

常怜眼神更加躲闪。

"如果没有了，那我只能多问几个问题。"花崇说，"10 月 31 日，你在哪里？"

常怜说："这么久了，我哪里记得？"

花崇说："要不你翻翻工作记录，看当天你有没有到店里来？"

"我怎么可能不到店里来？"常怜说，"这是我的店，我天天都守着。"

这时，打麻将的一位老板放了炮，下来休息，本想回自己店铺，结果听见银色月光这边动静不小，就走了过来，正好听见 10 月 31 日这个日期，大着嗓门道："常姐，10 月底你不是叫我帮你看店吗？那几天我们在你这儿打麻将呢！"

常怜的脸颊一下子变得煞白。

花崇睨着她："看店？"

那位老板还在吆喝："反正就 10 月底那几天，你不在，我们还喝了你酿的青梅酒！"

## 19

渝快动物健康中心开在一条安静的小巷里，附近是安江市的艺术一条街，稍远处是个别墅小区。

和别的宠物医院相比，渝快店面更大，从外观上看是一栋欧式小楼，后面还有一个供动物散步的小院子。

柳至秦将车停在对面的露天车位上，抱着那只总是在他脚边打转的橘猫从车里下来，抬头看了看渝快的大门，穿过马路走过去。

"您好！"自动门打开后，甜美的女声传来。

柳至秦循声看去，是一位二十多岁的护士。

"先生，请问您预约过吗？"护士热情地走过来，低头看了看橘猫，笑道，"您的猫咪看上去很健康呢。"

柳至秦说："没有预约，在网上看到评价不错，想带它来做个体检。"

说着，柳至秦将橘猫放在桌上："我在外地待了一年，小黄一直养在父母家。你知道，老人家喂猫猫狗狗，都觉得它们越能吃越好，以前没这么胖的，现在长这样了。"

护士笑道："胖了可爱，不过的确应该控制一下饮食。先生，我给您介绍一下吧，我们这里的动物体检有三种套餐，你看看做哪种……"

护士拿来介绍册，详细推荐。柳至秦几乎没听她说，快速翻阅。

册子上不仅有体检项目，还有对整个诊所的介绍，重点集中在几个主要的优势项目上。

柳至秦看到了樊渝的名字。

樊渝照片下的个人信息写着，她自幼喜欢小动物，小时候养过的田园犬生病死亡，她悲伤得无以复加，那时就立志成为宠物医生，治好更多生病的宠物。大学学习相关专业，毕业后进入动物保健行业，经验丰富，后与志同道合的朋友合伙开办了渝快。

注意到柳至秦的视线停留在院长特辑上，护士说："小黄做的是体检，樊院一般不会亲自负责体检的哦。"

柳至秦点头："我看网上对她的评论都不错。"

护士有点骄傲:"那是当然,她对动物真的很有耐心,每次都是尽全力救那些重病的宠物。不过也有实在救不了的情况,我们都会尽量让宝贝没有痛苦地走。"

柳至秦说:"那挺好。"

这时,一个穿着白大褂、盘着头发的女人从楼上下来,手里拿着一个文件夹。护士连忙道:"樊院!"

柳至秦很自然地看过去。

樊渝并不高,但因为瘦,且穿着高跟鞋,看上去还算高挑。她笑着点头致意,注意到桌上的橘猫,笑道:"宝贝有点胖。"

护士说:"这位先生带猫猫过来做体检。"

"行,你给安排一下。"樊渝说完便快步向门口走去。

橘猫很快被带去做体检,柳至秦被告知可在休息区等候。休息区人不少,很多都神色焦虑,担心自家宠物的病治不好。

柳至秦只待了几分钟,就离开休息区,在医院里状似闲散地走动。

樊渝的办公室在四楼,旁边是其他医生的办公室,手术室也在这一层。

体检进行了接近一个小时,护士将橘猫还给柳至秦,说没有什么大问题,但要注意控制食物供给,具体的报告明天会发送到手机上。

柳至秦往旁边看了看:"樊院长今天还会回来吗?"

护士有些不解,问道:"您找樊院有事?"

柳至秦微笑:"我看到评价说,如果有关于养宠物方面的困惑,樊院长都很乐意解答。既然来了,我也想和樊院长聊聊。"

护士很热心:"那这样,我去问问樊院的秘书。您稍等。"

五分钟后,护士回来了,"樊院刚才出去见客户,没说什么时候回来。"

柳至秦没继续问。

他想确定樊渝在哪里,并不需要问别人。


艺术街,不潮咖啡馆。

这间咖啡馆室内面积不大,外面的平台却很宽,内外都摆着桌子,不过到了冬天,除非阳光特别好,一般不会有人愿意坐在外面。

樊渝推门离开,走出几步就停下来,因为她的余光捕捉到一个似乎刚刚才见过的身影。

柳至秦坐在一张藤椅上,怀里抱着懒洋洋的橘猫。

见樊渝看过来，他笑了笑："樊院长。"

樊渝的表情和在渝快时截然不同，温和消失了，眉心紧皱，似乎非常焦虑。

在短暂的怔愣后，她又挤出一个微笑，有点僵硬，也有点勉强："体检做完了？"

"樊院长没事的话，我们聊聊？"柳至秦站起来，将橘猫放在椅子上。橘猫也不跑，趴在垫子上继续睡大觉。

樊渝诧异："聊？"

"这只橘猫，是被市局的刑警给喂成这样的。"柳至秦说着拿出证件，"它家在重案组。"

樊渝的笑容几乎僵在了脸上："您……"

"有几件事想找你了解。"柳至秦下巴指了指旁边的座位，"坐？"

樊渝咽了两下唾沫，似乎正在尽量平静，落座后露出恰当的尴尬："不好意思，我没怎么和警察打过交道，也不知道发生什么事了，刚才有些失态。"

柳至秦说："最近发生的三起命案，你听说过吗？"

"命……命案？"

"媒体报道过，不少人也在传，你一点儿不知道？"

"您是说斜阳路那个案子？"樊渝说，"我知道，但也只是听同事们说过，我平时太忙了。您是为了那个案子来找我？我不太明白……"

柳至秦说："不明白我为什么找你？"

樊渝轻拧眉心。

"因为经过长时间的排查，我们发现两个人具有重大嫌疑，刀呈、刘珊。"柳至秦说，"而她们，都和你有联系。"

樊渝半张着嘴，眼尾很不明显地颤了下。

柳至秦说："刚才你见的其实不是客户，是刘珊吧？"

"不是。"樊渝几乎是下意识地反驳，说完却不再吭声。

这里有监控，她见的到底是谁，只要一查监控就一目了然。

今天本不是她与刘珊见面的日子，但刘珊在医院的咨询页里给她留言，说一定要见她一面。

刘珊惶惑不安地坐在咖啡馆的角落，一见到她就站起来："姐，警察找到我了，警察怀疑我和刀呈了！"

"到底怎么回事？"她心里也是一紧，但在刘珊面前，她必须镇定。

刘珊将来龙去脉说了一遍，汗湿的手抓着裤子："他们怎么知道我去过斜阳路啊？"

她心里没底，草草安抚了刘珊一番，想着既然刘珊已经进入警方的视野，那自己就不能和刘珊待太久，连忙让刘珊离开，嘱咐刘珊不要联系其他人，老实待在店里，不管警察问什么都不要承认。

"刘珊、刀呈，还有常怜，她们三人和你关系都很亲密吧？"柳至秦说，"你们都是江心村的幸存者，又都在安江市开始新的人生。"

樊渝说："我和刘珊的确认识，我们是偶然在街上遇见的，因为是老乡，偶尔会出来聚一聚。我不明白您这么说是什么意思。还有，您说刘珊有重大嫌疑，但据我所知，她善良，还有些懦弱，她不可能杀人。"

"你和你老乡的相处模式真奇怪。如果我在街上遇到了我多年不见的老乡，我要么和他交换联系方式，要么客套两句走人。"柳至秦说，"你们后续还有联系，并多次见面，却没有交换过联系方式。"

樊渝抿紧嘴唇，一言不发。

"你们的交流方式，竟然是通过诊所的咨询系统。"柳至秦嗤笑，"这还真够特别的。"

樊渝说："那是因为有一次，刘珊店里的狗生病了……"

"你是不是觉得自行搭建的咨询系统万无一失啊？看来你还是有一定的反侦查意识。"柳至秦打断她，目光锐利，"你在咨询系统里的联络者不止刘珊，还有刀呈和常怜。你们在线上约见面的时间、地点，具体的事务留到线下商量。"

樊渝眼中忽然闪出一丝得意："我还是不太明白，就因为我们四人见过面，你们就认为我们和杀人案有关？这是什么道理？"

柳至秦凝视着樊渝的双眼。不久前，她的眼睛里是惊慌和茫然，仿佛对警察的突然造访感到措手不及，但是现在，她已是一派胸有成竹的模样。

因为她推断出，警方并没有明确的证据，警方连她们线下商量了什么都不清楚。

但柳至秦也不慌，他今天带着橘猫来，是因为摸到了樊渝这条线索，并且查到了刘珊给樊渝的留言。

此前他与花崇分析，三起命案的动机已经明朗，但刘珊、刀呈、花崇正在接触的常怜，都不像是有强大谋划能力的人。她们必然有一个组织者。

樊渝就符合组织者的侧写。

"那你回答我一个问题。"柳至秦道，"你们为什么不用正常的方式联系？"

樊渝垂下眼睑，显得十分低落，好一会儿才道："您可真是……非要照着人心窝子捅啊。"

这话要换一位警察听，说不定会不由自主地内疚。但柳至秦不会，对具有重大嫌疑的人，他向来冷血。

"那不好意思，身为警察，我必须查清楚我手里的每一桩命案。"

"我们从江心村出来的人，都是可怜人。"樊渝缓缓道，"我们只是想抱团取暖而已。"

柳至秦听着樊渝讲述江心村的往事，内容和赵樱所说大致相同。

她们在获救之后，都遭受了来自外界的白眼，人们将救援队员的牺牲归咎到她们身上，甚至有更激动的人认为，她们也该死掉，用她们的命去换救援队员的命。

"我的诊所没人知道我是从江心村出来的，虽然他们都很年轻，不至于用过去的想法看我，但我还是抬不起头，我不会主动告知任何人，我是江心村的幸存者。"樊渝说，"只有和我一样，拼命活下来之后又被辱骂的人，才和我有一样的感受。"

樊渝停了下，继续说："你说我们的联系方式莫名其妙，我觉得这没什么奇怪的，我们已经被骂习惯了，在很多人眼里，我们不就是阴沟里的臭虫吗？你说的那些正常联系方式，对我们来说都不是正常联系方式。我们不需要。"

说到后来，樊渝显然越来越有信心，笃定警方只是怀疑，而没有证据。

柳至秦的试探点到为止，却又告诉樊渝，警方今后一定还会向她了解情况，希望她能够配合。

樊渝笑着答应。


常怜已经被带到了市局。银色月光对门商铺的监控显示，10月31日汪杰前往浓蛮镇当天，常怜全天不在店内，但银色月光呈营业状态，几位其他店铺的老板在其中摆了张麻将桌打牌。常怜再次出现在对门商铺的监控时是11月1日早晨，她戴着口罩，匆匆将卷帘门打开。

"我是赵樱，你的同乡。"负责问询的是赵樱，花崇在另一间警室里看着监控。

常怜看着赵樱，半天扯出一个尴尬的笑："不好意思，我不记得你了。"

赵樱点点头，以示没关系："以后再叙旧吧，现在先说正事。10月31日你去哪里了？"

常怜支吾了半天，说："我那段时间心情不太好，出去散心了。"

赵樱说："去哪里散心？"

"我……"

"你有一辆私人轿车，你经常开着它出去。但我调取车库的监控发现，10月31日它一直停在车库。你散心没有开车吗？还是说，你搭了别人的车？"

常怜说："我一定得回答这个问题吗？这是我的隐私。"

赵樱严肃道："我们目前掌握的证据指向你可能与汪杰遇害一案有关，我必须确定你在他出事时的行踪。"

常怜脸涨得通红，说："我怎么就和他的死有关了？就因为他来我店里买了花，我去他的博物馆参观过？"

很多犯罪嫌疑人在经历问询时都会情绪激动、答非所问。赵樱脸色沉下来，"回答我的问题！"

常怜仿佛被怔住了，几分钟后呼吸平缓，反而冷静了下来："你这么想知道，那就自己去查。我刚才已经说过了，我31日去了哪里，这是我的隐私，我有权利保持沉默。"

"还有。"常怜冷笑一声，又道，"我不是凶手，我没有杀过人。请你们不要冤枉好人。既然我们是同乡，都是江心村的幸存者。那被冤枉的滋味你应该最清楚，我也最清楚。你现在成为警察，就可以向无辜的人施暴了吗？你不要忘了，我们都吃过同样的苦，受过同样的罪！"

## 20

樊渝、刘珊、刀呈、常怜，四个江心村幸存者的照片在投影仪中被放大，除了樊渝，其余三人的相貌都十分普通，不管是皮肤还是眼神，都有种和年龄不相符的老气。

她们在当年的自然灾害中获救，成为少数的幸运者，但是活下来仿佛比当场死去更加痛苦。她们被困在那个偏远的贫穷的村子，时至今日也没有真正走出来。

常怜在审讯中失控，大骂赵樱忘本。审讯不得不中断，赵樱站起身来说："我从来没有忘记过我来自江心村，既然我有幸活下来，我就要好好活下去！

我要回报这个社会！我是警察，我现在做的一切都是我的使命，我对得起我身上的警服！"

常怜像看魔鬼一般看着她，哈哈大笑，擦抹着眼角的泪水说："赵樱，你不知道，其实你差一点就死了。"

赵樱闻言一怔，追问原委，常怜却再也不开口。

因为开着投影仪，办公室只开了后面一块区域的灯。柳至秦坐在灯光下敲着键盘，不久将笔记本电脑转向花崇，"常怜无法交代 10 月 31 日的行踪，因为当天她去了浓蛮镇。而在 10 月 29 日，汪杰还去过一次她的店，买走一盆仙人球。"

常怜有避开监控的意识，但并不是尽量注意，就能避开所有监控。大城市里公共监控本就密集，再加上还有沿街店铺自行安装的监控。柳至秦耗了一番工夫，根据各个摄像头捕捉到的片段，基本画出当天常怜的行踪图。

花崇正在看这份行踪图。

10 月 31 日早晨 8 点 23 分，常怜出现在安江市城西客运站，却没有进站买票，而是被客运站外随处可见的小贩揽走，坐上一辆"黑车"。

乘坐"黑车"的除了常怜，还有三名乘客，他们彼此不认识，常怜第三个下车。

从"黑车"的行进路线看，司机完全可以开进浓蛮镇，但是"黑车"在浓蛮镇镇口被拍到时，车上仅有司机和一名乘客。

说明常怜已经在两处监控之间的路段下了车。

"司机很好找，岳越已经出发了，找到司机，就能问出常怜具体是在哪里下车。"柳至秦说着在图上画了一个圆圈，"不过司机也有可能记不清楚了，而常怜没有使用移动支付，她给的是现金。我判断，她是在离浓蛮镇一公里左右的地方下车。从那个位置步行进入浓蛮镇，既能够避开镇口的监控，所要走的路也不算远。"

花崇注意到一个时间点，10 月 31 日下午 4 点 39 分，常怜被浓蛮镇兴隆大饭店的监控捕捉到，这是常怜在浓蛮镇唯一一次被摄像头拍下来。

"这不是什么大饭店，只是一个家常菜馆，但位置很好，在浓蛮镇的中心地带。"柳至秦点开地图，指了下，"就是这儿，常怜在这里待了半个多小时，她以为很隐秘，周围确实没有公共监控，但是她忽略了店铺的摄像头。"

花崇说："她在等汪杰？"

柳至秦点头："很有可能。汪杰 5 点 17 分在镇口最后一次被拍到，这之后，常怜就上了汪杰的车。一同上车的可能还有其他人，镇外荒凉，少有人迹，常怜很可能在车上对汪杰下手，然后抛尸。"

"汪杰让常怜上车很好理解，他们可能29日就约定过什么，或者对汪杰来说，这只是一次偶遇，既然是熟人，常怜提出载自己一程的要求，汪杰就不会拒绝。"花崇说，"但现在我们还是缺少证据证明，常怜确实上了汪杰的车。"

柳至秦说："证据我会继续找，她逃不了。"

这时，外卖送来了，花崇抹一把脸，在柳至秦背上拍了下："不着急，先填填肚子。"

两人吃完晚饭，赵樱也过来了。她脸色不太好看，显然是受到常怜的影响。

"花队，你们最初提出设想时，我觉得很荒唐，我们这群幸存者，怎么可能成为加害者？"赵樱捋了下额发，无奈地摇头，"现在看来，她们也许真的成了加害者。当年那些人不明白我们村里的困难，不相信一个村子会穷到那种地步，讽刺我们，阻拦援助，确实是夺走了很多乡亲的生路。"

赵樱看向樊渝的照片，安静了几秒才继续说："所以她们绑成了一根绳子，来惩罚那些剥夺他人生路的'恶人'。"

柳至秦点开渝快动物健康中心的官网："我初步查过她们的通信记录，她们互相都没有保存对方的电话号码以及其他常用的社交账号，这个网站的咨询页，是她们联络的唯一一个平台。这种平台上的记录很容易被删除，我恢复了一部分，发现常怜、刘珊、刀呈基本上都是和樊渝联系，樊渝和她们约定时间，线下她们倒是有过四人齐聚的时候。"

花崇说："如果将她们看成一个复仇组织，那樊渝就是头目。一切都是由她组织起来。"

"凶手是女性，即便是多人同时作案，也很难保证勒死一个强壮的成年男性。"赵樱说，"所以汪杰和况明身上有电流斑，电流斑又被筷子破坏，这就说得通了。"

花崇走到投影仪下，凝视那四张照片，片刻道："樊渝将她们通过医院网站联系解释为受害者的抱团取暖，线上聊天记录没有一条与命案有关，樊渝和常怜似乎都很自信——我们虽然怀疑她们，却无法给她们定罪。"

赵樱双手撑在额前，不知道在想什么。

花崇轻轻笑了声："但既然查到这个地步，动机已经明确，犯罪嫌疑人范围也画了出来，确定证据就是迟早的事。赵队——"

赵樱抬头，眼神有些疲惫："在。"

"接下来还要辛苦你们。刘珊、刀呈的人际关系、行踪，要尽可能查清楚。"花崇说，"不怕细，怕的是有所遗漏。樊渝和常怜的心理承受能力比另外两人更强，我想办法从她们口中问出些什么。"

审讯室，常怜歪着头打量花崇，几秒后笑了："是你啊。"

花崇不慌不忙，说道："很意外？"

"不意外，把我带过来的不就是你吗？"常怜往门的方向看了看，神情比在店里时轻松许多，但这种轻松并非无事一身轻的轻松，而是没有退路之后的轻松，"赵樱怎么不来了？没有脸面再面对我？"

"赵队还有别的工作，刘珊和刀呈的行踪都得靠她和她的队员去落实。"花崇说到这时停了下，注意到常怜眉间不大明显地一皱。显然，重案组追查刘珊、刀呈二人让她感到不安。

"所以来的是我。"花崇接着道，"我再问你一次，10月31日，你让周围的店主帮你看店，第二天上午才出现在店中，其间你到哪里去了？"

常怜还是那句话："这是我的隐私。"

"和刑事案件有关的隐私已经不是隐私了。"花崇点开视频，正是柳至秦在各个监控中提取的画面，"你在城西客运站附近搭乘'黑车'前往汪杰遇害的浓蛮镇，并未使用移动支付。就在刚才，我的队员已经找到'黑车'的司机，他还记得你，因为坐他车的人几乎都希望他将车停在镇子里，但你很特殊，你要求停在距离浓蛮镇镇口一点二公里的荒路上。那里无人经过，司机觉得奇怪，还提醒过你，你说想自己走一段路。"

常怜讶然地看着经过剪辑的视频，嘴巴张开又合拢。

"你到浓蛮镇之后，在这里徘徊了很久。"花崇将视频往后调，屏幕上跳出常怜在大饭店前的画面时，常怜瞳孔猛缩，险些从座位上跳了起来。

"这是，这是……"

花崇肃然地看向她："你刻意躲避浓蛮镇里的公共监控，却忘了还有'防不胜防'的私人监控。"

常怜瞪着双眼，用力呼吸，胸腔大幅度起伏。

花崇等了会儿，见她的惊愕稍微平复才道："我需要一个解释，你去浓蛮镇干什么？"

"我……"常怜眼珠快速左右扫动，食指交叠、握紧，"我就是去转转。"

"浓蛮镇在你日常生活范围之外，你为什么会去那里转转？"花崇步步紧

125

逼，"中途下车，是为了避开村口的监控，是吗？你有一个目的，而这个目的不能让看监控的人知道。"

常怜摇头，脸上已布满汗水："浓蛮镇的土很适合种花，而且那里的农户也喜欢种花，他们不会把花拿到市里来卖，连市场都……都没有。想买花只能去他们家中看。"

花崇说："所以你想说，31 日你是去买花挖土的？"

常怜擦了下汗："是，我也是听别人这么说，所以想去看看花好不好，不一定要买。"

"可你没有开车。"花崇说，"不管是挖土还是买花，有自己的交通工具都更加方便，但是你偏偏搭了'黑车'。我只能理解为，你不能开自己的车出去，因为一旦开车，警察一查，就知道你当天去了浓蛮镇。除此之外，还有一个重要的原因——如果你开着车，就无法让汪杰载你一程。"

常怜身子向前探："你胡说！"

"既然浓蛮镇的土适合种花，而那里还有在自家门口卖花的农户，那汪杰为什么会出现在浓蛮镇，也就有理由了。"花崇站起来，在桌前踱步，"汪杰喜欢种花，但没掌握到门道，家中的花不是枯死就是被淹死。他觉得你店里的花长得不错，于是偶尔向你取经。在他眼中，你是行家，他当然信任你。"

"起初，他只是你的无数位普通顾客之一，他幽默风趣的谈吐吸引了你，他的衣着打扮也吸引了你，你是个生意人，很容易就能看出谁富有、谁出手阔绰，无疑他是个能给你带来巨大经济效益的顾客。"花崇继续说，"你主动和他交流，得知他在市博物馆工作，他可能随口邀请过你，叫你去博物馆看看那些有趣的文物。你去了，却经历了一场'灾难'。"

常怜往肺里狠狠灌了一口气，仿佛忘了吐出来，就这么憋着，眼中是按压着的愤怒。

"汪杰侃侃而谈，讲古时的贵族，讲贫富有别，他驾轻就熟地发挥，后来甚至讲到了发生在江心村的灾祸。"花崇半眯着眼，推导当时的情形，"你万万没想到，这么一个风度翩翩的人，竟然对你们抱有如此大的恶意。后来你又去了博物馆几次，看到的都是你所厌恶的汪杰——他高高在上，看不到、看不起在痛苦中挣扎的人。他比黄霞和况明更加令你作呕，因为他公开嘲笑江心村的苦难。"

常怜无声地摇头，双手捂住了脸。

"所以他成了你们的第二个目标，你们要像杀死黄霞一样杀死他。"花崇站定，俯视着对面颤抖的女人，"在他最后一次到你店中时，你像往常一样和他交流种花经验。你说浓蛮镇的土适合种花，又说那儿的农户自家栽了很多花。汪杰很高兴，立即说要去看看。你打听到他 10 月 31 日会去浓蛮镇，你们的计划走到了最关键的一步。"

"31 日去浓蛮镇的不止你，还有樊渝、刘珊、刀呈其中的一人，或者多人。这一点我们马上就能核实。"花崇说，"你们在浓蛮镇等待汪杰，设计与他偶遇。汪杰看到你觉得很惊讶，你也表现出同样的惊讶，接着你向他介绍了你的朋友，说你们来浓蛮镇看花，没开车来，回去可能有些不方便。汪杰很爽快地让你们搭他的车。作为回报，你提出带汪杰去村外的山头挖营养最丰富的土。"

常怜畏惧地盯着花崇，眼中是浓重的不可思议。

她也许在想——这到底是什么人？为什么知道得这么清楚？

花崇看出了她的想法："因为你已经告诉我了。"

常怜嗓音沙哑道："我告诉……告诉你了？不可能！我什么都没有说！"

"线索会说话，一个人的争辩、借口、谎言也都会说话。"花崇双手撑在桌沿，阴影投在常怜脸上，"汪杰轻而易举相信了你们，而且从村中开出去之后，他和你们中的一人换了座位。你们是以什么方式，让他离开驾驶座的？"

常怜自言自语："没有，没有的事！"

"你告诉他，上山的路你更熟。"花崇平静道，"你说服了汪杰，他从驾驶座换到了副驾。只要他不再掌握方向盘，你们就成功了。在开到某个地方时，你的同伴从后面袭击汪杰，将他电晕，然后你们合力，用绳索勒死了他。"

常怜摇头摇得更厉害："这都是你编造出来的，你有证据吗？你没有证据就想诬蔑我？"

花崇不为所动，继续道："筷子代表餐食，代表活路，筷子是你们的'签名'。你们杀死黄霞时没有用到电击工具，因此不会有电流斑出现在黄霞身上。汪杰不一样，如果不用电击工具，你们制伏不了他。抛尸之前，你们将筷子插入他的身体，企图掩盖电击证据。"

说到这儿，花崇停下来，垂着眼睑凝视常怜片刻，"为了毁灭证据，你们将汪杰的车开到邻市烧毁。你问我证据，认为把车一烧，所有证据就都消失了？"

常怜眼里的光闪闪灭灭，她似乎还想说什么，但未能说出来。

"司机的证词，大饭店和城西客运站外的监控，这些算不算你意想不到的证据？"花崇视线暗下来，"我还会找到更多的证据，用完整的证据链，让你，你们，承认犯下的罪行。"

案件最难侦查的时候，是线索过多却没有明确思路的时候。现在已经锁定犯罪嫌疑人，寻找证据的过程虽然不轻松，但市局上下仿佛被打了鸡血一般，全都鼓起干劲来。

"所有幸存者我都查了一遍，确定除了樊渝四人，其余都过着自己的生活。"柳至秦脱下外套搭在椅背上，走到花崇身边，"这个犯罪组织的核心是樊渝，医院的网页上，最早的联络记录是在前年三月。她们至少是从那时起，就已经在谋划这件事了。"

花崇捏了捏眉心："我觉得不是。"

柳至秦挑眉："嗯？"

"谋划两年，这时间拉得也太长了，可能性不高。"花崇说，"也许在最初，她们真的只是抱团取暖。她们都背负着过往，在这座城市里隐瞒过去，又放不下过去，江心村和那些死去的人是扎在她们心口的刺，这根刺拔不出来，始终有血从里面流出。但是遗憾的是，并不是所有的抱团取暖都有好结果。"

柳至秦说："你的意思是，她们在抱团取暖这个过程中逐渐变得偏执？"

"嗯。"花崇点头，"樊渝和另外三人是主从关系。是她找到常怜等人，也许只有她打从一开始就抱着复仇、惩罚的想法，她在寻找可以被自己利用的人。而另外三人是被她'带'进去的。抱团取暖，心、灵魂却并没有被温暖，反而被仇恨填满。她们在身边寻找'该'被惩罚的人，然后合力动手。取暖变成了一项疯狂的'团建'。"

"团建？"柳至秦琢磨着这个词，"还挺形象。"

这时，走廊上传来急促的脚步声，花崇看了过去。

几秒后，许小周匆匆跑进来，"海梓他们有发现！"


## 21


刘珊和刀呈本来是交由当地重案组去查的，裴情做完手头的事，拉着海梓又去讨了一份工。

去刘珊家的途中，海梓还打趣道："老同学，我发现你最近很勤奋啊。参与排查的劲头都要超过我了。老实交代，是不是想当我的领导？"

特别行动队没那么多领导，刑侦一组的负责人是花崇，其余全是队员。但技术队员各成一个小群体，即便只有两个人，谁领导谁还是得争一下。

海梓以前干什么都比裴情积极，别人来刑侦一组找技术队员，许小周他们一般就说："技术队员啊？那你找海梓。"

海梓现在觉得自己的小领导地位岌岌可危。

"我一直都是你领导。"裴情白了他一眼，姿态还挺矜持。

海梓就震惊了："你胡说八道，你什么时候当了领导？我竟然不知道？"

裴情冷哼一声："我以前是组长。"

海梓想来想去，发现这赔钱货说的是念书时的事："什么陈年烂谷子的事你还记着？"

"某些人不写作业，求我不要写他的名字，还买糖来贿赂本组长。"裴情说着斜眼瞥了瞥海梓，"不好意思啊，本人脑子好，最爱记丑事。"

海梓给气笑了，一肘子过去："滚蛋！"

两人扯皮扯到了刘珊家附近，但一下车，神情立马改变，进入工作状态。

刘珊工作的约龙门灶头鸡在阿姊街中心，包食宿，但除了刚从乡下出来、实在走投无路的人，其他人都不愿意住在老板提供的宿舍里。

那宿舍就在餐馆后院，在这边排查时，海梓就进去看过，逼仄、不通风、光线不好，有一股霉菌和老鼠死了太久没清理的味道。地上堆着垃圾，床上的被子也是湿的，极少有人愿意住。

刘珊不是第一天来安江市了，四处打工，也攒下了一些钱，现在租住在阿姊街斜对面的一个老巷子，房子都是几十年前的旧筒子楼，租金便宜，邻里住的几乎都是在周围一圈打工的人。

因为具有重大作案嫌疑，刘珊已经被警方控制起来了，搜查证也申请了下来。技侦以三起命案的发生时间核对行踪，发现在汪杰遇害的10月31日，以及之后的11月1日，刘珊都没有到餐馆来上班。

像灶头鸡这样的餐馆，服务员工作时间很长，一个月只有四天休息日，谁休息哪一天都需要排班，虽然这四天名义上可以自行选择，但连着休就意味着后面很长一段时间得连续工作，所以一般不会有人这么休。

刘珊的同事李大姐对这件事记得很清楚，说道："她来找我换班，让我帮她上一天，我就奇怪啊，没啥事的话我们不兴连休的，我就问她是不是出什么事了，她说她肚子疼了好几天，不知道是不是子宫里长了啥，想去看看医生，二院的号难排，她多请一天假，时间宽裕一些。"

但事实上，刘珊并没有去市二院看病，10月31日，她在常怜之后出现在城西客运站，也是以搭乘"黑车"的方式来到浓蛮镇。浓蛮镇的两处监控拍到了她。

面对证据，刘珊仍然拒不承认与常怜合作杀死了汪杰。

"你们是不是因为找不到真正的凶手，就想诬陷我这个从乡下来的女人啊？"她阴沉地看着赵樱，冷笑，"你们警察没有一个好东西，你还是我的同乡，你亏心不亏心啊？"

赵樱说："我问你10月31日去浓蛮镇干什么！你只要交代清楚，我能怎么诬陷你？"

刘珊却闭口不答。

"就这儿。"海梓提着勘查箱，推开刘珊租住的房子。

木门很旧了，即便推得很小心，还是发出嘎吱一声响。因为采光不好，屋里看上去很灰暗，空气里有一股潮湿的气味。

海梓在鼻前扇了扇，侧过脸说："我先进去。"

裴情点头："嗯。"

屋里的灯还是吊绳开关，往下一拉，昏黄色的光线就充斥着整个空间。

墙皮脱落，天花板的角落有蜘蛛网，地面是最原始的青灰水泥，客厅放着一张折叠桌、两个塑料凳子，大号纸箱占据了客厅的大部分面积，里面装着衣服、棉被，还有别的杂物。

一个断了腿的桌子上放着一台电视，还能看，但画质很差。刘珊关电视之前看的是地方新闻频道。

裴情拿着遥控器，将几个台都按遍了，"她喜欢看本地新闻，你说看本地新闻会不会也是寻找目标的一种方式？"

海梓正要去卧室："有可能。这种本地新闻播的一般都是家长里短，记者针对某一事件采访市民，市民踊跃发表看法。做节目嘛，多少需要收视率。如果是白开水一样的看法，电视台一般不会播出来，编导挑的一般是观点独特的。"

裴情说："一旦独特，就可能偏激。"

"一边在身边寻找目标，一边在新闻里寻找目标。"海梓打了个哆嗦，"对普通人来说，就是防不胜防啊。"

这套房子虽然是一室一厅，但里屋其实就是个小隔间，只放得下一张床，难怪刘珊会把衣服放在客厅的纸箱里。

海梓在里屋转了一圈，出来说："我们已经掌握刘珊在汪杰死亡前出现在浓蛮镇的监控，她还是一个字不说，说明她很确定，我们找不到她杀死汪杰的直接证据。"

裴情在屋中央踱了几步："犯罪分子在作案之后，通常会处理掉作案工具和当时穿的衣服、鞋子。我们可能找不到这些东西了。"

海梓叹了口气："肯定都处理了。常怜那边已经翻了个底朝天，也没有找到作案时的衣物。"

裴情走到门边，蹲下，拿起一只脏污的平底鞋。

一般家庭的门边都有鞋柜或者鞋架，但是刘珊家没有，一双平底鞋、一双运动鞋就随意丢在门口，看上去都很旧了，鞋面有大量磨损，鞋跟也被磨圆了。

海梓问："你在看什么？那鞋不是刘珊去浓蛮镇时穿的。"

监控拍到了刘珊当天穿的鞋，和门口这两双都不一样，它们不可能是关键证据。

"我知道。"裴情站起来，又走到装衣服的纸箱边，将衣服一件一件提出来，"你看这些衣服，每一件都很旧。刘珊很节省，即便是旧得不能再穿的衣服，她也没有扔掉。"

海梓眼前一亮。

"我们在常怜那儿一无所获，她把衣服、鞋子全都处理掉了。"裴情又说，"但我觉得，刘珊可能不会，她们的经济水平不一样，樊渝和常怜是经济条件更好的一方，刘珊和刀呈过得比较困难，她们说不定抱着侥幸心理。"

海梓干劲来了："找！马上找！"

屋子很小，但找到那双视频中的鞋子，海梓和裴情却耗费了一番工夫。

老房子的天花板上有一个吊顶隔层，中间是空的，海梓搭了个梯子上去，卸下三块砖，看到一个用塑料口袋装着的东西。

放在里面的正是视频中刘珊所穿的鞋子。

"好家伙，居然藏在这种地方。"海梓赶紧将鞋子装进物证袋，"老同学，这回如果从鞋上检验到关键证据，领导就让你当了。"

裴情一副我本来就是的表情，"还用你让？"


海梓立即回到市局，将鞋送到检验中心。

刘珊显然清洗过这双鞋，但未能彻底清洗干净。海梓在鞋的底部发现了微量泥土，经检验，与汪杰尸体所在地的土壤成分一致。

刘珊看着物证袋中的鞋和检验报告，眼睛缓缓睁大，眼珠几乎要从眼眶里挤出来："你们……"

"这是你去浓蛮镇时所穿的运动鞋。"花崇说，"10 月 31 日，你不仅穿着它搭'黑车'到了浓蛮镇，还穿着它将汪杰的尸体抛掷在废弃隧道边。刘珊，该说实话了吧。"

刘珊用力撑着脖子，五官近乎扭曲，她的双手费力地绞在一起，"我……我做错了，对不起，对不起！"

花崇蹙眉。

刘珊说着"对不起"，但这句"对不起"似乎并不是说给被害人的，更像是说给她的同伴的。

花崇说："对不起什么？"

铁证当前，刘珊放弃了挣扎，说道："我不该不听她们的话，我不该偷偷把鞋留下来！"


另一间审讯室，常怜看着同一份检验报告，半晌，汗从额角落了下来。

赵樱说："你和刘珊在车中杀死了汪杰，随后将他的尸体抛掷在隧道边。"

常怜抬起眼，长时间地凝视着赵樱，开口道："你终于高兴了，是吗？抓到我们，让你这么得意吗？我们是你的同乡，当年一起经历那些……那些人咒骂的是我们，你为什么非要站在那些人的一边？"

赵樱不受她的刺激，说道："不管过去经历什么，我穿上这身警服，我就必须对这身警服负责！是你和刘珊杀害了汪杰？"

常怜沉默地和赵樱对视："能让我见见刘珊吗？"

赵樱说："程序上不行。"

常怜叹气："我只是想和她说会儿话，我想问问她，为什么不听我们的话！"说到这里，常怜忽然激动起来，双手捏成拳头，狠狠捶打着桌子，"她为什么不听我们的话！"


"因为我舍不得。"刘珊声音很低，她深深埋着头，是忏悔的姿势，"我接到任务，和常怜一起去浓蛮镇杀汪杰。这个人比黄霞还恶劣，他家里很富有，所以瞧不起穷人，浑身都是优越感，他还讽刺江心村，他和以前咒骂我们的人一样，觉得救援队当年根本不该救我们，我们就活该死在那里。"

"山里路不好走，我本来打算穿我自己的运动鞋，但是常怜说太旧了，半途坏了就麻烦了。"刘珊接着道，"她给我买了一双新鞋，三百多块钱，还是牌

132

子货，我一穿进去，就觉得舒服。我以前没有穿过这么舒服的鞋。我当时想，冬天穿这种鞋，肯定很暖和，也不会长冻疮。"

花崇看着她的眼睛，她此时的神情，竟然有一丝温和，一丝珍惜。

"山里全是烂泥，鞋新着出去，脏着回来，都黑了。"

刘珊歇了会儿，又说："我不会开车，开车的是常怜，汪杰就坐在副驾上，他心情很好，还以为我们真是带他去挖土，一直在和常怜聊种花的事，根本没注意到我。山边缘上可能有人经过，常怜开得很深，在后视镜里对我递了个眼色。我就把那个东西拿出来了。"

花崇说："电击工具？"

刘珊点头："第一次用，我不是很有把握，但是我们成功了，他晕在座位上，一点反应都没有。"

花崇说："谁勒的？"

刘珊说："我们一起，我一个人不行，他是个男的，力气太大。后来他醒过来了，我很害怕，常怜说没事，就像勒死黄霞那样。"

花崇说："黄霞也是你和常怜杀死的？"

刘珊直摇头："不是我，不是我，是常怜和刀呈。我当时就在旁边看着，我防着外人，没动手。"

花崇说："继续说。"

刘珊吞掉唾沫，接着说："我们把他勒死了，又开车到……到那个隧道，等到天黑，我们就把他扔下去。"

花崇问："是谁提议将车开到邻市烧掉？"

"是我们一起商量的。"

"我们是指？"

刘珊沉默了会儿，说："我，常怜，还有樊渝。"

花崇问："电击工具也是她给你的？"

刘珊有些惊讶："你怎么知道？"

花崇没回答："你们作案时，樊渝没有和你们一起？"

"她在那边等我们。"刘珊说，"她来接我和常怜。"

凌晨的一场大火，将几乎所有罪证都烧毁了，刘珊却独独留下了那双鞋子。

"樊渝给我们带来了新的衣服和鞋，常怜换下来的都扔火里了，我背着她们，把鞋藏了下来，就放在我的背包里，她们没发现。"刘珊说，"我真的舍不得，那鞋太好了，我才穿一次。回家之后，我把它洗干净，但我不敢穿，也不敢随便放在家里。我最早把它藏在我们餐馆的宿舍里，但是鞋盒被老鼠咬烂了。我就把它拿回来，藏在天花板的隔层里。"

刘珊苦笑起来："我这算不算是一颗耗子屎，坏了一锅汤啊？我们所有计划都被打乱了，她们……她们一定都恨死我了。"

花崇趁势问："你们到底有什么计划？是谁召集你们的？"

刘珊将脸埋进手臂："我们要复仇。"

就在警方对刘珊和常怜进行审讯时，斜阳路那边突然出了事。

斜阳路上全是网红餐馆，附近没有直达的公共交通，也没有空余的房子给服务员住。在这儿工作的人几乎都住在民宿里，如果家在市里，休息日就搭车回去。

刀呈是从乡镇上来的，在安江市没有家，住在老板给安排的屋子里，和一个五十多岁的妇人当室友。

由于已经被警方重点关注，她的个人通信工具，以及她在民宿中使用过的电脑都经过检查，她也是通过渝快的咨询网页和樊渝在线上联系。

四人里，刀呈是情绪最不稳定的人，她始终低着头，支支吾吾。何若带着搜查许可来搜查她的房间，她目露恐惧，最初不让刑警们进去，后来不得已才让开。

放在房间里的大多是衣物，因为在刘珊屋里找到了运动鞋，赵樱特意叮嘱何若，让她搜仔细一些，不要放过任何线索。

刀呈中途以上厕所为由离开，偷偷从院子里拿来一把菜刀。

"啊——"同住的妇人发出一声尖叫，一动不敢动地低眼看着脖子下的菜刀，"你……你要干什么？救命啊！警察救命啊！杀人了！"

"别过来！谁过来我就杀了她！"刀呈将妇人扣在自己身前，头发蓬乱，嗓音沙哑地吼道，"我不想杀人的！是你们逼我的！"

此时，民宿尚在营业。警方为了不引起恐慌，并没有在搜查时就将民宿封锁起来，一些客人听见动静，跑过来看。立即有刑警疏散群众，何若拔枪喝道："放开她！"

妇人恐惧到极点，浑身颤抖个不停："刀呈，你好好说，我跟你无冤无仇的，我还帮过你，你干啥，干啥啊？"

刀呈眼白上全是红血丝，仿佛根本听不见妇人的话，说道："我就一个请求，你们放我走！我才是受害者！"

何若心跳加剧，她今年刚被调到重案组来，还没经历过这种事。她知道这是她的疏忽，她应该一来就将刀呈控制住，刚才她一心想要搜查证据，而刀呈总是给人唯唯诺诺的感觉，她一时忘了，黄霞很可能就是刀呈亲手勒死的。

"放开她。"何若强迫自己冷静下来，一边争取时间，一边将刀呈逼到院子西角，快速和队员眼神交流，绕到那里的一名刑警飞身跃出，一掌劈向刀呈的手腕。

妇人大叫，菜刀应声飞向一侧。

刀呈还想将刀夺回来，已经被刑警控制住。

四人被全部带至市局，刀呈狼狈不堪，在重案组的走廊上遇见了面色不悦的樊渝。

"你告诉他们，黄霞是我们一起弄死的！"刀呈脸色惨白地看向樊渝，"不是我一个人的错！"

樊渝叹了口气："都到这个地步了，你还怕什么？"


22


审讯室明亮的灯光下，樊渝的头发盘得一丝不乱，她化着淡妆，妆容勾勒着她的五官，让她显得十分体面。

这也的确该是一个体面的人。

"能让我和赵樱赵警官单独说会儿话吗？"樊渝半眯着眼，眼尾向上挑着，有几分古装美人的媚态，"当然，在这儿说话会被录像，我们说的每一句话，你们都能在监控中看到。"

花崇同意了，叮嘱赵樱多加小心。

赵樱推开审讯室的门，和樊渝对视了几秒，拉开椅子坐下。

两人谁都没有说话，看着对方的眼睛，樊渝眼中带着狂热的笑意，赵樱眼中却是沉默和严肃。

半晌，赵樱道："刀呈、刘珊、常怜已经承认杀人，你有什么要交代？"

樊渝轻微颔首，笑道："赵队，其实我最应该找的人是你。"

赵樱问："什么意思？"

"这不是很好理解吗？"樊渝说，"我们都有最聪明的大脑，最坚毅的性格，我们联手的话，警察也许得花很长一段时间才能锁定我们。"

赵樱蹙眉。

"哎，你别这么严肃。"樊渝笑了笑，"我并不怕被捕，死刑我也不怕，当年，不就已经判我们死刑了吗？死亡我已经经历过了，就在我还是个少女时，人们把这叫什么？"

樊渝想了会儿，点头："想起来了，社会性死亡。所以你看，对于一个早就死了的人来说，死刑根本不算什么。我只希望在被判死刑之前，尽可能地多消灭害虫。赵队，你比她们三个，更适合做我的搭档。"

赵樱冷静道："我是警察。"

樊渝眼尾拉得更加细长："警察难道不应该惩奸除恶吗？你们只看到我和我的姐妹杀了况明那帮人，就没有看到况明他们也杀死了很多人？"

"难道不见血的杀戮就不是杀戮？"樊渝失望地摇摇头，"赵队，你怎么被他们同化了呢？你忘了我们在江心村的遭遇了吗？那个下大雪的冬天，那个山洪暴发的夏天，我们的村子被屠杀，我们只是侥幸脱身。怎么，在你眼里，他们对我们的迫害就不算屠杀了吗？"

赵樱无意识地咬紧后槽牙。

当年经历的一切至今仍是她心底的伤疤，那是一块硬的、粗糙的伤疤，它永远都不会变得和周围的皮肤一般平顺。

"我的母亲在大雪中被饿死了，我和我妹妹差一点儿被饿死。你还记不记得，雪化之后，村主任告诉我们，城里的人愿意帮助我们搬迁到别的地方去生活时，我们每个人有多开心？"樊渝脸上是平和的笑容，仿佛看到了那些充满希望的日子。

可是很快，这笑容开始凝固、撕裂，最终变成丑陋的抽象画，"但我们的活路还是被堵截了，'连宠物都吃的人不配得到帮助'、'这个村子的人根本没有人性'、'穷山恶水出刁民，他们不值得'、'他们都在装穷骗帮助，不可能有那么穷的地方'……赵队，这些话耳熟吗？"

赵樱指甲嵌进手心。这些话何止耳熟，它们简直是她年少时盘旋在脑中的魔音。

"那些人不相信我们的苦难，还要阻止少数人伸出援手。"樊渝紧紧抱着手臂，"我的家人在山洪里都死了，如果在夏天之前，有一批人已经搬出去的话，至少我的妹妹还能活着。"

赵樱闭上眼，这同样是她的噩梦。

"看来你已经想起来了。"樊渝很满意赵樱的反应，"救援队员遇害，也是我们的错，也许我们江心村一个幸存者都没有才是对的。赵队，咱们全都分散之后，你过得好吗？"

九名幸存者刚离开江心村时，本来生活在一起，后来才不得不分散到不同的地方。赵樱在福利院待到了成年，考上警校，毕业后成为刑警。不幸没有侵蚀她，她记得救过她的警察，记得在福利院体会过的不多的温暖。她选择警察这条路，很大程度上是因为经受过的巨大苦难，以及被给予的善意。

她想帮助像那些逝去者一样绝望的人。而相同的遭遇，让樊渝活成了与她截然不同的人。

"其实我调查过你，我们的境遇差不多。"没有等到回答，樊渝耸了耸肩，往下说，"我也是在孤儿院长大的，我去的那地方不错，我得到了去好学校念书的机会。"

赵樱忍不住道："那你还……"

"嗯？"樊渝说，"你是想说我残忍吗？"

赵樱沉默。

"你知道，我成了一名宠物医生，专门给小动物看病。"樊渝笑道，"多可笑，那时我竟然抱着赎罪的心态。我认可他们的话——我们不该吃猫吃狗，吃了，那就是没有人性。我想把我的人性捡回来。这么多年，我的事业已经很成功了。我最初只能在别人的诊所里打工，后来我开了自己的诊所，渝快，我把名字都写在里面了。"说着，樊渝的面容却狰狞起来，"但是我越是成功，接触到的人越多，就发现，这个世界啊，绝大多数人都愚蠢、自私、无知、恶毒，他们没有同理心，身边即世界，对别人的苦难往往抱着嘲笑的态度，热衷于斩断别人的生路。我周围全是这样的人。"

赵樱说："这就是你作案的理由？"

樊渝闭嘴，饶有兴致地打量赵樱："工厂裁员，刀子没有插在自己身上，黄霞就踊跃地变成那把刀，去捅杀那些辛苦了一辈子的工人，觉得即便没有这份工作，工人们也不会饿死。她甚至还能在跟别人咒骂自己的丈夫时，将这件事大张旗鼓地说出来。你看看，她和当年那些说着'不吃猫狗他们就要饿死吗'的人，是不是很像？"

樊渝近乎苦恼地捏了下眉心："为什么总是有人用自己的幸运，去质疑别人的不幸？不仅质疑，还要将不幸的人推向深渊，他们可真残忍啊。那我就让他们也感受一下被夺走生路的痛苦吧。"

赵樱只感到血液在血管里激烈地奔流。樊渝的动机，此前花崇在案情梳理会上已经详细分析过了，和樊渝刚才的讲述区别不大。

然而听犯罪分子亲口说出来，和对方目光相接，那种作用在精神上的冲击仍旧是巨大的。

　　"还有汪杰，高高在上，将江心村当成笑话来讲。"樊渝说，"因为他这样的特权阶层人士多了，普通人的生存空间才被一再压缩。还有况明，这人更不是个东西，你们警察……啧，我不想说你们警察也不是东西，但事实就是那样。阿姊街的人都知道是他撞死了聋哑快递员，你们为什么就查不出来？"

　　赵樱说："没有证据证明，况明和车祸有关。"

　　这起发生在阿姊街附近的车祸不属于重案组负责，也根本没有报到市局来。这次查况明时，车祸被揭发了出来，她详细了解了经过，现有证据确实不能认定况明就是肇事者。

　　"没有证据，没有证据。"樊渝轻蔑地笑起来，"一个人杀了人，因为没有证据，他就不该偿命吗？"

　　花崇看着监控画面，眉心轻微拧起。

　　他们这次就算在逻辑上已经推断出凶手、动机，但如果没有获取有效证据，樊渝等人亦能逍遥法外。

　　"好，好，那况明逼迫残疾快递员们离开阿姊街，这是事实吧？"樊渝说，"你不觉得他太残忍了吗？他带着二兄老卤的员工去灶头鸡餐馆吃饭，刘珊亲耳听到他说，残疾人就该待在残疾人的地方，社会福利这么好，饿也饿不死，出来搅和什么呢？赵队，他这样的人不死，就有更多的人被伤害，你真的认为我做错了吗？"

　　赵樱厉声道："杀人就是犯罪！"

　　樊渝说："可那些已经社会性死亡的人呢？杀死他们的人，就不是犯罪吗？就因为没有见血？"

　　樊渝笑起来："行了赵队，你不用跟我高谈阔论了，你当你的警察，我当我的'大法官'，我们都坚持着我们认为对的事。其实我早就知道我拉拢不了你，否则你已经是这场'团建'的参与者了。"

　　赵樱说："你把杀人称作'团建'？"

　　"我认为这很形象。"樊渝说，"我、刘珊、刀呈、常怜，我们四人组成了一个公司，公司的名字就叫作……求生？平时，我们一边物色目标，一边过着自己的生活。我们时不时聚一聚，讨论自己发现的目标，决定杀谁、怎么杀。这个过程很有趣的，增进友情，锻炼能力，怎么就不是'团建'了？"

　　赵樱摇摇头。

"只是我总是在可惜，我觉得你才最该是我的搭档。"樊渝说，"因为你不可能成为我的同伴，我才去找了其他人。"

赵樱说："是你将常怜三人聚集起来的？"

"没错。"樊渝得意道，"我观察过你们所有人，分析、评估你们，我们九个幸存者，只有她们三人，有资格成为我的同伴。"


另一间审讯室，刀呈正在接受审问。

"这些年我一直过得很孤独，我没有家，也没有什么本事，一直到处打工。"刀呈始终埋着头，"这个城市的人很冷漠，我恨他们，但我好像什么都做不了。别人给我一口饭吃，我就得感恩戴德。我想找个人倾诉，但没人理解我，他们都是没吃过苦的人。"

"后来我遇到樊渝，她问我还记不记得她，说她是小翠的姐姐。我就想起来了，我们是老乡，没死在山洪里，是我们的福气。

"她带我吃饭、喝咖啡。我们聊了挺多，说到村里的事，我特别激动，打碎了一个碗。到现在我还是不明白，我们为了生存不得已杀死动物，怎么就错了？

"樊渝说，其实我们整个村子的活路就是被那些辱骂我们的人夺走了，不然在山洪之前，我们就已经搬出去了。

"樊渝问我，愿不愿意和她一起做一件事。我问是什么事。她说，和姐妹一起，让夺去别人生路的人，也尝尝死的滋味。"

说到这里，刀呈竟笑了起来："我有朋友了，和朋友一起做一件事，我觉得很快乐。"

刑警问："你没想过这是犯罪吗？"

"但那些人对我们做的事，就不是犯罪吗？"刀呈看向天花板，"我这一辈子啊，现在想想，也就只做过这么一件有意义的事了。"


案件已然明朗，据四人交代，她们均是通过诊所的咨询页面进行线上联系，线上联系不说任何重要信息，选中了谁、要杀谁、什么时候动手、由谁动手、怎么实行，都是在线下的咖啡馆、餐厅等场所商讨。

樊渝负责敲定人选、规划路线，电击工具也是由樊渝提供，但她没有直接参与三起命案。

8月19日，常怜和刀呈避开监控进入江恒客栈，趁乱躲在其中。夜里，刀呈以自家老板要做对江恒客栈不利的事，而自己赶来通风报信为由，将黄霞引到后院，和常怜一起将黄霞勒死，并将筷子丢在尸体旁。

10月31日，常怜和刘珊分别赶到浓蛮镇，以挖土为由上了汪杰的车，中途常怜和驾驶座上的汪杰换了座位，将汪杰电晕之后，将其勒死，随后抛尸于山中的废弃隧道，驾车至邻市烧毁。

12月20日凌晨，常怜躲藏在二兄老卤厨房的工具桌下，而刘珊尾随况明进入厨房，她手里握着刀，况明受惊之余不断后退，没注意到厨房里还有一人。常怜从桌下出来，故伎重施，电晕况明，二人合力将况明勒死，并清理现场。

在审讯中，四人都承认杀人，却并不认为自己犯了罪。尤其是樊渝，她总是以遗憾的眼神看向坐在她对面的刑警，仿佛是在可怜他们。

"你们不该抓我的，我和我的姐妹才处决了三个人。"她说，"那么多人被夺走生路，我们本来还可以做更多的事，救更多的人。你们啊，简直就是恶人的帮凶。"

花崇回到特别行动队临时办公室，见柳至秦正看着显示屏，手上没有动作，走过去问："在看什么？"

"查樊渝的背景时，我了解过她离开江心村之后待过的福利院。"柳至秦说，"这家福利院办得很不错，从来没有出过福利院常有的问题，院长、工作人员，还有时不时前去帮忙的爱心居民都对孩子很好。"

花崇拉来一把椅子，在柳至秦身边坐下："嗯，樊渝能受到良好的教育，这家福利院功不可没。可惜的是，她最终还是没有走到正道上来。"

"福利院的资金来源有两头，一头是当地政府拨款，一头是社会人士捐助。"柳至秦说，"一般运营得很好的福利院，都不是只靠政府拨款，樊渝生活过的这家福利院，就接收过不少社会人士捐助。"

花崇忽然从柳至秦的语气中意识到什么，说："被害人里有这所福利院的爱心捐助者？"

柳至秦叹了口气："黄霞。"

花崇轻轻吸一口气，点开电脑上的捐助名单。上面显示，黄霞从二十年前起，就开始给福利院捐款捐物。福利院公布的名单可选择匿名，黄霞从来没有公开过自己的名字，只有在内部资料上能够查到。

"黄霞并不认识樊渝，钱也不是捐给樊渝一个人用，但樊渝在福利院生活期间，必然受过黄霞的帮助。"柳至秦说，"如果说每一个爱心捐助者都是樊渝的恩人，那么她就是在成年之后，杀害了自己的恩人。"

看着桌上的名单，樊渝一动不动，像个精致的木头人。然后，她变得愕然、震惊，眼中充满不信，"你……你什么意思？这份名单是什么意思？"

花崇说："黄霞曾经并且一直在帮助你待过的福利院。她坚持给像你一样的孩子捐钱，已经有二十年了。今年，也就是被你们杀死之前，她又给福利院捐了五千元。"

"不！"樊渝大喊道，"你们耍我，你们随便搞来一张纸，就想耍我！"

"我有必要这么做吗？"花崇说，"你已经交代罪行，我伪造捐款名单意何在？我只是觉得，你有必要知道这件事。当然，这件事也只是我们在调查中无意间了解到的一个情况。"

"不可能！"樊渝脸颊惨白，"她那种人怎么可能给福利院捐款？"

"人是复杂的，辞退工人这件事也许她的确没有做对，但她也有她的善良，比如帮助福利院那些需要帮助的小孩。"花崇说，"真正邪恶的是你，你因为她做过的一件事，就草草给她判了死刑。樊渝，她帮助过你，江心村的事，她从头到尾没有参与过，她不是夺走你们生路的人。相反，她还给了你一条生路。你却夺走了她的生路。"

花崇离开后，审讯室寂静无声，樊渝趴在桌上，散乱的头发遮盖住她的面容。


花崇拿着烟和打火机，想上露台抽一根。

今天安江市气温很低，但几乎无风，无人的露台是个好去处。

但推开露台的门时，花崇右手顿了下，犹豫应该走过去，还是悄悄离开。

赵樱侧对着他，裹了件厚警服，手指夹着一根烟，面前一片升腾的白雾。

大约注意到门边的动静，赵樱转过来，看到花崇的一刻，表情有些尴尬，想马上把烟撚灭，又觉得多此一举。

"花队。"

花崇关上门，走过去，才看清赵樱眼眶有些红。

樊渝四人的事给她造成了不小的冲击。

"我也来抽烟。"花崇说着从烟盒里拿出一根，"不介意吧？"

赵樱笑了笑："没事。"

从露台看出去，下方车辆如洪流。特别行动队12月下旬过来，现在已是1月，离春节不远了。

两人都沉默着，赵樱烟抽完了，又跟花崇要了一根。

"难受？"花崇问。

"嗐——"赵樱别开眼，笑容有几分苦涩，"我其实该习惯了。"

花崇看出赵樱需要倾诉，否则在他出现的那一刻，赵樱就会离开。既然他正好在，不如就来当当这个倾听者。

"我也当过重案组队长，我了解这个位置需要扛多重的压力。"花崇说，"不过我可能比你幸运一点，我的成长过程没你那么艰辛，而且在重案组里，男警察的路终归比女警察要好走一点。"

赵樱轻轻低下头，用只有她自己能听见的声音说："嗯。"

"但即便如此，有时我还是会因为过重的破案压力烦躁、低落。尤其是案子和自己，或者同事有关。"说着，花崇侧过身，手肘搭在栏杆上，看向赵樱，"这不可耻。"

赵樱有些惊讶地抬起头，与花崇视线交会。

花崇此时的神情少了查案时的冷厉，眼中是包容和温度，"需要倾诉，需要开解，这也不可耻。赵队，案子没有侦破之前，你作为队长，理应扛起一切。但在案子已经侦破后，你可以向你信任的队友讲述不安，让他们来分担一下你的难过。"

赵樱说："我……"

花崇鼓励道："你的队友现在不在，我正好在，你愿意的话，也可以跟我说说。洛城重案组的前队长，应该能够和你聊个一块钱的天。"

赵樱因为这个"一块钱的天"低头笑了笑，几秒后叹了口气，"我心里确实不痛快，也确实想找人说，我就是……就是找不到人说。"

花崇耐心地听着。

"我队上的兄弟都很好，但这事我说不出口。"赵樱望着对面的广告牌，"这人吧，不管做着多么光辉的工作，其实心里还是少不了一些阴沉的东西。"

"怎么说，我们村子确实是被自然灾害摧毁的，怪不了别人。我们出生在江心村，好像就该受苦。那儿的冬天，是真的冷啊。火只够烧烧饭，想取暖，那不行，没那么多炭拿来烧。一到冬天就老有人冻死。我记得小时候，熬到开春，大家就跟多活了一条命似的。"

一个贫穷的山村在花崇眼前铺展开来，那里的生活让城市里的人难以想象。

赵樱继续道："但因为没有看过外面的世界，就不觉得自己过得多糟糕。我第一次觉得难过，是媒体记者让我们看视频，听外面的人怎么讲我们。"

"夏天的泥石流、山洪是阻止不了的灾难，但是我们中的一部分人确实可以在灾难发生前离开。计划因为部分人的抗议而搁置了，死去的是我的家人、伙伴。我们九个获救，还要被骂连累了救援队员，花队，你能想象吗？我这辈子到现在为止，过得最痛苦的时候，就是在获救之后，比在村里挨冻挨饿还痛苦。"

花崇沉默。

这时候除了沉默，他无法以更好的方式回应赵樱。

"我们九个被分散，我后来再也没有见过她们。"赵樱说，"我遇到了很好的老师，他们就像我的再生父母。别人老说我走到这一步，靠的是我自己，其实不是，我靠的是他们的帮助。在这次的案子之前，我觉得我已经从江心村走出来了，我不恨自己的出身，不恨当年那些辱骂我们、阻止援助的人，我告诉自己，那都是我必须经历的命运，我还是很幸运，只有九个人活下来，其中就有我。"

赵樱的声音开始颤抖，双手紧紧抓着栏杆："但是遇到樊渝她们之后，我才发现，其实我还没有走出来，我只是把仇恨埋在心底了，不给人看到。我审樊渝，审刘珊，审常怜，我……我觉得在她们身上看到了我自己。我可能也渴望复仇。"

花崇说："你和她们不一样。"

赵樱微怔，不解地望向花崇："你在安慰我？"

"是安慰，但也是事实。"花崇说，"不要把你自己想得那么不堪，还记得樊渝说的话吗？"

赵樱低眼，"她说……"

"她说她调查过你们八个人，你是她最希望合作的人，因为你强大、聪明。"花崇说，"赵队，假如你流露出一点儿'犯罪气质'，樊渝早就接触你了。"

赵樱半张着嘴，好像听明白了，又好像没有。

"不是同样的成长环境、同样的苦难，都会催生出一模一样的恶。"花崇又道，"每个人心里都有阴影，这太正常了，你以为我就没有吗？但她们的恶促使她们犯罪，你的阴影被你束缚起来，或许还成了你的动力，让你成为这座繁华城市的守护者。"

赵樱鼻腔酸楚："花队……"

"幸存者有九个人，其中四人犯罪，五人努力经营着自己的生活，有的平凡，有的不平凡——比如说你，赵队。"花崇的笑容很有说服力，"赵队，情绪受到犯罪分子影响，短暂地怀疑自己，这没有关系，你从根本上就和她们不一样，不要因为她们的所作所为苛责你自己。"

赵樱眼中闪了闪："你这说得——我都有点不好意思了。"

"那再来一根烟吗？"花崇说。

赵樱笑着摆手："不抽了，抽太多就成老烟枪了。"

花崇点头："成，那我也不抽了。"

赵樱平复了一会儿，又说："被这案子牵出的另外两起案子，我打算追查下去。"

花崇说："快递员的车祸和院中藏尸？"

"对。"赵樱说，"谁的生命都不应该这么草草了结，我想给他们讨一个说法。"

花崇认真道："很荣幸认识你这样的刑警。"

赵樱摇头："我更荣幸能认识你。"


特别行动队在安江市休整了两天，其间市局正好有一个网络安全讲座，市局领导好说歹说，让柳至秦给技侦们上一课，分享一下网络技术在刑侦上的运用经验。

柳至秦最初不想去，去年特别行动队让他给全国刑警上课，他课是上了，但嫌这事麻烦。很多经验其实是没法分享的，要靠自己积累，别人的技术和经验都是别人的，不是说花一两个小时分享一下就有的。

但花崇挺乐意他去当老师，帮腔道："让你去你就去，磨蹭什么？柳老师，又没让你天天上课。"

"天天上课，我就疯了。"柳至秦说，"哎，你到底和谁一边的？"

"这还扯到和谁一边不和谁一边了？"花崇笑道，"你该去啊，你这么一大牛，到了地方兄弟单位，不上堂课说得过去吗？"

柳至秦无奈："什么叫我这么一大牛？"

"夸你呢。"

"你可找个好词吧。"

花崇乐呵呵的，把柳至秦哄去上课了。他本来也想去礼堂坐坐，看柳老师散发智慧的光芒——还别说，柳至秦讲课时和查案时气质很不一样，斯文、风趣，就算对网络安全一窍不通，也能听得津津有味。但花崇手头还有事，特别行动队也兴写总结报告，这工作一般都是他自己干。

办公室很安静，只有并不密集的键盘敲击声。不久，抽屉里却响起拉长了的"嘀——嘀——"的提示声。

花崇停下动作，看向抽屉。

144

那个抽屉是上了密码锁的，只有特别行动队的六个人能打开，而里面只放着一件物品——"海山茶"的电子玩偶。

讲座刚开始，柳至秦一时半会儿回不来，花崇警惕地将抽屉打开，拿出电子玩偶。

这个玩偶不存在任何危险性，在凤兰市时柳至秦就对它进行过处理，目前它唯一的功能是提供顾允醉与他们的联络通道。

花崇将电子玩偶放在桌上，不久，顾允醉的身影出现在墙上。

他穿着藏青色的休闲运动服，头发有些湿，向后梳着，几缕湿发搭在额头，面带微笑，十分轻松的样子。而他的身后是许多油画，每一幅上都画着巨大而怪异的物体，有的是暴凸的眼睛，有的是克苏鲁风格的怪物。

"花队，你好。"顾允醉说，"又见面了。"

花崇下意识看向天花板上的监控。

顾允醉能看见他，也许是入侵了那个监控，也许是入侵了其他他没注意到的东西。特别行动队成员的电子设备，顾允醉是无法入侵了，但这里是安江市，柳至秦无法堵住所有漏洞。

花崇盯着墙上的投影："你今天的目的是？"

"别这么紧张啊，花队。"顾允醉笑道，"听说你们又解决了连环凶杀案，我来和你聊聊天而已。毕竟，我也给这个案子出过力，不是吗？"

花崇略微蹙眉，想起顾允醉上一次出现时他们在况明家院子里挖出骸骨的事。

命案叠上命案，侦查难度忽然增加。警方不得不考虑，况明是不是因为这个女人而被杀害，然而初步调查下来，若按这条思路走，那黄霞和汪杰的案子就无法与况明的案子联系上。

顾允醉出现的时机很凑巧，承认女人是"银河"生意的一部分，还和他们讨论了一会儿案情。

顾允醉说女人只是一个插曲，不必花太多的工夫。此后的调查结果也证明，他说得没错，况明并不是因为那具埋在院子里的骸骨而被杀害。

花崇说："怎么，这是邀功来了？"

"邀功？"顾允醉眯眼，"如果这案子没有我就破不了，那我肯定要邀功。但事实上，我只是出于好奇，和你们讨论了一下。你和安岷能想到我能想到的所有。所以我邀哪门子的功？花队，我呢，就只是想和你聊聊天。"

花崇点头，并不局促："行，想聊什么，你起个话题。"

顾允醉背后的画很抓人眼球，但是和顾允醉比起来，它们竟暗淡不少。顾允醉在画前踱步："你就不好奇安岷小时候的事吗？"

花崇说："你指的是哪方面？"

"我认为你对他哪方面都有兴趣。"顾允醉说，"难道不是？"

"上次我就想纠正你了，我和安岷的关系，绝不等同于你和顾厌枫的关系。"花崇说这话时端着一股劲，这令他看上去十分威严。

"哦？"顾允醉挑眉，露出惊讶的神色，"我那天的话冒犯到你了？那真是不好意思，当时你并不在场，和我对话的只有安岷。假如你也在，我一定会字斟句酌，用让你更舒服的词汇。"

花崇笑出了声，"这和用什么词没有关系，你理解错了我和安岷。"

顾允醉笑道："你这跟我一打岔，我刚才说到哪儿了？安岷小时候的事，他的家庭，他很早就去世的父母，你有没有兴趣？"

尘
哀

## 01

　　花崇闻言轻皱起眉："他的父母？"

　　柳至秦很少提及父母，每每说起家庭，必然绕不开的是安择。至于父母，不是柳至秦不愿意说，是他本来对父母的了解也不深。在他只有六岁的时候，父母就去世了，是工厂里的事故。之后他与安择靠着赔偿金和厂子、邻里的帮助长大。安择到了能打工的岁数，就一边上学一边工作，从来没短着他什么。

　　对柳至秦来说，父母是模糊的，兄长是家庭的全部意义。

　　"他果然没和你说过。"顾允醉笑道，"你知道为什么吗？"

　　花崇盯着犯罪头子的眼睛，没有作答。

　　顾允醉说："因为那是他们家的丑事，他不愿意告诉你。他是不是总是提起他哥哥安择？安择多光辉的形象，关爱弟弟的哥哥，恪尽职守以至于牺牲的英雄警察。安择这个人，没有污点。谁挨上安择，都能被照一身光芒。"

　　花崇说："你对安择的认知倒是准确。但你到底想表达什么？"

　　"别急，聊天讲究循序渐进，你审犯罪嫌疑人时不也这样吗？"顾允醉眯了眯眼，"你有没有想过，他不提父母，不仅仅是因为他们过世时他还小，印象不深？他那么聪明的一个人，即便是几岁时发生的事，也应当记得清清楚楚吧？"

　　"父母不如哥哥光芒四射，所以他不愿意和你说。"顾允醉停在一幅色彩绚烂的旋涡图前——有时缤纷的色彩并不都让人感到愉悦，它们鲜明而杂乱地扭曲在一起，乍看静止，再看仿佛正在蠕动，如有某种怪异生命的活物，就会让人感到恶心，甚至作呕。

　　花崇看向那幅似乎流动着的旋涡图，胃里渐渐有些难受。

　　顾允醉却十分轻松，仍是闲聊的语气："他对你还是设了防，不想将不那么光辉的家世展露出来。"

花崇忽然从旋涡图里拉回神志："你想挑拨我和他的关系？"

顾允醉低头闷笑。

单看长相和气质的话，这着实是个非常出众的男人，低沉的笑声很有磁性，那一低眼又有几分温柔。

"是他给了我挑拨的机会。"顾允醉抄起手，那姿态十分闲散，"如果他打从一开始，就跟你聊聊他的父母，我这会儿也没有办法来挑拨离间了吧？"

花崇不为所动，"每个人都可以有秘密，越是彼此信任的人，就越应该尊重对方的秘密。'银河'，不是所有人都像你这样，热衷于窥探别人的隐私。"

顾允醉挑眉，片刻道："我这是因为上次平板电脑的事，被内涵了吗？"

"我这算是内涵？"花崇笑了声，"也许你长期待在国外，中文不太好，内涵的意思是没有言明，我刚才不是直接点明了？"

几秒钟凝滞后，顾允醉哈哈笑起来："你可真够直白的。"

花崇坐在桌上，继续观察顾允醉身后那些令人不适的画："你想说，那我就听听，关于安岷的事，我从来不嫌多。"

顾允醉停下笑声："你的心态倒是不错。"

花崇并不谦虚："不然我也走不到这个位置上。"

"那我先说件让你心痛的事吧。"顾允醉停在一张动物画前，动物似乎是一只狐狸，但又长着羚羊的角，它的双眼没有瞳仁，是雾一样的昏白，它张开嘴，一只巨爪从嘴里伸出，触须起码有上百条，每一条上面都有无数只吸盘一样的眼睛，有的被戳破了，流出脓血，有的完好无损，正盯着注视它的人。

花崇闭了下眼。

"你知道，初中的小孩最麻烦，也最邪恶。更小一点的孩子对旁人难以造成实质性的伤害，再大一点的已经懂得约束自己的行为。"顾允醉不紧不慢地说，"初中生，会肆无忌惮地释放自己的恶。"

花崇也是从那个年纪走过来的，当然明白顾允醉的话。

顾允醉笑道："家里父母双亡，只有一个小小年纪就要四处打工的哥哥，你猜安岷初中时过得怎么样？"

花崇抿唇，眼神深了几分。

"你能够想象吧？"顾允醉慢吞吞地说，"他是不是跟你说过，他喜欢待在理工大？"

花崇略一回想。柳至秦没有明确说过喜欢待在哪里，但是说起在凤兰市的生活，确实提到理工大的次数比提到五中的次数多。

当时他没觉得有什么。柳至秦是个竞赛天才，初高中的正常课程很难满足他，理工大的竞赛班才是他待着舒服的地方，那里有一帮和他一样喜欢竞赛的人。

但是顾允醉这么一提，花崇忽然想到，柳至秦再怎么喜欢竞赛，待在理工大的时间也远远低于待在五中的时间。

柳至秦说过竞赛班那些年长的同学、严格的老师、低龄组唯一的女生，还有理工大门口的"海山茶"，却几乎没有说过在五中的生活。

当时他们因为案子而经过五中，他提出进去看看，柳至秦也以有门禁为由拒绝了。

柳至秦在那里可能有一些不那么美好的回忆，而他直到现在才有所察觉。

"他们学校的人瞧不起他，一方面因为他父母都过世了，没爹没妈，哥哥还因为经济压力去打工，在初中生的世界里，他不被欺负谁被欺负？"

顾允醉说得很轻巧，花崇手指却渐渐收拢，指甲堪堪抵着掌心。

"而且他呢，如果成绩一般还好一点，你知道，一般意味着普通，普通意味着有很多和你一样的人。"顾允醉眼中闪过一丝光，"差生和优生，是最容易被盯上的。安岷吧，好像瞧不上他们班上的人，不合群，和老师也不亲，唯一的优点就是成绩好，能拿高中甚至大学的知识点解初中的题。就有很多人看不惯他、揍他。"

花崇眼尾撑起，脸上的不悦已经非常明显。

"他当然不是心甘情愿挨揍的人。"顾允醉耸耸肩，"但架不住对方人多啊，初中生打起群架来，手上没个轻重，好几回他来理工大上课，脸上、身上都带着伤。"

花崇下意识道："他哥……"

"他哥知道，也帮他教训过那些小混混。但他哥没办法时时刻刻守着他吧。"顾允醉像是说完了一个动听的笑话，优雅地等待喝彩，"怎么样，从未了解过的小安岷让你心酸了吧？"

花崇其实想象过柳至秦小时候，但人都有逃避的心理，他潜意识里就避免去给柳至秦贴上"无父无母"、"经济拮据"之类的标签，更是不愿意去想柳至秦因为家庭而被欺负。

在柳至秦描摹的岁月里，他有世界上最可靠的哥哥，安择为他撑起了一切，填补父母的空缺，让他像其他小孩一样普通而顺利地长大。

可安择那时也只是一个小孩，小孩的肩膀能扛多重的担子呢？

柳至秦是个孤独的小天才，他只看到了小天才非凡的才华，藏起了小天才吃过的亏、受过的苦。

现在，顾允醉将这一切都揭开了。

"你果然难过了。"顾允醉以一种近乎温柔的声线说，"他有个不那么幸运的童年和青春期，这一切都是谁的错？"

花崇迅速整理好情绪。

将一个人的遭遇归结成某个人、某些人的错，这过于片面。短暂的失神后，花崇意识到顾允醉是在刻意拉着他往深渊里走，他在这儿因为柳至秦的过往而消沉，显得有些大可不必了。

柳至秦是需要可怜的人吗？

即便真的挨过混混的揍，在班上没有朋友，这些经历对柳至秦来说也连小插曲都算不上。

柳至秦是什么人？一个对自己的认知非常清楚的天才，日常的琐事怎么能困扰他？打几场架而已，柳至秦也许根本不会将此定义为欺负。

谁能欺负得了柳至秦呢？安择第一个不答应。

花崇有种预感，顾允醉真正要说的重点在后面。

"是他父母的错。"顾允醉道，"他们就不该生下他来。"

花崇冷声道："你凭什么评价一个人该不该出生？"

顾允醉说："凭我也是不该出生的人。"

这回答倒是出乎花崇的意料。他定然地看向投影，不知是不是错觉，他觉得顾允醉眼中闪过了一丝悲伤、一丝无奈。

"我们都是'银河'播下的种子，如果你觉得我邪恶，那安崛，也善良不到哪里去。"顾允醉轻轻一合掌，几乎没有声音发出来。花崇却似乎看到，有万千尘埃从他手边绽开，随着声浪和气浪向四周散去。

他仿佛掌控着什么，而在他合掌的时候，某些尚不为人所知的阴谋已经铺展开来。

"我知道你们在凤兰市查过我的身世，还查到了我的父亲和妹妹。"顾允醉说，"你和安崛很聪明，那么一丁点线索就能梳理出一张大网，还因此查到了我和安崛的竞赛老师黄伟。你们判断得不错，黄伟在凤兰市的身份是假的，但他的教师身份却是真的。他是'银河'的教官之一，不过当年在我和安崛为了一杯奶茶较劲时，对这一切一无所知。"

花崇问："'银河'播下的种子？什么意思？安崛和'银河'有什么关系？

152

当年被黄伟相中并带走的是你。"

顾允醉说："相中？你觉得相中这个词合适吗？"

花崇心想，在凤兰市追查顾永哲一家失踪一事时，他与柳至秦设想了几种可能，其中一种是"银河"暗中寻找天赋极高的少年，培养为网络犯罪人才，顾允醉和柳至秦都不幸被选中，而柳至秦因为安择的保护而没有被黄伟带走。

另一种可能是，顾允醉本就是被"银河"放置在凤兰市的小孩，他的父母也许是"银河"的某个高层，时机成熟之后，顾允醉被带了回去。

如果是后一种可能，柳至秦就完全与这场阴谋无关，顾允醉被带走前知情也好，不知情也好，被带走都是他的命运。

花崇胸口一紧。他们似乎忽略了一点，而顾允醉刚才的话，就暗示着这一点！

如果说顾允醉是被播在凤兰市的种子，那柳至秦呢？

"我一直以为我出生在一个普通，但还算不错的家庭。"顾允醉的语气有娓娓道来的意思，他的眼神也因此变得深远，"我小时候不在凤兰市，在凤兰市下面的一个小乡村，我有个妹妹，她长得很漂亮，应该很像我母亲，但可惜的是，我从来没有见过我母亲。"

"后来，我父亲带着我们到了凤兰市，他换了好几份工作。为了养活我们，他过得很辛苦。

"我每次考试都是拿第一，邻居，还有他的那些工友喜欢说我不像他，说他憨，儿子怎么这么聪明。我不喜欢听到这些话。"

花崇盯着顾允醉，眉心在不知不觉间越皱越紧。

"我在理工大认识了一群朋友，安岷是最特别的一个。"顾允醉继续说，"其他人赢不了我，只有他能当我的对手。最后一次比赛是我输了，赌注是一杯奶茶。平时我们都买'普通杯'，那天他讹我钱，说要喝'豪华杯'。"

"你喝过我们'海山茶'的'豪华杯'吗？"顾允醉突然问。

这个问题太突兀了，花崇想了想："没有。"

他和柳至秦喝过"海山茶"，但店里似乎就没有不豪华的。

顾允醉笑着比画："就这么大一杯，三分之一都是料，什么珍珠啊，花生啊，椰果啊，上面还有一团冰激凌，比普通的贵。我那时想，将来有得是他输给我的时候，我也讹他。可后来我们就再没能见过面了。"

"黄伟，还有别的人把我带走，一夜之间，我那普通的家就没了，亲人也没了。"顾允醉眼里是阴沉的、仇恨的光，"我被关在 R 国的地下基地，成了现在的我——'银河'。"

花崇手心轻微出汗，真相似乎就在他眼前。

"这些年，'银河'这个组织给你们造成了很多麻烦吧？"顾允醉又说，"我听说 R 国警方把我们叫作'网络第一犯罪集团'，其实哪有那么玄乎？这里面的很多人，都是酒囊饭袋。"

花崇说："也包括'银河'顾厌枫？"

顾允醉愣了下："你说他啊。正好你提到他，那我再告诉你一件事。"

花崇谨慎道："什么？"

顾允醉说："如果我说他是同安岷有血缘关系的哥哥，你信吗？"


## 02


"不可能！"花崇脱口而出。

这个回应几乎是下意识做出的，未经思索，含着愤怒。

顾厌枫怎么会和柳至秦有血缘关系？顾厌枫有 R 国血统，而柳至秦生在凤兰市，长在凤兰市，兄长是已经牺牲的特警安择！

顾允醉啧了声，带着愠意的笑："花崇警官，我认为你是位严谨、细致的刑警。严谨、细致的刑警在得到这么大一条线索之时，难道不应该深思熟虑，理性地判断它的真假吗？"

花崇微扬起脸，睨向投影的目光带着锋芒。

他刚才确实冲动了，这不符合他一贯的行事、思维方式。可听到那样一句话，他难以用完全的理智去分析。

这不仅因为对柳至秦而言，安择是最重要的亲人，是唯一的兄长，还因为安择也是他敬重的队友。

安择过世多年，现在忽然告诉柳至秦，"银河"顾厌枫才是与他有血缘关系的哥哥，开什么玩笑？

"跟我打心理战？"花崇说。

顾允醉懒散地举了举双手："是我说错了话，我道歉，行不行？我不应该将话题抛得那么突然，得给你一个缓冲的时间，比如循序渐进地让你自个儿判断出，顾厌枫和安岷的关系。"

花崇说："证据呢？"

顾允醉眼角一弯："你想要什么证据？"

花崇说："你为什么说顾厌枫是安岷的血亲？"

顾允醉笑道："这你不用向我要证据，人在你们手上，做个 DNA 比对不就完了？不过我很好奇，安岷知道他的哥哥是'银河'时，会是什么反应？"

这突如其来的信息像一阵粗粝的狂风，从花崇耳边卷过。他不愿意相信且感到不可思议。但顾允醉那副胸有成竹的样子似乎又证明着，此事不假。

片刻，花崇道："我会去核实。"

顾允醉优雅地点点头。

花崇问："为什么？"

顾允醉笑问："我为什么会告诉你这件事？"

花崇说："他们为什么是兄弟？"

不知是凑巧还是别的原因，顾允醉正好走到一幅双生画前，画上是浓烈如血的颜色，两个似人非人的婴孩彼此纠缠，仔细看的话，能发现他们是连在一起的，共享半边脸颊、一条手臂，每个婴孩只有一只眼睛，一边全是眼白，一边是如死物般的漆黑。

这幅画和房间里的其他画一样，一旦凝视，就会对凝视者产生不小的精神冲击。

花崇忽地收回视线，极轻地甩了甩头。

顾允醉说："因为他是'尘哀'的孩子，顾厌枫也是'尘哀'的孩子。"

"尘哀"？

花崇从未听说过这个词。

"'尘哀'是谁？"

"你可以去问问安岷，看他知不知道'尘哀'是谁。"

花崇大脑飞快地转动。顾允醉所说的"尘哀"，或许只是"银河"内部对某个人或者某一类人的代称。他与柳至秦在梳理线索时想到了一点，顾允醉不是后天才被黄伟选中，而是一早就属于"银河"，因为某个原因被放在顾永哲家中，后来被黄伟接走。

按照这个思路走的话，顾允醉的母亲就很关键，她是"银河"组织里的什么人？

她是不是也有一个代称？

如果顾允醉没有在柳至秦的身世上开玩笑，那柳至秦也是被放在凤兰

155

市的？

柳至秦的母亲被称为"尘哀"，所以顾允醉的母亲……

"那你的母亲呢？"花崇说，"你的母亲是谁？"

似乎没有想到花崇会突然将话题引到自己身上来，顾允醉脸上第一次出现微怔的神情。

"我？"

"对。我对你的母亲是谁也很感兴趣。"

顾允醉唇角的笑容未消，但眼神却几不可察地沉了下去。

花崇一直盯着他，没有放过他脸上的任何一个微表情。

母亲的话题似乎让顾允醉不太舒服，这可能是一个疤，他想抠掉它，但一旦抠掉，就会涌出大量鲜血。它始终存在，无法被抠掉。

几秒时间，顾允醉恢复如常，从容笑道："花崇警官，你这人怎么吊儿郎当的？"

花崇挑眉，"吊儿郎当？"

"这是我们第一次单独相处吧？"顾允醉调笑道，"你怎么就这么不讲究，打听起我母亲的事来了？"

花崇噎了一下。顾允醉这显然是在转移话题！

顾允醉抬起手臂，做了个看时间的动作，抬头时露出无奈的表情，"本来我还想告诉你更多的事，但你总是打岔，安岷都快回来了。那今天就暂时到这里，DNA比对记得去做。我很期待看到安岷知道身世时的反应。"

"等……"花崇还未说完，刚才还清楚的影像已经变得一片模糊，色块扭曲成一根根锐利的横条，跳动、牵扯，就像那些挂在墙上的画，最后彻底消失。

电子玩偶安静地坐在桌上。花崇看了它一会儿，拿起来，发现它有些烫。

办公室很安静，之前还有敲键盘的声响，现在花崇只听得见自己的心跳声。

柳至秦可能和顾厌枫是兄弟？

刚才和顾允醉对质时，他必须控制住情绪，时刻注意不被顾允醉牵制，此时静下来，情绪才像绵密的针，扎得他坐立不安，算不上痛，却难受。

作为旁观者，他也很难接受柳至秦这忽然改变的身世，柳至秦自己就更不用说了。

他简直不愿意去想象柳至秦的反应。

门外传来脚步声，花崇却没有注意到。

直到门被打开，柳至秦拿着文件夹大步走进来，他才回过神。

可整理表情已经来不及了，因顾允醉而起的烦躁、担忧全都直白地铺陈在脸上，像才卸了一半的生动妆容。别说是敏锐的柳至秦，就是海梓、裴情，也能看出他不对劲。

柳至秦走近，花崇下意识别开脸，随口说了句："回来了。"

柳至秦将文件夹放在桌上，蹙眉，用手钩住花崇的椅子，迫使他转过来。

花崇躲了下，但没躲开，不得不以坐着的姿势和站着的柳至秦对视。

"怎么了？"柳至秦嗓音低沉，像一面低音鼓敲在花崇耳畔，"发生什么事了？"

"没有。"花崇第一反应是否认。柳至秦回来得太快，他还没有想好这件事怎么处理。顾允醉猝不及防丢给他一枚炸弹，他被"炸"得晕头转向。炸弹还会爆炸，他想给柳至秦筑一面墙，让冲击来得至少不那么突然。

但否认完他又意识到，自己刚才的表演太蹩脚了，柳至秦根本不会相信。

"呃……"他喉咙挤出些许声音，想要化解此刻的尴尬。

"到底怎么了？"柳至秦眼神深了下，漆黑的眸子含着微光，如深潭一样，"我去做场讲座的工夫……"

忽然，柳至秦余光瞥见了桌上的电子玩偶，眉间立即泛起冷意："顾允醉又出现了？"

花崇知道瞒不过去，叹了口气。

柳至秦眉心拧得更紧，马上坐下来，拿出笔记本电脑。

现在肯定没法锁定顾允醉，但也许能够确定一个大致方位。

花崇看着柳至秦的侧脸，脑中浮现出安择的样子。他们两兄弟其实一点都不像。潜意识的支配作用巨大，一旦主观上倾向于某个结论，后面就会不断被潜意识朝这个结论推。

花崇闭了下眼，及时打住，他又想起顾厌枫。

显然，柳至秦和顾厌枫也并不像。他们还讨论过顾厌枫的眼睛，非要说像的话，他自己和顾厌枫倒是有眼睛这一相似之处。

设置好程序后，柳至秦的视线从笔记本电脑上移开，再次看向花崇："他说了什么？"

花崇说："跟我讨论之前那三起案子。"

柳至秦当然不信："就这？"

顾允醉行事没什么规律可言，突然出现这么一回，就为了说说案子，这不是不可能，但单纯说案子的话，花崇脸色不会这么难看。

柳至秦刚才就注意到了，花崇的眼角、眉梢都是绷着的，像是情绪受到了不小的影响。

"他还说到你小时候。"花崇没准备好，挑着话说，"他说你……以前过得不是特别痛快。"

柳至秦眸光静止了片刻，忽然笑了："他用的应该不是'痛快'这种词。"

花崇眨了眨眼。

"他跟你说，我在五中被同学欺负过，经常脸上、身上带着伤，是吗？"柳至秦语气轻松，就像话语中的主角并不是自己，"他还说我哥虽然教训过那些混混，但没办法在每次那些人缠上来的时候保护我？"

花崇眼中掠过一片睫毛投下的阴影："你知道？"

"我能推断。"柳至秦笑了声，"他应该还说，我被小混混揍得挺惨，不喜欢待在五中，才老是往理工大跑吧？"

花崇迟疑了一下，点头："嗯。"

"我就知道。"柳至秦笑得很温柔，"不然你不会是这种反应。"

花崇凝视着柳至秦的眼睛，忽然觉得自己像是被浸泡在柔软的微温的气流中，这些气流一撞就散，却神奇地抚慰着他的焦虑，令他产生强烈的欲望——将从顾允醉那里听说的事告知柳至秦。

他们本来就是彼此最信任的人，再难以接受、再困难，他们一起面对就是。

柳至秦盯着花崇的眼睛看了会儿，发现端倪："他还说了别的？"

花崇点头："他提到你的父母。"

柳至秦眯眼，有些意外。

"但他没有说清楚和你父母有关的事。"花崇正色道，"小柳哥，我也没听你提过几次你的父母。"

柳至秦沉默了一会儿："他们……"

花崇耐心地等待着下文。

"我对他们的印象不深。"柳至秦说，"凤兰市以前有三个兵器工厂，生产各种军需品，后来都转型成了民用品工厂。我父母就是其中一所兵器工厂的技术员。"

花崇说："是画图搞研究的那种技术员，还是生产线上的技术员？"

"搞研究。"柳至秦道，"不过他们具体研究什么，我也不清楚。他们搞研究这件事，都是安择给我说的。我那时年纪小，懂得不多，拉着安择问为什么别人都有爸爸妈妈，我只有哥哥，安择就给我讲他们的事。安择经常为他们的

158

工作感到自豪，其实也是因为他们是兵器工厂的技术员，所以潜移默化地，安择才会想去当警察。而我又受到安择的影响……"

说到这里，柳至秦停下来，眼中的光变得很柔软。

花崇知道，他在想念将他拉扯大的兄长。他的双手无意识间紧握成拳头。花崇又有些犹豫了。

"他们还没有出事之前，和我待在一起的时间就不太多。"柳至秦语速很慢，一边回忆一边说，"他们住在研究所，有时一周回来一次，有时一个月也不回来。我们住的是家属区，附近就有个食堂，我忘了是几号食堂了，反正我和安择都饿不着。他们回来时会带礼物，有时是烧鸡，有时是给安择的玩具。"

花崇说："只有给安择的玩具？"

柳至秦笑了笑："都是我爸做的模型枪、炮什么的，安择喜欢，我太小了，玩不了。但安择喜欢拿那些玩具来逗我，等于我也玩过了。"

花崇点点头，沉默。

"我都记不得他们长什么样了。"柳至秦说，"那天我刚到学校没多久，班主任就把我叫出来，让我马上回家，说家里出事了。我第一反应是安择出事了，那种恐惧我现在想起来还特别清晰。后来知道是父母出事，我反而还轻松了。"

花崇心口忽然抽痛。

当年出事的不是安择，可是多年以后，安择还是出事了。牺牲在反恐第一线，回到柳至秦身边的只有一个沉甸甸的骨灰盒。

那时柳至秦有多茫然、多绝望、多痛苦？

花崇狠狠往肺里灌了一口气。

"是生产线上出了事故。"柳至秦以一种平静的语气说，"他们虽然更多时间都待在研究室，但也会去生产线上，危险来了就躲不开。爆炸造成五人死亡，其中就有他们。那时我小，安择也只是个毛孩子，我们是靠父母的赔偿金长大的。"

花崇听得专注。

"不用心疼我。那些赔偿金足够我和安择过普通小孩的生活。"柳至秦注视着他，轻轻说，"我从不觉得我童年凄惨，因为我有最靠谱的兄长。"

见花崇不说话，柳至秦还刻意强调了一遍："真的，有他在，我没有吃过苦。"

## 03

柳至秦又一次提到安择，是笃定又平和的语气。

花崇低下眼睫毛，五脏六腑仿佛被一道温柔却又悲怆的力量覆盖。在柳至秦没有推门而入之前，他尚在考虑是否将顾允醉的话原原本本告知柳至秦。此时更是纠结得像要被撕扯开一样。

一方面，柳至秦此时展现的沉稳和包容令他觉得，他们之间不需要任何秘密，他应该无条件和柳至秦分担压力和不安。可另一方面，柳至秦说起安择时的语气又让他更加不舍得说出那个存疑的"真相"。

柳至秦没有放过花崇这短暂的失神，就在花崇低眼的瞬间，他就捕捉到了花崇眼中一闪即过的挣扎。花崇将那些不明的情绪全都遮掩了起来，但他轻轻一吹，障眼物就像灰尘一样散了。他语气比刚才多了一分气魄，却仍是柔声道："你有事瞒着我。"

花崇蓦地抬头，他喉结上下滚动两下，注视柳至秦的眼睛。那些不平、顾虑就像一块沙堤，在一条他所熟知的河流里，缓缓地被包围，被融化。

天平倾斜，先是极其缓慢，然后逐渐加速，最后飞快地倒向一边。

"你得说，不管存不存疑，你都得让他知道。"他心里有个声音冷静地说道，"他有权知道，他才是最该知道的人。"

花崇略一闭眼，迅速让自己镇定下来。

"确实还有一件事。"他再看向柳至秦时，眼里已是身为队长的从容和干练。

柳至秦似有所察，眉心不自觉地收了下，须臾点头："嗯，我听着。"

花崇从座位上站起来，来回走了几步："我先问你一个问题，你小时候，有没有一次或者几次觉得……"说到这里，花崇又顿住了。

这实在不是一个能够轻松问出口的问题，即便他已经整理好了思绪，还是在临门一脚时被不忍所束缚。

柳至秦眸黑如墨："觉得什么？"

花崇问："觉得自己和父母之间有很深的隔阂，觉得他们和别的父母不一样？"

闻言，柳至秦几乎是潜意识地微扬起面颊，眼神悄然冷去。

花崇明白，以柳至秦的头脑，此时必然已经想到他为什么会这么问。

片刻，柳至秦道："顾允醉说我不是我父母亲生的？"

花崇摇头，终是将那个荒唐而残忍的"真相"抛给柳至秦："他说，顾厌枫是跟你有血缘关系的兄长。"

柳至秦瞳孔忽地一缩，五官和面部线条陷入短暂的僵硬。

花崇看见他眼里有暗色的光闪过，寒冷，却灼人。

"你们没有丝毫相似之处。"花崇说，"但顾允醉告诉我时，似乎非常确定。我刚才在思考这件事，如果他在撒谎，他为什么要撒这个谎？顾厌枫在我们手上，随时能够做 DNA 比对，这甚至不是一件会消耗多少警力、浪费多少时间的事。"

柳至秦说："所以他很可能没有撒谎。"

花崇忽然觉得心脏被揪住了。柳至秦脸色并不好看，但语气听不出丝毫波澜，柳至秦明明不可能平静，却尽力克制。

这强作的平静在花崇胸膛划出好几道口子。

"这好办，我们……"柳至秦还是刚才的语气。

"我没事。"半晌，柳至秦轻轻道，"如果是真的，那确实很难接受。"

花崇的五指悄然握成拳头。

"但成年人不就是要学会面对和接受那些艰难的事吗？"柳至秦又道，"我没想到，但是……算了，先不说这些。我们先核实顾允醉的话。"

花崇安静地看着柳至秦。在花崇看不到的地方，柳至秦的指骨用力到泛白。


海梓冲进办公室时，莫名觉得气氛有些不对，但要他说哪儿不对，他又说不出来。花崇和柳至秦各自坐在自己的位置上，谁也没跟谁说话，中间还隔着不近的距离。

可他原地站了会儿，后知后觉地发现自己好像有点多余。就卡那么一下壳，他就忘了跑来干啥了，机械地一转身，正要带上门，忽听花崇说："什么事？"

海梓这才清醒过来："啊，就是那个，我刚跟痕检科的几个哥们儿聊天，听说了一件事。赵队他们这个年怕是没办法好好过了。"

花崇问："难道又出现棘手的案子了？"

特别行动队返回首都的机票订在明天下午，之前没听说安江市除了那三起连环凶杀案，还有什么别的重案。

"在痕检科打听到什么了？"花崇见海梓眼珠子转来转去的，就知道这货还在琢磨刚才这里发生了什么，立即给话题转了个向。

"哦，是这么回事。"海梓说，"从上周开始，安江市接连发生三起失踪案了。"

一听说失踪案，花崇下意识扭头看了柳至秦一眼。

柳至秦则看着海梓："这三起失踪案有什么特殊的地方吗？"

规模越是大的城市，失踪案就越多。受限于警力，失踪案不像命案那样，能够短时间内集聚一批精英警察去高效侦破。

"就是有！不然他们也不会焦头烂额了。老佟跟我说，他们可能马上就要参与侦查了。"海梓说，"第一名失踪者是恒永科技的技术总监吴镇友，四十五岁。恒永科技是安江的龙头产业，纳税大户，在全国都很有名的。"

花崇点头："科技创新的先锋，现在军用、民用的通信都少不了他们公司。"

"这个吴镇友不是普通的技术总监。"海梓在今天之前其实都没听说过吴镇友的名字，这会儿说的全是从痕检科听来的，"大企业的技术总监不都是商人吗，搞业务有一套。但吴镇友是真正做技术一路爬上来的。他在国外留过学，二十多岁带着专利回国，被恒永科技招至麾下，大概是因为才能出众吧，恒永专门为他组建了个团队。他有任何点子，高层都支持他做。恒永当年还只是安江市的众多科技企业之一，据说杀出重围，占领市场份额，靠的就是从吴镇友团队出来的项目。"

柳至秦已经在网上搜到吴镇友，花崇凑过去看。

目前几乎看不到吴镇友失踪的消息，警方不至于在这个时候控制舆论，只可能是恒永集团从多方面考量，阻止了失踪消息的传播。

"后来吴镇友高升，拿了股权，成为高层，但恒永的创新研发项目全都归他管，他这个技术总监的名号不是虚名。"海梓继续说，"在失踪之前，他还在一个工作室盯项目。突然失踪打乱了下个月恒永的发布会安排。"

花崇问："这案子是刚报到重案组来的？"

"是。"海梓说，"具体什么情况，痕检科也不知道，但我听他们的意思是，吴镇友失踪得特别蹊跷，忽然人就没了，跟凭空消失似的。后面两个报到重案组的失踪案也古怪得很，主要是失踪者的身份都不简单。乔应声，三十七岁，安江大学物理学院的教授，也是不明不白就不见了，分局刑警过去一查，学校的老师、学生都说一点儿征兆都没有。"

花崇托住下巴："三十七岁的教授？"

"忒牛了。"海梓说，"带博士，手上好几个应用项目，是安江大学声望最高的那一拨教授中年纪最轻的。"

柳至秦说："安江大学的综合排名能挤进全国前五，物理更是数一数二的水平。"

花崇说："那这个乔应声教授和吴镇友都算头脑极其聪明，并且善于将知识转换到实际应用的……"斟酌了片刻，他还是选择了最初想到的词，"天才。"

柳至秦靠着椅背，双手抱在胸前。

"这肯定是天才了。"海梓说，"第三个丢过来的案子，失踪者也是天才。"

花崇拧眉，一只手搭在桌沿，"谁？"

"鸿春医院心脏外科的主任甘军。"海梓又道，"他留洋回来，是被院长亲自请来的，在心脏外科领域，他已经是学术标杆。"

花崇问："他多少岁来着？"

海梓说："也年轻，才四十一岁。痕检科说，目前除了三名被害人都是各自领域的翘楚，还看不到别的共同点，三人好像也没有什么交集。重案组一般不处理失踪案，但被害人身份比较特殊，尤其是吴镇友。恒永高层给警方施加了不少压力，分局扛不住，市局也只有重案组能扛起这个担子。"

就这么随便听一听，花崇很难下个定论。海梓没一会儿就被裴情叫走了。

柳至秦说："针对天才的犯罪。"

花崇点点头，欲言又止。他对这三起案子很感兴趣，刑警的嗅觉告诉他，这绝不是简单的失踪案。但是现在他又无法分心，"银河"悬在头上，他和柳至秦必须立即核实顾允醉的话。


赵樱近来忙得焦头烂额，对失踪案了解得尚不深入。晚上花崇和她聊了会儿，她抹了把脸，强打起精神说："花队，你们放心回去吧，这案子我肯定能解决。"

次日，刑侦一组一行人回到首都，花崇让海梓他们回去休息，但通信必须保持畅通，自己则和柳至秦马不停蹄地赶到特别行动队。

得知柳至秦要与顾厌枫做 DNA 比对，程久城惊讶得半天没说出话来，许久才道："你们得到了什么线索？"

花崇克制地将顾允醉的话复述了一遍。

如果可以，在一切有定论之前，他不愿意告诉任何人。但想要做比对，就必须经过程久城。

柳至秦站在一旁，神情冷漠，没说话。

程久城摇头，难以接受："这不可能！"

柳至秦说："我也希望不可能。但这个比对，我必须做。"

163

*04*

等待结果的时间像被无限拉长，它成了一条柔软而有韧性的丝带，将置身其中的人束缚起来，时而勒紧，时而放松。

由于安择的DNA样本并没有留下来，柳至秦目前只能和顾厌枫的做比对。

刑侦一组的办公室没有别人，花崇坐在柳至秦旁边，时间一分一秒地往前走。花崇数次侧过脸打量柳至秦，柳至秦都没有像往常那样在注意到他的目光时转过来。

柳至秦在走神。

花崇犹豫许久，还是抬起左手，碰了碰柳至秦的右手背。

柳至秦手背僵了下，回神后看向花崇。

那眼神很少出现在他眼中，是不安、失落、担心、畏惧混在一起时的茫然。

而这双眼睛平常总是带着漫不经心的笑意，在海梓他们看来有些冷淡高傲。

花崇一接触到这份茫然，心里就是一揪。他下意识说道："别担心，我陪着你。"

柳至秦唇角很轻地扬了下："嗯。"

花崇说："刚才在想什么？"

柳至秦沉默了一会儿才开口道："想小时候的事，想安择。"

柳至秦每次提到安择，眼神都会有些不同。那是辛苦将他拉扯大，用并不丰满的羽翼保护他的哥哥，那份亲情永远也不会淡去，也没有任何人能够取代。

花崇盯着地面，脑中也浮现出安择的模样。他有那么多队友，那么多兄弟，安择是最让他难忘的一个，牺牲将安择的年龄定格，成了一个不会再往前却始终停在他心底的符号。

片刻，花崇深吸一口气："想跟我说说吗？"

柳至秦点头，笑了笑："小孩睡觉最费劲，要念故事，要哄。有的小孩精力旺盛，哄了也还是不睡。"

花崇立即想到柳至秦那短暂的睡眠，即便是查案查到精疲力竭，柳至秦需要的睡眠时间也很少。现在都这样，小时候睡觉自然更是个大难题。

"那你要人哄吗？"花崇问。

"当然要。"柳至秦说,"我又不是生来就懂事。我爸妈很少一起在家,谁在谁给我念故事,但不管念到多晚,我都还睁着眼睛,就是没瞌睡,睡不着。"

花崇笑笑:"哄你还真费劲。"

"这还算好,起码他们在,好歹给念念故事。"柳至秦眯着眼,神情温和,像是看到了当年的情形,"但大多数时候,他们住在山上的研究所,家里就我和我哥。我哥那时候也就一小孩,字都不识多少吧,但我不听故事就睡不着,硬要他给我念。"

花崇想象两个小孩挤在一张床上,一个哄着另一个,那画面有些滑稽。

可对柳至秦来说,那应该代表着家的温度。

"他给你念了吗?"花崇说。

柳至秦说:"他糊弄我,书上明明不是那么写的,他不识字,就瞎念瞎编。"

花崇说:"你怎么知道他瞎念?你那会儿也不识字啊。"

"但爸妈给我念过很多回了。"柳至秦说,"每一句话我都记得。"

花崇说:"那你还要安择给你念?"

柳至秦撑住额角:"他也这么说——都会背了为什么还要哥哥念?"

花崇说:"后来呢?他还给你念吗?"

"还念。"柳至秦说,"因为我本来就不爱睡觉,听了故事还能困上一会儿,不听故事能精神一晚上。"

花崇想起集训和在莎城的时候,安择睡觉特别积极,轮到能睡的时候绝对不含糊,躺上床就不动了。

他们都笑安择,说别睡那么快啊,起来聊几句。安择就伸个脑袋出来,说别吧,睡几个小时还得起来训练,抓紧时间赶紧睡!

"你睡不着,他想睡,那不就是故事讲到一半,你还瞪着眼,他就抱着书睡着了?"花崇说。

柳至秦说:"嗯,所以说是他讲故事哄我睡觉,其实关灯、掖被子的都是我。"

说到这里,柳至秦停了很久,捏了捏眉心,又道:"父母过世的消息是厂里的人跑来说的,哭没哭我都记不得了,但我确定,我哥没哭。丧事就在家属区里办的,厂里找来歌唱团,敲锣打鼓唱了两个晚上——我们那里办丧事都这样,必须有人唱歌,唱的还都是喜庆的歌。灵棚里来了很多人,基本都是厂里的工人,还有研究所的人,空气很差,一呼吸就是香灰和纸钱的味道。我哥不让我待在那儿,拉扯着我回屋。"

花崇心里发沉。

"灵棚和我家就隔着几十米，很近，但是外面再热闹，家里也很冷清。"柳至秦说，"我哥命令我待在家里，但才几分钟就后悔了。他还要下去守着灵棚，谁来送钱，他就要给谁鞠躬，感谢人家。他不放心我一个人在家，觉得我会害怕。其实我不害怕，我跟他说了不害怕，他也不信。"

花崇说："他就把你又带下去了？"

柳至秦摇摇头："他就来回跑。在灵棚里待一会儿，都招待周全了，马上跑上楼陪我，陪一会儿又冲下去。那两天，他就没有休息过。"

花崇鼻腔酸涩。柳至秦说安择一滴眼泪也没有掉，那必然只是逞强，父母没了，当哥哥的就是家里的顶梁柱，顶梁柱不能垮，顶梁柱还有弟弟要照顾。

"第三天半夜，火葬场的灵车就来接我们，我哥带着我，车里还有研究所的领导，天亮时，交到我哥手上的就是两盒骨灰。"柳至秦说，"他拿不动那么重的盒子，也不要我拿，是别人送我们回家的。"

柳至秦站起来，走到窗边，眼中倒映着夜色，那么幽深。

片刻，他又说："顾允醉觉得我可怜，但其实我过得不比同龄小孩差。安择把什么都想到了，他小时候不会做菜，但是他能让我觉得，每顿吃的都是家里的菜。"

这话花崇乍一听没听懂，但很快想起，柳至秦上次说过，家属区里有个食堂，他和安择从没饿过肚子。

"食堂也有座位，在食堂吃饭最方便。"柳至秦说，"但有回我们看电视，里面演了个三代同堂，一大家子人围在一张桌子上吃饭。我就跟我哥说，这么吃饭真有感觉。你猜后来怎么着？"

花崇略一思考："安择就把饭菜从食堂带回来？"

柳至秦浅笑："他不仅带回来，还要一份一份装在家里的盘子上。这太麻烦了，要洗盘子洗碗，但是直到我上初中，会自己炒菜了，他才不干这事。"

花崇说："你那么小就会炒菜了？"

"嗯，他教我的，但我比他炒得好。"柳至秦低下头，顿了好一会儿，"他在竭尽全力为我将父母去世的影响降到最低。他是我的兄长，这是我一辈子的幸运。"

花崇看见柳至秦眼中有一些细微的光在闪动。此时的柳至秦，比过去很多时刻都更加敏感柔软。他甚至看得出，柳至秦正拼命掩饰着的畏惧。

假如顾允醉的话是真的，假如顾厌枫才是柳至秦的兄长。

"我很害怕。"柳至秦最后一个音带着极轻的颤意，"我从来不知道等待一个比对结果会是这种煎熬。"

花崇张了张嘴，想说"别怕，不会有事"，但话到嘴边，又咽了下去。

他怎么知道不会有事？现在没有任何一个人能够保证不会有事。

这样的话说出来也只是最苍白的安慰。当报告最终呈现出一个谁也不愿意看到的结果，所有的安慰都会变成可笑的谎言。

那时候他又该以什么方式来安慰柳至秦？

"不管结果如何，你的记忆不会欺骗你，你的成长过程已经证明，他使出了他所有的劲，将你抚养大，他是你最亲的亲人。"花崇像哄一个脆弱而感性的孩子，"感情存在过，就会永远存在。"

柳至秦闭上眼。


深夜，程久城的办公室没有一个人说话。

柳至秦面前摆着那份刚出炉的比对报告，他看着报告，程久城担忧地看着他，而花崇一手压在他肩上，紧抿着唇。

悬在头上的利剑终于落了下来，顾允醉没有说谎，顾厌枫是柳至秦同母异父的兄弟。

柳至秦一动不动地坐着，拿报告的手像是僵住了。

花崇一度觉得他的手指会发抖，但是没有，他的手指就像钢铁一般稳。但这样的稳更让人心焦。

花崇试图说些什么。但此时还能说什么？在刚刚过去的漫长黑夜里，柳至秦以一种极其怀念的语气向他讲述小时候和安择一起生活的点点滴滴。

那么漫不经心的一个人，却记得那么多看似平凡的小事。

现在柳至秦却必须接受一个事实——那个将他拉扯大的哥哥，并不是他真正的哥哥，与他血脉相连的是"银河"的犯罪头目之一。

当柳至秦放下报告时，目光已经变得很安静。好似他不需要安慰，已经在刚才那近乎窒息的静默后，接受了这个事实。

花崇用力捏了捏柳至秦的肩膀，叫那个熟悉的称呼："小柳哥。"

柳至秦在他手上拍了拍，低声回应："我没事。"

程久城是最早看到报告的，此时比起柳至秦和花崇，他这个完全的局外人必须考虑更多东西——顾厌枫是"银河"的首脑，"银河"就像一个庞大的怪物，在多国不断膨胀。上次联合行动中，顾厌枫及大量高层被抓获，两国警方一度认为已经控制了"银河"的势力。

然而后来发生的事证明，他们斩断的可能仅仅是"银河"组织的一条触须。

顾厌枫的父母是谁，目前无人知晓，唯一清楚的是，他有 R 国血统，但他的母亲是中国人，他也是在中国出生的。

柳至秦的母亲就是他的母亲，他是"银河"的首脑之一，那柳至秦到底是什么身份？

程久城甩了甩头，右手攥成拳抵在眉心。他并非怀疑柳至秦，柳至秦是他亲自选拔到信息战小组来的，背景绝对清白，才华和忠诚也没有丝毫应该被怀疑的地方。他无条件相信柳至秦，但上级不一定认同他的看法。

事实上，柳至秦现在确实很尴尬，特别行动队信息战小组的重要成员，怎么会和犯罪头目是亲兄弟？

柳至秦解释不清楚，就必须接受调查，并暂时停止一切工作。

身为信息战小组的负责人，程久城算是看着柳至秦一步一步成长的，不仅担心柳至秦陷入各方压力的旋涡，也担心柳至秦此时的心理状态。

程久城打破沉默，以长辈的口吻问："你有什么头绪？"

柳至秦面沉如水，尘埃落定，反而镇定下来："我的父母是凤兰兵器工厂研究所的研究员，详查他们的背景。假如他们的背景没有任何问题，也确实在三十年前生下过一个小孩，那很可能是当年有人用我置换了那个小孩。"

他说得很平静，也很有条理，显然已经在心里推演过无数遍。

花崇听着他的声音，却只觉得残忍。

这个事实——如果是事实的话，对柳至秦而言，就像是一把插在胸口的刀。

程久城叹了口气："当年我将你招进信息战小组时，就详细调查过你的背景。"

柳至秦会意地点点头："所以我的父亲安业乐，母亲詹小芸，都是再普通不过的研究员，那一场爆炸也的确只是意外，是吗？"

程久城神情颇为沉重，好一会儿才点头："不过既然你提出来了，那我们马上开会，再做一个更深入的调查。"

柳至秦说："调查必须做，但程队，结论你心里应该有数了。"

程久城蹙眉："我就是担心你。"

"我配合一切调查。"柳至秦站起来，他穿着制服，站姿如松，"在得到顾允醉的线索之前，我从不认为我会和'银河'扯上关系，现在我比任何人都更想查清楚，当年到底发生了什么。我既然是顾厌枫的兄弟，又为什么成了安家的孩子？"

## 05

审讯室。

顾厌枫仍旧穿着宽松到身板难以撑起的囚服，泥一般瘫在靠椅上，懒散地看着坐在对面的柳至秦，眼中含着一缕事不关己的凉薄笑意。

他面前的桌上摆着一份 DNA 比对报告，正是柳至秦先前看过的那一份。他被带到这里之后粗粗扫了一眼报告，像是根本没有看懂上面的内容，又像早就知道结果，所以毫不惊讶。

比起这份报告，他似乎对柳至秦本人更感兴趣。

柳至秦穿着肃穆的警服，衬衣最上一枚纽扣也扣上了，双手侧放在桌上，十指相抵，面容和声音有种说不出的冷："看明白了？"

顾厌枫微扬着脸，唇边笑意未消："我料想的认亲场面，比这更热情一些。"

监控室里，花崇盯着显示屏，轻闪的光落在他紧皱的眉间。

顾厌枫摊开手，十分无所谓的样子，说道："你知道，我在 R 国长大，中文也能说，但表达也许不太准确。我说的热情，或许和你理解的热情不同。我的意思是……"

说到这里，顾厌枫仿佛因为找不到合适的词语而苦恼，琢磨好一会儿才比画着说："火辣？激烈？对，你不够激烈，我的弟弟。"

弟弟这个词就像一根带着刺的针，狠狠扎在柳至秦的神经里。

他的兄长本是安择，那个牺牲在反恐第一线的英雄特警。然而这一纸报告将一切都摧毁了，把那些他所珍惜的过去砸得支离破碎。他不再是安家的孩子，他穿着警服，戴着警徽，逮捕了说不清多少的犯罪分子，此时此刻，他却成了跨国犯罪头目的血亲。

这简直是莫大的讽刺！但他必须克制，比任何时候都冷静。如果他的身世是一个圈套，一个多年前就已存在的阴谋，那他必须从这个阴谋中挣脱出来。

"你早就知道了？"柳至秦越是愤怒，声线就越是清晰，像一把从冰水中拾起来的刀。

顾厌枫单手撑着脸颊，很没坐相："对啊，在被你追捕之前很久，我就知道我有一个天才弟弟。可惜他不为我所用，偏要为警方效力，把我这个当哥哥的围剿得狼狈不堪。"

柳至秦不经意地收紧手指："你的母亲是谁？"

"哈哈哈！"顾厌枫的笑声和他的长相着实不符，听上去尖锐刺耳，"这话问的。你怎么不直接问——我们的母亲是谁？"

花崇一拳砸在桌上，旁边的程久城也是满脸凝重。

倒是柳至秦，平静得像是没有受到任何影响："那，我们的母亲是谁？"

顾厌枫似是没想到他半点波动都没有，表露在外的懒散有所收敛，眼神悄然认真了几分。

"怎么？不知道说什么了？"柳至秦嗤笑一声，"回答我，我们的母亲是谁？她为什么生下我，却把我扔在凤兰市的一个普通家庭？我和你有什么区别？为什么你能在'银河'成长，还当上了首脑——起码是之一，而我才六岁，就经历父母双亡的痛苦？你哪里比我高贵？因为你的父亲就是'银河'的成员，而我的父亲什么都不是？！"

花崇狠狠地吸了口气，眼神变得十足凶悍。

柳至秦说要亲自审问顾厌枫时，他本来不同意。但柳至秦一再坚持，说要好好与顾厌枫谈一谈，他只得同意。

柳至秦所谓的"好好谈"，就是不断往自个儿身上"插刀子"。

"'银河'不止你一个首脑，你也许只是首脑中最不成器的一个。"柳至秦接着道，"但即便是最不成器的首脑，也是首脑。不是人人都能成为首脑，你坐上这个位置，必然有什么过人之处。血缘在其中占了几分？我来猜猜，至少八分？不，九分？你是首脑，而顾允醉把我当作眼中钉，我想来想去，我们唯一的共同点就是有同一个母亲。"

柳至秦停下来，眼神如钩，"她是一个对'银河'组织来说非常特别的人，对吗？"

顾厌枫脸色沉下来，微张着嘴，须臾道："你想得真明白。"

柳至秦摇头："不够。"

顾厌枫冷笑："所以你想撬开我的嘴，打听你的身世？"

柳至秦站起来，在桌边走了几步，然后站在顾厌枫正对面，身子一低，双手撑在桌沿，阴影投在顾厌枫身上。

他笑得很轻，有一丝诡异的邪性："你不是我的哥哥吗？血浓于水，除了向你打听，我还能跟别人打听吗？"

顾厌枫眸光凝滞片刻，回神之后别开视线。

柳至秦俯视着他，发现他的肩膀正在极轻微地发抖。

"你想错了。"半分钟后，顾厌枫才再次开口，"我们的母亲，对'银河'来说并不是多么特别的人。在'银河'里面，有许多像她这样的女人。她们没有地位，仅仅是生育机器而已。"

柳至秦蹙眉。

"女人在很多地方都只是生育机器，要说她特别在哪里，大概是她经过了改造。"顾厌枫耸耸肩，"你是不是还想问，她现在在哪里？"

柳至秦未答。

"她早就死了。"顾厌枫说，"她们这样的人，活不了多久。但她很幸运，活得不算短。我见过她，也见过她接受改造之前的照片，她是个很美丽的女人。"

柳至秦说："改造是什么意思？"

顾厌枫又笑："你不是警察吗？那你就去查。我就是一条狗，狗能知道多少啊？"

柳至秦眼尾轻挑："狗？"

"不信啊？"顾厌枫仰靠在椅背上，"我看上去是不是特别风光？被你们这么关押着，我是挺风光。"

柳至秦最后再问了个问题："顾允醉呢？他和你一样，也是狗吗？"

顾厌枫收敛起笑容，彻底沉默了下来。


柳至秦打开警室的门，花崇也打开了对面警室的门，快步走过来。

"我没事。"柳至秦笑了笑，"别担心。"

上级部门的人来了，在特别行动队开了个紧急会议。

柳至秦作为风暴的中心，坐在角落里，几乎没说过话。

"小柳现在必须接受调查，暂时离开刑侦一组和信息战小组，由专人看守。"一位中年官员说。

程久城点头："这我们已经想到了，柳至秦接受任何调查。"

对方又道："程队，沈队，凤兰兵器工厂那边，你们恐怕得派人过去。"

沈寻看向花崇。花崇起身道："我亲自去调查。"

"你？"对方有些犹豫，"可你是刑侦一组的负责人。"

沈寻道："我认为花队不用避这个嫌。柳至秦在特别行动队待的时间比我还长，信息战小组、刑侦这边几个小组，谁不是他的兄弟？难道我们特别行动队所有人都得避嫌吗？"

171

程久城道："我也是这个意思。我了解我选拔来的队员，柳至秦的成长过程没有任何问题，他这几年的工作也没有出现任何疏漏。他的身世给了我们所有人一个措手不及，但这不是他能够控制的。调查他，是按照规章制度我必须去做的事，但是站在个人角度，我毫不怀疑他。"

对方想了想，说："行，那就按你们计划的去查。"

会议结束后，柳至秦还坐在座位上。与会者陆续离开，沈寻在他肩上拍了拍："这段时间就委屈你哪儿也别跑了。"

柳至秦笑了声："就这么让我休个假，别不痛快啊。"

沈寻说："休完给我补回来。"

柳至秦道："好说。"

等人都走完了，花崇才走过来，靠在柳至秦旁边的桌沿上，和柳至秦对视片刻，尽量让语气显得轻松："我下午出发，有没有什么要交代的？"

"注意安全。"柳至秦眉眼间这才出现担忧，"我这次没法跟着你，你要处处小心。"

花崇心下一软："你花队以前是特警，还是狙击手，忘了？"

"没忘，所以才更担心。"柳至秦叹了口气，"你们当特警的，一遇到危险就习惯性冲在最前面，身先士卒比谁都积极。在凤兰市那回拆弹……"

花崇靠近，按了下柳至秦的头："好了好了，看把我们弟弟给愁得。"

柳至秦抬起头，语气严肃且带着几分命令的口吻："一定谨慎小心，遇到危险三思而后行。"

花崇也郑重道："我答应你。"

去凤兰市调查柳至秦，和调查其他地方的案子还是有不小差别，难度不一定更大，但级别更高。花崇和程久城、沈寻讨论再三，决定将刑侦一组留在特别行动队，沈寻亲自跟花崇去一趟。

柳至秦暂时被限制行动，不能离开特别行动队，使用电子设备需要报备，二十四小时得有人盯着。

但特别行动队够大，他又是这里的"老人"，训练、溜达都不耽误，想去程久城办公室睡个午觉都行。

负责盯着他的是特警，昭凡一来就扬手打招呼："哟，小柳哥。"

昭凡平时不这么叫他，老是柳至秦来柳至秦去，一点儿也不亲切，这突然亲切起来，他格外不适应，还起了一片鸡皮疙瘩。

"中邪了？"柳至秦斜过去一眼，"给我改回来。"

"凡哥心疼你，你还不领情？"昭凡大大咧咧地走过来，一坐下就跷二郎腿，作战靴一晃一晃的，"花儿不就叫你小柳哥啊？他现在不能跟你待一块，我照顾你情绪，替替他。"

柳至秦差点笑出来。

昭凡这说的是什么话，有这么主动跑来当替身的吗？

但这似乎又的确是昭凡能说出来的话。

昭凡一见柳至秦那将笑不笑的表情，马上不乐意了："不识好歹，那我不叫你小柳哥了，你一会儿想听都听不到。"

"那我谢谢你。"柳至秦抱了个拳，"从今往后你一句都别叫。"

"小柳哥"这外号谁都能叫，洛城重案组上下全都叫他"小柳哥"，他听着都没什么。但昭凡这么叫就不行，昭凡故意模仿花崇的调调，但模仿又没模仿像，滑稽中透露着诡异。

昭凡还挺不服的："让花儿回来收拾你。"


处理完凤兰市的数起命案，返回首都时，花崇没想到这么快就又来了。

隆冬时节，凤兰市大雪纷飞，比上次更冷了。

孟奇友亲自来接花崇，半截女尸的案子把他忙得够呛，这一个多月眼看已经是岁末，刑警支队却一刻都没闲着，逮着方龙岛妇女买卖产业链这条线揪，不仅把当年的涉案码头老板全揪了出来，还揪出几个收受贿赂、为黑势力充当保护伞的官僚。

再次见到花崇，孟奇友觉得亲切，没看见柳至秦，又有些诧异。

查凤兰兵器工厂，需要凤兰当地警方配合，所以花崇在出发前就联系过孟奇友，但这事牵扯到"银河"，目前不可能向地方警方透露详细情况，花崇并未跟孟奇友说太细节的东西，更没提柳至秦。

"我还以为他跟你一块来呢。"孟奇友乐呵呵的，"你俩配合得好好，上哪儿都离不开。"

花崇笑了笑，"他还有别的工作安排。"

孟奇友把之前特别行动队的临时办公室交给花崇："要不你们还是在这间？"

花崇不挑："孟队，我在电话里和你说的事……"

"凤兰兵器工厂嘛，我放这儿呢。"孟奇友拍了拍胸口，以示自己惦记着，"那厂子在万兴路，早就转型了，我找了当时万兴路派出所的老民警，还找到了几个负责人，马上就来，你有任何问题都可以问。我的车你也随便用，那老厂区现在荒着，厂房没用了，但家属区还住着几户人。你要是去，需要我陪的话，叫我一声就行。"

花崇道了声谢，决定先去万兴路看看。

"也行。"孟奇友说，"反正他们还没到，懒得等了，咱先去踩踩地皮。"

雪时停时下，道路两边堆着高高的积雪。天空被铅色的云压得很低，虽然是下午，但日光很难透下来。

街口有家"海山茶"，这个季节本该生意红火，但如今却已关门停业。

花崇收回视线，沉下一口气，打起十二分精神。他的神经久违地紧绷起来。

警车停在一条略显萧条的街上，孟奇友回头说："花队，这就是凤兰兵器工厂。"

## 06

一下车，花崇就被刀子一样的寒风刮得眯起眼。

孟奇友跺着脚，笑出满脸褶子："上回你们来时还不算最冷呢。"

花崇穿得厚，脸包得严严实实，挺过了刚下车那一阵，渐渐就适应了，跟着孟奇友，还有一位万兴路的老民警往厂子的方向走。

路不宽，凹凸不平的，车开不进来，两边是四层高的筒子楼，青黑色，墙砖上是深一块浅一块的痕迹，有的是日积月累的污迹，有的是修补的墙皮。

楼里几乎没有光线照出来，门都是破旧的墨绿色木板，木头加铁皮结构的围栏仿佛一推就倒，但走廊上还零星挂着两三件衣服，证明里面住着几户人家。

"也就这栋楼还有人住，这楼修得晚，结实。"老民警戴着顶包头盖耳的大毛帽，一说话就吐出一片白气。

他在这儿干了大半辈子，明年就要退休了，把凤兰兵器工厂的情况摸得清清楚楚。

"但一共也就五户，两户是厂里的老人，厂子转型，断了他们的路，但好歹还有房子住，他们不愿意搬，就一直住着。另外三户是在附近打工的，别的地方租金贵，这里几乎算不要钱。"说着，老民警往前方一划拉，"那些房子都是危房，但没规划上，拆不了，也住不了，就这么放着。"

孟奇友说："我听说规划上了啊，说要依托兵器工厂建个文创园。"

"嗐，这都说几年了，压根儿没动静。"老民警不懂文创园那一套，"就那些破厂房、破机器，修个公园谁来看啊？"

孟奇友说："咋没有？绸城搞了好几个这种园子了，现在的小年轻就喜欢这种，叫什么？怀旧！有范儿！"

花崇一边听两人聊天，一边观察那些几十年前就矗立在这里的建筑。

眼前的景象忽然变色，耳边充斥着的不再是呼啸的风声，而是喧闹的人语。

这是凤兰兵器工厂的家属区四村，前后左右是一村、二村、三村、五村，每个村里都有一个食堂，厂里忙碌的青壮年工人没工夫照顾家里的小孩，若家中没有老人，小孩们便成群结队到食堂打饭。

队伍里也有懒得在家中开火的老人，以及累了一天不想回家做饭的年轻人。

晚饭时间，食堂外、小巷里，浓重的油烟气里裹挟着家长里短和小孩的嬉闹，以及父母呼唤自己孩子的声音。

花崇置身其中，被几个不看路的小孩碰撞，再向食堂的方向走几步，看到了一个熟悉的后脑勺。

小安岷穿着一件深蓝色的棉袄，怀里抱着两个饭盒，规规矩矩地排在队伍中。

饭盒太大了，而他即便穿着厚实的衣服，个头还是很小，看上去不太协调。

队伍前后的小孩都在嬉笑打闹，大人招呼也招呼不住，只有小安岷不吵不闹，被撞到了也只是不太愉快地皱皱眉。

队伍行进得很快，没多久小安岷就捧着饭盒出来了。

饭盒的隔热性大约不太好，直接用手拿很烫，所以他的手已经缩到了袖子里，就拿手臂抱着。

他小跑着往筒子楼里去，和排队时不一样，脸上挂着浅浅的笑容。

小孩单纯，吃饭是件快乐的事。

吵闹声变回了风声，画面里的烟火气不见了，摇摇欲坠的建筑冷清地矗立，看不到一个人影。

花崇又听见孟奇友和老民警的声音，他们还在扯文创园该不该建的问题。

"兵器工厂转型之后，新厂就直接建在其他地方了？"花崇问。

"没，还在这儿。"老民警说，"但过了三年就被另一个厂子给合并了，这边就逐渐没什么人了。"

说起凤兰兵器工厂，老民警就滔滔不绝，"我们这厂以前生产炮弹，还有那些各种型号的发射装备。后来不是转型成卡车配件厂了吗？我们这技术跟不上，工人也不习惯，没转好，就只能让人给接管了。现在城里头也没那么多地方搞工厂，就弄乡镇里去了。你瞧这里，以前一到早上8点，就全是赶来上班的工人，现在除了咱们，连人声都听不见！"说着，花崇已经来到兵器工厂以前的大门口。

铁门坏了，岗亭里没人，厂区里的雪也没有清理，看着十分萧条。

花崇问："发生过爆炸的116车间在哪里？"

老民警一愣："爆炸？"

"对，二十四年前，116车间曾经发生过一起爆炸，五人死亡，三十多人受伤。"花崇说，"你还有印象吗？"

老民警刚还轻松自在地说话，此时神情突然沉下来："你们是来查那件事的啊？"

"老徐，花队是上头特别行动队的人，他问什么，你只要知道，就都说出来。"孟奇友故意板了板脸，"不兴隐瞒的啊。"

"我隐瞒啥啊。"老民警立即道，"我只是没想到你们会提到116车间，都多少年了。"

花崇说："听你的意思，那件事你印象很深？"

"岂止是印象深，我当这几十年警察，别的鸡毛蒜皮我一退休就都可以忘了，但这事不成，当时我就是出警警察，我第一个赶去的，那现场啊——"老民警嘶了一声，"就一个字，惨！"

花崇眯眼，等着他的下文。

"116车间是火工车间，本来就容易出事，在消防那里是挂了名的，我们派出所每隔一个月也会安排人去检查。但是爆炸的事，谁也说不准，在那儿工作，确实就得冒风险。"老民警说，"但出事那天也是巧，除了生产线上的工人、技师，还有研究所的人。他们才是冤。"

花崇说："冤？"

"可不是。"老民警摊开手，旋即又往远处的一座山指，"咱兵器工厂不是只搞生产，还搞研发，研究所在最里头，那儿，看见了吗？"

花崇顺着他手指的方向看去，山上灰蒙蒙的，看不到建筑。

"研究员们平时就在山里搞研发，生产的时候会下来跟一跟。"老民警说，"那次是一个组长带的队，结果炮弹炸了，存放在里面的易燃易爆品跟着炸，整个车间跟火海差不多。消防来得快，但那也只能灭火。"

花崇说："当时调查爆炸原因，结论是什么？"

"就是试验新品过程中出现了意外。"老民警说到这里，余光往花崇那儿瞥了下，似乎有所隐瞒。

花崇没放过他的细微表情："只是意外吗？"

老民警低着头，支吾道："嗯，就是意外。"

别说是花崇，就是孟奇友也看出不对劲，"老徐，咱们刚才怎么说的来着？如果不是重要的案子，花队能亲自来吗？你得说实话！"

"我不是故意瞒你们什么，当时我们查来查去，跟所有相关的工人、研究员，还有厂里那些领导都问了，都说就是试验新品时爆炸。这事本来就有风险，谁都控制不了。"老民警说，"所里还有记录，我这就回去翻给你们看！"

"不急。"花崇说，"记录的事一会儿再说。但是老徐，我刚才注意到，你似乎认为我不会轻易相信这个说法？你在看我的脸色？"

老民警顿住了："我……"

花崇说："你自己也对当年的调查结论存疑，对吗？"

老民警沉默了好一会儿，长叹一声："其实这事，虽然确实是意外，但是116车间的领导，还有研究所的领导，甚至厂长、副厂长，都有责任！"

花崇说："因为他们明知试验可能出现事故，却没有及时向工人传达，甚至没有将不参与试验的工人转移到安全的地方？"

五人死亡，三十多人受伤，这在一起爆炸事件中，是很正常的伤亡数据。但是听老民警说到调查结论，花崇心中就已出现疑问。

既然是试验新品，并且已知存在风险，为什么当时车间里还会有那么多人？

除了必须在现场的研究员和工人，其他人在干什么？

老民警摇摇头，道："花队，你是年轻人，不知道二十多年前厂子搞生产的状况。那时候生产就是命，工人们家里孩子都可以不顾。当时试验新品，按照现在的做法，那肯定是无关人员全部撤离，而且也不该在116车间搞，该去周围没有其他车间的地方搞。但没那条件，只有116车间行。这边搞试验，那边就继续生产，工人们根本不知道研究员们是下来搞试验的，厂子从上到下，安全意识都是这个——"老民警双手拇指食指合拢，比了个鸭蛋。

"不出事没啥，一出事就完蛋。"老民警颇为感慨，"搞试验的研究员和工人基本上都当场炸死了，其他工人也有被炸死的，我们当时去问重伤的工人，他们根本不知道当天有试验。"

花崇说："但厂里的负责人没有被追责？调查报告上也没有提到你刚说的这些？"

177

老民警尴尬道："厂领导和我们当时的上级沟通好了，赔偿工人和家属，尤其是那些有小孩的家庭。"

孟奇友听得冒火："你们……唉！"

二十多年，社会已经发生翻天覆地的变化，人们的观念也早就不一样了，花崇倒是能够理解当年民警的做法，只是这么一来，爆炸的真相就很难找到了。

爆炸时柳至秦的父母安业乐和詹小芸都在，并且都被当场炸死。这真的只是意外吗？还是被一双幕后黑手所推动？

如果不是意外，他们就是被针对了。

原因是什么？因为他们不是柳至秦的亲生父母？他们必须死？他们知不知道柳至秦并非自己的孩子？他们和后来的"银河"之间是什么关系？

两种可能——

第一，他们知道柳至秦不是自己的孩子，他们帮柳至秦和顾厌枫的母亲抚养柳至秦。那他们为什么要这么做？他们的真实身份是什么？

第二，他们完全被蒙在鼓里。他们有一个自己的孩子，这个孩子与柳至秦同龄，也许是在生产时就被换掉了？然后在柳至秦六岁这年，某个势力认为他们的存在是隐患，所以炸死了他们？

花崇不寒而栗，忽然又想到第三种可能。詹小芸就是柳至秦的母亲，同样也是顾厌枫的母亲。在安家，安择才不是安业乐和詹小芸的亲生孩子？

安择的年龄和顾厌枫相仿，若詹小芸是柳至秦的母亲，则不可能生下安择。

线索构成了一个暂时无解的圈套，花崇摘下手套，手指压在眼皮上，轻轻按揉。

如果将柳至秦和顾允醉联系起来，迷雾似乎就散开了一点。顾允醉被放在顾永哲家中，顾风琴并不是他的亲妹妹，多年以后顾允醉被"银河"的成员黄伟带回组织，相当于将放养的"种子"移植回去？

那柳至秦其实也是"种子"之一？因为安择的保护，黄伟未能下手？还是有其他原因，导致他们遗忘了柳至秦？

解密的关键似乎在柳至秦和顾厌枫的母亲上，顾允醉提到了"尘哀"，语气却满是不屑。

"你们要去116车间看看吗？"老民警说，"炸得啥都没有了，后来那里重建了个厂房，还叫116车间。"

花崇随老民警到了116车间，后来又上山看了看废弃的研究所，回到市局时已经是晚上。

沈寻没跟着去兵器工厂，跟后来赶到市局配合调查的兵工厂前副厂长郭立甫聊了会儿。

郭立甫当年分管的正是研究所，安业乐和詹小芸都在他手底下工作。提到116车间的爆炸事故，郭立甫非常自责，接连说自己对不起那些死去的和受伤的人。

花崇推开警室的门，带着一身寒气坐下。

郭立甫看了他一眼，并不知道他是谁，继续说道："新品试验确实有风险，这我是想到了的，但我抱着侥幸的心理，觉得我们研究室厉害，那么多次新品试验，也从来没出过大事。我要知道能爆炸，肯定早就把无关工人都疏散了，也绝对不让安业乐和詹小芸一起去。"

花崇微蹙起眉。

沈寻说："因为他们是夫妻？"

郭立甫点头："我们研究所就他们一对夫妻，是我疏忽了，他们还有两个孩子，留一个人，起码两个孩子不会成为孤儿。"

花崇来不及去感慨已经发生的事，问："关于安业乐和詹小芸，你了解多少？"


## 07


事故已经过去二十多年，郭立甫当年四十五岁，现在已是快七十岁的老人，早就从岗位上退了下来。

他沉默着，花了不短的时间才重新开口道："我们研究所几十年前还是很不错的，下面的车间人人都能进，只要经过培训，技术过关就行。但研究所还要看学历，收的都是能搞研发的人才。"

花崇看过安业乐和詹小芸的部分资料，他们都不是凤兰市本地人，安业乐出生在南方一个小镇，詹小芸的家乡则在北方县城，两人的第一个交集是在与凤兰市同省的绸城。

那个年代社会上大搞兵器研发，绸城工业大学开设了定向培养的兵器及弹药研究中心。

安业乐和詹小芸先后在研究中心学习，毕业后都被安排到了凤兰兵器工厂的研究所工作。

"其实他们结婚，还是我牵的线。"郭立甫干涩地笑了声，满脸褶子抖动。

花崇说："牵线？他们不是在绸城就认识了吗？"

"认识归认识，处朋友、结婚那是另一回事。我们那会儿啊，当领导的啥都要管。"郭立甫接着说，"我就是知道他们是同学，才想把他们撮合在一起的。当时他俩都到年纪了，也都离乡背井的，老家没什么人，早点定下来，成个家，也好互相扶持。我跟他们两个人都说了，安业乐还不好意思，倒是詹小芸大方，主动和安业乐聊天，还给安业乐带饭。"

"他们没谈多久，应该是都觉得对方很合适吧，就把婚给结了。"郭立甫又说，"在家里办了好几桌。对了，他们家就是厂子给分的房子，那一片现在没人了，但当时热闹得很。"

花崇刚从万兴路回来，目睹的萧条和郭立甫的描述形成鲜明反差。

"他们第一个孩子出生时，我和安业乐一起守着，他紧张得在医院直哭，我还安慰他，说你是你们家的顶梁柱啊，你哭啥？"郭立甫笑了笑，"挺顺利的，是个大胖小子。"

花崇情不自禁问："那第二个孩子呢？"

"第二个……"郭立甫想了好一会儿，眉间紧紧皱起，叹了口气，"第二个就没那么顺利了。说是难产，母子俩差点都过去了。"

花崇知道这个孩子不是柳至秦，但还是长吸了一口气。

"那阵子安业乐经常跟我请假。我们厂子里管得严，不像你们现在，想请假就能请假。"郭立甫说，"好在那时大家心很齐，谁家里有困难，大家能帮的就都帮一帮。安业乐的工作别人帮忙顶着，他研究所、医院两头跑，累得够呛。后来詹小芸的情况终于稳定下来了。不过比起老大，老二瘦小很多，我们还组织了一次捐款，让安业乐把孩子给养好。"

沈寻问："詹小芸两次生产，詹家和安家的亲戚都没有来帮过忙吗？"

郭立甫摇头："远亲不如近邻啊，他俩的老家都离得远，在凤兰没亲戚。就詹小芸难产那次，安业乐累得直接在路上睡着了，我问他咋不将两家父母叫来，他说詹小芸是从家里跑出来的，早就断了联系，他家里呢，父母都走了，只剩下关系一般的哥嫂，叫不来。"

"等等。"沈寻抬手，"詹小芸从家里跑出来？这是什么意思？"

郭立甫说："这事我当时没有详细问，后来出了事，我们联系家属，才知道詹小芸原本就是被收养的，他们那个县城很落后，詹小芸在家里就被当作丫鬟来使唤。詹小芸喜欢读书，和几个有同样遭遇的女子一起跑出来了。"

花崇诧异，看了沈寻一眼，沈寻眼中也是同样的疑虑。

詹小芸是被收养的，收养还需打一个问号，从詹小芸后续的遭遇来看，真的只是收养，而不是人口贩卖？

不管是收养还是人口贩卖，詹小芸的真实身份可能都是一笔糊涂账了。

"安业乐和詹小芸都很敬业，他们家老二生得不好，詹小芸的身体也垮了一截，当时都是大家有钱的出钱，有力的出力，硬是把老二给救活了，詹小芸也慢慢恢复过来。"郭立甫说，"他们心里感恩，安业乐几乎就住在山上，想把亏欠的都补回来。孩子大一些之后，詹小芸也住山上，夫妻俩轮流回去照看孩子，反正住的是家属区，食堂吃的管够，孩子啥也不缺。"

花崇以前听柳至秦说，父母回家的次数不多，即便是在出事之前，他们也不常陪在他和安择的身边，所以他对他们的印象一直不怎么深，他们在事故中死去，也没有给他造成太大的影响。真正将他拉扯大的是安择，父母从某种意义上来说，只是给了他生命。

此番听郭立甫说起当年的事，才为这对父母疏忽家中孩子寻到了合理的解释——他们并不是不疼爱两个尚且幼小的儿子，只是曾经欠了同事和领导太多人情，想要尽力补偿回来。

从这个细节可以看出他们性格中诚实忠厚的一面。

"那个新品是他们小组负责的，我们研究所分了好几个小组，各做各的项目，安业乐和詹小芸原本就是在一个小组。他们这种情况，按下面车间的规章制度，其实需要分到不同的小组，免得互相影响。"郭立甫说，"但是这种技术研发活又和工人的活不同，我试过了，把詹小芸调到别的组，但是效果不理想，最后还是让他们在同一个组。"

"出事时，安业乐已经是组长了，詹小芸是他的副手，只要新品安全投入生产，他们就可以休假了。"郭立甫眼中满是遗憾，"假条都已经放我那儿了。可能都是命吧。那两个小娃子，我们平时能照看都照看着，大的特别懂事，小的比较内向，不怎么说话，但我听说小的很聪明，小学就经常拿奖。"

花崇说："安业乐和詹小芸的后事是谁来处理的？"

"是厂里安排的，以前联系也不方便，我们尽力找他们的家人了，一个都不愿意来。"郭立甫叹气，"可能是听说有两个小孩，大的那个九岁，小的那个才六岁，都怕摊上麻烦吧。"

花崇说："他们一次也没有来过？"

郭立甫很确定："一次都没有来过，我和他们家在同一层楼，有什么事我都知道。"


沈寻送郭立甫离开，花崇还坐在座位上，手支着下巴，沉默。

沈寻回来时轻轻敲了敲门，花崇回神："沈队。"

"在思考什么？"沈寻刚才在茶水间冲了两杯咖啡，一杯放在花崇面前。

"谢谢。"花崇接过，咖啡的温度透过纸杯传递到指尖。他盯着纸杯，几秒钟后说，"现在疑点很多，第一是詹小芸的身份，沈队，我们需要去核实一下，詹小芸是詹家跟谁收养的，詹家说不说得出来她的亲人。"

沈寻说："你怀疑詹小芸本人就有问题？"

花崇点头，放下纸杯，站起来："来之前，我大致捋出一条线，安业乐和詹小芸生第二个孩子时，柳至秦也正好出生，有人因为某个目的，将两个小孩调包。当时医院管理不像现在这样严谨，只要制订好了计划，执行无误，调包一个小孩是很容易的事。"

沈寻说："但现在詹小芸的身份都没查清楚。"

"没错。"花崇眼色一沉，"她有没有可能和'银河'有关呢？她有没有可能，正是柳至秦和顾厌枫的亲生母亲？安择才是来路不明的那一个？"

沈寻思索须臾："那安业乐在其中又扮演一个什么角色？假设詹小芸和'银河'有关，安业乐是全然被蒙在鼓里，还是知道却装作不知道？还是知道，并且帮助妻子？"

花崇低头踱步："如果安业乐是被迫牵扯其中，当他发现自己被欺骗时，他会不会采取过激的行动？"

沈寻说："比如和妻子同归于尽？"

花崇神色渐冷："当时安业乐是组长，如果爆炸有人为因素，他其实是最可能动手脚的人。"

沈寻看向花崇："他不仅恨欺骗他的詹小芸，还恨将他们撮合到一起的工厂……"

花崇按着眉心，摇了摇头："也许我们已经偏离事实。最有可能的还是我之前的思路，有人在新生儿上做了手脚。"

两人都是擅长心理分析的刑警，但爆炸已经过去二十多年，而现在距离柳至秦出生，也已过去三十来年，蛛丝马迹早就被抚平，从一处疑点开始延展，每一个被卷入其中的人，当时内心的想法都像一个岔路，走错一个，就与真相背道而驰。

"其实问题就出在詹小芸的身世上。"沈寻说，"如果她出生在一个普通家庭，父母明确，出事之后，老家有人来送她最后一程，不至于是个孤女，那我几乎可以直接判断，在她第二次生产时，孩子被调包了。"

花崇点头："另外，如果顺着最初的思路，詹小芸和安业乐完全无辜，有人拿走了他们的孩子，利用他们为自己养孩子，但中途为什么要搞出爆炸？继续养着不好吗？即便要杀人灭口，也应该等到柳至秦大一些。我想不出他们那么早解决掉他们的原因。"

"前提是爆炸就是'银河'里的某些人动的手脚。"沈寻说，"不过这里还存在另一种情况——爆炸是谁也不愿意看到的意外。"

花崇搓了下手指："站在刑警的角度，我不得不往非意外的方向考虑。"

沈寻赞同："这一点我们是一致的。调包孩子的一方当时灭口的动机不太充分，不过跳到我们刚才讨论的情况——安业乐报复，这个动机就充分多了。"

"是。"花崇说，"但现在的线索太少，所有动机分析都很难落实。不管那场爆炸是谁引起的，詹小芸是不是柳至秦的母亲，现在仅有的一个结局是，柳至秦没有像顾厌枫、顾允醉一样被带走，成为'银河'的一员。"

沈寻喝完咖啡，捏扁了纸杯，"花队，你说柳至秦最终没有被带走，会不会和那场爆炸有关？"

花崇抬眼："嗯？"

"我们有两条思路，一是詹小芸的孩子被调包；二是詹小芸本身有问题，柳至秦就是她的孩子。不管哪种，柳至秦都和'银河'组织有联系，可是柳至秦的成长没有受到'银河'影响，如果不是顾允醉故意给出的线索，他自己，还有我们，恐怕永远都不会知道这个秘密。"沈寻说，"你们认为是安择的保护让柳至秦没有被带走，但其实那时安择也只是一个小孩子，他有那么大的能耐吗？"

花崇拧着眉："你是说，爆炸打乱了某些人的阵脚，使他们的计划出现了一个拐点？"

"但我不清楚到底是什么影响。"沈寻说，"目前最重要的时间节点一个是柳至秦出生，一个是爆炸。我下午查到了他的出生记录，是在万兴医院，这所医院以前是兵器工厂自己的医院。明天我或者你，请这边的同事帮个忙，过去看看有没有什么线索。"

花崇说："我去吧，詹小芸和安业乐的老家……"

沈寻说："放心，我派人过去。"

花崇想给柳至秦打电话，不说侦查情况，只是随便聊几句也好。但是现在情况特殊，柳至秦被二十四小时看守，使用电子设备要申请。虽然在特别行动队，柳至秦是自家人，但有必须遵循的规矩在那里，他们都不好破坏。

花崇握着手机犹豫了一会儿，刚将手机放进裤兜里，就感觉到它振动了起来。一看来电显示，花崇立马接起来。

不过那边传来的却是昭凡的声音："咳，花儿啊，柳至秦在我手上。"

花崇眼皮跳了跳，听见柳至秦在那边说："你不能好好说话吗？"

"你现在难道不在我手上？"昭凡跟柳至秦掰扯去了，"你打这通电话还必须经过我允许，我跟花儿说两句怎么了？"

花崇笑了笑，听这语气就知道柳至秦没有被为难。

昭凡话多，一唠叨起来就没完，柳至秦现在在人家"手上"，不得不低调一点儿："手机给我，下次去你们家，尝尝你新开发的菜。"

昭凡果然中招了："那说定了，手机拿去！"

听到柳至秦贴在话筒边的低沉嗓音时，花崇绷了一天的神经终于松了下来。


## 08


"今天我去了你小时候住过的地方——万兴路。"花崇微垂着头，一手拿着手机，一手摩挲着手指。

外面飘着雪，雪粒砸在窗户上，他胸膛里却烧着一团火。

柳至秦背身靠着桌子："那里没什么人了吧？"

"嗯。"花崇说，"都搬了，房子拆了一些，加起来可能只住了十多户人。"

柳至秦听了会儿，察觉到花崇情绪不太对。

花崇一直在说白天去实地勘查的情况，但是话里几乎找不到重点，都是一些零碎的、不那么重要的信息，也没有根据这些信息进行分析。

对柳至秦来说，这就是一个信号——花崇产生了某些想法，但又因为某些顾忌，而暂时不愿意和他说。

他大致能猜到是哪个方面。

花崇去调查的就是他的背景，安业乐和詹小芸的背景，横竖绕不过他的身世。新的想法也一定与他的出身有关，但花崇并没有彻底厘清，在说和不说上犹豫不决。

　　若是以前，花崇当然会告诉他。他们是重案组、刑侦一组的搭档，任何线索都能够共享。

　　可这次和以往不同，因为血缘，他陷入了一个极其尴尬又极其微妙的境地。花崇有所顾虑是必然的。但他也清楚，花崇的顾虑里占据着核心的是担心。

　　花崇不会怀疑他——他从不怀疑这一点。

　　花崇是怕爆炸的信息流、尚未得到证实的推断，影响到他的情绪。这个男人有一份别人模仿不来的细心。

　　柳至秦按理说此时应该被严格看管，但特别行动队上下都开了绿灯。花崇心中感激，但考虑到情况着实特殊，不便跟柳至秦说太多和侦查有关的事。

　　他并不知道自己刚才那一通对万兴路的描述，已经让柳至秦猜到了他的烦恼，他尽量让语气显得轻松道："你今天怎么样？"

　　柳至秦笑了笑："听话痨叨叨了一天。"

　　花崇说："嘘！一会儿让昭凡听见了。"

　　"他没在，手机还我就出去了。"柳至秦心里并不痛快，但花崇在外，他不想让花崇还来担心他，于是只挑好的说，"狗子在我这儿，我吃饭它也吃饭，吃完要给挠脖子，蹭我一身毛。"

　　花崇笑道："你陪陪它，咱们带着它，它都没在家里住几回，不是住警犬队，就是住昭凡那儿。"

　　"我陪它一天了。"柳至秦说，"狗东西懒，睡觉去了。就没见过哪只德牧像它这样吃饱睡，睡饱吃的。"

　　"懒有懒福。"花崇说，"打这通电话费劲吗？"

　　柳至秦笑："费劲啊，你刚才听到没，我得去昭凡家吃他新开发的菜。"

　　花崇温声说："不怕，我陪你。"

　　两人闲扯了会儿，默契地都不提案子。

　　挂断之前花崇说："你就把这段时间当作年假，养精蓄锐，外面有我们，一旦查清楚了，你就来和我会合，到时候有你忙的。"

　　柳至秦点头："辛苦了。"

　　花崇啧了声："跟……跟队长就别这么客气了。"

次日一早，花崇和凤兰市局的三名刑警赶到万兴医院。

万兴医院的名字是近几年才改的，属于公立医院，硬件、软件都比较差。以前它叫1075职工医院，兵器工厂的职工、家属看病都不要钱。

当年厂里谁生了病，谁要生孩子，都上1075职工医院，实在救不了了，才转移到其他大医院去。

和花崇一起来的一位刑警小时候就住在万兴路附近，但家里没人在兵器工厂工作，做的是别的营生。因为这一片当时只有1075职工医院一所医院，所以即便不是兵器工厂的人，大家有个感冒发烧之类的小毛病，也是上1075职工医院看去。

说起这医院，刑警直摇头，仿佛有天大的阴影盖在心头。

"他们那儿的护士基本没有经过培训，有的就是生产线上的女工。我小时候咳嗽去输液，回回手肿，她们能给我扎十多次都扎不准！

"还有打针，我动都不动的，脱了裤子扎屁股，她们都能扎到我骨头上去！"

旁边的警察同事直乐："你讲啥笑话呢！"

"鬼笑话！老子的亲身经历！"刑警又道，"医生有的也不是真医生，也是他们厂里的，可能就知道点医学常识吧，居然就能看病了！你们不住这儿，就不知道，1075职工医院没改成万兴医院之前，医死过挺多人！"

花崇立即警觉起来："医疗事故？"

"那年头还不叫事故，也没人监管，主要医死的也都是他们厂里的工人，赔点钱就完了，闹不出什么来，也就我们住在附近的知道。"刑警很感慨，"还是因为管理不规范，那些青霉素什么的乱用，卫生条件也不好。现在不一样了，改成万兴医院之后，就按照正经公立医院的规矩来，医生、护士都是专业学校出来的，虽然大病还是没法治，但总不至于还随随便便医死人了。"

花崇越琢磨，眉心就皱得越紧。

按照这名刑警的说法，当年的1075职工医院就是个巨大的黑洞，缺乏监管，也缺乏有能力的医生和护士。詹小芸在这里生产，她的孩子有很大可能正是在这里被置换的。

按照第一条思路——詹小芸并不是柳至秦的亲生母亲，那么柳至秦也是在这里出生的吗？他和顾厌枫的母亲选择了这里，生下他，然后用某种方式，让他成为安家的小孩，并带走了那个险些因为难产而死去的小孩？

花崇忽然停顿下来。

难产，虚弱，养不活。这是郭立甫昨天说起安家第二个孩子时多次提到

186

的词。

小孩出生之后，需要非常细致的照料，尤其是那些早产的、难产的孩子。

1075职工医院当时有妥善照顾安家第二个孩子的能力吗？

如果没有……

"我记得我隔壁邻居生小孩，还想去1075职工医院，便宜嘛，还近，但是被街坊给阻止了。"刑警又道，"生小孩可不比感冒发烧啊，他们连感冒都能医死人，更别说生孩子了。"

花崇问："1075职工医院有没有发生过生产上的事故？"

"有啊，咋没有！所以我那邻居最后才没去。"刑警说，"但都是很多年前的事了，也是他们自己的职工。唉，那医院就是不专业，医生、护士都不行，照顾不好人的。"

花崇不经意地收紧了手指。

柳至秦被放在安家，也许还有一种可能是，詹小芸的第二个孩子虽然生了下来，但没有渡过出生之后的难关。

这给了哪些人机会？

那么詹小芸知不知道？

警车终于开到万兴医院。此时是冬天里最为寒冷的时候，很多人感冒，医院大厅被挤得水泄不通。

花崇穿梭在里面，感到一丝晕眩，空气里弥漫着消毒水的浓烈气味，但仍旧掩盖不了人们身上的各种气味。

去年冬天，他莫名其妙感冒了，柳至秦陪着他在医院看病、输液。那时医院也很挤，他还因为生病而疲惫乏力，柳至秦始终在他身边，跑前跑后。

他甩了下头，他正在工作，分心是大忌。

但是这回他确实无法像以往那样从头冷静到尾。

他查的是柳至秦的身世，而柳至秦正被困在牢笼里。

终于挤到了楼梯旁，花崇擦了擦额角的汗，立即上楼。

市局已经跟医院领导说了上级部门来查案的事，副院长姓苗，头发花白，早就在办公室等着了。

花崇简单寒暄了几句，得知这位苗院长在1075职工医院还没有改为万兴医院时，就已经在这里工作，是为数不多的留下来的医生之一。

"我以前是麻醉师，你们肯定都知道，1075职工医院以前不算是正规医院，好些医生、护士其实都是厂里的工人。"苗院长说，"但我们麻醉师都得是专业的，后来医院改制，很多人都离开了，补充了大批新鲜血液，我们这些老家伙留下来了，重新学习、上岗。"

既然是1075职工医院的老人，那就是有门。花崇定下心来，问："我今天来，主要想了解一位叫詹小芸的产妇的情况。你还有印象吗？她是兵器工厂的研究员，在这里生下过两个小孩，其中第二次生产时难产，母子俩都险些没命。"

说到前面时，苗院长还一脸茫然，他当了大半辈子麻醉师，经手的患者不计其数，无法在短时间内想起其中一人。

但是当花崇提到难产、研究员，他轻轻"啊"了一声，仿佛想起了对方。

花崇说："你想起来了？"

苗院长说："你说的是不是后来死于车间爆炸的那个研究员？"

花崇点头："就是她。"

苗院长直摇头："那就对了，我记得她，她当时反复进手术室，情况很危险。不瞒你说，她这种情况，我们厂医院前前后后都出过事。"

花崇知道，"出过事"只是委婉的说法，苗院长不愿意揭开那块遮羞布，真正的意思其实就是产妇和孩子一起死去的事发生了好几回。

"她那种情况，只能听天由命，连转院都不行了。"苗院长眉心皱得很深，"她是厂里的研究员，和普通工人不一样，厂里领导专门打了招呼，让我们尽力，孩子没了就没了，但是大人一定要保住。"

花崇说："后来……"

"我不好意思说是我们的功劳。"苗院长摇摇头，"是她自己挺过来了，孩子也争气，母子平安。但是可能她命里就是有一劫吧，那次爆炸……唉，可惜啊。"

花崇说："但我听研究院的老领导说，孩子生下来不太健康？"

苗院长想了想："对，在监护室里待了挺长一段时间，他们当父母的都不能随便接触。不过我只是麻醉师，出了手术室，就不归我负责。你想了解监护室的情况，还得找当时的产科医生和护士。"

花崇问："他们还留在医院吗？"

苗院长遗憾地摇摇头："护士都走了，医生……你等等，我问一下。"

苗院长打了好几通电话，又找助理在内部系统上查了半天，说："记录都丢了，前些年把纸质档案换成电子档案，时间太久的都没有录入。负责詹小芸的两位医生都生病过世了。"

这就真的很难查了。

花崇思索了半分钟，说："苗院长，你看能不能查到詹小芸生产的前后，产科还有哪些产妇？"

"这……"苗院长看上去很为难，"纸质档案都在库房，要查应该能查到，但得耗费一些人力。"

"没事。"花崇又问，"我听说以前1075职工医院管理不是很规范，婴儿如果是在监护室，外人有没有机会靠近？"

苗院长一惊："你是说偷换婴儿？"

话已经问到这个份儿上，再遮遮掩掩就没有意义了，花崇点头："对，我们怀疑当时有人接触过詹小芸的孩子，用另一个孩子换走了詹小芸的孩子。"

苗院长瞳孔一缩，额前渗出汗水。

花崇等着他的回答。

"我们厂，我们厂……"苗院长像是自责至极，说得磕磕巴巴，并不连贯，"当时医生和护士的职业素质、个人素质都不高，换婴儿、偷婴儿都是可能的。我知道的婴儿丢失事件就有五起，但都是厂里的工人，后来厂里领导出来协调，都不了了之了。"

既然偷婴儿都这么容易，那么换婴儿就更方便了。花崇心跳缓缓加快，不由得想到三十年前的某一日，一个面目不清的人抱着一个熟睡的婴孩，悄悄来到监护室，打开了其中一个育婴箱，将怀里的婴孩放进去，又抱走了原本在箱中的婴孩。

谁都没有看见这一幕，但是两个婴孩的命运就此改变了。

那个被放入育婴箱的婴孩，甚至冥冥之中，与他的命运缠绕在了一起。

但这个面目不清的人到底是谁？柳至秦和顾厌枫的亲生母亲为什么一定要送走自己的孩子，迎接一个陌生的，甚至还没有脱离生命危险的孩子？

花崇紧紧压着眉心，迫切地想要找到答案。


沈寻将许小周、岳越以及另外几名特别行动队的成员调往安业乐和詹小芸的故乡。

成远镇和舒安县都是相对落后的小地方，尤其是地处北方的舒安县。

岳越在当地警方的协助下，找到了詹小芸名义上的弟弟詹小丰，她名义上的母亲朱真玉也还在世。

詹家务农，在舒安县不算富裕，但日子还是过得下去。詹小丰有一儿一女，女儿已经生了孩子，他当上了外公。

一见警察找上门，詹小丰立马紧张起来，听说警察是来了解詹小芸当年的情况时，詹小丰更是六神无主。

岳越拿着几分气势，上来就问："詹小芸是你的父母跟人买来的？"

人口贩卖是大事，要坐牢的，詹小丰马上否认："不是买，不是买，是抱养的！"

"跟谁抱养的？她的亲生父母是谁？"

詹小丰哪里答得上来，当地警察用土话给他交代一番，那意思是事关重大，来的是公安部的刑警，绝对不能撒谎。

詹小丰没办法，哭丧着脸说："事情都过了几十年了，我都有外孙了，你们怎么还拿这事来为难我？对，詹小芸就是我爹妈买来的，当时我才五岁，她七岁，可以照顾我，和我做个伴。那时候经常有人来卖小孩，都是从别的地方拐来的。犯法也不是我们一家犯法，就算要坐牢，也不该我坐牢！"

岳越看了陪同警察一眼。

对方也尴尬，几十年前小地方买个小孩，那是太普遍的事了，现在舒安县绝对没有类似的情况，可到底是在自家地盘上闹出的丑事，他觉得脸上无光，只得道："我们一定追查到底！"

岳越跑过数不清的乡镇，心里清楚这事情的困难，追查？怎么追查？

"买卖的合同还在吗？"岳越不抱希望地问。

"那哪有啊，当年就没那东西。"詹小丰极力辩解，"她虽然是买来的，但我爹妈待她不错的。"

岳越说："那她后来为什么选择离开？"

"这……"詹小丰低头，狠狠抓了几下衣角。

"她在凤兰市出事之后，你们也没有去看过她。"岳越说，"她离开时，就和你们断绝关系了？"

詹小丰嗐了一声："她不愿意待在家里，是她要放弃我们。我这么跟你说吧，当年我爹妈买她，是想让她今后给我当媳妇。我们没有亏待过她，她非要出去，我们也没有把她关起来！"

詹小丰越说越气："她不仁不义，不顾养育之恩，还要我们来帮她养孩子吗？"

岳越皱了皱眉。

"我们也穷，她两个小孩，我们养不起啊！"詹小丰吐了口唾沫，"那也不是我们家的血脉，她也不是我们詹家的女儿，警察突然就通知我们说她死了，留下两个不到十岁的小孩，要是你，你敢去接吗？"

万兴医院存放老资料的仓库挨着停尸房，由于大部分资料都已经转为了电子档案，这个仓库平时几乎没有人进去。门被打开时，一股潮湿的气味扑面而来，几乎所有人都不约而同地掩住口鼻。

翻找老资料是件既耗费时间又耗费人力的工作，好在孟奇友给花崇调来了足够的人手。

仓库没有取暖设备，大家靠着几台取暖器，扛着寒冷和枯燥，到底找到了詹小芸入院生产时的记录，以及同期住院的其他孕妇的记录。

## 09

三十年前，一所工厂医院的记录远不如现在完善，但也能够通过这份记录大致了解当时安家面临的困难。

七号床婴儿——詹小芸产下的孩子——在经历难产造成的宫内窘迫后，出现了缺血、缺氧性脑病，存在轻度脑水肿的情况。

此外，他本身还有病理性黄疸和感染性肺炎。

以1075职工医院的条件，七号床婴儿很难度过危险期，但詹小芸和安业乐坚持要救孩子。院内只有一个新生儿监护室，七号床婴儿出生之后一直待在那里，一个月内经历了四次病危，但后来奇迹般地好了。

脑水肿消失，黄疸和肺炎也被治愈。

花崇拿着这份报告找到苗院长，对方一看，脸色就沉了下来。

花崇说："这几乎是不可能的，对吗？"

苗院长重重地叹息："我那时一直待在手术室，詹小芸的孩子出生之后，我就没有过问了。我不知道，我不知道……"

花崇说："我并没有怪你。我只是想听听你现在的判断。"

良久，苗院长才道："这个记录比较粗简，孩子可能在有针对性的治疗下渡过难关，但以我对当年产科的了解，多半是治不好的，即便真的治好了，后续也会出现很多后遗症，一生都受到影响，无法独立生活。"

花崇眯了眯眼："具体可能出现哪些后遗症？"

"脑瘫、智力低下。"苗院长说，"肺病，器官衰竭……"

191

花崇抬手，示意对方不用再说了。

仅仅是智力低下这四个字就已经证明，七号床婴儿绝对不可能是柳至秦。

那个可怜的孩子在苦难中来到这个世界，为活下来而挣扎，然后在某个不为人知的时刻，被一个健康的孩子所取代。

1075职工医院除了接收兵器工厂的工人，还接收外面的患者，看病不需要多少手续，婴儿监护室也没有专人二十四小时值守，外来者想要换掉一个婴儿，不是一件困难的事。但是为什么被换走的刚好就是一个重病、很可能死去的婴儿？

他知道这个孩子活不下去了？詹小芸生产时，他就在医院？

也许是她？换小孩的正是柳至秦真正的母亲，她也在1075职工医院生产？

她有一个必须将孩子送出去的理由，而最终选择安家，是因为安家的孩子本来就活不成了？

花崇快速翻阅当初的产科记录，职工治病免费，其他人则需要支付不等的费用，支出这一项将职工和其他患者分明地区别开来。

初步筛查中，花崇尽量将时间范围扩大，找到了三十七名非兵器工厂职工的产妇，交给孟奇友的队员去一一调查。

三十七人中的三十一人很快被找到，她们都来自平凡的家庭，孩子也都过着普通的生活。

不是，都不是。

至于另外六人，其中有三人已经患病去世了，她们的家庭也没有任何特殊之处。剩下的就只有肖春燕、刘成娟、叶铃兰。

由于当时的户籍制度还没有完善到现在的地步，她们在1075职工医院生产，登记的仅仅有一个名字，这三人的名字在系统中都未查到。她们要么在之后改过名字，要么登记的根本不是本名。

苗院长说，以前来看病的人里，不登记本名的不算少见，有的人对医院本来就抱有偏见，不愿意自己的名字出现在医院。如果查出来，院方会要求患者提供有效证件；查不出来，也就不了了之了。

花崇盯着这三个人的名字，眉头紧锁。

单看名字，几乎不可能确定谁有问题。这三个名字都普通至极，那个时代的妇女很多都叫类似的名字。他还需要更多的信息。

花崇卷着资料，来到走廊上，给沈寻拨去电话："医院改革之后，产科的护士、医生换了一拨人，我现在能找到的只有两个人，她们在1075职工医院就职的时间都晚于詹小芸的生产时间。沈队，我必须找到詹小芸住院时的产科护士。"

沈寻沉默片刻，说道："我来办。"


王贞原来是凤兰兵器工厂的生产线工人，为了上生产线，还在技校当了半年学徒。可才干了不到一年，段长就把她，还有工段上的其他几个年轻女职工叫到一起，问她们愿不愿意去厂医院当护士。

王贞起初坚决不答应，她闻不惯医院的药水味，更不喜欢和病人打交道。但是回家把这事跟爸妈一说，爸妈立即带着她找段长，请对方一定要帮她拿下这个名额。

她懵懵懂懂的，后来才知道护士是肥差，工资比当工人高不说，家里谁生了病，在医院也有个照应。

王贞接受了三个月的培训，就和其他从厂里来的姐妹们上岗了。

她起初待在内科病房，后来因为受不了内科病人，被调到了产科。因为喜欢小孩，在这个岗位上一干就是多年，直到 1075 职工医院改为万兴医院，她这种并不专业的护士才全部被劝离。

如今王贞五十多岁了，和丈夫一起开了个盒饭铺，天天起早贪黑，卖饭给病人和病人家属，还算是医疗工作者。

花崇根据沈寻提供的信息找到她。下午 2 点多是一天里最闲的时候，她正在铺子里打瞌睡。

花崇和她聊了会儿，她挺健谈的，也没有因为被"扫地出门"而心生怨愤。

见对方谈兴不错，花崇才提到詹小芸、肖春燕、刘成娟、叶铃兰这四个名字。

王贞扯着围裙，想了半天："我有印象，但你得让我再想想。太久了，我怕我记不准。"

花崇适时提醒道："詹小芸是兵器工厂的研究员，后来车间出事，她和她的丈夫都在爆炸中去世，她的两个孩子都是在你们医院产科出生的，第二个出生时，你当护士刚好一年。"

"哦！"王贞说，"我想起来了，想起来了！原来是她啊！她真的很可怜的，难产，孩子好不容易生下来，又一身是病。"

花崇点头："对，就是她。这是我在仓库查到的治疗记录，她的孩子是七号床婴儿，被放在监护室。"

王贞接过平板电脑，看着拍下来的记录说："是的，就是这些病。我们当时私底下还说，这孩子肯定活不下来了，其实活下来了才是遭罪。你想，他出生时就有脑病，长大后很可能是个脑瘫，身体也弱，那可怎么办啊？父母总不能照顾他一辈子吧。"

花崇说："他好几次病危。"

王贞直叹气："可怜啊，孩子造孽，父母也造孽。"

花崇问："那是怎么突然好了？"

王贞愣了下："这……"

花崇拿回平板电脑："我查到的资料不太全，看完之后我有个疑惑，这个孩子情况那么危重，怎么突然就好了，出院了？"

王贞张了半天嘴，眼神有些躲闪。

花崇温和地问："是后来发生了什么事吗？"

"就是突然好起来了，这种情况挺少的，但也不是没有。"王贞脸色有些苍白，声音和刚才相比有些紧张。

花崇盯着王贞的眼睛，半晌才道："你好像有别的想法？"

王贞一下子将围裙抓紧。

花崇严肃起来："三十来年前的事了，如果不是非常重要，我们也不会逮着不放。你再好好想一下，想到了什么，就说出来。我等着。"

王贞低下头，过了几分钟，终于道："我也觉得不正常，但我谁也没说，因为我和科室都承担不起那个责任。"

花崇说："七号床婴儿被人换走了？"

王贞肩膀一下子绷起来："他突然就好了，病症全部消失，成了个健健康康的小孩。"

花崇说："除了你，还有谁发现了？"

"我不知道。"王贞摇头，"当时是我在监护室照顾他，但是那个地方，其实谁都可以去，我还有别的工作，不能一直守在那里。我把孩子抱给詹小芸，说孩子现在情况好转了。我当时一直在观察他们的反应，他们特别高兴，詹小芸都哭了。我……"

王贞不安地站起来："我一直不敢确定，是不是真的有人换掉了孩子，既然他们都认那是他们的孩子，我就跟自己说，那就是他们的孩子，是我想岔了。"

花崇今日找到王贞，更重要的是另一件事，他需要王贞回忆肖春燕、刘成娟、叶铃兰这三个警方无法核实身份的产妇。

"假如我明确告诉你，七号床婴儿的确被调换了，调换的人就是她们之一。"花崇指着平板电脑上的三个名字，"你觉得谁最可能干出这件事？"

"什……什么？"王贞满目惊讶。

花崇说："你好好回忆一下，她们都不是兵工厂的职工，入院登记的不是她们真正的名字，她们生下的小孩非常健康……"

"叶铃兰！"王贞突然颤抖着说出一个名字。

花崇拧眉："叶铃兰？"

"她经常抱着孩子和我聊天，问我其他小孩的情况。"王贞激动起来，声音轻微颤抖，"她很奇怪，别的产妇都有家人陪同，但她没有，从住院到生产，一直都是她一个人！"

花崇说："肖春燕和刘成娟有家人陪同？"

"我记不得了，我对她们没什么印象，但是应该有的，只有叶铃兰没有！"王贞语速渐快，"而且她住了挺长一段时间，一直没有办出院手续！孩子健康，母子平安，这种情况我们都会请产妇早些离开，回家休养。但是她说她在凤兰没有家，如果病床不算紧的话，她想多住一段时间！她经常抱着孩子在产科病房外走来走去，逢人便聊天，还去过监护室，是她，肯定是她！"

花崇再次翻到叶铃兰的入院记录，她的出院时间早于詹小芸的出院时间。

"她办了出院手续后没有马上离开。"王贞说，"我们床位有多余的，不像那些大医院那么紧缺。她和我们又都合得来，继续住着，也没人说她什么。"

花崇问："那她到底是什么时候走的？"

王贞想了许久，却茫然地摇摇头："我不知道，她好像忽然就不见了。她的所有费用都结清了，多住的那几天是提前交了床位费的，没有护理费和药费。"


花崇回到车中，看着前方青黑色的道路和两边白灰色的积雪，感到一切都清晰了。

那个化名为叶铃兰的女人先生下了顾厌枫，顾厌枫在"银河"组织中成长，最后成为首脑之一。

叶铃兰必然是"银河"里一个非常重要的女人。但是她后来一次生产时，却选择了凤兰市最不起眼、医疗质量最差的 1075 职工医院，全程没有一个人看护。

为什么？因为她在躲某个人，或者某些人？她不能让他们知道，她又生下了一个孩子？

这个孩子也绝对不能留在她身边。她不能让这个孩子像上一个孩子那样生活。所以她即便可以出院了，也一直留在1075职工医院，她和护士交流，和产妇交流，在病房和监护室外游弋。

她想要为怀中的孩子找到一个可靠的家庭。

在那个时代，工人家庭都很可靠，他们端的是铁饭碗，厂里就像一个小社会，几乎不会被外界打搅。她要用自己的孩子，去换一个工人家庭的孩子。

这也是她选择1075职工医院的原因。可是她始终无法下手。

她大约不是一个恶到极致的人，她不想去破坏一个家庭。可是怎么办呢？她也是一个母亲，她想要保护自己的骨肉。

她终于发现了目标。

七号床婴儿，难产造成严重脑病，还有黄疸、肺病，多次病危，吊着一口气，随时可能死亡。

她听见医生说了，这个孩子即便现在活下来，将来也会非常难。

她贪婪地看着七号床婴儿，他要死了，他马上就要死了！她是母亲，最懂母亲，目睹孩子死亡，是件多么痛苦的事。现在她可以帮詹小芸消灭这种痛苦了。

谎言只要是善意的不就是好的吗？这个世界本来就是由谎言构成的。只要谁都不揭穿，那它就是真实而美好的。

终于，她下定决心，悄然打开七号床婴儿的育婴箱，将怀中的健康男孩放进去，抱走了那个即将死去的孱弱孩子。


叶铃兰是谁？

这个问题在凤兰市已经找不到答案。时间像是一支充满刺鼻气味的修正液，将那些曾经存在过的痕迹都涂抹掉了。

你明明知道触目惊心的白色下面就写着真相，但是倘若将白色刷掉，真相也会变成一片一吹即散的粉末。

花崇想，被叶铃兰带走的那个婴孩，后来活下来了吗？如果死了，他一定被埋葬在某个看不见的角落。但如果他没有死呢？他还活着，叶铃兰会把他带到哪里去？

"银河"？还是别的地方？那这个男孩现在是谁？

花崇背脊上忽然涌出冷汗。

这个男孩有没有可能是顾允醉？顾允醉才是安家的孩子，柳至秦现在的人生是顾允醉原本的人生。他被夺走了人生，所以针对柳至秦？

可是那个小孩有严重脑病，治好也会留下后遗症。既然有脑病的小孩不可能是柳至秦，也就不可能是顾允醉。

顾允醉的母亲更可能和叶铃兰一样，也是所谓的"尘哀"。

柳至秦被叶铃兰"拯救"了，而顾允醉却没有。人总是倾向于将自己和身边熟悉的人比较，当年在凤兰理工大学，柳至秦不仅是顾允醉熟悉的人，还是一个非常像顾允醉的人。

所以顾允醉会盯着柳至秦？

花崇揉了揉眼睛，刚才的想法令他不寒而栗。

他其实无法简单因为脑病而认定，被柳至秦替换的小孩不是顾允醉。柳至秦和顾允醉年纪相仿，柳至秦曾经说过，顾允醉比他大几个月。

如果真的大了几个月，那顾允醉就绝对不是被替换的那个小孩。但年纪也可以修改。一切都可以修改。

花崇停下这无解的思考，想到了顾厌枫。在顾厌枫那里，也许能得到一些提示。

办公室的暖气烘得人有些烦躁，花崇将羽绒服和里面的警服外套都脱了，只穿衬衣。

沈寻刚得到詹小芸和安业乐两边家庭的调查报告，对花崇说："我们本来认为詹小芸可能与'银河'有关，但是既然叶铃兰现在已经浮出水面，那么詹小芸和安业乐极有可能是被叶铃兰选中，他们与'银河'无关，他们各自的家庭更是与'银河'无关。"

花崇想了想："现在重点在叶铃兰身上，我觉得她的动机很值得琢磨。她独自一人找到1075这么一家医院，辛辛苦苦把孩子生下来，却要把孩子换到别人家。我想来想去，很可能是因为她希望这个孩子能像平常人一样生活。她没有立即动手，而是在发现詹小芸的孩子可能活不下去时，才将孩子调包，说明她顾虑很多，她有负罪感，她只能以'那个孩子反正都要死了'来反复说服自己。"

沈寻说："如果被人找到，她的孩子就会被带回'银河'，她想要改变孩子的命运？"

花崇点头："凤兰市是个很关键的地方，她可能是逃到这里来，也可能是本身就被安排在这里的。"

沈寻侧过脸。

"因为当年出生在这里的并不只有柳至秦。"花崇说到这个名字时，口中忽然有些发涩，心也跟着沉了一下，"还有顾允醉。"

沈寻搭在桌上的手忽然收回："顾允醉也许就是被叶铃兰抱走的孩子！"

花崇说："我刚才也这么想过，所以后来他被黄伟带回'银河'。在'银河'里很可能有一个认知——只要是叶铃兰的孩子，就必须为'银河'所用。但是我又觉得不对。"

"年龄对不上？"沈寻说，"顾允醉和柳至秦虽然是同学，但是比柳至秦大半岁。"

"不仅如此。"花崇说，"年龄可以更改，叶铃兰用自己的孩子调换詹小芸的孩子时，两个孩子必须一般大，不然就会被看出来。但是之后，她完全可以修改孩子的年龄。不过七号床婴儿身上那么多病，危在旦夕，被叶铃兰抱走之后真的能活下来吗？即便活下来，能像正常人一样生活吗？顾允醉……这是个在学生时代和柳至秦不相上下的天才。"

沈寻拿起烟盒，转几圈之后又放下："所以你刚才考虑的是，当时有至少两名和'银河'有关的产妇来到凤兰市，叶铃兰生下了柳至秦，另一人生下了顾允醉？"

花崇说："我们可能正在接近真相。沈队，'银河'这张网似乎又变大了。"

沈寻点头："顾允醉在被黄伟带走之前，只是一个聪明的学生，来自普通家庭。对他而言，人生的变故就发生在被带走的这一年。可是站在另一些人的角度，打从出生，他将来的路就是确定的，只是他本人并不知道。这就是'银河'在凤兰铺就的网，里面有两个或者更多的产妇，有顾允醉，但柳至秦被从这张网上摘下来了。"

"因为叶铃兰的调包计划，以及调包六年之后的爆炸。"花崇的声音忽然变得很寒，"在抱走詹小芸那病魔缠身的孩子时，叶铃兰的人性里还存在着善意。但是后来，善意逐渐消亡，她发现只要詹小芸和安业乐活着，秘密就必然有败露的一天。要将她的孩子永远藏起来，那就只有让詹小芸和安业乐死去。"

沈寻终于点起一支烟，长久不语："这也……"

花崇摇摇头："或许还有别的解释，那场爆炸只是巧合也说不定。但目前，我暂时只能怀疑是叶铃兰。"

"在带走顾允醉之后，黄伟还在凤兰理工大学多待了一年。"沈寻吐着烟圈，"上次你们说他可能注意到了柳至秦，千方百计想要带走柳至秦，但现在看来，他可能还有别的计划。"

"我们只知道他带走了顾允醉。事实上，如果产妇不止两人，他关注的必然还有别的孩子。"花崇说到这里，只觉凉从脚起，头皮丝丝发麻。

躲在暗处的人可以做很多事，直到十数年后，三十年后，这些事才渐渐显山露水。

在警察与犯罪分子的角逐里，警察天生是"落后"的一方。1075职工医院里，一个婴孩被另一个婴孩替换；有着众多工人和研究员的车间，实验中的新品引发爆炸；一个普通的单亲家庭，一家三口突然失踪……

这些事拼凑成这座城市里的尘埃，有的喧嚣过，有的无人问津，最终都成为风干的一笔。

若不是顾允醉的出现，特别行动队根本不会查到这个地步，那么尘埃就永远是尘埃，匍匐在地，被雨水冲向江河湖海。

现在它们被扬了起来，等待着爆炸——看似无害的尘埃，也会爆炸。

"我这就回去。"花崇转过身来，"顾允醉一定有什么意图，我查到这儿来了，顾厌枫说不定有话要对我说。"


首都，特别行动队。

柳至秦在信息战小组的办公室和衣而卧，看上去像是睡着了。

今天天气不错，拉了一小半的窗帘遮不住冬季的阳光，但他躺的地方正好在阴影里，五官蒙着一层阴翳。

这阵子他无法在未经允许的情况下使用电子设备，手机偶尔用一下，电脑一直没有碰过，好像突然之间回到了电子设备还未普及的年代。

起初他烦躁不安，却又不愿意将情绪暴露在脸上。任谁看到他，都觉得他平和坦荡，昭凡还没心没肺地跟他开玩笑。但他内心非但不平静，甚至早就被风浪淹没。

被看管起来，不能正常使用电子设备是一回事，真正令他发狂的是身世的一点点明了。

现在没有谁告诉他凤兰市的调查情况，但人脑远比最精密的仪器神奇，他摸不着电脑，就一遍一遍地根据顾厌枫、顾允醉的话推理。

真相何其残酷，他对父母的感情不算深，因为他们在家的时间很少，并且过早离开，可是哥哥安择是他最重要的亲人，没有人能取代安择，那是一份独一无二的亲情。

可是现在他必须接受一个可能的真相，那就是自己的存在，让安择失去了真正的弟弟，甚至还有父母。

他就像一个吸血虫，自幼攀附在无辜的安家，善良的父母因他而死，最亲近的哥哥和他毫无血缘关系。

他生来便有罪。但是他们离开的时候，什么都不知道。他受着他们的照顾和关爱，却掠夺了他们原本的家庭。

他们永远不会恨他，对他们而言，他就是安家最小的、需要被疼爱的儿子。

这不公平。

他们的人生被改写，却连恨始作俑者都做不到。

一旦想到这里，柳至秦胸膛那一块就闷痛不止，恨意在血管里擦出一串飞溅的火星。

他的出生牵引着罪恶，他想把那些躲藏在阴影里的人一网打尽。他想加入战斗，想立即冲向那个看不见硝烟的战场。

他开始明白顾允醉为什么一定要将他拉入局中，因为他本该和顾允醉有一模一样的人生，他们都该成为"银河"，而不是一人成为"银河"，一人穿上警服。

他不想再被困在这里束手束脚，那些被他牵引来的罪恶，理应由他去斩断。

"呜——"二娃在窗边晒够了太阳，拖着毛茸茸的长尾巴，轻手轻脚走到沙发边，坐下，先是一声不吭地看着柳至秦，然后右爪抬起，搭在沙发沿。

大德牧聪明，二娃的血统虽然没那么纯，小时候因为遭过罪，胆子特别小，一点不威风，但是仍然算得上聪明。

柳至秦躺了多久，它就看了柳至秦多久。柳至秦闭着眼，脸上没有表情，只是眉心不怎么明显地皱着。

它已经嗅出柳至秦情绪不对了，不是消沉，也不是不开心，而是愤怒。

在发出第一声"呜"时，它着急地在沙发沿挪了挪爪子，小心地靠近柳至秦的手，但到底没有搭上去。它还在观察柳至秦。

柳至秦当然知道二娃过来了，但没有马上睁开眼。

又一会儿，手背上传来肉垫凉凉的触感。

二娃终于忍不住了，用爪子拍着他的手背，小声叫着，像是在安慰他。

柳至秦睁开眼，二娃立即甩起尾巴。

柳至秦坐起来，捧着二娃的头，片刻，在那立着两只大耳朵的脑袋上揉了揉。

花崇深夜赶回，特别行动队灯火通明。

外头寒冷，风里夹着细碎如刀的雪，他穿一件黑色长款羽绒服，是加厚的款式，帽子上有一圈黑色的毛。

楼里热，他将羽绒服脱了下来，搭在手臂上，里面的警服规整挺拔，他步伐很快，脚步有力，从走廊上快速穿过，手指按在电梯键上。

这个时间，等电梯的人不多，电梯里的人也不多。电梯门打开，他正要进去，脚步却一下子顿住，眼尾轻轻挑起。

电梯里的人没有出来的意思，像是下这一趟楼，就是专程为了迎接他。

不过柳至秦到底还是往前挪了几步，伸手，拿过他搭在手臂上的羽绒服，脸上挂着一丝笑意："还不进来？"

花崇回过神，连忙走到电梯里。

电梯安静地爬升，柳至秦说："你今晚就要见顾厌枫？"

花崇点头："我打听到一个名字，但侦查卡在这个名字上了，我们知道她的存在，但是她曾经是谁，往后又是谁，在凤兰市查不出来。"

柳至秦沉默了一会儿："你也可以问我。"

花崇唇角一绷，看向柳至秦的双眼。

那双极深的眸子里很平静，像夜色倒映在里面。可是他看得出柳至秦在挣扎，这个男人善于掩饰情绪，但是他早已在日复一日的相处中将柳至秦摸得明明白白。与生俱来的傲气令柳至秦惯于将那些痛苦、憋闷、彷徨隐藏起来，不需要任何人尝到这些不平与苦楚。

可是他看得见，品得着。柳至秦的倔强就像荆棘，堪堪维护着柳至秦的骄傲，却在他身上划下一道道细小的口子。

花崇在柳至秦背上拍了两下，几乎是用命令的语气道："你可以愤怒，可以不甘，你的怒火烧得越旺越好。但是你记着，你不是生来就带着罪。你最亲的亲人是受害者，但你不是加害者。安择给予你的是最真挚的亲情，你给予他的又何尝不是？"

电梯停下，在电梯门打开之前，花崇用力在柳至秦胸口捶了捶："你不是罪人，你是一名堂堂正正的警察！"

## 10

苍白的灯光打在顾厌枫脸上，他眯着眼，眼尾拉得很长，像是蜻蜓在湖心点上的一条水痕。

"叶铃兰？"他微笑着看向花崇，身子斜靠在椅背上，漫不经心地鼓了个掌，"你比我听说的更厉害，这么快就把那个女人找了出来。"

花崇此时穿着一件浅灰色的衬衣，神情肃穆，表面看上去似乎是平静的，但坐在他正对面的顾厌枫看得见他眼中烧得旺盛的怒火。

"她就是你的母亲？"花崇必须保持冷静。

"母亲这个词是不是太亲密了？"顾厌枫眉间显出一丝不屑，"仅仅是给予，并且还是被迫给予生命，就能被称作母亲吗？"

花崇睨眼道："至少，在血缘关系上，是她生下了你。"

顾厌枫抓了抓头发，唇边噙着浅淡的笑，上身往前方倾了倾，语气十足恶劣，"也是她生下了柳至秦。"

花崇瞳孔极轻地一颤，声线更寒地说："你和柳至秦，甚至还有顾允醉，是因为某个计划而出生？凤兰当年是'银河'组织一个重要的根据地，在那里诞下婴儿的不只是叶铃兰，还有其他女人。女人们是试验体，用更残酷的话来说，她们只是容器。"

顾厌枫脸上的那些散漫逐渐消失，笑意几乎被仇恨所取代，但他仍在笑，只是这种浸着仇恨的笑寒意砭骨。

"她们生下的小孩，将来会为'银河'所用，但是在一个既定的年龄段之前，他们生活在普通家庭，像所有普通小孩一样。"花崇说，"顾允醉是在初二结束之后被带走的，那么这个时间段应该是在初中。"

顾厌枫赞许道："继续说。"

"我一直在思考，那些孩子十多岁以前为什么会生活在普通家庭里，对自己的身世一无所知。"花崇说，"这趟回来的路上，我有些明白了。当年的'银河'和现在相比，只是一个屠弱的小怪物，它自身难保，不可能耗费大量的力气来养育女人们生下来的小孩，所以这些小孩被放在普通的、无辜的家庭。他们如果资质平庸，那他们大概这一生都不会知道自己为什么而出生，他们会被留在那个普通的家庭，然后继续过普通的生活。"

"只有像顾允醉，还有你这样的人，才会被强行带走，充当'银河'千万条虫足之一，然后又成为'银河'本身。"花崇继续道，"有些人看似是被放弃了，但被放弃的他们，似乎比被选中的你们更加幸福。"

顾厌枫换了一个方向跷腿："你的比喻真可爱，孱弱的小怪物。"

花崇等着他往下说。

"但我要纠正一个地方。"顾厌枫笑道，"'银河'从来没有缺过钱，将小孩丢在普通甚至贫穷的家庭，不是因为'银河'养不起他们，而是那样的环境，更容易激发一个孩子的潜能。困窘逼仄能做到的事，锦衣玉食不一定能做到。"

花崇有意在顾厌枫这里挖掘到更多信息："我相信犯罪组织不缺钱，不过既然能选择这种'散养'方式，那就说明，当时出生的孩子非常多，'银河'认为没有必要担负每个人的成长消耗。"

顾厌枫盯着花崇的眼，片刻后懒散地扶住额角："花队，其实我觉得你也有成为'银河'的潜质。"

监控室里的柳至秦面若覆霜，沉默地看着显示屏。

"说笑了。"花崇道，"我只不过是尝试揣摩你们的想法。顾允醉说，那些女人叫'尘哀'，我该怎么理解这个词？"

"灰尘的'尘'，哀伤的'哀'。不就是'尘埃'吗？"顾厌枫说，"多，且无足轻重。"

"无足轻重？"花崇说，"但叶铃兰显然不是个无足轻重的人。"

"她是。"顾厌枫提到叶铃兰，语气稀松平常，听不出分毫母子之情，"因为像她那样的'尘哀'实在是太多了，她和她的孩子，根本不算什么。"

花崇摇头："你在'银河'是无足轻重的存在吗？你们盯上的柳至秦，也绝非无足轻重。"

顾厌枫又笑起来："我的花队，你看到的是现在，但是在过去，没人知道现在是什么样。如果我天资愚钝，那我就是无足轻重的孩子，就是被放弃的孩子，我成不了现在的'银河'。"

两人沉默地对视，顾厌枫似乎心情不错，主动打破了沉默："我说过，'银河'有得是钱，也有得是权，连人体试验都能做，'尘哀'还有'尘哀'的孩子，当然能拥有无数个。"

花崇控制着惊讶："人体试验？"

监控室里，程久城也讶然道："人体试验？"

柳至秦却一声不吭。

他置身局中，他就是"尘哀"的孩子。

这段难捱的日子，他不断复盘，在记忆里深挖儿时的记忆，将自己代入顾厌枫、代入顾允醉，已经摸到了一条隐约的线，但他没有告诉任何人。

现在顾厌枫将这条线明明白白地甩了出来。

他站得纹丝不动，但眼前却有些摇晃，地板和天花板仿佛在起伏晃动，他看见的色彩一会儿浓墨重彩，是令人作呕的鲜艳，一会儿又变成暗淡的黑白灰，像一幅从墓穴里挖出来的水墨画。

他用力深呼吸，将监控室里不算清新的空气灌入肺中，强迫自己冷静，再冷静！

顾厌枫忽然放肆地笑起来，癫狂、纯粹、傲慢、目空一切。

花崇拧眉看着他，并未出声打断。

"'尘哀'就是在人体试验中被改造的女人。"顾厌枫的笑容有几分自嘲的意思，"数量众多的试验体，即便是最成功的试验体，那也还是试验体。'尘哀'这个名字很好听吗？可再好听，仍然是灰尘，而我们这些灰尘的小孩，如果生来残疾，或者没有聪明到某种程度，那就比灰尘还要不如。"

花崇着实震惊。

他早就知道"银河"必然有一个巨大的秘密——"银河"有大量精通网络的人才，可他们被外界熟知的犯罪仅仅是人口与器官贩卖。

可他没想到，这个秘密会是人体试验。

这简直荒唐，但"银河"明面上的人口、器官贩卖又与所谓的人体试验有千丝万缕的联系。

花崇手心出了一层薄汗。

"怎么，害怕了？"顾厌枫说着点了点头，"也对，你还有你的兄弟，都只是刑警而已，你们抓得最多的是什么？连环杀人魔？反社会分子？最凶残的也就是毒贩了吧？今天我是不是让你长了不少见识啊？"

花崇稳定着情绪，说："如果你没有撒谎，那么'银河'早在三十多年前，就已经开始人体试验了，现在改造到哪一步了？"

顾厌枫收敛笑容，眼神流露出一抹嘲讽："你凭什么认为，我会告诉你？"

花崇站起来，居高临下："你来到这里，不是一直在等待我查到叶铃兰这个人吗？"说着，花崇双手撑在桌沿，"你等待着倾诉的机会，不是我请求你告诉我，是你渴望告诉我。"

顾厌枫抬头望着花崇，轮廓在阴影里如同沾上他不断提及的尘埃。须臾，他低沉地哼了一声："我如果说试验失败了，你会相信吗？"

花崇说："相信。"

顾厌枫一怔。

"失败，所以才有下一步行动。"花崇说，"但是试验的目的是什么？为什么被改造的都是女人？"

顾厌枫说："因为女人才能成为容器！"

花崇脑中忽然掠过一道闪电，他猛地挺直腰背，一个想法像是从黑暗的水中显露出来——被改造的是女人，但是她们并不是改造的最终目的，她们产下的后代才是！

花崇骨节发出极轻微的响动，眼皮不可控制地疯狂跳动。

三十多年前，"银河"寻找到大量女性，她们或主动或被动地加入了一个人体试验计划。

试验风险极大，并且只能在人身上进行。所以在前期，绝大部分试验者在痛苦中死去。但试验并没有因此停下，疯狂的主导者继续捕获女性，将冰冷的仪器、药物埋入她们的身体。

她们已经定型了，可以被塑造的是她们的后代。所以她们只能是容器。

试验推进，终于有了疑似被改造成功的人，她们有了新的名字——"尘哀"。

"尘哀"们像牲畜一样受孕、生育，一时间，许多新生儿诞生。

因为母体被改造，新生儿中的一部分出生就残疾、智力低下，这些人被抛弃，而剩下的健全的婴孩，谁能断定他们就是主导者想要的天才？

于是他们被分散到普通，不，分散到条件艰苦的家庭。像顾允醉、顾厌枫之类的孩子日后被视为成功品，从普通的世界被接回"银河"深处。

那么其余的失败品，却继续过着平凡无奇的生活？

不，失败品可能还有别的用途！

一块一块残片在花崇脑中拼接成趋于完整的画卷，他脊背上早就冷汗淋漓。

叶铃兰诡异的行为终于有了一个足够强烈的动机支撑，她是"尘哀"，无论她以什么方式成为"尘哀"，主动或是被迫，她都是受害者，而她的后代将继续成为受害者。

她的后代必然是怪物！

她已经在"银河"的注视下生下一个孩子，那就是顾厌枫，她无力保护他，她什么都做不到。再次怀孕时，她脑中仅剩下一个疯狂而决绝的念头——不管怎么样，她要保护他，将他从"银河"的爪牙下救出去！

她要把他藏起来，如果他是个正常的小孩，那么就过平凡的、普通的生活！

"三十年前的试验并不成功，因为'尘哀'们生下的小孩子，几乎全是废物。"顾厌枫说，"他们想得到天才，强大的身体、被完备开发的大脑，理想中，这些'尘哀'的后代轻易不会染病，他们是优于现在人类的'超级人类'。'尘哀'经受非人的罪，为的不就是培养出'超级人类'吗？"

监控室一片死寂，没有一个人说话。

"银河"神秘庞大，它在R国盘踞了十数年——如今看来，它的历史远不止警方掌握的十数年。这么一个怪物般的组织，在世界范围内进行着关于人的交易，危险性和受关注程度远不如毒贩和军火走私商。

现在它的真容终于显露出来了。

"可惜，即便过了三十多年，这个愿望还是没有实现。"顾厌枫说，"'尘哀'生下的并不是什么'超级人类'，有一些因为母体被改造而带有严重缺陷，而大部分都和你们一样。"

花崇说："和我们一样？"

顾厌枫摊开手："就是普通人啊，智力高一点，智力低一点，身体好一点，身体差一点，什么都有。"

花崇说："那你和顾允醉？"

"顾允醉是个天才，但我不是。"顾厌枫说，"但他也不是什么'超级人类'，安岷也不是。'尘哀'无数，'尘哀'的孩子更是无数，其中有一两个天才，在概率学上来说不是再正常不过的事吗？"

花崇沉默。

当初顾允醉刚出现时，他与柳至秦做过好几个方向的推断，但是现在，这些推断都被推翻了。

"现在你明白'银河'有多超乎想象了吧？"顾厌枫像是倦了，打了个哈欠，睫毛湿润，眼神近乎无辜，"但是他们并没有放弃，我不算什么，顾允醉……"顿了几秒，顾厌枫才笑着摇了摇头，"他也不算什么。不过在试验真正成功之前，他是'银河'最聪明的人，这一点我可以向你保证。"

花崇说："那你们想做什么？"

顾厌枫半眯着眼，片刻，却低头笑了起来："你是问我，还是问顾允醉？"

花崇说："都是。"

"可我为什么要告诉你呢？"顾厌枫说，"今天我已经告诉你够多了，这是你拿叶铃兰这个名字跟我换的。她虽然是生我的人，可是她也没有那么重要，换不了更多的东西。"

花崇从专门为顾厌枫打造的审讯室里出来，疲惫地捂着额头。

他刚从凤兰市赶回来，几乎没有休息就开始审问顾厌枫。以前虽然也有这样高强度工作的时候，但是这个案子就像一场黑夜里的暴风雨，他与它周旋，几近精疲力竭。

门被关上之前，顾厌枫看着花崇的背影，见它被门扉裁剪成细窄的一条。视线被彻底阻绝时，顾厌枫有一个极轻的动作，像是战栗，又像是僵住。

门锁合上的声音如一声熟悉却久远的梆子，瞬息之间，将他拉扯到了很久之前。

那时他还不叫顾厌枫，这个名字是后来被带回"银河"，认识了顾允醉才取的。

挨着R国的汛野镇，一到冬天，两条腿就冻得像不是自己的。他才丁点儿大，就用砖头将一个试图欺负他的年轻男人敲得脑袋开花。

那个男人叫什么来着？对，叫邢小伟。

他的母亲早就死了，家里就一个憨厚的父亲。父亲姓甘，他的第一个姓也是甘，甘小枫。

父亲说，母亲当年怀上他时，他们还在南边打工，枫叶似火，热情、旺盛。母亲希望他的生命也能像枫叶那样绚烂，于是给他起了这个名字。但在他长大的汛野镇，根本没有枫树，他从来没有亲眼见过枫叶。

他过着最普通的生活，因母亲生病耗光了家里的积蓄，父亲这几年四处打工，他成绩不错，不怎么用功也能考入年级前三。

他拿着砖头，身上全是血，白天不敢动，到了深夜，才急急忙忙跑回家中。他的样子吓坏了老实巴交的父亲。

他说自己可能杀死了一个人，父亲当场晕厥。

父亲帮不了自己，他觉得自己肯定要坐牢了，然而第二天，第三天，第四天……警察来找过他，他从别人口中得知警察认为杀人的是个孩子，他们问过他很多问题，却都无法确定他就是凶手。

邢小伟的家人四处打听，不久全城都知道，那个从省会回来的大学生被人砸死了。

那家人甚至找到了他们家，父亲一个字不敢说，畏畏缩缩的。他看着那些陌生的面孔，不知怎的，恐惧和慌张一扫而空，镇定地说："我不知道，我没见过他。"

警察和那家人都没有放弃，但直到他离开汛野镇，也没人找到那具尸体。

他是怎么离开汛野镇的来着？顾厌枫皱着眉回忆。

他很少想起以前的事，它们太像蛇了。他与他的蛇是共存的。他怀疑他的蛇有朝一日会咬他一口。

他想起来了。

一个他见过好几次的男人将他扔到车里，车门旋即上锁。他看向家的方向，那里火光蔓延，热情、旺盛。

他没有见过枫叶，他最终见到自己的家变成枫叶。

车在雪地中开了很久，黑夜与白天不停地倒换，当他被人从车里抓出来时，已经身在 R 国。

基地里有几个和他一般大的孩子，他是最瘦小、最苍白的一个。

高大的男人站在他面前，问他是怎么杀死那个大学生的。他第一反应是完了，这次真的要坐牢了。

对方却只是笑了笑，然后丢给他一把斧头，指着窗外的院子里一个被束缚着手臂的人，说："好孩子，'尘哀'的好孩子，天生就会杀人，你去，再演示给我看看。"


## 11


程久城的办公室弥漫着咖啡的香气，花崇握着装咖啡的纸杯，指腹在杯壁上摩挲，一时没有说话。

柳至秦坐在他斜对面，面前的桌上也放着一个纸杯。

此时已是凌晨 3 点半，这一宿对谁来说都不轻松。

办公室里每一盏灯都开着，花崇凝视落着光的咖啡。他明明握得很稳，可是水面却仍在晃动，极其细微，也许是他掌心传达的颤意。

"程队，我刚才审顾厌枫时，你们都看了全程吧？"将视线从咖啡上挪开，花崇终于开口。

"辛苦了，审他特别累。"程久城看向花崇，眉间的褶皱深了些，"他现在还在审讯室。"

花崇转向墙上的显示屏，只见其中的一个屏幕上显示，顾厌枫正趴在桌上，似乎是睡着了。

摄像头的角度不太好，拍不到顾厌枫的脸，他睡得毫无动静，像已经死去一般。

"从你离开，他就这样。我们的队员去叫过他，但他不愿意离开。"程久城说，"不知道又在动什么心思。"

"随他吧。"花崇转了回来，面容严肃，"程队，我这趟从凤兰带回来的信息，加上岳越、许小周对安业乐、詹小芸背景的调查结果，能不能排清柳至秦身上的嫌疑？"

闻言，柳至秦叠在一起的双手轻轻一握，这力道让骨节倏地泛白。

"我需要他跟在我身边，我可以对他的一切行为承担责任。"花崇的语气非常认真，"经过刚才的审讯，以及沈队发回来的报告，柳至秦的背景我相信你也已经捋清楚了。安业乐和詹小芸对发生在他们身上的事一无所知，詹小芸只是碰巧和叶铃兰住在同一家医院待产，安家的第二个孩子因为难产，而出现了一系列危重情况，这吸引了叶铃兰的注意。"

说这番话时，花崇并未看柳至秦。但他知道，柳至秦看着自己，那道目光和以往不同，它藏着难言的愤怒、愧意。柳至秦正在承受煎熬，这是柳至秦必须迈过的坎，而他不能替柳至秦承受，他唯一能做的，是自始至终相信柳至秦。

"叶铃兰是'银河'人体试验计划的受害者，她已经踏入那一条污河，没有办法上岸，只能看着自己和自己孕育的小孩越陷越深。"花崇按捺着心中的不忿，以一种冷静至极的声线继续道，"她的第一个孩子，也就是顾厌枫，被放在边境上的普通家庭，她非常清楚，顾厌枫将和她一样成为试验体，她已经救不了他，还能挽救的只有腹中崭新的生命。"

"她靠着某种手段，暂时脱离'银河'的监视，在1075职工医院将自己健康的婴儿调换，从此以后……"花崇喉咙轻微干涩，那些话如同带刺，从喉咙滚过时刺得他又麻又痒，"她的孩子，就不再是悲惨的试验体，他不用像她和顾厌枫一样一辈子生活在冰冷的视线下，他可以有一个正常的人生。"

柳至秦半垂着头，灯光的阴影让他的轮廓显得越发冷厉。

"被叶铃兰带走的孩子后来怎么样了？叶铃兰是不是还活着？"花崇说，"不知道，顾厌枫不肯交代，我们手上也没有线索。至于兵器工厂那场爆炸，我判断，很可能是叶铃兰为了永久隐瞒柳至秦的背景而蓄意制造的。"

程久城提醒道："花队！"

花崇点点头，看了柳至秦一眼："我有分寸。"

程久城叹气。

"我和沈队在凤兰市就已经讨论过，假如那场爆炸是叶铃兰策划的，她的动机似乎并不充足。"花崇说，"她为什么要在她的孩子还没有长大成人之前，杀掉孩子的养父母？但是假如策划人不是她，还能是谁？"

花崇自答："只能是她。秘密只要有另一个人知道，那就不是秘密了，她担心有朝一日，安业乐会将秘密告诉妻子。"

柳至秦看了过来。

花崇压抑着内心的情绪，继续说道："叶铃兰换走孩子时，安业乐是知情者，也是协助者。"

程久城讶然："这……"

"他没有办法，作为一个父亲，他不愿看着自己的孩子死去；作为一个丈夫，他更加不愿意看着自己的妻子因为孩子的死去而痛不欲生。"花崇语气冷静得近乎冷漠，可是尾音却带着几乎听不出的颤抖，"病重的孩子已经没救了，转院、手术，都没有用，这个家庭也负担不起去大医院治病和后续养育的费用，安业乐也许和妻子商量过，放弃吧，但是詹小芸拒不同意，她舍不得这个孩子。"

花崇吸气："换掉孩子，是安业乐和叶铃兰共同实施的计划。"

柳至秦轻声道："我小时候，他们每次从研究所回来，我爸都会给我哥带一个亲手做的玩具。我太小了，玩不了玩具……"

花崇别开脸，不去看柳至秦。

他还记得上次柳至秦给他讲到玩具时，他作为一个局外人，感到奇怪，为什么一个孩子有玩具，另一个孩子却没有？

柳至秦解释的也是，那时自己太小了，还不到玩玩具的时候。

可是哪个小孩子，不喜欢玩具呢？后来拿玩具来逗柳至秦的是安择。

安择把拥有的一切，都分给了疼爱的弟弟。

"这是那场爆炸唯一合理的解释。"花崇继续说，"叶铃兰后悔了，人是最没有办法控制的，她自身难保，更没有办法去约束安业乐。所以安业乐必须死，并且要死得像一场意外。"

好一会儿，柳至秦才点了点头："是这样。"

"种种证据显示，柳至秦现在能够成为我们中的一员，背后的确有许多人为造成的悲剧，一个秘密要用其他的秘密去掩盖，叶铃兰从最初的'尚有良心'，逐渐变成了一个疯子。"花崇又道，"但她做的这些事，柳至秦并不知道。是顾允醉将这一切扔到了我们面前。"

柳至秦喉结滚动，似乎想说话，但最终忍了下来。

"一个人选择不了出身，决定不了他父母的言行，影响他的不是血缘，是抚养他长大的人，是后来陪伴他的人。他能够选择和决定的，是他的现在和未来。"花崇双眼明亮，从那双眸子里绽放出来的，是温柔却异常坚定的光芒。

"如果过去不堪回首，我把我的人生交给你。"他对柳至秦说，"你拿去装饰将来。"

柳至秦眼中的光登时凝聚。

"程队。"花崇又转向程久城，"我需要柳至秦，这个案子，更需要柳至秦。"

柳至秦从座位上站起来，背过身，走向窗户。

花崇和程久城都向他看去，谁也没有说话。

夜色投映在窗户上，像一个黑色的透明笼子将柳至秦束缚起来。笼子并不牢固，却铺陈在天地之间。他可以将它打碎，但是它无处不在。

他看着玻璃上自己紧蹙的双眉，继而看到后面，花崇那一道凝视的视线。

现在，他们在同一个笼子里了。花崇没有帮他将笼子砸开，却走进了他的黑夜。

"我需要柳至秦。我为柳至秦的一切行为负责。"他耳边，是花崇刚才对程久城说过的话。掷地有声，坚定不移。

柳至秦深深呼吸，右手不经意地抬起，用力压在胸口。像是将那无形的承诺握在了手中，再刻在心脏上。

程久城压着唇，没有立即给花崇一个答复。

此事着实特殊，他固然相信柳至秦，但柳至秦是否能够归队，却不是他一个人能够决定的。

花崇明白其中必须走的程序，自然不会逼着程久城给承诺，仍是商议要事的态度和语气，但是话题却不再围绕柳至秦，"顾厌枫透露了两条重要的信息，一条是三十多年前，'银河'进行过人体试验，我认为这应该是'银河'的初次试验。"

程久城坐回座位："确实出乎所有人的意料，人口和器官贩卖只是他们的外衣。"

"所有人，是指我们和 R 国警方吗？"花崇突然问。

程久城一怔，很快明白花崇的意思："R 国警方其实早就知道？"

花崇说："一线警察应该和我们一样，并不知道内幕，但是高层中必然有人清楚'银河'到底在做什么。三十多年前，'银河'还在我国生长，起码三十多年前的人体改造试验，曾经在我国进行，凤兰市是'银河'的一个重要据点，叶铃兰能够在凤兰隐姓埋名，也能够制造一起爆炸事故，顾允醉出生在凤兰，黄伟在那里神不知鬼不觉地将他带走。但'银河'逐渐为人熟知时，却是在十多年前，那时它的触角似乎已经退出我们这片土壤，专注于 R 国。"

花崇眼神锐利，像一柄刺向迷雾的剑："因为他们在摸索中发现，这片土壤无法为它提供庇护，任其吸血繁衍。它能够在 R 国生长成现在这样一个庞然大物，是因为那里有人供养它。"

"而它明面上的犯罪仅仅是人口贩卖。"程久城说。

如果花崇的判断接近真相，那么"银河"就是覆盖在天际的巨大阴影，特别行动队的精锐能够打掉它的外衣，捉拿所谓的首脑和高层，但是却没有伤及它真正的根系。

顾厌枫是试验体"尘哀"的后代，他仅仅是一个供"银河"观察的试验体。

花崇接着说："第二条信息是，这个持续了三十多年的试验以失败告终，'银河'组织希望通过改造母体，诞生智力、体力远超正常人类的下一代，但是不管他们的科学家怎么在母体上用功，下一代都没有达到要求，一部分残疾，一部分智商低下，大部分就是平凡的你我他。我猜，只要不是明显的残疾或者智商低下，这些后代被带回了'银河'，进行严苛的培训。"

花崇看了柳至秦一眼，又迅速将视线转回来："智力惊人的顾允醉成了其中的佼佼者，但即便是他，也不是'银河'想要得到的'超级人类'。他成为新的'银河'首脑，藏在顾厌枫的阴影里，而新的试验又开始了。"

"没错。"程久城说，"照顾厌枫的说法，'银河'没有因为试验失败而放弃，但它新的试验是……"

"还是作用于人。"一直没说话的柳至秦在窗边转身，眼中黑沉，"'银河'的根本目的，就是'生产'出一批在能力上超越正常人类的人，一次失败了，那就进行下一次。"

"但是……"程久城感到一股麻意在身体里猛窜，他跟各种各样的犯罪分子打了半辈子交道，穷凶极恶的毒贩、将虐杀当作乐趣的变态杀人狂，这些类型的个人和组织他都接触过，但是为了改造人体而延续了至少三十多年的组织，他闻所未闻。

"但是这需要的不仅仅是金钱，还要技术、人才。"程久城说，"这种人体基因工程……'银河'哪来这么大的能量？"

"所以它必须依附在一个更加庞大的群体上。"花崇说，"这也是它离开我们的国家，去 R 国落地生根的原因，那里有供它发展的土壤。"

花崇顿了会儿，又道："'银河'所进行的改造试验，目前在世界任何地方都是绝对非法的，但是据我所知，基因之类的试验一直以来都在秘密进行，总有人愿意为其支付巨额费用，也总有疯狂的科学家愿意冒险。"

柳至秦说："但很显然，它们都没有'银河'强大。"

程久城拧眉沉思，忽然道："不对！"

花崇抬起头。

"如果按照我们刚才的分析，三十多年前，还不够庞大的'银河'游弋在我国北方和 R 国，被改造成为'尘哀'的很多是我们国家的女性，她们生下的孩子被寄养在贫困家庭，后来因为我们国家缺乏'银河'成长的土壤，它才放弃并且带着一部分有潜力的孩子躲藏在 R 国。"程久城说，"为了打掩护，它故意伸出无数条人口贩卖的触角，这些触角就是放出来让 R 国警方砍的。"

花崇点头："是这样。我们先前得到的关于'银河'的信息，都是它出现于十多年前。"

"那不是矛盾的吗？"程久城说，"'银河'在 R 国算是发展得游刃有余吧？警方就算再怎么行动，打掉的都只是它的触角，它只要还在被庇护，核心就不会受损。它逃离我国，是因为它的试验在我国必然会被打掉，那它近年来为什么还要把触角伸过来？"

"这就是我想提出的问题。"花崇面沉如水，"因为'银河'内部，有人想向我国警方借力。"

柳至秦低喃道："顾允醉。"

程久城讶异道："是他？"

"我接下来的推断不一定准确，但算是一个方向。"花崇走到桌边，清了清嗓子，"顾允醉在被带走之前，和柳至秦被告知身世之前一样，并不知道自己身上背负的东西。他的家庭并不富裕，父亲为了拉扯他和妹妹，时常连家都不能回。他比绝大部分同龄人都聪明，即便是在聪明人扎堆的理工大竞赛班，能和他打个平手的也只有柳至秦。那时候，他对未来，一定有宏大的梦想。"

花崇顿了顿："如果他不是'尘哀'的孩子，如果在初二的暑假，他没有被黄伟带走，他现在也许已经让父亲和妹妹过上幸福富裕的生活——他有这个能力。"

"顾允醉不是自愿成为'尘哀'的后代，也不是自愿被黄伟带走的。"花崇和柳至秦对视片刻，语气近乎冷酷，"我代入柳至秦的视角考虑，当年被带到'银河'，得知父亲不是亲生父亲，妹妹不是亲妹妹，很可能还目睹了他们的死亡后，顾允醉一定对'银河'、对这荒唐的一切痛恨至极。他甚至可能发过誓，要毁掉'银河'。"

柳至秦别开视线，眼中闪过一丝痛苦。他忽然发现，自己竟然能够理解顾允醉。他们都是"尘哀"的孩子，生下他的女人用别人的命，很多条别人的命，换他像普通人一样活着。他捏紧的拳头狠狠抵在桌上。

"不过当年，十多岁的顾允醉大概还不知道人体改造的真相。"花崇继续道，"他被安排和其他少年一起学习、训练，他们中的一些人，后来负责'银河'的网络入侵任务，毫无疑问，顾允醉是其中的佼佼者。不，佼佼者都不能形容他……"

花崇思索了会儿："他的天赋让他过于突出，当年那些进行试验的科学家，可能认为，他是一个成功的试验体后代。所以他被特殊照顾，比其他少年有了更多权限，以及和更多'银河'高层接触的机会。在这个过程中，他逐渐摸到了'银河'的核心秘密。"

柳至秦说："他也发现了'银河'的真相。"

即便说的是在脑中过了无数遍的推断，但真正将它说出来，花崇仍是感到一股寒冷。

这股寒冷令他在开着暖气的办公室里生生打了个寒战。

"他的能力让他很快在'银河'伸出来的触角，也就是网络犯罪、人口贩卖这条线上成为首脑，并且他还能够支配别人，隐藏在顾厌枫身后。"花崇说，"他貌似是'银河'里的强权者，但是他仍然没有办法向那个庞然大物复仇。能够为他所用的是顾厌枫，我觉得顾厌枫是自愿被他推了出来。"

"顾厌枫也是那场人体改造试验的受害者。"柳至秦说，"他们可能在十几岁时就在'银河'相遇了，彼此依靠，又彼此影响。"

花崇说："顾允醉说，顾厌枫也说，在他俩的关系中，顾允醉是绝对强势的一方，能够完全支配顾厌枫。他们当年在'银河'发生了什么，只有他们自己知道。顾允醉是怎么发现柳至秦也是'尘哀'的孩子的，这恐怕也只有他们自己知道。"

空气似乎被一个看不见的袋子勒紧。

"从顾允醉发现柳至秦是他的'同类'后，他就开始计划。"花崇声音发沉，努力按捺着情绪，"当时我们在凤兰市锁定了他，但最终还是让他逃了，他在影像中对柳至秦说，是因为柳至秦参与了年初对'银河'的围剿，井水不犯河水，如今井水犯了河水，所以他要复仇。"

"我本来接受了这个说法，但是现在我必须推翻他的解释。"花崇说，"他这话是说给那些盯着他的人听，蒙蔽那些隐藏在'银河'核心的人。根本不是井水犯了河水，是他主动挑起事端！"

花崇额角出汗，目光却仍旧明亮："'银河'早就退出我国，是人口贩卖这条线上新的掌权人将触角又探了回来。顾允醉在这里寻求的不是市场，而是助力！"

柳至秦轻声道："安江市，康晴。"

花崇说："对，上个案子里的康晴。当时我觉得古怪，'银河'这么大一个组织，怎么会和况明做生意？现在能说通了，那只是顾允醉初期的试探。他要把在R国无法扑灭的火，引到我国来，要我们看到它，'剿灭'它。"

程久城肺腑一震："我们今年对'银河'的围剿也在他的计划之中，但我们和R国警方合作，砍掉的仍然是微不足道的触角，这还不够，是吗？"

"远远不够，他要我们一步一步走向'银河'的核心。"花崇指尖微寒，"他要让柳至秦成为他复仇的助手！"

半晌，程久城说："顾允醉也不自由，他被'银河'背后的势力所束缚，'银河'依附的必定是个极其庞大的体系。"

花崇点头："关于这一点，我已经有了一些思路。"

"是军队。"柳至秦说，"再疯狂的科学家，追求的也只是'创造'这一过程，他们并不真正需要'超级人类'，需要'超级人类'，并且顾允醉根本无法扳倒的很可能是军队里的涉密部队。"

花崇说："我认为一个庞大集团的可能性更高。'银河'背后如果有R国的军队背景，它不至于这么遮遮掩掩，而且顾允醉显然是在赌博，对手如果是R国的军队，他赌得过吗？"

## 12

办公室灯光明亮，柳至秦却偏偏站在一抹光的阴影中，神色不明，像是要被后面浓重的夜色给吞没了。但花崇看着他，却觉得他超乎寻常地沉稳冷静，他正像他那台运行起来效率极高的笔记本电脑，精密地处理着各种涌入大脑的信息。

顾允醉对柳至秦了解有多深呢？

他知道他想要利用的人，有一颗不可能被侵蚀的心吗？

柳至秦说："顾厌枫说的新试验还是和人体有关，但上一条路没有走通，他们必然选择下一条路。"

花崇问过顾厌枫这个问题，新试验到底是什么，但顾厌枫并未作答。

"顾允醉早就有利用我国警方的打算，他恐怕在很多大型城市做过人口贩卖的'考察'，安江市就是其中之一。"柳至秦说，"他用康晴等他眼中的'低端货物'来测试当地警方的反应，他要找到一个可能引发最大风波的地方。他花了数年时间来做这个准备。"

花崇忽然想起离开安江市之前，从海梓处听来的三起失踪案。

因为樊渝等人制造的连环凶杀案，这三起失踪案当时在社会上的影响力被压了下去。不过重案组已经接手了，处理完"筷子案"的收尾工作之后，赵樱的重心就是侦查失踪案。

"那三起失踪案的幕后操纵者是顾允醉？"花崇匆匆拿起桌上的手机，又放下，"那三名失踪者的身份非常特殊！"

柳至秦点头："对，一个知名医院的学术标杆，一个高科技行业的技术总监，一个名牌大学最年轻的教授。他们至少有三个共同点，第一，是自己领域的佼佼者；第二，社会地位较高；第三，头脑非常聪明。其中前两个共同点之间有因果联系，它们很容易一起造成一个结果。"

花崇反应很快："一旦他们身上发生了什么事，就会引发海量关注，并且因此发酵！"

"没错。"柳至秦道，"我来假设一下，站在顾允醉的角度，人口贩卖是'银河'曝光在大众眼中的核心买卖，他要我国警方再一次关注到他，那么被他带走的受害者，社会地位越高对他越有利。"

花崇不知不觉已经踱到柳至秦身边。

柳至秦并未坐着，一旁有一张椅子。花崇右手放在那张椅子的椅背上，手指点了好几下，回忆着那三名失踪者的信息："吴镇友、乔应声、甘军，你刚才说的社会地位他们的确不缺，他们如果被牵扯入跨国人口买卖，必然引起一定的社会反响。他们所代表的群体会要求警方尽快给出一个说法，但是……"

花崇话锋一转："如果以社会影响来分析，像安江那样的大城市，还有比他们社会影响更大的群体。不说别的，单是吴镇友所在的恒永科技，集团目前的掌舵人陈才斌，这几年来连续被评为'安江市十大杰出企业家'，并且和其他企业家不同，他年轻，外表俊朗，热衷慈善，在社交媒体上有一大群拥趸。然而失踪的却是技术总监吴镇友。另外，安江市有许多娱乐公司，每年还要承办大量体育、电竞赛事，娱乐和体育明星如云，他们也比失踪者的社会影响力更大。"

柳至秦也将手放在椅背上，但是并未碰着花崇："所以他们还有第三个共同点——极其聪明的头脑。当然，政客、站在金字塔尖的商人，也有极其聪明的头脑，但是吴镇友等人的才智更多是作用在某一个专门领域，他们的每一项成就都能够推动社会的发展。"

花崇将椅子转到自己的一边，坐下，双手叠在腹前，片刻道："这就和'银河'的新一轮试验挂钩了……"

程久城忽然抬手："等一下，我不得不打断你们。"

柳至秦和花崇闻声都向他看去，花崇道："程队？"

"你们的分析有道理，但现在就把安江市的三起失踪案认定是由顾允醉策划的，这实在是太不严谨了。"程久城到底是前辈，面对困局时倾向于在切实的证据上做判断，"三起失踪案彼此之间的联系尚未建立，安江警方现在查到了什么，线索在我们这里还没有及时更新。我来顺一下你们的思路——顾允醉在安江市做过所谓的'考察'，康晴，还有像康晴一样的人就是他'考察'的工具，经过'考察'，他认为安江市是个符合他需求的地方，于是他开始行动了，所以有了吴镇友、乔应声、甘军的三起失踪案。"

程久城叹了口气："在我看来这非常牵强。"

柳至秦态度足够谦逊："我们对这三起失踪案的了解都太粗浅，如果我是赵樱，我肯定不会将康晴的死亡和吴镇友的失踪联系起来，我会按照常规思路，去排查这三个人的人际关系，但是程队——"

柳至秦眼中的光很深，那是他绝对认真时的神情："我已经不再是一个置身局外的警察，我和顾允醉是'同类'，我必须将我代入他，以他的思路来决定每一步。"

程久城看着这个可以说被自己偏爱了多年的队员，想说什么，却还是沉默了下去。

"吴镇友三人的第三个共同点至关重要，这也是顾允醉选择他们的关键。"柳至秦往下说，"'银河'上一个试验里，'尘哀'是他们的试验体，一切药物、直接改造都是作用于'尘哀'，他们想打造一个接近完美的'器皿'，所谓的'超级人类'就由'器皿'来制造。如果'超级人类'真的因此诞生，那就是最理想的状态，因为他们可以规避调查，那些新生儿和普通新生儿在出生过程、生理上没有区别，他们只是头脑被开发得更加充足，身体机能也更加完备。"

柳至秦顿了下，"但是这种理想状态并没有实现，'银河'现在已经放弃过去的思路，转向新的试验。假如我是'银河'的一员，我别无选择，只能在'超级人类'本身上下功夫。"

"这个试验如果还处在初期阶段，那么从科研人员下手，比随便找一个普通人更有效率。"花崇接过柳至秦的话，"这就是顾允醉选择吴镇友三人的原因。"

程久城道："这……"

他是一个经验丰富的警察，但是柳至秦和花崇这番分析即便对他，听上去仍像天方夜谭。

"顾允醉必须有动作，年初的行动，他故意将顾厌枫'送'给了我们。"柳至秦心中的那条脉络越发清晰，"不是我们成功抓获了顾厌枫，是顾厌枫主动前来。顾厌枫在我们手上，他才能利用顾厌枫，一口口向我们吐出线索，太急不行，太缓慢也不行，就像刚才顾厌枫对花队说的，我们用查到的线索，去向顾厌枫换取线索。"

"还有，首脑被抓获，让顾允醉有了更多挑衅我们的理由。"柳至秦右手成拳，砸在椅背上，"他要他的行为，在'银河'所攀附的那些势利眼中，是绝对水到渠成的。吴镇友三人的失踪，是一箭双雕！"

程久城再三思索，跟上了年轻精英们的节奏："具有一定社会地位的学者在大城市里连环失踪，必然引发我国警方重视，追查下去，只要查得够深，就能发现这是'银河'主导的人口贩卖。我们年初的行动是与 R 国警方合作，而作战区域大部分是在 R 国境内以及我国边境，我们以为已经逮捕了'银河'的首脑，然而'银河'却渗透到了安江市这样的大城市，我国警方必然对'银河'

采取级别更高的行动。这样一来，顾允醉就能够利用我们实施他对'银河'的报复。他信不过R国警方，他能够利用的只有我们！"

程久城深吸一口气："失踪的这些学术人才，不是普通的失踪，他们可能被作为'银河'新的试验体，由顾允醉这个人口贩卖负责人交给了'银河'的核心，也就是改造计划的科研团队！这样他可以避免被怀疑，没有任何人会发现他引诱我们这一真正目的！你们是这个意思吗？"

柳至秦点头，谨慎道："如果我从顾允醉的角度出发，没有考虑错的话。"

办公室一时安静下来，程久城蹙眉，似乎正在让自己尽可能冷静地过滤柳至秦给出的信息。

花崇看了看两人，心脏没来由地一揪。

他觉得自己和柳至秦都遗漏了什么，它像阳光下的细小游鱼，在清水里一晃而过，轻盈得如同没有形体。

他的双手穿过泛光的水，迅速收拢，可是那条游鱼还是从他的指间逃掉了。阴影顿时涌起。

那是什么呢？花崇不禁想，被他和柳至秦放过的那条游鱼，到底代表着什么呢？

"我要向高层汇报。"程久城肃然道，"花队先回去休息，你……"说着，他看向柳至秦，那眼神既有前辈的慈爱，也有重重担忧，"你的禁令还没有解除，还得被特警监控。"

柳至秦笑了笑："我有数。"

程久城叹息："明天傍晚之前，我给你们一个答复。现在都去睡觉，别再熬了。"

柳至秦转向花崇，正欲说话，余光却瞥见墙上的监控显示屏。

不知什么时候，顾厌枫已经回到了那间四面白色的看守室，并且像此前很多次一样，微笑地看着摄像头，就像正与他们对视一样。

花崇注意到柳至秦的视线，也看向显示屏。

顾厌枫稍浅的眸色被灯光照得更浅，他此时的模样称得上美丽又无辜。

花崇看了会儿，轻声问："你说，他现在正在想什么？"

几秒后，柳至秦在花崇背上拍了拍："走吧，回去睡一觉。"

两人离开后，程久城还注视着显示屏。顾厌枫似乎是乏了，终于移开视线。他打了个哈欠，在床上躺下，紧紧蜷缩起来，像一只煮熟的虾米。

"花崇，安眠。"他的嘴唇以极小的幅度动着，没有人能够听见他发出的声音，他重复了好几遍，然后将自己蜷得更紧。

不久前在审讯室，他竟然睡着了，回忆也因此中断。高大的男人指着院子里被束缚的人，那是个比他父亲还要矮小瘦弱的中年男人。

他必须杀掉对方，就像杀掉那个企图侵犯他的大学生一样。

他摇头，他不愿意，他不断地往后退缩，大喊大叫，想找到父亲。他害怕得掉眼泪，手脚不听使唤地颤抖。

高大男人将他拉到一旁，像抓鸡仔似的捏着他的两条手臂。他拼命挣扎，可是毫无作用，那双手就像铁钳一般，几乎将他的骨头折断。

高大男人说着他听不懂的话，不久，又来了两个男人，他们往他的血管里扎针，他不配合，血管被戳烂，流了很多血。

那一管冰冷的药水还是被推进了他的手臂，他的意识逐渐变得昏沉，却又亢奋。他似乎不再是他，但拿起斧头的感觉却是实实在在的。

他走向那个干瘦的异国男人，对方跪在地上疯狂求饶。

他举起斧头，心里有个声音说"停下来"，但他停不下来。

斧头砸下去，红白色的黏液像喷泉一般喷涌，带着一种生命垂败的力气，回光返照似的打在他脸上。

我又杀人了。他想。

上次杀死那个大学生，是要反抗对方的侵犯。那这次是什么呢？他要反抗谁？

斧头"哐当"一声掉在地上，他也随之倒下。地上是从那个可怜男人身上流淌出来的生命。他被人拖起来，仍是像只任人丢来摔去的鸡。

"起码会杀人，是个天生的犯罪者。"他听见有人这么说。

那一刻他发疯般地想要反驳。

我不是！

可他根本叫不出来。他就是杀人了，小小年纪，就已经是个犯罪者了。

他见到了许多和他差不多大的孩子，他们被关在一个几乎看不到天空的地方，被"老师"高强度地灌输知识，每个月进行一次体检，每周都有智力测试。

数年之后，他知道这里是"银河"基地，而他和那些孩子都是"银河"的试验体。

试验体这个说法其实并不准确，因为真正的试验体是他们的母亲。她们经过了也许很痛苦的人体改造，有一个统一的名字——"尘哀"。

尘哀，尘埃，多形象的名字啊。

渺小得像这世间随处可见的尘埃，注定走向悲哀的结局。

他们很多少年没有见过他们的母亲，"尘哀"活着的不多，绝大多数在产下一到两个后代之后就因为衰竭过世了。但他的母亲却还活着，和他一样被束缚在不见天日的基地，名叫叶铃兰。

他觉得自己比叶铃兰幸运，因为至少在基地，他能够自由行动。他在网络入侵上打败了一群比他年长的人，进入了被重点培养的梯队。所以他可以去天台上看看天空。

叶铃兰却只能待在一间牢房里，他第一次见到叶铃兰时，那个女人身体上连接着至少十条感应线，憔悴又丑陋。

他从"老师"处得知，除了他，叶铃兰还产下了一个男孩，那个男孩比他小三岁，生下来没多久就夭折了。自那以后，叶铃兰就再也无法生育，成了一个没有用的"尘哀"。可这粒"尘哀"又偏偏没有死去。

叶铃兰看向他的目光充满悲悯，似乎还有内疚。她总是对他说，对不起，妈妈救不了他，妈妈只能救一个。

他不太能理解。她救了一个？哪一个？弟弟吗？

也许与其像他们这样活着，不如说死去的弟弟才是被拯救了。

他偶尔去看看叶铃兰，但后来他渐渐成了犯罪机器，就没有那么多时间去陪伴那个吊着一口气的女人了。

十八岁时，他遇到了顾允醉。

将顾允醉带回来的"老师"名叫黄伟，那一批回来的少年不多，起初他并未注意到顾允醉，但是顾允醉很快展露了非凡的才华，轻而易举打败了"老师"以及他。

"这到底是什么地方？"十五岁的顾允醉盯着他，那目光像一头饥饿的狼。

他立即就被顾允醉所吸引。当年刚被带到"银河"来时，他也问过别人这个问题，可就连"老师"，也没有告诉他答案。

他摸索了很多年，才知道"尘哀"的存在。但是他觉得，自己可以大方一点，让顾允醉不用耗费那么多精力就知晓一切。

真相是惩罚，是徒刑，他很高兴，很快就有一个少年和他一起承受这徒刑。

出乎他意料的是，少年在听他讲完人体试验、基因改造、"尘哀"之后，没有露出他期待中的震惊和恐惧，只是长时间地坐在原地，眼睛看向光洁的墙壁。

"喂！"他很不满意，伸手推了推顾允醉，"你在想什么啊？你……"

顾允醉忽然转过脸，以一种探寻的视线看向他。

他已经很久没有体会过害怕这种情绪了，"老师"、叶铃兰，还有那些端着枪的人，都很难再让他害怕。但是顾允醉看着他的时候，冰冷的恐惧湿腻地盘在他脚下。

顾允醉冷笑一声："我在想，你这个人，怎么连个像样的名字都没有。"


## 13


柳至秦摁下门口的开关，顶灯一下子亮起来。他侧开半个身子，做了个"请"的姿势。

花崇走进去，看见沙发上摊开的毛毯。

"你不该跟我过来。"柳至秦合上门，叹了口气，"这里睡不好。"

花崇看他一眼，含着几分责备的意思，"那我该去哪儿？回家？"

柳至秦无奈地笑了笑："你来回奔波，明天很可能有新的任务，我想你安安稳稳地休息一下。"

花崇走近，在柳至秦肩上不轻不重地推了一把。柳至秦身后有张靠椅，这个力直接将他推到了椅子上。

这间他待了好些日子的临时看守室有两个顶灯，他刚才只开了一盏，那盏在靠近门的一侧，而他们一站一坐，都在黑暗的一侧。

亮着的顶灯在花崇身后，光线斜着打过来，将花崇的阴影整个投在他身上。

因为背着光，花崇的五官极深极沉，瞳孔黑而明亮，从眸底弥散出来的光坚毅却又是近乎温柔的。

花崇低头，眼色沉沉地看着这个男人。他不禁想，突然得知的残忍身世，对柳至秦来说是生命的不可承受之重，还是不可承受之轻呢？

柳至秦可以表现得坦然接受，下次面对"银河"的任何人，面对顾允醉，不会有任何怜惜，还是那个无懈可击的网络安全专家。

柳至秦无法面对的仅仅是家人，无辜死去的父母，将自己抚养成人的兄长。

柳至秦甚至无法亲口向他们道歉，乞求他们的宽恕。

死亡给罪孽画上了休止符。对詹小芸来说，安岷永远是她疼爱的小儿子。对安择来说，安岷永远是相依为命的、引以为傲的弟弟。

他们没有恨，他们只有爱。这才更重，更残忍。

柳至秦抬起脸看他，眼白上有几缕红血丝。两人就这么对视。

花崇忽然很庆幸，当年在全国军警联训中被092发现。

这两年柳至秦给了他很多他不曾体会过的东西，而他也能给柳至秦很多。不管那些生命不可承受的是重还是轻，他都能和柳至秦一起扛。

他是哥哥，他还可以多扛。

这么一想，花崇胸膛那一块似乎松快了些。

柳至秦站起来，朝沙发走去，拿起毛毯抖了两下："今晚将就一下，过来躺躺。"

这间屋子只有沙发一个能躺人的地方，花崇问："那你呢？"

柳至秦耸肩："我也想躺沙发，但是队长大人舟车劳顿辛苦了，沙发可以让出。好在我这几天的任务就是睡觉，早就睡烦了。"花崇低头笑了声。

房间一侧有个卫生间，花崇去洗了把脸，和衣躺在沙发上，将毛毯拉起来，才发现上面有很多根狗毛。

不是二娃的又是谁的？

"你把二娃牵来了？"花崇问。

"昭凡弄来的。"柳至秦搬来一把椅子，坐在沙发旁边。

花崇累是累，但没多少睡意，躺了会儿索性坐起来："刚才在程队办公室，我有种让什么线索溜掉了的感觉。"

柳至秦问："那现在呢，想起来了吗？"

花崇皱着眉，摇头："和顾允醉有关，但我确实想不起来。"

"顾允醉这个人，越是琢磨，就越是像一团雾。"柳至秦说，"这几天我将自己代入他，也想了很多，想明白了一些事。但是总觉得，他还有更多的面孔。"

花崇说："刚才在程队办公室说的，是你的全部想法吗？"

柳至秦摇头："想得杂，一时半会儿也说不全面。"

花崇说："那咱们聊聊。"

柳至秦放弃靠椅，和花崇一起坐在沙发上。

"我反复思考，我在顾允醉的计划里，重要程度到底有多高。"柳至秦说，"他又是什么时候注意到我，试图将我拉进他的计划的？"

花崇换了个舒服的姿势，认真听着。

"现在他盯着我，半截女尸那个案子，他还给我设置了一系列难度递增的考题——他拿人命来给我当考题，就为了看看我有没有本事和他合作？"柳至秦下意识拧起眉，"他可能在某个时间节点发现我能够为他所用，但是这个时间节点肯定不是八年前。"

"八年前……"花崇低声重复。八年前是况明从"银河"手中购买康晴的时间。顾允醉那时就开始计划利用我国警方了吗？

有可能。

顾允醉初中就被黄伟带走，到"银河"时只有十五岁，七八年的时间，已经足够让一个天资卓越的人成长为犯罪头目。

也许从得知身世真相的一刻，顾允醉就有了摧毁"银河"的念头，但七八年前，顾允醉的计划里大概并没有柳至秦。

因为那时柳至秦还在军校，顶多刚从军校毕业，毛头小子一个，锋芒尚未显露，不至于被顾允醉视作重要合作方。

"即便后来我在信息战小组获得一些成就，他也不必只盯着我，我再强，也只是一个个体，他要毁掉'银河'，我并不是其中决定性的因素。"柳至秦说，"顺着这套思路，我又想，他到底是怎么知道我和顾厌枫的关系的？"

柳至秦停顿片刻，道："他应该见过生下我和顾厌枫的人。"

花崇说："叶铃兰。"

柳至秦点头："嗯，就叫这个名字。"

花崇喉结紧了下，侧过脸去看柳至秦。

柳至秦不愿意将叶铃兰称作母亲，她给了他生命，她以一种疯狂的母爱保护他，可她终究成不了一个真正的母亲。

她给予他的是痛，还有不甘。

"顾允醉的计划仍在进行，那些企图制造'超级人类'的科研疯子还没有明白他的意图，说明'银河'内部知道我真正身份的人几乎没有，也就是他，再加上一个顾厌枫。"柳至秦说，"叶铃兰成功瞒过了那些盯着她的科研疯子，但是她没有瞒过顾允醉。顾允醉只可能是从她口中得知真相的。"

"顾允醉十五岁成为'银河'的一分子，也许叶铃兰那时还被关押在'银河'的某一处？"柳至秦放慢语速，边想边说，"顾允醉和叶铃兰之间唯一的桥梁就是顾厌枫，他是经过顾厌枫认识的叶铃兰，但他们的话题为什么会绕到我身上？或许顾允醉在叶铃兰脸上看到了我的影子？他后来查到了兵器工厂爆炸的真相？从而逼迫叶铃兰承认一切？"

"他在知道我的身份后，才将我加入了他的计划。"柳至秦看着前面的某一点，"为了向'银河'复仇，他至少七年前就开始做准备，这个初始计划里没有我。即便是现在，如果他的计划只是复仇，那我仍然不是必要条件。那我在其中扮演什么角色？"

那种脚不着地的感觉又回来了，花崇无意间深吸口气。

"是不是叶铃兰的意思？"柳至秦道。

花崇摇头："叶铃兰费力将你推出来，为什么还要将你拉进去？"

"那就绕回去了。"柳至秦平静地说，"拉我的是顾允醉，他拉我的目的不仅仅是向'银河'，向'银河'背后的庞然大物复仇。他承受的，我也必须承受。"


次日，程久城将花崇、沈寻调查到的情况整理成详尽的报告，提交上级部门。

针对是否解除对柳至秦的禁令，一场会议从早上开到了下午。上级部门仍有不少担忧，但程久城据理力争，沈寻也搭最早一班飞机赶了回来。最终，上级同意解除禁令，柳至秦即日起恢复在信息战小组和刑侦一组的工作。

不过会上上级部门又加了一条，须得有人为柳至秦将来的一切行为负责。

沈寻出面领了这个"连坐"协议，会后却丢给花崇："你的人，得你负责。"

花崇心里一块石头落下："谢了，沈队。"

如果他能担保柳至秦，他自然冲在最前头，哪能让沈寻出马。但他不行，只有沈寻和程久城能在上级跟前担这个责。

"客气。"沈寻指了指楼上，"程队在会上说了你们半夜的分析，正好昨天你走之后，我收到安江市的报告，关于你们重点关注的失踪案，花队，安江我们得再去一趟。"

花崇和沈寻一同来到沈寻的办公室，沈寻向来注重外表，平时体面得很，此时地上却扔着一个打开的行李箱，看得出一回来就匆忙开会去了，没回家，也没来得及收拾。

沈寻笑笑，摸了摸下巴："胡子都没刮。"

花崇夜里没睡，天亮后补了个觉，此时精神比沈寻好一些："安江的案子我直接在这儿看？"

"我打印了一部分。"沈寻指指桌上那一堆，"不完整的地方你看电脑。我去整理一下啊，都见不得人了。柳至秦被程队叫去了，上面可能还有话要跟他谈。完了他直接过来。"

沈寻说完就出去了，花崇拿过资料，还没看一会儿，就听外面有人敲门。

225

他以为是柳至秦，还想柳至秦怎么这么快就谈完了，结果说了声"请进"，乐然探进半个身子，圆眼睛转了好几下，"花队！"

"乐乐。"花崇笑了声，"找沈队啊？"

乐然这才进来，双手都提着口袋。

花崇看了看，那是两人份的外卖。

"他跑哪儿去了？"乐然把外卖放下，又左右看了看。

你们沈队刮胡子去了。花崇心里这么想，嘴里没说："可能有点事吧，这箱子你帮他收拾一下？"

乐然手脚麻利，几下就把箱子收好了立在墙边。

"花队，外卖你和小柳哥分着吃，这店很有名的，我都吃好几回了，家常味，每天限量供应，晚了还买不到。"乐然说，"我专门给你和小柳哥点的。"

花崇看了看外卖，又看了看乐然。

他本来没觉得这外卖有什么不对，那口袋就是挺普通的外卖打包袋，但乐然刚才用播音腔来了这么一串，他就觉得有问题了。

乐然平时不这么说话。这腔调，就像有人教乐然这么说的。

"那我就走了啊，我找沈队去。"乐然挥挥手，"花队，你和小柳哥记得吃啊。"

门"砰"的一声关上，花崇端详着外卖口袋，越看越不对劲。

他买过那么多次外卖，外卖店怎么打结他太清楚了，但是眼前的这两个结，根本不是外卖常打的结。

这结他太熟了，这是作战训练中特警喜欢打的结。一打上犯罪分子就很难挣开，只能将绳子割断。

花崇眼皮跳了下，解开，里面是两个常见的外卖塑料盒，一盒装着汤，另一盒装着两荤一素，以及米饭。

排骨莲藕汤、凉拌鸡、红烧鱼、炒冬瓜。这是哪个外卖店家？过于丰富了。

花崇默默将盖子盖回去。他已经知道是哪个外卖店家了。

不久，柳至秦推门而入。今天够折腾人的，连续谈话，比出外勤还累。

柳至秦还没坐下就看到了外卖："你点的？"

花崇说："乐然帮点的，我们一人一份。"

两份外卖的结都已经解开了，柳至秦就没发现结的问题。他这会儿也饿了，将盒子都拿出来："这是等我啊？"

花崇温柔地笑笑："嗯，等你一起吃。"

柳至秦眉梢扬了下，觉得花崇笑得怪怪的。

吃下第一口凉拌鸡之后，柳至秦疑惑地看向花崇："这真是乐然点的外卖？哪家外卖？单子在哪儿？"

花崇终于忍不住笑起来："乐然说是他给我俩点的外卖，但是我……不是很相信。所以就没吃。"

柳至秦无语："所以你就等我回来吃啊？"

花崇终于拿起筷子："没事，总是昭凡的一番心意。"

真吃起来，其实也没什么咽不下的。他们当重案刑警，在外面风餐露宿的时候，对味道向来没要求，花崇摸着良心说，这"三菜一汤"虽然谈不上美味，但确实不难吃。起码比他当年吃的水煮鱼好多了。可见昭凡还是在进步的。只是把菜都装进外卖盒子，还让乐然骗人，这就有点好笑了。

两人都饿了，既然不难吃，就凑合着吃完了。四个盒子摆在桌上，一点没浪费，花崇拍了张照给昭凡发去。

昭凡装傻："吃什么好的不邀请我？吃完了还给我看盒子？"

花崇说："谢谢昭凡大厨，五星好评。"

后面还手打了五颗星。昭凡就不回复了。

两人把桌子给沈寻收拾干净了，花崇摊开资料："安江的失踪案我扫了一眼，我们离开的时候失踪者一共三人，现在已经出现了第四名失踪者。"

"赵樱队长还传来一条重要的信息。"花崇正色道，"警方在详查失踪者附近的监控后发现，监控有被修改的痕迹。"

14

柳至秦像是早已预料到这一点："被修改的视频复原了吗？"

花崇摇头，视线转向沈寻的电脑："赵队没有提到是否复原。我猜，安江的技侦队员现在正在加班加点，可能还没有成功复原。"

柳至秦从座位上站起来，抱着手臂在花崇身后踱步。

两人都没有立即说话，各自想着事。

片刻，柳至秦双手张开，撑在花崇的椅背上。

花崇侧过身子，半抬着头看他："干吗？"

柳至秦低着头，目光就这么落在花崇眼中："顾允醉在安江等我。"

花崇心尖倏地一紧。

此时，柳至秦唇角、眉梢都挂着淡然的笑意，连语气也是轻松的。若是海梓看到了，恐怕会大呼一声——柳哥就是柳哥，不带怕的！

但花崇看得出，柳至秦绷得很紧，他的轻松都是表象，放出来给旁人看的。对付顾允醉也许不是完成不了的任务，但是顾允醉背后还有神秘莫测的"银河"，"银河"还吸附着一个更加庞大的群体。

柳至秦再强，也不是"银河"渴望制造的"超级人类"。有弱点，有难以解决的困难，有恐惧，最重要的是，有记挂。

花崇没站起来，再侧过去一些。

"他等的不只是你，他在等我们。"

柳至秦眼中的凝光忽而一闪。

"一会儿我们跟沈队、程队再计划一下。"花崇说，"这次不是普通的支援地方了，总部这边随时都要做好出动特警的准备，信息战小组也得进入战备状态。"

柳至秦沉默了一会儿："我想你暂时留下。"

花崇眨了下眼："你怕顾允醉拿我当筹码？"

"我说不上来。"柳至秦说，"他的目的我们还没有完全掌握。安江的失踪案，等我过去看过监控的问题之后，就能确定是不是他搞的鬼。如果是，那他就和我们判断的一样，在对我国警方进行新一轮挑衅，引导我们去拔除'银河'。但他在我身上的企图呢？他知道你和我是生死之交的关系。杀死我的最佳手段，就是伤害你。"

花崇终于起身，眼中流露出身为队长的强势："什么死不死的？我是不是管不了你了？"

柳至秦正色道："我跟你说正经的。"

"我跟你说的难道是废话？"花崇声线一冷下来，威严的气场就出来了，"安江报上来的是失踪案，前面三起，后面一起，全是针对有一定社会地位的科学家、学者。抛开和'银河'、顾允醉的关系，我这个刑侦一组的负责人该不该去？如果不抛开和'银河'、顾允醉的关系，我就更该去，因为这牵扯到跨国人口贩卖。无论和你柳至秦是否有关，侦破这类案子，都是我的职责所在。"

柳至秦抿着唇，拧眉与花崇对视。两人之间竟有几分剑拔弩张的意思。

228

片刻，柳至秦终于又开口道："让你暴露在顾允醉的视线下，我会担心。"

"但至少，我们在一起，遇到什么事，还能面对面地商量。"花崇耐着性子，"你让我留在这儿，你一个人去安江，你倒没有顾虑了，但我呢？我就能安心待着吗？"

柳至秦走到一旁，微抬起头，很轻地叹了口气。

沈寻手里拿着一份文件推门而入，准确来说是两份，一份是允许柳至秦正常工作的，一份是沈寻因此担责的说明。

连带责任不是闹着玩的，但沈寻并不把这当一回事，走到柳至秦跟前，将文件在柳至秦胸前拍了两下，学花崇在洛城叫人的语气说道："小柳哥，我这身家性命都挂你身上了。"

柳至秦将文件拿过来，翻开看了看，文件即日起生效，也就是说，他现在就能够启程去安江。

"你们放心过去，许小周他们和你们一起出发。"沈寻收起玩笑的口吻，"特警支队紧随其后，万事不要单枪匹马，顾允醉是不是冲着你是一回事，但你没必要冲着他。我们来一起解决他这个大麻烦，你是特别行动队的人，站在你身旁、身后的全是兄弟。"

花崇站在两人旁边，双手合拢，无声地鼓掌。

柳至秦看他，他又冲柳至秦悄悄鼓掌。

柳至秦笑了笑，对沈寻道："我明白。"

不久，特别行动队三个主要部门——刑侦支队、特警支队、信息战小组负责人聚在一起开了个针对安江市连环失踪案、"银河"的会议，将即将进行的行动命名为"醒酒"。

午夜，特别行动队派出专机，将花崇一行人送往安江市。

为了应对可能出现的紧急情况，昭凡也领着一队特警登上专机。

"咱们又要合作了。"昭凡的座位就在柳至秦旁边，仗着比柳至秦年纪大，挺有当哥的劲地说，"没事！"

柳至秦斜他一眼："嗯？"

"嘻！你还装淡定！"有昭凡的地方，气氛总是要比其他地方活跃一些，"凡哥知道你志忐，担心这担心那的，但没关系，有凡哥在，不怕，谁要动你们，就试试凡凡的枪！"

柳至秦听笑了："凡凡。"

昭凡马上说："叫凡哥！"

柳至秦偏要叫"凡凡"："凡凡，你厨艺好像比以前进步了不少。"

昭凡立马被带偏，眼睛都笑得眯起来了："好吃啊？"

柳至秦顺着他："嗯，挺好吃的。"

昭凡颇有感触："熟能生巧呗，你和花儿大部分时间都不在，二娃宝贝在警犬队老被欺负，我每次去看它，都给它拌饭，狗粮、牛奶、牛肉，全部混在一起那种，完了还喂它吃个苹果。手艺就是这么练出来的！"

柳至秦无语："你管这叫熟能生巧？"

昭凡说："那不然呢？我给你们家二娃做了这么多次饭，现在手艺好了，花儿都夸，不是熟能生巧是什么？"

柳至秦叹气，戴上眼罩，懒得理昭凡了。

花崇坐在他俩前面，费力地忍着笑。

昭凡这人不到执行任务的时候就不正经，成天招惹人，在家里还有人管着，在外面就像个喜剧演员，但喜剧演员一般长不成昭凡那样，昭凡这是无死角的偶像长相。可他偏偏是个业余喜剧演员、十八线厨子、功勋狙击手。

花崇听着后面的动静，就觉得让昭凡惹惹柳至秦挺好的，起码让柳至秦宽宽心。


抵达安江市时是半夜，但市局重案组大部分队员还没有休息，赵樱也还熬着。

"花队。"赵樱打起精神，脸上有一丝抱歉的神色，"又把你们请来了。"

"应该的。"花崇把其他队员都安顿好，身边只有柳至秦，"你在报告里说，发现监控被人修改，现在这些监控复原了吗？"

赵樱眼中掠过憾色："我的队员正在复原，但效果不太理想。"

柳至秦说："我去看看。"

技侦办公室传来键盘敲击的声响，柳至秦本来想先看看视频，但不喜欢在人太多的地方工作，于是将视频传到了自己的笔记本电脑上，回到花崇和赵樱所在的警室。

"这阵子我们给失踪者做了个系统的人际关系排查。"赵樱打开投影仪，最先出现的是第一名失踪者，恒永科技的技术总监吴镇友。

照片上的吴镇友穿着西装，戴着方形眼镜，普通中年男性的长相，但他的眼神十分犀利凶悍，给人的第一感觉是待人待己都非常严苛。

"吴镇友在恒永里面被人称呼'吴总'，地位仅次于集团的实际掌控者。他

230

的妻子梁茜是个模特，今年才二十四岁，比他小二十一岁。他们去年才结婚，而在和梁茜结婚之前，吴镇友和结发妻子陈姝常年分居。"赵樱说，"感情问题一直是吴镇友的污点，他在获得一番成就之后，就开始与不同的女性保持关系，尤其喜欢年轻女孩。他和梁茜曾经是情人关系，和梁茜结婚之后，一直到失踪，他和更年轻女性的关系都没有断过。"

调查视频里，梁茜哭得梨花带雨："我不知道他为什么不见了，他已经很久没有来找过我了。你们别来问我，我肯定不会害他，一定是他的前妻把他绑架了，呜呜呜……"

"吴镇友1月8日给他手下的一个项目组开会，从上午10点一直开到晚上8点，之后本来有一个工作聚餐，但吴镇友以疲惫为由拒绝了。"赵樱说，"他的工作日程安排很满，后面的9日、10日都有技术会议，11日他要去V国参加一个学术交流。他身边的人说，8日晚上从公司离开时，他没有异样，顶多只是比平时显得更疲惫，但考虑到他的岁数，长时间高强度工作下来，疲惫也属于正常现象。但就在8日晚上到9日凌晨，他失踪了。这是他离开恒永大楼的视频——"

花崇看到，吴镇友驾车驶离专属车位时是晚上8点47分，随后，他将车开至离恒永约五公里的笙水会所，晚上11点32分离开，没有开车，步行的身影被一个公共摄像头捕捉到。之后，他就失踪了。

他的手机在晚上9点15分之后呈关闭状态，在笙水会所消费的六千七百五十元是通过刷卡结清的。

"他在会所里的行为还是比较清楚的。"赵樱说，"喝酒，要了一份牛排，让两个乐手在他面前拉小提琴。这个会所在我们这里算一个灰色地带，里面有不正当交易，吴镇友是老顾客了，梁茜就是他在会所里认识的。经理说，吴镇友有时会住下来，有时只是吃个饭，他似乎很喜欢那里的氛围，花几千上万元吃个牛排，听听音乐，对他来说就算是放松。"

花崇说："有人清楚他的习惯，所以选在他从会所离开之后下手。唐松路的监控被动了？"

赵樱点点头："唐松路那边基本都是夜店，监控不少，吴镇友没道理只被拍到一次。技侦反复查看其他监控，发现有两个监控都被动过手脚，那两个监控应该拍到了吴镇友被带走的一幕。"

现在有问题的视频就在柳至秦的电脑里。

花崇往柳至秦那边看去："怎么样？"

柳至秦道："'银河'的把戏。"

赵樱诧异道："'银河'？"

花崇说："赵队，这次的失踪案恐怕不是普通的失踪案，背后可能牵扯到特别行动队锁定的一个跨国犯罪组织。"

赵樱睁大双眼，很快又将惊讶压了下去："那我该怎么做？"

她口中的"我"，指的是安江当地警方。

花崇本来担心赵樱会慌张，处理"银河"的是特别行动队，但既然是在地方上行动，就需要地方警方给予支持。如果赵樱乱了，就会影响后续行动。所幸赵樱不缺大局观，心理素质也顶用。

花崇说："明天，最迟后天，上面会发一个协作的文件。我要你配合我，对四名失踪者的人际关系调查可以暂时停下来，因为他们失踪的原因很可能不在他们自己身上。"

赵樱点点头，眼睛里是浓重的疲惫。

花崇知道自己的话有些残忍。赵樱带着安江市重案组辛苦了这么久，不断深挖失踪者的背景，以及彼此之间的联系，试图从传统侦查的角度，梳理出一条线索。但他这一来，就等于否定了他们此前的努力。

身体上的累有时能靠毅力强撑着，但得知自己做的是无用功时，就很容易失去支撑，所以赵樱才会突然显得疲惫。

花崇看了她一会儿，又说："我们最初只是怀疑安江市的失踪案和跨国犯罪集团有关，你知道我是怎么确定的吗？"

赵樱有些茫然，摇了摇头。

"因为你们经过排查，发现监控被动过手脚。"花崇说，"这是他们的老作风了。"

赵樱渐渐明白了花崇的意思。

"所以你们给我们的判断提供了关键证据。"花崇笑了笑，"赵队，辛苦了。"

吴镇友又一次从昏睡中醒来，眼前是熟悉的白光。

他唯一能够转动的就是眼球，脖子无法动弹，肩膀以下更是毫无知觉。他不知道自己身上到底发生了什么，也不知道这里是哪里，自己已经来到这里多久了。

在这种仅有白光的空间中，时间仿佛是没有意义的。

每次苏醒时他都会回忆来到这里之前发生的事，但回忆令他极为痛苦。这痛苦并非是心理上的，而是来自生理，是头部产生的剧烈刺痛。

1月8日，他开了一场乌烟瘴气的会，项目组新收的年轻人资质平庸，很多技术层面的东西他竟然需要解释两遍。

会后他不想回家，而是去了会所放松放松。

离开会所，他在深夜的街头漫步。他很喜欢这种感觉，此时他不是他，他只是夜色中的一抹。

唐松街他走过无数次了，他事业的低谷和高峰，这条街都见证过。他那么熟，就像走在自家别墅的小径。

后颈忽然传来冰冷的触感，那一瞬间他根本没意识到发生了什么。

唐松街上全是高档夜店，治安一流，他曾经喝醉了酒躺在唐松街的一条岔路上，手机、钱包一样未丢。

他不敢相信自己被袭击了，注入身体的冰冷药水很快让他失去知觉，睁开眼时他就在这里，被白光包围，看不到自己的身体是什么样子，除了头部的疼痛，感觉不到其他部位的存在。

倒是有穿着隔离服的人出现，他看不到他们的脸，但从他们的语言判断，他们可能是 R 国人。

他想问，想大喊，可是喉咙发不出声音。

清醒不会持续太久，药物会让他再次陷入沉睡。

最初的几次，他恐惧又愤怒，以为自己是被商业对手绑架了。他想，恒永不会放过你们的！

但现在他已经麻木了，这大概是一场噩梦吧。人为什么要和噩梦较真？

他等待着又一次睡去，却忽然听到一阵脚步声。接着，一个并未穿隔离服的男人出现在他的视野里。

男人有一张标准的东方面孔，面带微笑，但这笑容让他发怵。

男人看了他一会儿，那种打量的视线让他觉得自己是一只被支配的低等动物。

须臾，男人笑了笑，和一旁穿着隔离服的人说话。他只知道那应该是 R 国语言，却一个字都听不懂。

男人又看向他，这次说的竟然是中文："吴先生，他们说你是个合格的试验体，你的大脑比另外几个试验体都更加优秀。"

## 15

四名失踪者的详细信息已经全部汇总到花崇手上，那些可能被动过手脚的视频则在柳至秦的电脑上。

第二名失踪者乔应声，三十七岁，安江大学物理学院教授。1月10日下午，他本来约了学生在实验室见面，但一直没有出现，电话也打不通。

他单身，独自住在安江大学给教师建的楼盘里，有时做了大餐，会请学生们到家中吃饭。

学生们担心他在家中出事，赶去敲门，却无人应答。

当天晚上，派出所就接到报警。之后侦查得知，乔应声的手机在1月9日晚上10点13分就关机了，而他过去没有关机的习惯。

小区监控显示他于9日傍晚回到家中，但晚上9点20分又穿着黑色羽绒服外出，看上去比较匆忙，像是有什么急事，没有携带包之类的物品。

小区外的两个公共监控拍到了他，按照他的行进轨迹，街口的监控也应该能拍到他，可是那个监控里没有他，柳至秦已经确定，视频被修改过。

花崇在地图上标了一个圈，乔应声正是在小区外的学风三巷被带走的。

第三名失踪者甘军，四十一岁，鸿春医院心脏外科主任。1月13日早上，安排好的一场手术即将进行，助手却怎么都联系不上主刀的甘军。

甘军虽是主任，却平易近人，极其负责，他的家就在医院旁边，从未出现过手术迟到还联系不到人的情况。

甘军已婚，妻子是鸿春医院附属大学的老师，但两人长期分居，科室的人都知道甘军目前是独居。

等待手术的病人是一位高官的亲戚，点名要甘军做这场手术。甘军不见人影，手术只能延后。医院上下心急如焚，直到晚上还是没找到甘军，只能报警。

经查，甘军1月12日在医院待到晚上11点50分，从医院到他家，步行只需要十分钟，但他在离开医院之后，没有回到小区，他在那一截短短的回家路上失踪了。

第四名失踪者曹简，四十二岁，星空书店老板。1月22日，派出所接到书店员工报警，称曹简已有多日未出现在书店。

当时市局重案组已经接手吴镇友、乔应声、甘军的失踪案，近期派出所接到的所有失踪报警都必须报告给重案组。

曹简看似和前面三人有区别，他只是一个书店老板。然而警方一查他的身份，发现他竟然是知名科幻作家 SKY，他的作品有极其恢宏的想象，这些想象还全都有非常扎实的理论基础，是相当硬派的科幻，科技再发展几十年、上百年，或许就能够实现他书中的设想。

他和吴镇友三人一样，吃的也是头脑这碗饭。

曹简单身，在市郊的别墅区有一套房，他于 1 月 20 日从市区开车回到市郊的家中，此后小区里的所有摄像头都没有拍到过他，他的手机在 21 日深夜 2 点关机。他极有可能是在小区中被人带走的。

警方进入他的住处查看，没有被侵入的痕迹。而小区环境幽静，别墅与别墅之间隔着不近的距离，曹简如果在别墅外散步，带走他是件很容易的事。

"如果把康晴算作顾允醉计划的起点，那他在安江市已经经营八年了，他对这里了如指掌。"花崇揉了揉眼窝，撑着眉骨，"但安江市不是他唯一经营的地方，其他和安江市同等规模的城市，也一定有许多'康晴'，许多差一点儿就失踪的科学家、医生、教授。他只是最终选择把安江作为他抛钩子的地方。"

花崇不免想到和安江市规模相似的洛城。洛城对于他来说，是远比家乡更重要的地方。他当重案组队长的时候，自认为了解洛城的每个角落，却并不知道有人在他眼皮底下铺就了一张巨网。顾允醉随时能够收网。

柳至秦从电脑上抬起头，他正在处理被修改的视频。

目前学风三巷的视频已经做基本复原，顾允醉似乎没有在视频上过多给他设置障碍，这个视频比凤兰市水上乐园的监控更容易修复。

"我们选择安江市是随机的，如果樊渝她们没有作案，如果当地警方顺利侦破了案子，我们都不会到安江来。"花崇说，"我们来了，而且在查案过程中偶然发现康晴这条线索，所以顾允醉才决定在安江动手。恐怕在他和我们聊康晴时，就想好了 1 月初对吴镇友等人动手了。"

"他的准备工作已经做到了想什么时候动手，就什么时候动手的地步了。"柳至秦看向视频。

深夜少有行人的路上，路灯昏暗，乔应声一边快步在学风三巷走着，一边低头看手机，似乎是什么人把他叫出来了，他正在赶赴约定的地点。

这时，一辆布满灰尘的面包车从他身后驶过，挡在了他面前。

他愣了下，也许并不知道这是怎么回事。

车门打开，三个黑衣男人下车。

乔应声退了两步，掉头就跑。但是已经来不及了，黑衣男人动作迅猛，飞快追上，捂住他的口鼻，将他拖到了面包车上。

整个过程不到半分钟，乔应声连呼救都来不及。之后，面包车从学风三巷驶离。

花崇已经走到柳至秦身后，也看着这个视频。

面包车是城市里最常见的运输工具，各种小商小贩几乎都有一辆面包车。出现在视频中的面包车像是在泥中打过滚，车窗和车牌都被泥遮住了。

白天，这种车很容易被交警拦下，夜里却可以畅行无阻。

三名暴露在摄像头中的黑衣人都戴着鸭舌帽和口罩，无法通过面部比对查出身份。

花崇想起当初在风兰市，觉得城市的上空张开了一双眼睛。现在顾允醉不仅在安江市张开了眼睛，还丢下了无数"工兵"。

他们都是"银河"的成员，像那个被板材砸死的女人，靠着一个假身份寄居在城市的各个角落。想通过排查将他们过滤出来简直是大海捞针，只有在他们死亡的时候，他们的面具才会被摘下。

花崇在柳至秦的椅背上拍了拍："你猜他的下一步是什么？"

柳至秦支着下巴，眼中映着显示屏的暗光："失踪的人是他丢给'银河'的幌子，新试验需要的就是吴镇友这样的人，他的那些'工兵'还会继续行动，猎捕更多的优质试验体。"

花崇说："然后，他进一步刺激警方的目的就达到了。"

"他有能力把视频修改到我复原不了的程度，但是他没有这么做，他把他的'工兵'暴露给我。"柳至秦摩挲手指，"这就是他递给我的线索，他要我们去抓到这些人。"

花崇想了想："但这些人的身份我们确定不了。"

柳至秦说："'工兵'继续作案，我们根据吴镇友、乔应声那四人给受害人划出一个范围，就能够'守株待兔'。"

花崇低着头，好一会儿没出声。

"就把这当成一次偏复杂的案子。"柳至秦说，"我们什么麻烦的案子没解决过。"

花崇答得有些敷衍，"我知道。"

柳至秦正色道："你不知道。"

花崇愣了下，略显疑惑地看向柳至秦。

柳至秦柔声道："你不是担心我的情绪，就是担心我可能有危险。花队，你还没有发现吗？对我的担心已经开始影响你的思维和判断了。"

花崇嘴唇动了两下，别开视线，"我没有，我可能只是有点累。"

柳至秦将人拉过来，正对着他。

"对不起。"柳至秦说。

花崇立马清醒，"别这么说。"

柳至秦摇摇头，"是我让我们冷静从容的花队紧张，他还不想让我知道，问也不承认。我应该道歉。"

花崇最受不了柳至秦这么跟自己说话。

少顷，花崇说："紧张是免不了的。我又不是刑侦机器人，我得有感情，我身边的人被视作眼中钉，我能放松到哪里去？"

不等柳至秦说话，花崇在柳至秦背上砸了几拳："不过我也能调整。"

柳至秦道："嗯？"

花崇瞄了他一会儿，忽然笑了。

柳至秦目的达到，继续处理剩下的视频。

等到所有监控都复原之后，四名失踪者出事时的情形就完整展现在警方面前。

1月8日夜，吴镇友从会所离开之后，独自走在唐松路上，一辆出租车停在他身后，两个高个子男子从车中下来，快速袭击，并将他拖上车。

监控留下了出租车的车牌号，赵樱立即派人调查。

1月13日深夜12点23分，类似的画面出现在甘军回家的必经之路上，带走他的车和带走吴镇友的车相似，疑似为同一辆面包车。

至于曹简，监控并未拍到他被袭击的一幕，但一辆轿车在监控中被抹去，曹简极有可能就是被这辆车带走的。

面包车的车牌被覆盖，但出租车和轿车的车牌清晰可见，算是两条比较重要的线索。

还有两天就是春节，安江市局上下却没有一个人能休息，赵樱的重案组不眠不休，列出了一个名单给花崇，名单上的都是身份、地位、成就和已失踪的四人有共同之处的人。

顾允醉不会停下，他要在春节期间让"银河"成为卡在警方喉咙里的刺。

"加派警力，时刻注意他们的动向，但不要让他们知道警方正在保护他们。"

花崇说，"一旦他们知道，'银河'的人就会退缩。赵队，你这里的技侦……"

赵樱没等到下文，问："技侦怎么？"

花崇想了想，摇头："没事，我刚才想岔了。"

他本打算调用安江这边的技侦队员，锁定名单上的人的近期行踪和通信网络。他们可能已经被盯上，"工兵"们或许早就出现在他们周围。

但这个任务当地技侦队员不一定能完成，他斟酌一番，还是决定申请信息战小组协助。

柳至秦得知后笑道："我一个人已经不够你使唤了是吧？"

"你要能二十四小时不睡觉，估计就够了。"花崇说，"你在风暴中心，你得比谁都养足精神。"

不久，车牌那条线查出来一个名叫王福军的出租车司机和一个叫杨轩的私家车车主。

王福军面对警察一脸蒙："啥？你们说啥啊？我不认识那个吴，吴……"

赵樱只能耐心地给他看监控，"1月8日晚上，你的车在唐松路上，劫持了吴镇友。"

王福军吓得语无伦次："搞错了搞错了！我根本没上那儿去！肯定是有人偷了我的车！"

赵樱说："别人偷了你的车，使用之后又把车还回去，你没发现？"

王福军说："这我哪能发现，我啥都不知道。"

赵樱在杨轩处得到的也是类似的答案。

杨轩这辆轿车是公司的业务车，他平时开得很少，公司谁需要谁就开，和王福军的出租车一样，也很容易被人利用。

接连发生的失踪案给安江市的节日气氛蒙上一层阴影。老百姓们开始议论那些失踪的"大人物"，害怕灾祸突然降临在自己头上。

柳至秦将电子玩偶带在身边，偶尔看一看它，但是自从上次单独面对花崇之后，顾允醉再也没有出现。

柳至秦让花崇看到自己冷静而可靠的一面，但是某些时刻，从心里叫嚣而出的消沉根本压抑不住。这些年，他已经渐渐从安择的牺牲中走出来了，现在却又陷入了一个流沙坑。

他无法不去责备自己。

责备、愤怒，然后振作，又责备……如此往复。

"我们一定会排除万难，让'超级人类'诞生。"一个长着络腮胡子的中年男人用 R 国语郑重其事地向顾允醉道。

他是 306 号试验的专家，眼中全是对科学的狂热。

"银河"的基地里有很多像他这样的人，他们聪明、自负，本可以行走在阳光下，智慧能让他们成为各自领域中的佼佼者，拥有不低的社会地位，衣食无忧。

然而他们中的一些人生来就具有反社会人格，有的是后天被洗脑。现在他们都是"超级人类"计划的忠实支持者，几十年来在各种没有道德约束甚至极其残忍的试验上倾注热情。

顾允醉微笑着看络腮胡子男侃侃而谈，觉得对方是一只聒噪的青蛙。

"青蛙"说："我们必须攻克的问题其实并不是身体机能，也不是智慧，而是心理。"

他们正站在基地的一条悬空走廊上，惨叫声从四面八方传来。

那都是被当作小白鼠的人类试验体的叫声。

基地里的所有人对这些惨叫都无动于衷，络腮胡子男还十分享受地哼了一声。

"因为普通人类的心理实在是太脆弱了，即便是心智上乘的人，在受到某种打击后，也容易爬不起来。"络腮胡子男接着说，"一会儿'我想通了，我没事了'，一会儿'我还是不行，我接受不了，我走不出来'，你看，普通人类就是这么笨拙。"

他说得好像他自己已经是"超级人类"，他滑稽的表情取悦了顾允醉。

"那你们找到克服这一弱点的方法了吗？"顾允醉漫不经心地问。

"方法当然有，一是经过基因，一是经过神经改造。"络腮胡子男耸了耸肩膀，"不过单一的改造不难，但是和身体改造、大脑改造结合起来就比较困难了。顾先生，我们还需要更多的试验体。"

顾允醉说："放心，你们想要多少，我就为你们拿到多少。"

络腮胡子男离开后，顾允醉仍站在悬空走廊上，俯视着下方黑漆漆的实验室。

刚才说到心理时，他忽然想到了安岷。

安岷现在是不是也在"我想通了"和"我接受不了"之间徘徊呢？天才也绕不过情感的束缚，这么看来，"超级人类"的确优于普通人类。

顾允醉嗤笑一声，向走廊的另一端走去。

## 16

为了保护名单上的人，赵樱的队员全都撒出去了，特别行动队派来了一支特警、刑警混合小组，但暂时没有执行任务。

除夕下午，行人归家，街上比平时冷清。

刘林燕将刚买的肉放在后备厢里，开车前往西边的敬老院。这是她每年除夕都会做的事。

"刘林燕，隼新生物1号研究室的负责人。"

花崇坐在警车上："四十一岁，单身，曾经和父亲相依为命，但七年前，她醉心科研，吃在研究室，住在研究室，父亲在家突发脑出血，未得到及时治疗，过世后三天才被发现。"

今年的春节没赶上好天气，空中乌云密布，层层叠叠地压下来，像铅块一样，让人透不过气。

警车在路上缓行。

"刘林燕非常内疚，自那以后，便将对父亲的亏欠变为对整个孤独老年人群体的关注。"花崇继续道，"她给城西的敬老院捐了不少钱，那家敬老院是他父亲生前跟她提过不少次的，说将来老得不能自理了，想去那里度过余生。现在每逢节假日，刘林燕就会亲自送上好的猪牛羊肉过去，除夕更是从不落下，一般都会待到夜里12点左右才返回自己家中。"

敬老院地处城乡接合部，位置比较偏僻，其中有至少四个路段即便是在平时的夜里，也鲜少有人，除夕夜就更不用说。

刘林燕符合花崇根据四名失踪者所作的侧写，她不仅在名单上，并且是被警方重点关注的人。因为她还有一点和其他四名失踪者不同——她是女性。

"银河"的研究不需要女性吗？显然不可能。而做到吴镇友、乔应声这个级别，并且拥有类似社会地位、技术地位的女性不多，刘林燕必然被"银河"所关注。

要对刘林燕下手，除夕夜是最好的机会。警方已经铺好了网，等待着"工兵"闯进来。

刘林燕在敬老院忙活了一下午，带来的肉都包了饺子。晚上7点多，老人们吃着饺子看着新闻，一个婆婆拉着刘林燕的手，哽咽着说："我女儿如果像你这样，那我多幸福呀。"

刘林燕自问不是一个好女儿，婆婆这么说，她便想起了父亲。

新闻之后是晚会，年轻人早不爱看了，老人们却每个节目都舍不得放过。

刘林燕以前都会陪老人们看到最后，和护工将他们送去休息了再离开，但今年因为刚才的对话，她情绪有些低落，看着穿上新衣迎接新年的老人们，就反复自责，想起父亲。

不到晚上 11 点，刘林燕就跟老人们道别，开车上路。

安江市严格执行烟花爆竹禁放令，但城乡接合部总有人偷偷摸摸地放，不过开上一段颠簸的土路后，鞭炮声几乎听不见了。

这附近没人住，白天看着荒凉，晚上就阴气森森。

但刘林燕不是第一次经过，她从来不相信鬼神，心里并不忐忑。

可不久，她开始觉得不对劲，身后的黑暗里，仿佛有什么在跟着她，追赶她。她看向后视镜，却什么都没有看到。

她想大概是今天情绪不太对，想多了。于是狠狠踩了一脚油门，打算尽早从这段"鬼路"上开出去。

然而正在这时，一辆车忽然从侧面冲上土路，车轮在地上划出刺耳的响声，横在她面前，要不是她及时踩下刹车，两辆车已经撞上了。

她一头冷汗，注意力全在前面那辆车上，车里是什么人？要做什么？

"砰——"

突如其来的震动让刘林燕的心跳几乎停下，她的车被人追尾了！虽然撞得并不厉害，但一直萦绕在心中的恐惧像是具化了一般。

后面果然有人！

前车车门打开，灯光中，刘林燕看清是两个个头很高的男人，他们正向她走来！

她又向后看去，从后面那辆车上也下来了一个人！

"哗啦——"

后窗玻璃被一棍子敲碎，冬夜的寒风一股脑灌进来，刘林燕觉得自己像是被摁到了冰水中，她恐惧，却也飞快冷静了下来。

她想起同事们讨论过的失踪案。失踪的都是搞科研的，有医生、大学教授，还有一个人，和她一样都在公司里做创新项目！

她瞳孔骤缩，隔着驾驶窗的玻璃，看着外面那个戴着鸭舌帽和口罩的男人，那人也看着她，用一种残忍又冷漠的目光，好像她根本不是人，只是一个无足轻重的畜生。

她想驾车逃离，但是被夹在两辆车之间，她根本没有办法开车，而且显然，那两辆车的驾驶座上有人，她一动，马上就会被撞。

窗外的男人从腰上拿出一个黑色的东西。当看清那是一把枪时，刘林燕紧紧捂住了自己的嘴。

"呜——呜——"警笛就在这时从不远处传来。

刘林燕惊讶地循声看去，车外的三人突然惊慌。她心中狂跳，上一秒还在想自己是不是要获救，后一秒又想真的是警察吗？警察会救她吗，她会不会被劫为人质？

枪声终于还是响起，一枚子弹震碎了驾驶座的玻璃，一人猛地拉开车门，将刘林燕拉了出来，向前面那辆车上转移。

"围上去。"花崇在指挥频道里说，"注意刘林燕的安全，如果刘林燕有危险，劫持她的人可当场击毙。留一个活口给我。"

五辆警车疾驰而至，瞬间就将三辆车围在其中，四辆警车上是安江当地警察，最后一辆里坐的是特别行动队的人。

昭凡这次没带狙击步枪，拿的是一把手枪。

"工兵"一共五人，下车的三人，驾驶座上两人，两车都已发动。

想跑，昭凡两枪崩了轮胎。

强烈的光线打在中央，刘林燕被一人架住，那人将手枪狠狠地顶在她的脖子上。

见车不能开了，一人从车中冲下来，飞快闯入旁边的灌木丛，一名警察快如夜间的蝙蝠一般，跟着就是一扑。

刘林燕被架着步步后退，她不断拿余光瞥后面的人，脑中一片空白，叫都叫不出来。

突然，只听一声闷响，一股黏稠的东西喷洒在她脸上，她失去支撑，几乎摔倒在地。一名警察冲了上来，将她抱住。

世界好像重新有了声音，她的耳边充斥着痛苦的喊叫声。那个刚才还拿枪对着她脖子的人倒在地上，手腕血肉模糊，两个膝盖也全是鲜血。

困兽不经斗，在昭凡开了第一枪之后，五人很快被擒。那个将跑入灌木丛的"工兵"逮出来的正是重案组队长赵樱。

她的脸被划出一道血口子，警服也沾着烂草和污泥。她接过队友递来的湿纸巾草草擦了下，说："没事。"

花崇下了可当场击毙的命令，但昭凡带回来的是五个活着的"工兵"。

"还不到必须击毙的程度。"昭凡说，"多一个活口就多一张嘴。"

花崇在他肩上一拍："辛苦了。"

此时已是大年初一深夜2点，市局各个警室亮如白昼，无人歇息。

"守株待兔"的计划从数日前就已开始，不管是当地警察，还是特别行动队，都时刻绷紧了神经。顾允醉在安江市撒了许多"工兵"，这些"工兵"负责劫持所谓的试验体。

"工兵"有合法的身份，但是这些合法身份的获得渠道却非法。靠着这层合法身份，他们可以像所有普通市民一样生活，或许是坐在你旁边的同事，或许是你小区门口卖麻辣烫的小贩，他们隐藏在人群中，花崇却绝不能让他们继续隐藏下去。

将他们一个一个揪出来，是"醒酒"行动的第一步。

"身份我查到了。"柳至秦将一摞打印好的资料放在桌上，"当然都是顾允醉给他们搞的假身份，和凤兰市那个被砸死的女店主一样。"

花崇扫了一眼，往审讯室走去："我去和他们聊聊。"

柳至秦拉住他的手臂："我和你一起。"

花崇摇头："你去看看刘林燕，她没受伤，但受了不小的惊吓。"

季翔翔从眼皮底下盯着花崇，他脸上和手臂上有不少伤，是在灌木丛里剐出来的，这些伤让他看上去狰狞血腥。

花崇将他的身份证放在桌上："季翔翔，今年二十八岁，安江市如西村人，二十四岁时离开村子，来主城打工，做过快递员、挑面工，现在和兄弟们一起休养生息。"

季翔翔咽了口唾沫，警惕而戒备。

"你很喜欢'银河'给予你的身份。"花崇说，"刚才你跑什么？想跑去给'银河'通风报信吗？"

季翔翔别开视线："什么'银河'？我不知道什么'银河'。"

花崇拿起身份证，又丢在桌上，重复了几次这个动作。

季翔翔始终盯着身份证。

"你还跟我掩饰什么？"花崇说，"如果不是查到你们是给'银河'干活的

'工兵'，吴镇友、乔应声、甘军是被你们劫走的，而刘林燕是你们的下一个目标，我今天能把你们一网打尽吗？"

季翔翔打量了花崇半天："'工兵'？"

"这不是你们内部的称呼吧？"花崇说，"那你们把自己叫作什么？"

季翔翔靠在椅背上，沉默。

花崇笑了笑："在'银河'这个庞大的组织里，你们处于这个层次。"说着，花崇手掌贴着桌面，轻轻挥了两下，又道，"你们做的是最普通、最基础但又是最辛苦的工作。'银河'把你们散在这里，平时你们就像普通人一样干活，'银河'需要你们的时候，你们才出来卖命。"

季翔翔还是不说话。

花崇猜，这些"工兵"其实都没有接触到"银河"的内核，他们没有父母，很小就被"银河"组织捡走，被洗脑，有行为能力之后，便被分散到各处。

当年"银河"选择了 R 国，其人口贩卖交易和器官交易在很长一段时间并未延伸到我国。近年来，这条触须才伸过来。但在这之前，顾允醉就已经开始部署，我国境内的所有"工兵"都能够为顾允醉所用。

他们对"银河"绝对忠诚。让这些忠诚的"工兵"开口并不容易。

"你在哪里长大？"花崇放缓语气，闲聊家常一般。

季翔翔皱着眉，好一会儿才道："我什么都不会说的。"

"你不说我就不会自己查吗？"花崇说，"你这么为'银河'卖命，可能还不知道，你们其实早就被抛弃了吧？"

季翔翔是个被成功洗脑的典范，说道："'银河'从来不会抛弃它的孩子！"

"孩子？"花崇说，"你吗？你觉得你们'工兵'也是'银河'的孩子？"

季翔翔狠狠捏着拳头，他的怒火被轻而易举地点燃。

花崇摇头："不，'工兵'永远只是'工兵'。'银河'的孩子是那些为重要使命诞生的人，他们生来金贵，而'工兵'只是随时能被抛弃的工具。"

季翔翔被惹怒了："呸！"

花崇避开那一口唾沫，起身："其实我还想告诉你一件事，但看你现在情绪这么激动，那就算了。"

季翔翔反而感兴趣起来："你想说什么就说，吊什么胃口？你跟我演戏呢？"

"你不也在跟我演戏？"花崇冷笑，"既然你想听，那我就告诉你。你其实不是被我找到的第一个'工兵'，去年在另一座城市，我也找到了一个'工兵'，她叫陈馨，但是在我知道她的时候，她已经死了，'银河'用她的死作为诱饵，引诱我们警方。"

季翔翔咬着下唇，愤愤地瞪着花崇。

"所以我想，你还是不要再替'银河'保守什么秘密了。"花崇说，"你们只是'工兵'，'工兵'落到警方手上，对'银河'来说就已经没有价值了。"

季翔翔说："你！"

花崇耸了下肩："想说了再说吧，反正你现在哪里也去不了，也别指望'银河'会来救你，你根本不是它的孩子。"

离开这间审讯室，花崇又去了其他几间，除了那名手腕和膝盖被子弹打穿的人，另外四人都见了。

他们的反应和季翔翔类似，经历也类似，都是很早就成为"银河"的一员，接受训练，被洗脑，最近几年陆续得到新的身份，被安排在安江市生活。


花崇回到办公室时天都快亮了，柳至秦躺在沙发上，腿不够放，只能踩在地上，身上搭着他的羽绒服。

花崇走过去，没发出声音，就站在沙发边。

他看柳至秦睡觉的时候很少。他没柳至秦那种异于常人的精力，只有在各自忙案子时，偶尔能看到柳至秦抽空打盹。

绷着的神经在此时稍稍松了下来，他弯腰，伸手，但手悬了一会儿，还是收了回去。

如果不是特别疲倦，柳至秦也不会睡在这儿。他不想将柳至秦吵醒。

就这么待了会儿，他突然想，要对柳至秦好一些。

自从柳至秦的血淋淋的身世真相出现，柳至秦默默承受了太多。天才有天才的骄傲，柳至秦以前就像一头逆着狂风飞奔的狼，就算受了伤，也绝不会将伤露给别人看。柳至秦细细地舔舐那些从伤口渗出来的血，还努力装作没有大碍。

别人可以被骗，或者照顾天才的骄傲，假装被骗，但花崇不行。

他想停下来，帮柳至秦擦拭伤口。柳至秦如果哭了，他就擦掉柳至秦的眼泪。

这个跨年夜太不平静，柳至秦去见刘林燕时，赵樱正在安抚她。柳至秦在旁边看了会儿，觉得赵樱比自己更适合陪伴刘林燕，于是他回到办公室，查季翔翔他们五人在网络上的行迹。

顾允醉是故意将他们暴露在警方的视野中，只要有一个人落入警方手中，所有藏在安江市的"工兵"就会像被蛛丝连在一起的地雷一般被逐个揪出来。

困得眼皮打架时，柳至秦已经锁定了二十一个人。审讯还没有结束，柳至秦揉了揉酸胀的眼眶，拿起花崇搭在椅背上的羽绒服，躺在沙发上打算睡一会儿。

他几乎不会做梦，但这次却梦到了住在兵器工厂家属区里的时候。

几年级来着？他拿着满分竞赛试卷跑回家，哥哥上次说，只要他能及格，就给他做糖醋排骨。

他何止及格啊，他这是满分。哥哥对他也太没要求了。

两兄弟一般是在食堂吃饭，食堂的糖醋排骨不好吃，哥哥自己会做，家里有喜事时就做一回。但是他回到家中，哥哥却不在，桌上放着微温的糖醋排骨。

他一直等着，但哥哥没有回来。

他在梦里就明白自己是在做梦，因为儿时的他并不知道自己不是安家的孩子，坐在桌边的他却知道"尘哀"，知道"银河"，知道哥哥牺牲了。

哥哥牺牲之前，最后一次和他见面，他随口问到实战中不可预计的情况，哥哥想了一会儿说："在我们的战场上，计划经常赶不上变化，但我无条件相信我的队友。"

他将糖醋排骨拿过来，一块一块吃掉。虚假的世界塌方，暴起的碎片、灰尘遮盖着整片天空。

他得到的所有的爱都是真的，时至今日，他也想得起安择给他烧的糖醋排骨的味道。但是他得到这些爱的基础却是不正当的。就像那些"工兵"们，他们有合法身份，取得身份的过程却非法。

他不敢在现实里释放痛苦，可是在梦里——他知道是在梦里——他痛得无以复加。

那个叫安岷的孩子在土崩瓦解的家里无声地痛哭。

花崇看见柳至秦眉间皱起，像是被梦魇困住了。片刻，眼尾流出一缕湿痕。

花崇讶然失语。他蹲下，伸手轻摇柳至秦。

不要睡了，快醒来。


## 17


梦中，柳至秦被巨大的痛楚挤压，那些沉重的东西撕扯着他的身体，让他无法自控地抽泣。

他听见有人在叫他。声音很远，隔着如同扭曲了的空气，听上去是那么陌生。可即便如此，那也像一根朝他抛来的绳索。他下意识朝声音传来的方向看去，崩塌的世界中全是降下的灰烬和土块，他什么都看不到。但他确定那里有一束亮光。

在乌云与铅灰组成的空间里，光芒何其可贵。

渐渐地，那声音变得清晰——

"柳至秦！"

"小柳哥！"

"柳至秦！"

他满脸是泪，他很少这样哭过。只有在梦里，他才敢这样宣泄。

他感到有谁正在擦拭他的眼角，将眼泪抹干。是谁呢？他望着声音和光的方向想，会是谁呢？

柳至秦长吸一口气，终于从梦魇中挣扎出来。

花崇撑起身子，仍蹲在沙发边，单膝点地。

柳至秦身上那件羽绒服因为起得太急而滑落，就掉在花崇身边。

"我……刚才……"柳至秦声音有些哑，他凝视着花崇，花崇也望着他。

柳至秦放空了片刻，像是还沉浸在刚才的梦中。但他一点点回到现实里，他眼中浓重的雾气散去，眸子如以往一般黑沉，是深邃的黑夜，是无尽的海。

柳至秦用那低沉而带有磁性的声音说："谢谢。"

花崇摇摇头，想站起来，但蹲得太久，腿竟然有些发麻，撑起时颤了下，往下面坠去，被柳至秦扶住。柳至秦起来，将尚有体温的沙发留给花崇："忙一整宿了，歇一歇。"

花崇现在确实需要睡眠，便躺在温暖的沙发上："有事及时叫我。"

柳至秦将羽绒服搭他身上："放心。"

柳至秦又扯了下羽绒服，给他盖好了，这才关上门离开。


被擒获的五人虽然都未交代自己和"银河"的关系、接受过什么培训、如何执行任务，但柳至秦通过他们的通信网络，将其他身处安江市的"工兵"也挖了出来。

由于这案子牵连太广，抓捕是由特别行动队的特警和刑警组成的混编小组亲自执行，昭凡挨个把人押到市局，一共二十一个人，每个名字都在柳至秦拟出的名单上对得上号。

这些人彼此联系紧密，但各有亲疏，像企图劫持刘林燕的五人平时就生活在同一街道。不过一番查下来，他们这群"工兵"里也有一个头。

付力军，三十二岁，中等身材，戴着一副黑框眼镜，看上去有几分书卷气。而他的工作也的确与书有关——这么一个犯罪组织的底层成员中，竟然有一位小学的语文老师。

昭凡闯入他租住的房屋中时，他正在煮面条，过的生活看似和普通单身汉无异。

此时他坐在审讯室，黑框眼镜已经摘了下来，就放在桌上，神情从容道："你想知道什么？"

花崇说："看来你比你的手下更识时务。"

付力军笑了笑，"你们已经查到我了，我不交代能有好日子过吗？"

花崇说："你们是'银河'的人？"

付力军点头："没错。"

"你们的身份由'银河'统一伪造？"

"也没错。"

花崇盯着付力军的眼睛："你是谁？"

付力军撑起眉弓："你对我感兴趣？"

花崇说："我对'银河'的'工兵'感兴趣。"

"工兵"这个词显然令付力军不悦，他皱了皱眉，眼神阴沉下来。

"你和你的手下一样，一听到这个词就十分排斥。"花崇说，"那你们认为自己是什么？"

付力军说："我们是'银河'的孩子。"

花崇点点头："你们是一群无父无母的孤儿，是'银河'捡到你们，给予你们不愁温饱的生活。"

付力军沉默了一会儿："没错。"

花崇又问："你的家乡在哪里？"

"夏丰村。"付力军苦笑，"没听说过吧？边境上的一个村子，名字里有夏天的夏，丰收的丰，但我们既没有夏天，也没有丰收。穷，穷到后面，就只能死。我和我的兄弟姐妹差点就死了，但'银河'救了我们。"

花崇问："哪个'银河'？"

付力军一怔："你是说首脑'银河'？你是在嘲笑我吗？我怎么可能见到我们的首脑？我说的'银河'是我们强大而无私的组织，它庇护我们这些活不下去的人，老师教会我们必要的技能。"

花崇问："你被'银河'从夏丰村带离，后来生活在哪里？"

付力军说："你是想套我的话，问我'银河'的老巢在哪里吧？"

花崇说："刚才你还说你自己识时务。"

"我告诉你也没用。"付力军说，"我们后来一直生活在R国边境，那儿的自然环境其实和夏丰村没什么两样，只是隔着一条国境线而已，冬季还是那么漫长，没有夏天。但是我们有房子住，有食物吃。那里叫多努滋卡，但它现在已经不存在了。"

花崇觉得这个名字很熟悉，似乎在哪里看到过。仔细一想，原来这个地方出现在R国警方提供的资料中。

R国是"银河"的大本营，近十年来，R国警方始终在与"银河"周旋。他们无法对抗"银河"的核心，却打掉了许多"银河"的触角。

其中就包括位于边境的多努滋卡村，据记载，生活在这个村子的全是"银河"成员，他们从事人口和器官贩卖，当时警方在村子里找到了十数具受害者尸体，他们有的已经被取走了器官，有的是被犯罪分子直接枪杀。

"警察毁掉了我们的家园。"付力军微笑道，"所以我们必须寻找其他的家园。"

花崇说："然后你们就被派到了安江市？"

付力军没正面回答，却道："你知道我来到这里最深的感触是什么吗？这也是我的祖国啊，可是为什么我的祖国有这么繁华温暖的地方，我却要出生在边境上那个没有夏天也没有食物的村子？我哪怕出生在安江下面的村子也好啊。他们可真是该死。"

花崇说："谁该死？"

"出生在这儿的人啊。"付力军说，"他们凭什么这么幸运呢？我如果也能出生在这里，我会成为'银河'的一员吗？"

他是笑着说这番话的，花崇却在他眼中看到了悲愤、不甘、痛苦。也许在内心深处，他并不愿意成为"银河"的一员，为罪恶所驱使。可他已经没有选择了。

"'银河'给你们布置的任务是什么？"花崇说，"你们到安江市之后，就在为劫持吴镇友等人做准备吗？"

付力军摇头："他让我们像普通人一样好好生活。"

花崇忙问："哪个他？"

付力军说："老师。"

"老师？"

"就是上级。我们的上级都叫作'老师'。"

花崇认为这个"老师"就是顾允醉，但他不必在"工兵"面前暴露自己的身份。顾允醉的身份在"银河"内部都是秘密，他是真正的"银河"，顾厌枫只是他的影子或者工具，他完全可以有众多其他身份，出没于任何地方。

恐怕在"银河"里，只有进行人体试验的那些人，才知晓"银河"顾允醉。

花崇说："那你这个上级，对你们还挺不错。"

"他说人生来平等，我们也出生在这个国家，为什么不能享受这个国家的福利？"付力军说，"这个国家欠我们的，安江会还给我们。"

花崇心里已经有数了。

顾允醉和顾厌枫能够自由调动"银河"的底层成员，当年他或许还没有盯上柳至秦，但他已经下定决心让我国警方来攻击"银河"的核心。他一早布局，将他的"工兵"放在国内数个大城市，用非法手段给予他们合法身份，让他们像普通公民一样生活在大城市的各个角落。只需要他一声令下，早被洗脑的"工兵"们就会从普通公民变回犯罪分子，训练有素地劫走那些被他选中的天才。

他明明是将火往"银河"的人体试验上引，但是"银河"的核心体系却浑然不觉，因为他有一个光明正大的理由——新试验需要壮年期的天才，而我给你们带来了这些天才。

"你们什么时候接到老师的命令？"花崇说，"他通过什么方式给你们下达任务？"

付力军说："去年年底。"

花崇半蹙着眉。

付力军的话又证实了他的一个判断——顾允醉在多个大城市安排好了"工兵"，并选定了用于试验的天才，但顾允醉最终决定在安江市下手，是因为特别行动队，因为柳至秦正好在安江市查案。

当时他们正在集中精力解决三起与筷子有关的连环凶杀案，顾允醉短暂地出现了一次，告诉他们不必在康晴身上下功夫，这看似是在帮他们排除一种可能，但是如今看来，顾允醉的真正目的是暗示自己八年前就在安江做过尝试，现在要正式执行计划。可惜那时不管是他还是柳至秦，都没有识破这一层含义。

此后不久，就在连环凶杀案的侦破出现曙光时，第一起失踪案发生了。

花崇将这一切逐步捋清，头脑越发清明。他知道自己和自己身后的队伍都被顾允醉牵着行动，这种被犯罪分子设局，而自己必须跳入局中的感觉并不好受。

但他们不能回头。

付力军兴奋地搓了下手："没想到都这么安定地生活好几年了，突然又有活干！接到任务时我就觉得，我其实当不成普通人了，我没有出生在这么好的城市，也没有有钱的爹妈养我，我就是'银河'的人，我就该替'银河'做事。"

花崇再次问："你还没有回答，'老师'通过什么方式联系你们？'银河'独有的通信网络？"

闻言，付力军更加兴奋："他来了！他来看我们！"

花崇惊讶道："他就在安江市？"

"嘿嘿，嘿嘿！"付力军开怀地笑，"他亲自来跟我们交代任务，还带我们吃了一顿饭！"

去年12月底到今年1月上旬，顾允醉居然就在安江市，就在特别行动队的眼皮底下！

"具体是哪一天？你见过他几次？"花崇紧着嗓子问，"你还记不记得，他长什么样子？"

付力军说："我们绑走吴镇友的那天，他就在，人也是他安排带出境的。"

吴镇友失踪时是1月8日！

"'老师'很年轻，也很英俊。"付力军看了花崇一会儿，"就和你差不多。啧，你们当警察的总觉得我们凶神恶煞，奇丑无比，但是'老师'的外表比你们很多人都更出众。"

花崇立即点出顾允醉的照片，推向付力军："你说的'老师'是他吗？"

付力军低头看了看，眼睛都亮了："你们怎么有'老师'的照片？别告诉我你们已经找到他了！"


"这个顾允醉……"昭凡捏着拳头，平时话那么多，此时却找不到一个合适的词表达自己心中所想，半天才摸了摸自己的手臂，"我鸡皮疙瘩都起来了。这等于是，你们去年在凤兰查半截女尸案时，他就在凤兰一边卖奶茶，一边观察你们。你们后来来到安江查筷子案，他在安江一边计划劫走吴镇友这帮人，一边观察你们。这个变态，你们在哪里，他就在哪里啊！"

花崇靠在桌沿："他故意让付力军、季翔翔看到他，他就是要让他们在被抓捕后，向警方供出他的存在。"

"怎么着？"昭凡说，"催我们赶紧对付'银河'啊？"

花崇摇头，"没有催，他的每一步都走得很稳。"

昭凡"啊"了一声，将自己丢在一张转椅上，抱着头，"我最烦和这些头脑发达的犯罪分子打交道，他既然这么想我们去搞他，那我们什么时候才能行动？"

花崇看向坐在窗边的柳至秦。

目前，"工兵"们的电子设备已经全部集中在特别行动队的临时办公室，收齐这些东西，赵樱带着重案组耗了不少劲。和那些被动过手脚的监控不同，它们中的一些信息虽然已经被删除，但不是由顾允醉亲手删除的，柳至秦复原起来非常容易。

花崇负责审问付力军等人，柳至秦负责处理电子设备，顾允醉留在安江市的痕迹已经基本清楚。

八年前，的确是顾允醉初次在安江市探路。但在那之后，他的触角缩了回去。直到三年前，才将付力军等人从境外调至安江市。

付力军没有撒谎，他们这些"工兵"过了三年普通公民的生活，有人当教师，有人当小贩。劫持吴镇友，是他们在安江市的第一次行动。

每一个目标都是顾允醉告知"工兵"的，"工兵"们需要做的，仅仅是将人带走，押送到指定地点，至于监控，顾允醉会处理。

在甘军，也就是第三名失踪者出事之前，顾允醉都没有离开安江市，但经由电子玩偶与花崇对话时，他已身在国外。柳至秦追踪过他的具体位置，但程序在运行中不断报错。

显然，顾允醉不希望他们通过这种方式找到他。但他将"工兵"的电子设备留作了线索。

柳至秦仿佛察觉到了身后的视线，转过身来，与花崇目光相触。

"顾允醉在第四起失踪案发生之前离开安江，经过网络向'工兵'布置任务。"柳至秦说，"我经过付力军他们手机和电脑上的痕迹，大致确定了顾允醉的位置。"

昭凡忙问："在哪儿？"

柳至秦点开地图，不断缩小，最终在一个名叫汛野镇的地方标上红点。

花崇说："这不是还在境内吗？"

地图上，汛野镇极小，是与R国接壤的一个镇子。

"我不确定他现在还在不在这里，也许已经逃回R国了。但在'工兵'对刘林燕下手之前，他在这里。"柳至秦眯了下眼，"他是故意的，他的目的就是将我们引到这个汛野镇去。"

## 18

"你们知道'银河'为什么这么难打吗？"

此时身在安江市的特别行动队成员里，有一组参加过与R国合作的联合行动，昭凡负责其中一条线，对那次行动的了解比花崇和柳至秦更深。

听闻柳至秦锁定了边界上的汛野镇，昭凡一改平时的嬉笑，肃然道："因为'银河'有无数个小型据点，其中很多要么是陷阱，要么已经无人，要么是抛出来故意让警方吃掉，最后这种情况中，生活在里面的'银河'成员都是被抛弃的底层，可能就和我们这次抓到的'工兵'差不多。"

太阳落山，金辉像洪水一般倾泻进警室，花崇一边听着昭凡的话，一边有些出神地看着柳至秦被霞光覆盖。

"R国警方——我说的是和我们一样的警察，不是'银河'依附的那些势力——他们和'银河'周旋了那么多年，吃的一直是'银河'不要的。因为有人庇护着'银河'，R国警方没有办法接触到'银河'的核心基地。"昭凡眼中渐渐蹿起一丛火，"只有上次，我们靠着信息战小组和R国网络部门的情报，自认为挖到了'银河'的老巢。这是'银河'存在以来，警方最接近它的核心势力的一次。"

片刻，昭凡摇了摇头，声音略微发沉，花崇很少见到他这样："但你们已经确定，即便是那次，我们把顾厌枫这个首脑也抓了，联合行动队还是被牵着鼻子走，老巢根本不是老巢，只是一个比较庞大的据点而已，被抛弃的不是底层，是他们的首脑之一。只不过顾厌枫是自愿充当这个角色。"

傍晚是个神秘的时间，它瞬息万变。

方才还满室金辉，现在明亮的金色逐渐被紫色与红色取代，晚霞宣告了夜晚的到来。那是一个金辉缓缓从柳至秦身上褪去的过程，他就像从不可触摸的高处，来到了这个充斥着平凡与挣扎的世界。

"所以这次的汛野镇，要么是陷阱，要么我们会扑个空。"昭凡此时显露了他身为狙击手的谨慎，"你们想过去，我不同意。"

柳至秦说："汛野镇我必须去，它的确是陷阱，但这个陷阱和'银河'以前给我们挖的陷阱不同。"

昭凡皱眉："因为它是顾允醉留给你的线索？"

柳至秦点头："'银河'有一个或者数个做人体试验的基地，那里才是'银河'的核心区域。你刚才也说了，R 国警方始终接触不到这些基地，我们上次的联合行动所攻击的据点，也不是'银河'真正的老巢。为什么？因为即便是在'银河'内部，知道这些基地的人也极少，绝大部分'银河'成员，只知道自己是跨国人口贩子，知道首脑是'银河'顾厌枫，他们连顾允醉的存在都不知道。"

昭凡盯着柳至秦，此时他脸上没有一丝笑意，眼神像一只专注的猎隼的眼睛。

"还因为在 R 国，有一只手庇护着这些基地，R 国警方付出了巨大的代价，十几年来牺牲那么多人，做的都是无用功。"柳至秦顿了顿，"但这次不一样，汛野镇这条线索，是顾允醉递出来的。"

昭凡难以理解："你相信顾允醉？你不认为他是想将你和你带的队伍，引诱过去一网打尽？"

柳至秦反问道："顾允醉的目的是什么？"

昭凡愣住。

"利用我国警方，替他对抗'银河'核心，也就是进行人体试验的那些基地。"花崇代为回答。

"所以他为什么要费那么多心思，来一网打尽我们？"柳至秦说，"他把'工兵'放在安江，将绑走天才作为掩饰，又经过'工兵'把汛野镇摆在我们面前，他的每一步都非常隐晦，他一个首脑，为什么非要这么做？因为他也不自由，有人盯着他，他通过这种方式递出来的线索，不可能是为了对付我们。"

昭凡沉默下来，快速分析柳至秦的话。

"不过……"柳至秦却在此时话锋一转，"对付我倒是有可能。"

花崇拧眉看向他。

他们前阵子已经讨论过，向"银河"复仇是顾允醉的诉求之一，把柳至秦拉入这场角逐，则是顾允醉在柳至秦身上还有所图。柳至秦必然处在危险中。

昭凡说："你的意思是，顾允醉递给我们的汛野镇附近，就有人体试验的基地？"

柳至秦摇头："还太早了。人体试验基地是'银河'最深的秘密，如果他就这么传递出来，那他也过于草率。顾允醉这个人狡猾且严谨，我估计他是想让我先去汛野镇，在那里他会将下一条线索递给我。"

昭凡一拳捶在桌子上："他以为他在玩解密游戏吗？"

柳至秦笑了笑："这恐怕就是一个解密游戏。由于'银河'头上的那道庇护，警方——不管是我们还是 R 国兄弟，都很难从外部摸到'银河'的核心，我们打掉的永远只是人口贩卖的触角。只有里面的人抛出诱饵，我们才有机会。"

昭凡说："被动咬诱饵吗？这也太憋屈了。"

柳至秦转向花崇："我得回总部一趟，申请批准去汛野镇。"

花崇有种不好的预感，好一会儿才道："我陪你。"


特别行动队的高层会议室门扉紧闭，赶来的上级正在与特别行动队的总负责人、特警和刑警支队、信息战小组负责人开会讨论。

这场会议一开就开到了深夜，沈寻最后一个离开，疲惫地揉着眼窝。

花崇在他的办公室外等着，见他回来了，立即问："怎么说？"

沈寻下意识地看了看周围："柳至秦呢？"

花崇说："审顾厌枫去了。"

沈寻脸色不太好看："又去见顾厌枫……"顿了会儿，沈寻摇摇头，打开门，"进来再说。"

"银河"的据点、基地都在 R 国，虽说是在全世界进行人口贩卖，但是它危害得最多的其实是 R 国本身，还有中南美、非洲的几个国家和地区。

上次我国警方之所以会和 R 国联合，是因为"银河"的生意已经发展到我国，必须将它打回去。联合行动至少在表面上看是成功的。

现在柳至秦挖出来人体试验这条线，希望带一组特警去汛野镇，以获取更重要的线索，挖出藏得最深的人体试验基地。上级却认为不妥。

花崇支着额角，一边听沈寻说，一边在心里琢磨。

在从安江市回来之前，他就已经预料到这种结果。

如果人体试验基地是在我国境内，那一切都好办，但它在 R 国，要行动就必然采取国际合作的方式，但这个合作怎么来做？

"银河"依附的就是 R 国某一个位高权重的群体。

再者，柳至秦本就因为血缘的问题，为上级所忌惮，能够去安江参与调查，都是因为沈寻签了责任书。不管特别行动队上下怎么保证柳至秦的忠诚，站在上级的角度，柳至秦的确是一个隐患。

现在，隐患拿着对方递来的线索，申请和特警赶往边境上的小镇，任谁都会怀疑其目的。

柳至秦必须解释清楚，但一旦解释清楚，又会面临另一个问题——上级会考虑，我们为什么要给犯罪分子当枪？

沈寻提出发生在安江市的连环失踪案，以及三十多年前分布在我国北方的"尘哀"，还有顾允醉在各个大城市布下的"工兵"，以证明虽然"银河"还未在我国造成太大的社会影响，但它已经做足了准备，我们必须尽早行动。

可上级仍是无法完全信任柳至秦，上次的联合行动，我国特警有伤亡，这次再去汛野镇，结果是什么谁也无法预料。

"但如果不行动，顾允醉不会善罢甘休，他在我们境内的大城市还有多少'工兵'，我们现在不清楚，'工兵'只要得到他的命令，就会劫持各个领域的天才，这些人被送到 R 国之后，就会成为试验体。"花崇说，"我们得阻止这些失踪案的发生。"

"上面考虑得比我们多。'银河'制造'超级人类'这件事本身就很匪夷所思，顾允醉身为头目，想利用别国警方毁掉'银河'，就更加难以理解。"沈寻说，"那就是个疯子，而柳至秦现在做的就是和一个疯子合作，上面怎么同意？"

花崇沉沉吐了口气，双手压在眉弓上。


审讯室，顾厌枫打量着柳至秦："你瘦了。"

柳至秦也看着他："天天跟你和顾允醉周旋，能不瘦吗？"

"今天你的搭档怎么没来？"顾厌枫说，"就那个叫花崇的警察。"

柳至秦说："怎么，你想见他？"

"他比你有温度，跟他聊天我很开心。"顾厌枫笑了笑，"你是冷的，和我一样，我们都是被制造出来的东西。"

"汛野镇你去过吗？"柳至秦不是来闲聊的，顾厌枫的语气和眼神也激怒不了他，"那儿有什么？"

听见这个名字，顾厌枫奄着的眼皮突然撑开。

"看来你很熟悉这个地方。"柳至秦冷笑，"顾允醉前不久就在那儿，而且他故意让我知道他在那儿。你说，他是什么意思？"

顾厌枫唇角动了动，别开视线："那是……"

"嗯？"柳至秦略向前倾，"那是什么？"

"我家。"顾厌枫难得出现的窘迫不见了，又恢复不久前的吊儿郎当，"我小时候在那里长大，后来杀了人，才被带回'银河'。"

这个答案倒是出乎柳至秦的意料。

"你是想知道那个镇子是不是'银河'在你们境内的据点？"顾厌枫笑道，"算是吧，只要是离R国近的地方，都有可能成为'银河'的据点。顾允醉去那儿很正常，我被抓了，他得亲自管交易。"

柳至秦支起下巴，凝视顾厌枫。

"别这样看着我，我可是你哥哥。"顾厌枫的语气充满讥讽。

"哥哥"这个词如针一般扎在柳至秦的神经上，难以控制的愤怒在胸膛中叫嚣，让他差一点儿就失态。

"你不是。"柳至秦平静道，"你既然说我们都是被制作出来的东西，那这种东西就没有兄弟姐妹。"

柳至秦顿了一下，又道："是不配有。"

顾厌枫愣怔，摆着手："随你吧。"

柳至秦今天来找顾厌枫，是想起了上次花崇审顾厌枫时，对方说过的一句话——你的线索就够换我这点情报。

那他这次拿到了汛野镇这个线索，能跟顾厌枫换什么情报？

汛野镇是顾厌枫的家乡，那可聊的就多了。

"你是哪年被带走的？"柳至秦说，"杀人？杀了什么人？"

顾厌枫没把当年的事当作秘密，闲扯一般倒了出来，只是在后来提到顾允醉时，语气稍有改变。

"我遇到他时十八岁，他才刚到基地，是个十五岁的小屁孩，但道理一套一套的，我说不过他。"顾厌枫说，"他还嘲笑我没有一个好听的名字。"

柳至秦说："所以你就稀里糊涂跟他姓了？"

"稀里糊涂？"顾厌枫摇摇头，不大赞同，"你如果去过基地，就明白那里不是能够稀里糊涂活下去的地方。不过你真是幸运，我们有同一个母亲，但为什么我不是被保护的那一个？"

柳至秦心里一直有个疑惑，顾允醉到底是怎么知道他也是"尘哀"之子的？

但这个问题，顾厌枫不一定会回答他。

"所以你和顾允醉是在'银河'基地认识的。"柳至秦试探着问，"那时叶铃兰也在基地？你带顾允醉去见过她？"

顾厌枫说："又开始套我的话了？"

柳至秦说："你不想说，我也不能逼你。"

"我今天心情不错，你知道为什么吗？"顾厌枫微笑道。

柳至秦说："因为顾允醉把你的家乡作为线索抛给我？"

顾厌枫笑得更加灿烂："顾允醉是个天才，他应该是所有'尘哀'产下的小孩里，最聪明的一个，如果非要在我们这群人，不，我们这群东西里面找一个成功品，那就是他。他刚到基地时，还一副什么都不明白、什么都接受不了的样子，但他只花了两年，就超过了我们所有人，还没成年，他就是网络入侵的负责人了。"

顾厌枫语气略变："但他却说，他有一个对手，他很羡慕这个对手。"

柳至秦拧眉："我？"

"他那时多天真啊，他根本不知道你其实也是'尘哀'的孩子。"顾厌枫说，"他只是单纯地羡慕你，只要我和他待在一起，偶尔就能听到'安岷'这两个字。你知道吗，他偶尔会窥探你的生活，看看一个和他同样是天才的人，在普通的世界里能活成什么样。"

柳至秦瞳光一沉，那种被窥视的感觉湿腻地贴在身上，令人作呕。

顾厌枫目露精光："后来，他逐渐发现了你的秘密。"

柳至秦说："他确实有这个能力。"

顾厌枫挑眉："你不感到惊讶吗？"

"他现在做的事比较让我惊讶。"柳至秦从容道，"人都有秘密，不管是主动还是被动。他在暗处观察我，再加上他在'银河'的地位越来越高，已经接触到核心的人体试验，能够查阅所有'尘哀'的档案，他必然发现，叶铃兰生下第二个小孩时，也正是我出生的时候。叶铃兰回到'银河'后说孩子死了。也许是当时'银河'内部审查不严，或者出了别的问题，总之叶铃兰守住了她的秘密。但是一旦顾允醉开始怀疑，真相就开始揭开。"

柳至秦说："顾允醉先是查到叶铃兰生产的医院和我出生的医院是同一所，后来又查到兵器工厂的事故——这些对他来说都是很简单的事。他逐渐有了一条思路——叶铃兰的小孩其实并没有死，我就是那个小孩，她想让我过上普通人的生活，所以祸害了一个平凡的家庭。"

顾厌枫半张着嘴，片刻才道："你们真是天生的对手，他想什么你都知道。"

柳至秦不以为意："但他只是推理到了这一步，他没有证据。他逼迫叶铃兰说出了真相？"

顾厌枫的眼神变得很远，仿佛穿过柳至秦，也穿过白色的墙壁，看到了当年发生在基地的一幕。

已是"银河"的顾允醉将叶铃兰扔到一间实验室里，在她的身上插满了管子。

年轻时，她经历过非人的改造，如今又来到了这个地方。

顾允醉其实并没有往她身上注射药物，也没有对她做疼痛测试，但是她在那样的氛围中自己产生了幻觉，以为又将面临新一轮的改造，开始痛哭求饶。

顾允醉问："安岷是谁？"

叶铃兰的眼神已经说明了一切。

周围的机器发出令人头皮发麻的动静，她大约以为那些器械马上就要切割她的身体。

在极端的恐惧下，她轻而易举地说出了那个埋藏多年的秘密——她的小孩并没有死去，他叫安岷，而她为了他杀死了一个病弱的小孩，还有小孩的父母。

顾允醉居高临下地看着叶铃兰，离开时轻蔑道："我以为你会抵死不认，但这么看来，你也没有多疼爱他。"

"我们的母亲是个魔鬼。"顾厌枫轻蔑地说，"被魔鬼生下来的都是魔鬼。弟弟，你现在打算怎么做？"


柳至秦站在程久城的办公室，答道："汛野镇一定有线索，上级不相信我，但即便没有特警协助，我也必须去一趟。"

可就算是程久城，也无法越过上级，同意柳至秦的申请。

"那安江市的连环失踪案，难道就这么放着？"柳至秦说，"顾允醉的'工兵'在暗，我们在明，他们就算只在一座城市打一炮，加起来都是一个不可估量的数字。顾允醉布置了这么多年，如果达不到目的，他不可能收手。"

程久城面容严峻："但你想过没有，如果没有R国警方的配合，我们就算查到了人体试验基地的信息，也很难跨国作战？"

柳至秦说："我想过，而且我知道这是最矛盾的地方。"

程久城端起茶杯，想喝口茶，但里面的茶水已经没了。他叹口气，起身去接水。

"顾允醉将希望寄托在我们身上，但是核心基地不在我国境内，我们无法越过R国警方行动，只有两种方法能够彻底搞掉基地。"柳至秦说，"第一，顾允醉已经将核心基地，起码是其中一座，秘密转移到我国境内，但这几乎是不可能的；第二，我们将人体试验的线索透露给R国警方，再一次对'银河'进行联合行动，但R国警方高层必然有'银河'的庇护者，顾允醉正是因为这条路走不通，才将视线转向我们。"

花崇坐在办公室角落的小沙发上，说："除非R国警方中出来一个一心要铲除'银河'，并且扛得住各方压力的铁血人物，否则我们不可能将信息透露给他们。"

程久城已经倒好了水，茶杯放在桌上，他并没坐下："所以我希望你们能够理解上级的顾虑。"

"我理解。"花崇先于柳至秦说道。

柳至秦忽地看向他，喉结轻微上下动了下。

花崇要说的显然不只是理解，紧接着说："但是我是一名刑警，现在我负责的不仅是洛城的案子，我被调到了特别行动队，那么发生在全国的刑事案件，我都有责任去侦破。"

柳至秦感到胸腔那里涌起一股热流。那仿佛是花崇眼中迸发出来的温度，清明、认真、忠诚。

"安江市有四人失踪，而这个案子目前由我负责侦查，我们已经查到一条最重要的线索，第四起失踪案发生时，作案者付力军等人收到了来自汛野镇的情报，或者说命令。"花崇语气十分平静，但一言一语中都带着不容忽视的气势，"据众多嫌疑人交代，在我国境内，还有不少像他们这样的人，他们都是一个名叫'银河'的人口贩卖组织的底层成员。未来，甚至是近期，必然出现新的失踪案，被劫走的都是如刘林燕、乔应声这样的社会精英。这样重大的刑事案件，我们特别行动队有暂时放下的先例吗？"

"没有。"回答的是刚刚进门的沈寻。

花崇看过去，点了个头："沈队。"

程久城已经在他刚才那句"没有"中听出了他的意思："沈队，你打算……"

"继续调查失踪案。"沈寻说，"花队说得很对，我们特别行动队在面对如此重大的刑事案件时，没有暂时放下的先例，至少在我成为刑侦支队负责人之后，没出现过这种情况。"

程久城担忧地皱着眉。他与沈寻虽是平级，但在年龄上，他比在场其他人都大出一截。他也想支持柳至秦，但各种顾虑让他做不到沈寻这一步。

"但是昨天开会的情况你也知道，上级没有批准我们申请的行动。"程久城说。

"花队现在要做的事无须经过上级批准。"沈寻说，"安江市出现了当地警方无法解决的连环失踪案，所以报到特别行动队来，花队前往主导调查，查到汛野镇有线索。我们继续追这条线索，查的是安江市的连环失踪案，整个过程由我刑侦支队负责，去汛野镇只是侦查的一个步骤，本来就不需要打什么申请。"

程久城严肃道："你们这是在钻空子。"

沈寻忽然笑了："不，我们是在做身为一名刑警该做的事，也是在维护特别行动队固有的荣光。有线索不去追查，我这个负责人今后会被当成笑柄。"

柳至秦抄着手臂，轻轻眯了眯眼。

在审讯室，顾厌枫以一种看好戏的口吻问他打算怎么做时，他近乎是破釜沉舟地想，即便只有一个人，他也要去汛野镇。但他怎么可能只有一个人？

花崇永远无条件地和他站在一起。沈寻也是可靠的同伴。

程久城顾虑虽多，但他在程久城手下成长，当年他调去洛城，也是程久城给他开的绿灯，这样一个亦师亦友的人，绝不会做的事就是害他。

沈寻在沙发上拍了两下："这失踪案不侦破，我们就没春节可休。为了加快进度，我也一起去汛野镇。我们不查什么人体试验，我们就查吴镇友那四个人为什么就失踪了。"

柳至秦说："你去汛野镇盯着我啊？"

"盯着你也算。"沈寻半开玩笑道，"谁让我签了那什么连带协议？你要给我犯了事，我就……"他想了想，看向花崇，"我就把花队抓回来。"

程久城看着三个年轻人——他们都是三十几岁的年纪，早已是各自岗位上的精英，但在他的眼中，他们都还是需要被保护、需要被关照的年轻人。

片刻，程久城像终于下定决心般道："行。刑侦支队没有放着重大刑事案件不管的先例，我信息战小组也没有。查失踪案由你们主导，有需要信息战小组的时候，我也绝不含糊。"

花崇说："还真有。"

程久城转向他，郑重道："花队，你说。"

"顾允醉身处'银河'之中，知道庇护'银河'的是R国那些人，他判断R国警方斗不过这些人，所以他完全不信任R国警方。"花崇说，"和他相比，我是局外人，刚才我们已经分析过，他将希望寄托在我们身上，但事实上，如果缺少R国警方的配合，我们就算拿到了核心基地的信息，也很难跨境作战。R国警方必须有一个铁血人物，他地位高，能力强，对抗得了'银河'背后的势力。"

程久城沉默了一会儿，说："但这只是一个理想情况。"

"但我相信理想。"说着，花崇又摇了摇头，柳至秦注意到他眼中的光更加明亮，"倒也不是相信理想这种虚无的东西。只是身为刑警，我始终认为，同行里有败类，有普通人，但也有不缺魄力、能力去对抗黑暗的精英。R国警方那么大一个体系，一个这样的人都没有吗？代入我们自己，我们的队伍里，没有这样的人吗？不可能。"

程久城蓦地被一种沸腾而久违的情绪感染。

花崇坚定道："程队，我希望信息战小组能够找到这个人。"

程久城半扬起面，看向天花板。须臾，像是彻底服了一般，轻摇着头说："如果有这个人，在你们去汛野镇期间，我一定将他找出来。"


## 19


R国北部，钢筋水泥浇灌的城市，"银河"的核心基地之一就隐藏其中。

一架直升机穿过夜色，降落在一栋宫殿般的酒店停机坪上，顾允醉从直升机上下来，立即有一众黑衣人迎上，为首者说："泽洛先生已经到了。"

顾允醉点头，跟着黑衣人向电梯走去。

这家酒店是R国巨富泽洛家族的产业之一，接待的皆是有身份的贵宾。阿莫林卡市崇尚奢靡，泽洛家族在这里修建的所有酒店、别墅走的都是奢靡风。

顾允醉走过金色且浮夸的长廊，脸上始终带着一丝若有似无的笑容。

侍者推开门，里面是一间宽敞的会客厅，天花板上挂着一盏巨大的水晶吊灯，花纹繁复的地毯铺满每一个角落，雕花桌椅及沙发十足庄重，墙上挂着仿宫廷的油画。

一个穿着西装的男人从窗边转过身，窗外的阳光浇在他身上，阴影几乎淹没了他的轮廓。

顾允醉走到沙发边，坐下，架起一条腿。

男人这才从阳光里走出来，面带微笑道："来了？"

他个子很高，正是黑衣人口中的泽洛先生。但仔细看他的脸，却能发现，他相当年轻，和顾允醉年纪相仿。

泽洛家族在R国商界纵横上百年，势力盘根错节，早已不再是纯粹的商人，如今R国政府和军队的重要位置上都有泽洛家族的嫡系，它就像一只庞大的章鱼，触须遍布这个国家的所有领域。

现在泽洛家族的掌舵人五十多岁，年富力强，此时站在顾允醉面前的正是他的小儿子泽洛陈。

此人本名叫作柯安·泽洛，泽洛这个名字是他长到十几岁时，因为着迷汉语文化而自己改的。

身为家族掌舵人最受宠的小儿子，他改名的行为并未引来任何指责，上面那位泽洛先生还盛赞他有思想，从小就把眼光放得长远。

见泽洛陈朝自己走来，顾允醉没半点起身打招呼的意思，他拿起桌上风格张扬的茶壶，给自己倒了杯红茶。

"'银河'先生。"泽洛陈也坐下，"您总是这么高冷。"

"你说想见我，我就来了。"顾允醉右手端着红茶，抬眼看坐在身边的人，"这还叫高冷啊？"

他的声音很低且有磁性，看泽洛陈时眼神又很深，唇角那点笑意并未隐去，看着有些散漫。

泽洛陈说："那'高冷'这个词该怎么用？我在网上跟一个网友学的。"

顾允醉啧了声："那继续去问你的网友，我可不是你的汉语老师。"

泽洛陈叹了口气："您这就是高冷，还恃宠而骄！"

顾允醉睨着他，瞳中黑潮起伏："四个字的最好不要随便用，一不小心就成了笑话。"

被人这么说，泽洛陈也不生气："好吧，听您的！"

顾允醉喝完红茶，放下杯子："说吧，有什么事？"

"我想看看新的试验体！"说到试验体时，泽洛陈马上就和刚才不一样了，两眼放光。很难说那光是贪婪还是单纯的好奇。

顾允醉端详了他一会儿，淡淡道："现在还不是时候。"

"我知道现在还不是特别理想，但是我想先看看。"泽洛陈说，"试验体有最优秀的大脑，我已经等不及了。就算试验不成功，让我看看他们的脑子也行啊！"

顾允醉收回视线，拿起桌上一个不知道是什么的精致小玩意儿把玩。

泽洛陈在他旁边像只鹌鹑似的说了半天，见他没有松口的意思，终于板起脸："'银河'，你忘了我是你的坚定拥护者吗？"顾允醉手指一顿，又看向泽洛陈。

这矜贵少爷的表情近乎天真，有点发怒的意思。

顾允醉笑了笑。

"'银河'几十年前离开C国那片土地，就是因为那里不适合你们发展，你们如果待在那里，早晚会被毁灭。"泽洛陈义正词严，"现在的'银河'不是当初的'银河'了，你们既然说服了我祖父、父亲，那'银河'就有一半属于我们泽洛家族。"

顾允醉还是无所谓的语气："的确。"

"家族早就评估过了，回到 C 国有风险，你们在那里没有根基，找不到庇护者，他们的警察太狡猾。"泽洛陈缓了口气，下巴微微抬起，看上去得意扬扬，邀功似的说，"是我支持您的事业！当年您说要把生意做到 C 国去，家族上下没有一个人同意，只有我支持您！"

顾允醉眯眼看他，几乎将他看到脸红。

几秒后，顾允醉优雅地点头："我很感激你。"

"哼！"泽洛陈说，"'银河'的新一代试验需要大量顶尖天才，放弃'尘哀'这种没用的壳子，从这一辈开始打造'超级人类'，老头子想从欧洲、美洲抓捕试验体，您要从 C 国找，这比您以前的生意风险更大，也是我帮了您！"

"您还记得吗？'银河'已经被 C 国警方搞了一次！"泽洛陈滔滔不绝，"还和我们的饭桶警察联合，要不是我叔叔和大哥也是警察，栽进去的就不止顾……顾……顾什么来着？"

顾允醉说："顾厌枫。"

"对，就是顾厌枫。"泽洛陈有点生气，"他怎么说也是首脑，虽然他什么都听您的，但他被抓去也是损失啊。"

顾允醉没说话，只点了点头。

"所以您明白我继续支持您有多难能可贵了吗？"泽洛陈拍拍自己的胸口，"如果不是我，您根本不能从 C 国抓试验体。我现在要求去看看这些试验体，您都要拒绝我吗？"

顾允醉看着泽洛陈那双饱含激情的眼，似乎是无可奈何地叹了口气："去做准备。"

泽洛陈立马开心地跳起来。


半小时后，他们一同出现在酒店的一处电梯旁，西装都已换下，此时穿在身上的是黑色连体服，和工人穿的工装很像。

梯门打开，泽洛陈忙不迭地走进去。他们并未离开酒店，但这间电梯却和顾允醉见泽洛陈之前乘的那间截然不同，不再有浮夸的颜色和装饰品，里面都是肃穆的黑色，让人联想到死亡、深渊。

电梯开始下行，空气中震荡着细小的声响。

顾允醉双手叠放在腹部，看着厢壁上自己的影子。他嘴边的笑逐渐凝固、消失，眼中流露出来的光极冷极沉。但泽洛陈兴奋难抑，自然注意不到他神情

264

上的变化。下沉的时间很长，仿佛坠向了地心。

梯门再次打开时，一股凉气扑面而来。身着试验服的人毕恭毕敬地鞠躬，用R国语说："顾先生，泽洛先生。"

泽洛陈飞快地跑出来，又回头叫顾允醉，还做了个邀请的姿势："'银河'先生，我们现在去哪儿？"

经过电梯外的一条长廊，视野突然变得开阔，顾允醉和泽洛陈站在一个巨大的环形悬空走廊上，下方是一个个如同盒子的实验室。实验室发出白光，照亮了这片位于酒店下方的地下区域。这就是"银河"的核心基地之一。

顾允醉每次看着它，都会想起自己待过的核心基地。

那个基地也在这座城市。他在那里从一个普通的初中少年，蜕变成了掌控着无数人生命的首脑"银河"。

他时常在那个基地听见试验体痛苦的叫喊，"尘哀"计划早在他刚被带到基地时就宣告失败了，但疯狂而残忍的科学家们并没有彻底放弃"尘哀"计划，他们启动了"尘哀"计划的第二轮，试验体成了像他这样被带回来的"尘哀"之子。

只有被判定为将来能被"银河"所用的人，才能逃过成为试验体的命运。

他和顾厌枫是其中的佼佼者，和另外几十人接受特定训练，其他被"尘哀"生下的孩子就没那么幸运了。他们的普通成了他们不配活下去的理由，他们像"尘哀"那样被束缚在实验室，接受非人的改造。

他每天都能听到那些声音，而所有试验体都没能活下来。

那座基地已经废弃了，"银河"的科学家们的愿望说服了泽洛家族的当权者，这座全新的基地就是泽洛家族送给"银河"的礼物。

下方的白光倒映在顾允醉眼底，原本明亮的颜色融化成了暗色的淤泥。

泽洛陈抱怨道："这座酒店明明属于我，基地也属于我，可是我每次想下来看看，都必须讨好您。'银河'先生，我们下去吧。"

从酒店进入基地之前，要换上基地的连体服，真正进入实验室，还得套上一件白色的隔菌服。

下到试验区域，顾允醉问："你想看谁？"

泽洛陈喜欢基地，却不喜欢基地的衣服，他被隔菌服闷得难受，憋着气说："就那几个您新带回来的试验体，吴镇友、乔应声、甘军、曹简。"

顾允醉嗤笑："名字背得还挺清楚，不过吴镇友你看不到了。"

泽洛陈惊讶道："为什么？"

"因为他已经死了。"顾允醉站在一扇实验室的感应门前，扫描虹膜之后，门无声打开，"不过你倒是可以看看他的大脑。你不是对天才的脑子最感兴趣吗？"

泽洛陈像个被糖果诱惑的小孩一样，马上跟进去。

"银河"的新一代改造试验已经进行了两年，不久前，吴镇友的大脑被接上密密麻麻的管线。科学家们探索他的大脑，在他身上进行人体试验，他是大众眼中的天才，起点就比当初那些被叫作"尘哀"的女人们高。

"银河"要让他的大脑更快、更精确地处理更多信息，还要让他克服人类脆弱的心理状态。

他起初对发生在自己身上的事毫无察觉，因为他清醒的时间很少，几乎一直无知无觉地沉睡在特定药物中。但是试验进行到中期，疼痛开始显著地刺激他的神经。他没能坚持下去，像其他的试验体一样痛苦地死去。

泽洛陈搓了搓手："可惜啊，一个天才就这么离开了我们。"

顾允醉挑眉："你这样的人，还会为别人的死亡感到遗憾？"

"您在嘲笑我！"泽洛陈转身，愤愤道，"我为什么不能遗憾？"

顾允醉笑而不答。

"又一个伟大的人为科技的进步付出了代价。"泽洛陈眯着眼，"最后只留下了一个脑子，我心痛。"

顾允醉凉薄地看了他一眼："那你还想看第二个试验体吗？"

泽洛陈立即说："当然要！"

乔应声还活着，科学家们正在对他做此前对吴镇友做过的事，而他并不知道。

泽洛陈从上方看着他，眼中精光绽放。

乔应声动弹不得，看着这个突然出现的陌生人，恐惧到无以复加，对方的眼神让他觉得自己是最低等的动物，即将被分食干净。

他想要叫喊，但是没有用，他只剩下眼睛能动了。眼泪从他眼中落下来，换来那人夸张的哈哈大笑。

离开这间实验室后，泽洛陈又去看了其他的试验体，最后意犹未尽地回到悬空走廊上。

黑色的电梯载着他们返回酒店，泽洛陈说："我还想要更多的试验体。"

顾允醉说："试验体当然越多越好。"

"但您捕捉的都是医生、发明家、科学家。"泽洛陈说，"他们聪明归聪明，但像刚才那个乔应声一样，他们的心理素质都太差了，经不住吓，我随便说句话，他们就被吓成那样。"

顾允醉问："那你想要什么？"

"嗯……"泽洛陈想了会儿，"克林博士说，心理素质越是强大的人，当他崩溃的时候，情绪图像就会越鲜艳，是令人作呕的美丽，您送我的那些画我已经看腻了，我需要新的画。"

顾允醉说："所以你想要心理素质极其强大的人？"

泽洛陈露出纯真的笑："'银河'先生，您找给我，好吗？"

电梯在此时停下，梯门打开，他们已经从地下基地回到了富丽堂皇的酒店。

顾允醉轻佻地笑了笑："好啊。"

"这么自信？"泽洛陈好奇道，"您已经有了人选？"

顾允醉意味深长道："让你父亲把那些监视我的眼线撤掉，别干涉我的生意，今后你想玩什么，我都找给你。"

泽洛陈干脆地答应，又问："您先给我透露一下，您的目标是干什么的？"

"他啊……"顾允醉说，"也许没有乔应声、吴镇友那么聪明，但他擅长揣摩人心，尤其是犯罪者的心理。"

泽洛陈吹了个口哨。

顾允醉笑道："他是个警察，心理素质不是乔应声之流能相提并论的。总之，他不会让你失望。"


汛野镇每年秋天之后，交通就变得十分不便，鹅毛大雪几乎封锁了镇外的道路，这一情况和安江市的江心村有几分相似。

不过汛野镇地处平原，而江心村在群山之中。数十年前，外面的人是当真无法在天降大雪时进入江心村，村里的人也出不来。

汛野镇距离省会极远，距它最近的城市叫晌城，规模很小，好在有一座机场。

特别行动队这趟过来，明面上是追查安江市的四起连环失踪案，因此花崇带上了整个刑侦一组。沈寻以监督柳至秦的名义同行，还向特警支队申请了一组特警，以应付特殊情况，昭凡就在这组特警中。

一行人可谓浩浩荡荡赶到晌城，晚上就歇在晌城市局附近的招待所。

花崇和沈寻接触的地方案子不计其数，清楚一个规律，那就是地方上的情况，只有亲自到了，才能看清全貌。一个案子，坐在总部看资料，了解到的有时只有真相的两成，极端一点的情况，了解到的是南辕北辙的"真相"。

安顿好其他队员，花崇和沈寻就到市局找人聊天去了。晌城他们谁都没来过，要在这里办案，就要尽快对这里的情况有个全面的了解。

晌城太小了，市局的警察过去从未与首都来的警察打过交道，见到花崇和沈寻自然有些忐忑。

分管刑侦的副局长姓王，忙着烧水泡茶，茶泡好了，那股拘谨的劲儿还没消："我们这儿治安挺好的，也没出过什么事，你们这是来查……"

花崇说："我们是追查一条失踪案的线索，查到了汛野镇。"

一听这个名字，王副局还愣了下："汛野镇？"

花崇观察他的表情："嗯，我们明天就过去，今天来主要是想跟你们打听一下汛野镇的情况。"

"那儿啊。"王副局绷着的神情忽然放松了不少，"那是我们所有乡镇里最远的一个，跟我们联系也不紧密，你刚才突然一提，我差点没想起来。"

花崇轻轻笑了笑。

这个王副局在他的评价标准中不太称职，汛野镇虽然偏远，但到底是晌城管辖内的镇子，没有差点想不起来这种道理。

这从侧面说明了一个问题，汛野镇很可能处在一种"放任自流"的封闭状态，从外部看，它似乎是个正常的镇子，人们过着并不富裕但安定的生活，可这只是假象，它的偏远和封闭，将它内里可能存在的龌龊都掩盖起来了。

"那边发展得怎么样？"沈寻问，"今年这么大的雪，乡镇里日子不太好过吧？"

王副局似乎并不想回答这种问题："我们这儿太靠北了，其实都不太好过。不过汛野镇吧，难说。"

沈寻接道："难说？"

"他们习惯了呗。"王副局说，"我们这儿的所有乡镇里，汛野镇是经济发展最差的一个。太冷，留不住人，有志向的也都不待在那里了，能出来看看的，看一眼也都不愿意回去，现在还在那儿的，基本就是习惯了，还有……"

王副局说到这里打住了，余光瞥了花崇和沈寻一下，话题转得十分生硬："你们明天打算怎么过去？车和直升机我们这儿都有。"

花崇说："王局，你刚才说还有什么？"

王副局面色一僵，眉也皱了起来。

花崇又道："王局，我们这次追查的案子很重要。你也知道，安江是个大城市，这个连环失踪案牵扯的又都是在各个领域对社会做出过重要贡献的人。安江无法侦破，我们特别行动队才接手。作案者最后一次出现就是在你们晌城的汛野镇，在这里得到的线索对我们破案有很关键的作用。"

他故意强调了晌城，王副局立即坐立不安，片刻才道："我们对汛野镇也没什么办法，那里就是很乱。"

沈寻问："怎么个乱法？"

"那边不是跟R国接壤吗，边境不好管理，动不动就出问题。"王副局说，"我这么跟你们说吧，如果我们这儿和西北那边差不多，那还好管一些，军队给守着，越境就抓，一个都别放过。但我们不是啊，我们跟对面不是那么紧张的关系，就跟西南有些边境差不多，自己的村民能过去溜达，对面的人也能过来溜达。"

花崇说："时间一长，就出现管理上的麻烦了？"

王副局叹气："是啊，户籍这一块完全是笔糊涂账，隔几年查人口，有的人没了，问去哪儿了，没人知道，有时又多了些对面的人。你们大城市来的，一般不理解这种情况，还觉得我们玩忽职守，其实还真不是，都是顽疾，所以我刚才也不太想说。"

"去年我们和R国警方进行了一次联合行动，对付人口贩卖组织'银河'。"花崇问，"这你应该知道吧？"

王副局连忙说："知道，知道，那行动开始之前我们不清楚，后来省里面组织我们开展了几次学习。"

花崇又问："那晌城受到过'银河'的影响吗？"

王副局想了想，说："这几年确实发生了一些失踪案，我们查不出头绪来，但是去年你们打掉'银河'之后，省上下来查失踪案，发现我们没有解决的，都跟'银河'有关。"

花崇和沈寻对视了一眼。

王副局说："你们这次查的失踪案还跟'银河'有关吗？但'银河'不是被打掉了吗？"

花崇没明说："这倒不是，只是想了解更多你们这儿的情况。"

王副局点点头："汛野镇那边不见的人也多，但就跟我刚才说的一样，那边丢个人多个人都很常见，没办法像其他地方那样立案来查。"

花崇明白了。当时在安江市，柳至秦查到汛野镇时，他就查阅过内部资料，北方有不少地方的失踪案能与"银河"挂钩，但汛野镇这个顾允醉出没的地方却一片空白，没有一条与"银河"有关的记录。

原来并非"银河"没有在汛野镇作案，只是人口消失或者增长，在这里都不算什么事。

次日一早，特别行动队驾驶警用越野车前往汛野镇。

王副局提出派直升机过去，但这个建议被花崇和昭凡一致拒绝了。

"直升机快得多。"海梓挺迷惑的，"开车的话，有的路段积雪严重，还得上除雪车。"

"你这就不懂了。"昭凡跟谁都能飞快混熟，现在已经把自己当刑侦一组的人了，搭着海梓的肩膀解释道，"晌城这样的小地方，准备的直升机不太行，他们自己平时都不怎么用。这种天气，这里的直升机开出去容易出事。"

"而且直升机出事，是没有办法跳伞的，坠机就完蛋了。"昭凡继续说，"我平时坐的直升机要么是咱们总部那种经过一轮轮安全检查的直升机，要么是军队的直升机，花队，是吧？"说着，昭凡还朝花崇扬了扬下巴。花崇以前是特警，在他这儿就等于娘家人。刚才也是花崇跟他一起反对，所以这话题他得带上花崇。

花崇点头："还有，这里是北方平原，不像南方那么多山，车开出去，路就是笔直的一条，越野车现在是我们的最优选择。"

海梓听得直点头，爬上自己那辆车，还往裴情脑袋上拍一把，"你知道我们为什么不坐直升机，要开车吗？"

这辆车是裴情开，裴情白他一眼，理都懒得理。

晌城的管辖区域是竖着的一长条，晌城在最南，汛野镇在最北，有两百公里。花崇已经拉开驾驶座那边的车门了，柳至秦却走过来，"我来开。"

天地白茫茫的，得戴墨镜。

花崇看着柳至秦，笑着说："小柳哥今天像个酷哥。"

柳至秦笑了，将他撺到副驾上："我不戴墨镜就不是酷哥了？"

二人笑着启程。

路上没有服务站，中途花崇怕柳至秦累，跟他换了一会儿。这种笔直的路开着最容易疲惫，花崇打了个哈欠，柳至秦马上偏头看他："换回来？"

"不换，这才开多久。"花崇说，"你别坐在一旁不吭声，跟我说说想法。"

"我没想到汛野镇是顾厌枫的老家。"柳至秦说，"北方这些靠着边境的村子、镇子，'银河'想要拿下来都很容易。我只能想，顾允醉是故意选择从汛

270

野镇发送命令的。我顺着这条线索赶到汛野镇，知道顾允醉在这儿埋了下一个线索，但是如果我不去找顾厌枫，告诉他顾允醉曾经待在汛野镇，那我就不知道那里是顾厌枫的老家。"

花崇说："嗯，这和上次一样，还是个'线索买卖'。"

柳至秦道："这样一来，顾允醉把下一个线索放在哪里就很清晰了。一定和顾厌枫有关。"

花崇沉默了一会儿，说："顾厌枫以前的家？"

"有可能。"柳至秦说，"汛野镇这个地方现在丢了哪些人都不好查，十几二十年前丢了谁，就更难核实。"

"不见得。"花崇说，"你这是大城市思维。"

柳至秦很快明白了："汛野镇很小，有些在大城市显得如同大海捞针的事，在这儿只要认真去筛查，其实并不困难。"

下午，一行人终于到达被白雪覆盖的边陲小镇。

这里的荒凉让人叹为观止，虽然是白天，但镇中心几乎见不着人，所有店铺都关着，车上全是积雪。

越野车停在派出所门口，出来看是怎么回事的矮个子警员当场傻眼。

沈寻出示证件和晌城市局盖章的文件，警员晕晕乎乎的，口音非常重："那你们进来坐，我们这儿太冷了，轮流值班来着，今天只有我一个人。"

柳至秦打量了一会儿警员，对方看上去二十多岁，太年轻了，如果问失踪人口相关事宜，他绝对答不上来。但是顾厌枫透露了一个信息，那就是当年他被带去"银河"之前，在这里杀过人。

汛野镇这种地方，丢个人是家常便饭，这人可能是到对面去了，过个几年又突然回来，没人在意。

可死人就不同。有人死了，派出所一定会介入。除非这个人死得悄无声息，连尸体都没有被找到。

顾厌枫被带走时还是个小孩。小孩有能力杀人，但有能力让尸体消失吗？可能性极低。

他们现在并不知道顾厌枫是从汛野镇失踪的哪一个小孩，对这个问题顾厌枫也闭口不谈。但是如果查到了当年的命案，就有可能找到顾厌枫的家庭。

"你们这里资历最老的警察是谁？"柳至秦说，"请他来一趟。"

汛野镇资历最老的警察不是所长，也不是副所长，是马上要退休的老张。

他在这个偏远的地方干了一辈子，没做出什么成就来，升职从来轮不到他，接到派出所的电话时，他正在打麻将，听几句就挂了，不肯去派出所。

柳至秦打听到麻将馆的位置，直接过去请人。

老张胡子拉碴，被带上车时还没清醒："今天不该我值班，带我去哪儿？"

警员忙说："这是上头来的领导，张叔，你别闹了！"

老张狐疑地看着柳至秦，半天才说："领导？"

柳至秦微笑："后辈而已。"

到了派出所，老张那股糊涂劲就没了，但大概是即将退休，他面对特别行动队时，不像刚才那个警员一样小心翼翼，该怎么样还是怎么样："你们来查以前的案子？资料里面不都有吗？犯不着逮着我这一老古董问。"

"资料当然比不上人。"柳至秦看上去十分放松，但眼神不动声色地朝老张施加压力，"你还记不记得，二十多年前，发生过一起命案，凶手始终没能找到？"

柳至秦并不知道顾厌枫是什么时候被带走的，只能估算一个时间，顾厌枫几次提到自己被带到"银河"时还小，还小是多小？

十几岁算小，几岁也算小，但五六岁的小孩能杀人吗？

当时顾厌枫的年龄很可能在十岁到十四岁之间，也就是距今二十多年前。

老张鼓起眼，看着警室泛黄的墙壁，自言自语道："我们这里没发生过多少命案。"

柳至秦接话道："而且即便发生了，也很容易抓到凶手。"

老张又看向他，与他视线相触之后有个躲闪的动作。

"你们在调查时，发现一个比较蹊跷的地方，被害人可能是被小孩杀死的。"柳至秦又说，"为此，你们还调查了各家各户的小孩。"

老张眼中盈满诧异，"啊"了声："你是说那个案子？"

柳至秦说："你好像想起来了。"

老张咽了口唾沫，起身道："你等一下，我去找资料！"

汛野镇只有近十年的案子有电子档，这也是柳至秦放弃电子资料，直接找老民警询问的原因。

老张让他等着，他没等，跟着老张一同前去存放资料的库房。

老张一边找一边回忆："那个案子我还去查了，按理说不该破不了的，但后来……唉，就是没法确定凶手是谁，而且如果真是小孩，那也太邪乎了。找到了，这个。"

二十多年前的纸质资料保管得不好，黄得不成样子，全是手写的，墨都有

272

些洇开了。柳至秦拿过来，从头开始看。

死者名叫邢小伟，二十岁，父母都是镇里一个瓷砖厂的工人。邢小伟是当时汛野镇少有的大学生之一，在省会读书，放假回家才几天，不想就死在了瓷砖厂后面的废楼里。

致死原因是头部遭到钝器击打，从现场的痕迹看，作案工具是一块砖头。

除了头部的伤，他左腹部还被刺了一刀，这一刀并不致命，从创口来看，只是一把小型折叠刀。

"凶手和邢小伟发生过一定程度的扭打，凶手可能长期处于劣势，直到他将刀捅入邢小伟腹部。"老张比画了几下，"邢小伟受伤之后，凶手捡起地上的砖头，不断打击邢小伟的头部，砖头碎了，他又捡起一块砖头。"

在搏斗中处于劣势，用随身携带的折叠匕首反击，用砖头反复击打头部，这一连串动作都说明，凶手在体型、力气上不是邢小伟的对手。

柳至秦的视线落在邢小伟的身高、体重上，身高一米六八，体重五十五公斤，够娇小的。那么凶手只能更加娇小。

柳至秦抬头："你们当年就是从尸体状况判断出，凶手有可能是个小孩？"

"不止。"老张说，"现场还找到半个血足迹，那一看就是小孩子的鞋。"

如果是现在，这种案子很快就能侦破，但当初汛野镇派出所把全镇的小孩都查过了，还是没能确定凶手。

"这案子邪门就邪门在这个地方，只靠那半个血足迹我们破不了案，而且社会上也不信小孩能杀人，传到后来，鬼鬼神神的都来了。"老张又说，"那时也没那 DNA 技术，查不出来就不查了。"

柳至秦往后面翻，找到问询记录："接受过问询的小孩全都有记录吗？"

老张不敢打包票："应该在。"

柳至秦一个名字一个名字地看，忽然注意到一个十一岁的男孩，甘小枫。

顾厌枫的名字里，也有一个"枫"。

"你对他还有印象吗？"柳至秦指着甘小枫的名字。

老张一看："这个好像是……"

柳至秦等了会儿："他怎么了？"

"就邢小伟被杀没多久，他们家就出事了。"老张说，"火灾，一家人全都烧死了，烧得跟焦炭似的。"

柳至秦沉住气问："火灾是怎么回事？人为纵火？"

"这倒不是。"老张摇头，"就是煤气爆炸。我们用的都是那种煤气罐子，

273

这么大一个，使用不规范，要是漏了气，周围又有明火，就肯定爆炸。屋子里有两具尸体，一个大人，一个小孩。我对那家人印象挺深的，邢小伟那案子，就是我去他们家做的调查。"

柳至秦心中几乎已经确定，甘小枫就是顾厌枫，顾厌枫杀死邢小伟很可能是迫不得已，他在现场留下了让他可能被抓获的线索，但是"银河"的人帮他清除了线索，警方只能怀疑凶手可能是小孩，却不能确定甘小枫就是这个小孩。

至于"银河"将他带走的方式，这和"银河"带走顾允醉时有相似之处。

"银河"不需要养育他们的父母活下来，他们被带走时，也正是家人被处死时。

被烧焦的两具尸体，其中一具必然是顾厌枫的养父，另一具则是"银河"找来混淆视听的小孩。

"甘小枫，甘小枫……"老张离开后，柳至秦低声念着这个名字。

如果顾厌枫愿意说出本名，那么他根本不用绕刚才那么大一个圈子。顾厌枫交代了不少，却也隐瞒了不少，只说自己杀过人，离开家乡时很小，他想查到顾厌枫的本名，就必须从当年的案子入手。

"也许顾厌枫不是刻意给我们找事。"花崇带着一身的寒气走进来，"他心里有很多不甘和委屈，他希望有人来挖出他杀人的真相。"

都是经手过太多案子的成熟警察，柳至秦之前查阅资料时，就隐约想到了是这么回事。

"这个邢小伟，很可能是准备对只有十一岁的顾厌枫施暴。"柳至秦说，"没有任何人能够帮到他，他拼命杀死了这个在所有人眼中都十分优秀的大学生。"

花崇倒来一杯热水焐手："我查到甘家以前的住处了，二十多年前汛野镇都是平房，独门独户，爆炸不仅把甘家夷为平地，也影响了周围的居民。房子全都拆了，现在那里修了个敬老院。"

柳至秦说："居然是敬老院？"

"因为那里在当地人眼中代表着'凶'，住房、商业设施，修了都没人愿意去，和敬老院相对的托儿所，家长也不愿意把孩子送去。"花崇说，"只有敬老院，修在那里便宜，不少人愿将照顾不过来的老人送去。"

柳至秦叹了口气。

花崇看看时间："走吧，趁着还没天黑，过去看看。那儿说不定有顾允醉想让我们知道的线索。"

汛野镇短暂地晴了一会儿，此时又是阴云蔽天。


花崇和柳至秦来到位于镇南的敬老院，一进去，就感到一阵枯败将死的气息。

这里与其说是敬老院，不如说是临终关怀医院。住在这里的都是被家人放弃的老人，风烛残年，被病痛折磨，死亡对他们来说是一种解脱。

护工们很少见到警察，眼神充满警惕和不安。花崇并未向这里的管事者透露前来的目的，只说随便转转。

正好有两名老人寿终正寝，被放在推床上推到院子里，在没有家人陪同的情况下，就要被送去殡仪馆进行火葬。

老人枯枝般的手从被子里滑出来，柳至秦瞥了一眼，将推床拦下。

护工一脸煞白，连忙将老人的手塞回被子里。

花崇从院子的另一边走过来："怎么？"

柳至秦扫了护工以及一旁的院领导一眼："不是正常死亡。"

花崇也看出来了："中毒？"

护工失措地喊起来："别抓我！别抓我！和我没有关系！"

院领导着急道："你们……你们到底想查什么呢？我们这儿只是个敬老院！"

花崇也没想到来寻找顾允醉的线索，线索暂时没找到，却发现敬老院药死了老人。想也知道是怎么回事，老人们成了负担，被家人放在这样的地方，这座敬老院提供的服务之一就是让老人死去。

偏远的小镇，警察并不被人敬畏。来的只有花崇和柳至秦两人，连昭凡都没有跟来。院领导在短暂的慌神后，神情突然变得狰狞。

这个地方发生过火灾，住在这里的一家人都被烧死了，还连累了周围一圈居民，没人敢搬过来住，更没人来做生意。是他胆子大，在这里盖了座敬老院。

汛野镇屁大个地方，什么都不多，就是老人多。他为那些为家中老人发愁的父老乡亲解决了大麻烦了，这些外地来的警察，竟然敢多管闲事？

敬老院的门被人关了起来，十多个拿着钢管的人凶神恶煞地逼近。

他们有的穿着皮衣，有的穿着运动服，脖子、手背这些露在外面的皮肤有文身，有人脸上露出讥讽又不屑的笑容。

柳至秦走到花崇身边，下意识有个保护的动作。

花崇看着那些人，连枪都懒得掏出来。在他眼中，他们不过是地痞流氓，

275

看样子应该是敬老院养着的打手。

打手再凶悍，在曾经的精英特警手底下，也不值一提。

钢管划开凝滞的空气，直劈过来，柳至秦矮身一避，顺势提膝，直击对方腹部，抓着后领就是一扔。

骨头断裂的声响清脆，惨叫就不那么清脆了。

花崇赤手空拳时比柳至秦更有效率，几乎没有花招，身形如风，根本没有人也没有钢管能够舞到他面前，几个人一拥而上，他每次避闪，下一个动作必定是重击对方的关节。这是当年在特警队伍里学来的格斗方式。

一根钢管从背后抽向花崇，花崇有所准备，正要侧身，柳至秦已经赶了上去，腿甩向那人的手腕。

一声痛呼，那人倒在地上打滚。柳至秦一脚踢开钢管，啪啪两声，卸了对方两条胳膊。

满院子的人全被撂倒，院领导呆若木鸡。

花崇给沈寻拨去一个电话，不久，警笛声由远及近。

敬老院的事交给当地警方处理，沈寻索性通知晌城市局，从上至下将一挣汛野镇的问题。

"查敬老院的药是从哪里来的，还要查院长的底细。"花崇打那一架，一点伤没受，就是衣服沾了些灰，回到派出所之后，他就把外衣脱了，上身只穿一件衬衣，"现在还不能确定敬老院有没有问题，但我忽然想到另一个地方。"

柳至秦把那件外衣拿起来，拍沾在上面的灰，表情十分不满。

"顾厌枫要我们查当年的命案，可能并不是想让我们查出他被欺凌的真相。"花崇说，"他在暗示我们，他杀人的地方，有我们需要的东西。"


20


天色已晚，再去顾厌枫当时杀死邢小伟的现场，时间上不太充裕。花崇便决定第二天再去。

"我下午到处溜达了一圈，这儿的人想到对面去，对面的人想过来，都太容易了。"昭凡拿出一张单子，往桌上一拍，"看看，我的通行证。"

海梓忙拿起来，那张纸就普通书本大小，上面有很多横线，左侧是一溜撕扯痕迹，一看就是从笔记本上撕下来的。

昭凡的名字赫然写在上面，笔迹歪歪扭扭，还有一个日期和一个看上去像是签名的名字。

"这啥啊？"海梓看得无语。

"不说了吗，我的通行证！"昭凡说，"这偏远小镇，地痞流氓是真的多，给我办这个通行证的人叫王兆勇，他让我叫他'勇哥'。我说我从外地来旅游，对对面挺好奇，想过去看看，他说他带我过去，不管回来那就一口价三千块。"

"嚯！"海梓跳起来，"你为这张破纸花了三千块钱？"

"喊，听我说完啊。"昭凡又道，"我表现得不是很相信，万一他不能带我过去呢？他就给我写了这张通行证，等于是带我试一下，看能不能过去，两百块钱。"

海梓说："那你过去了？"

昭凡点头："就西北那儿有个林子，没人看着，他直接就带我过去了。"

花崇将通行证拿起来，"所以从汛野镇来往R国确实很方便，没有任何约束。你们还聊了什么？"

"他跟我吹牛，说想贩毒也可以找他。"昭凡当年在西南缉过毒，和毒贩打了多年交道，好些兄弟长眠在那片不见天日的丛林，此时提到毒品，他身上那股吊儿郎当劲马上没有了，眼神变得狠厉，"我问他有人利用这条线贩毒吗？他说多了，还说他怀疑我就是想去对面吸毒的。"

海梓往桌上一拍，骂了一句。

"R国对毒品管得不像我们这么严，汛野镇对面那个小镇又在边境上，更是天高皇帝远。汛野镇上有人毒瘾犯了，就过去对面吸，黄赌毒一家，吸完了还可以嫖娼、赌博，玩够了再回来。"昭凡说，"这个王兆勇带过毒品，从R国带过来，但他带的可能不是很多。总之就我今天的体验，'银河'想把人带到R国，从汛野镇走的话肯定很轻松。而汛野镇只是边境上一个很普通的镇子，同样的镇子肯定不少。对'银河'来说，这就是畅通无阻。"

花崇沉默了一会儿，说："把王兆勇带来。"

王兆勇三十几岁，人高马大，虎背熊腰，额头上有一道骇人的刀疤。

他说什么也没想到，下午那个找到他，说要去对面看看的年轻人居然是个警察。和昭凡聊天时，他觉得对方和他一样，做的都不是什么正当买卖。

"你，你……"当昭凡披着警服，抄手看着王兆勇时，王兆勇彻底蒙了，"你是警察？"

昭凡厌恶道："带一个警察非法出境，还跟他显摆贩毒走私，是不是很有成就感啊？"

王兆勇满脸冷汗，马上狡辩："那条路是别人打通的！我们只是跟着喝口粥！"

花崇等的就是他这个反应："谁打通的？"

王兆勇沉默了，垂着头，像是不敢说出那个名字。

花崇说："人贩子？"

王兆勇肩膀颤了下。

"你说你只是跟着喝口粥。"花崇盯着他，"那吃肉的是谁？"

"是，是……"

"R国的人口贩卖组织？"

王兆勇狠狠咽了口唾沫："我也是这几年才开始做带人去那边的生意，那些人有武器，具体是谁我真的不知道，他们弄人出去、弄人进来都很容易的。"

花崇又问："那最近，你说的那些人是不是又带过人出去？"

王兆勇摇头："我真的不知道。"

正在花崇逮着人审问时，沈寻接到一条消息，和安江市同省的锐城、鉴城也发生了连环失踪案，失踪者身份以及社会地位与吴镇友、乔应声等人相似，他们怀疑又是"银河"搞的鬼。

特别行动队已经派人前往锐城和鉴城，目前调查结果还没出来，程久城在电话里说，上级部门目前还在激烈讨论柳至秦牵扯出的这一系列和"银河"有关的问题。


"这是顾允醉的催促。"花崇挺久没抽烟了，此时指间夹了一根，一缕很细的烟绕着他的手指向上散开，"他埋了太多'工兵'，这些'工兵'早就被'银河'洗脑，只要接到命令，马上就会行动，防不胜防。我们一天不对'银河'采取行动，他就一天不会停下，到时候，受害者会越来越多。"

昭凡说："这些人都是通过汛野镇这种地方，被带去R国的？"

花崇低着头，过了半分钟才说："不一定，'银河'的网络遍及全世界，顾允醉有很多方法带他们出境。"

"但立即对'银河'采取行动，对上级部门来说，这个决定不那么容易下。"沈寻叹了口气，看向花崇。

有一瞬间，他觉得在花崇的眼中看到了什么，这让他感到不妙，但一眨眼，那种异样的感觉又消失了。

深夜，柳至秦正在与信息战小组紧急连线，信息战小组有人去锐城和鉴城了，他此时必须要知道的是，失踪者周围的监控是不是也被动了手脚，能不能追踪到"工兵"，查"工兵"的通信工具，能不能像找到汛野镇一样找到另一个地方。这很有可能是顾允醉留下的新线索。

花崇冲了两杯咖啡，都用派出所的纸杯装着，一杯自己拿着，一杯放在柳至秦手边。

时间太紧，信息战小组那边的追踪进行得并不顺利，柳至秦现在也不可能赶到那两座城市去。

他抬起头看向花崇时，眼白上的红血丝让他看上去双眼通红。

"歇一会儿？"花崇说，"来干个杯。"

柳至秦拿起纸杯，笑了笑，那笑容有些疲惫。

这阵子他绷得很紧，高强度工作奈何不了他，但心理上承受的压力时不时让他喘不过气。

他和花崇碰了碰杯，沉着嗓子道："快去睡觉吧，不早了。"

花崇看看笔记本电脑，又看看他："那你呢？"

"我再等一会儿。"柳至秦说，"我等他们给我出数据。"

花崇点头："行。"

小纸杯装的咖啡，几口就喝没了，花崇将两个空纸杯叠在一起，正要带出去扔，又听柳至秦说："明早如果我没醒，你叫我一声。"

花崇笑道："叫你干吗，你熬了夜，不该多睡会儿？"

"要去邢小伟的死亡现场啊。"柳至秦说，"顾厌枫的家，他杀人的地方，总有一处有线索。"

"好好好。"花崇说，"叫你。"

特别行动队一行人住在派出所对面的招待所，花崇从派出所出来，径直朝对面走去，但过了不到一刻钟，又换了身衣服，再次下楼。

派出所的警车他们可以随便用，他钻进一辆，在几乎看不到人的马路上疾驰，在镇中心的转盘处打了个弯，向东边开去。

小镇的夜晚，光污染很轻，星星非常明亮。

离转盘越远，路边的光亮就越少，花崇开到后来，周围几乎已经没有路灯

279

和建筑透出的光了。

他放慢车速，靠着车灯辨路。

这一截是土路，下过雪之后，泥泞满地。车在上面摇摇晃晃，不断颠簸。

前方就是目的地，花崇绕了一截路，将车停在一个勉强能够下脚的空地上。

他打开车门，冷空气扑面，刺激着每一根神经。他半眯着眼，呼出一片白气，将围巾往上拉了拉，略微遮住口鼻。

这里就是当年的命案现场。

邢小伟被当时还叫作甘小枫的顾厌枫杀死在废楼，废楼虽然极少有人去，但属于瓷砖厂。周围则是其他小厂。

这些厂在十几二十年前维持着汛野镇不少人的生计，但近年来渐渐被淘汰。东边这一块被边缘化，成了偏远小镇的偏远角落。不过即便是汛野镇这种小地方，也有人受到大城市的影响，生出些许商业头脑，在命案现场搞了个密室俱乐部。

但这个密室俱乐部由于太简陋，镇上能够理解密室文化的人也很少，生意没做多久就做不下去了，几个合伙人夹着尾巴跑路，这一片再次变成少有人迹的荒地。

花崇打着电筒，走向那一栋栋低矮却显得鬼影幢幢的房子。

它们本来早就破败不堪了，但是搞密室俱乐部的将最边上那一栋废楼修葺了一番，在外面刷上花里胡哨的油漆，里面也装修过，让它看上去和周围的厂房不太一样。花崇踩在泥上，每一步都发出声响。

他高度戒备，敏锐地"听"着周围的情况。

狙击手的一项重要考核项目就是听力，他的听力向来出类拔萃。

现在风很轻，风从破旧的建筑、雪地、死去的植物上刮过和在活物上刮过，在狙击手的听觉里是不一样的。

活物会呼吸，呼吸本身就是一种容易被捕捉到的动作。

他侧向左边，心里越发有数。

有人。但这种地方本不该有人。不该有人的地方有了人，这人很可能是在等他。

他继续向前走，警惕地靠近密室俱乐部。

电筒的光芒下，俱乐部墙上的那些涂鸦丑陋且幼稚，像一群被封锁在墙中、张牙舞爪的怪物。

他围着俱乐部绕了一圈，回到门口时，察觉到身后有人跟着自己。他停下脚步，余光向后，后面的动静立即停止。

这时风变得大了起来，在空荡荡的建筑架子中穿梭而过，那声音就像嘶哑的鬼哭狼嚎。

花崇在原地站了一会儿，走进楼中，身形如同被黑暗吞噬。

如果他愿意，他可以像猫一样悄无声息，但今晚他着实没有必要这么做。他以平常的步子在楼中走动，借着那细细的光柱观察周遭。

布满灰尘的地上扔着不少密室道具，人头、断肢、内脏，这些本该非常吓人的东西做得如果太劣质，那就会失去吓人的效果，只剩下滑稽了。

花崇踢开脚边的一颗"头"，那"头"向前方的黑暗滚去，它似乎应该滚得更远，却在不该停下时停下了。

花崇极佳的听力捕捉到这一点，立即向那暗如黑墨的地方看去。

脚步声从那个方向传来，是靴子，牛皮作战靴。

须臾，一个颀长的影子出现，渐渐清晰。他穿着黑色的短皮衣，工装裤扎在靴子里，头发比上次见面时更短，几乎只有贴着头皮的一层。

花崇说："又见面了，顾允醉。"

顾允醉脸上有一丝很淡的冷笑："没想到你会一个人来。"

花崇摘下手上的皮手套："我也没想到你亲自等在这儿。"

"嗯？"顾允醉挑起眉："没想到我在这儿，那你是来见谁的？"

"你的下属？"花崇不紧不慢道，"那些随时会被你抛弃的'工兵'？或者另一个听你话的顾厌枫。谁都行，反正在你的位置上，有无数人心甘情愿听你驱使。"

顾允醉上前两步，从黑暗里彻底走了出来。

废楼的二楼有一条走廊，走廊一边是一个个教室般大小的房间，另一边是横排窗户，很大，月光映在雪上，雪的微光又从窗户照进废楼。

花崇站的位置就在窗边，顾允醉在离他十米远的地方，他们的一侧正是邢小伟被砸破头的房间。

顾允醉盯着花崇，明明是剑拔弩张的气氛，他的眼神却显得漫不经心。

"我的位置？'银河'首脑吗？"顾允醉笑道，"花崇队长，你在恭维我。"

花崇轻哼一声："作为一个犯罪者，你的位置确实不低。"

顾允醉说："那我自作主张，把这看作是来自一个警察的夸奖了。那么花崇队长，既然你那么欣赏我，你愿不愿意像那些人一样听我驱使？"

花崇说："'银河'是个教人白日发梦的地方吗？"

顾允醉大笑："开个玩笑而已，你太认真了。"

窗外开始飘雪，起初只是很轻的颗粒，转眼就变成一团团如同棉絮一样的东西。

"真奇怪。"顾允醉说，"你居然会一个人来。"

花崇说："我应该带上安岷？"

顾允醉说："他竟然会让你一个人来。你们吵架了吗？"

"'银河'对别人的事这么感兴趣？"花崇说，"你一步步处心积虑给安岷留线索，从凤兰到安江，又到汛野镇，这是顾厌枫的家乡，这个废楼是他杀人的地方，那下一条线索是什么？"

顾允醉脸上的笑意就像根本不存在一般消失了，他平静地看向花崇："其实我等的是他。"

花崇轻松道："那没办法，我是他队长。"说着，他点了点太阳穴，"当队长的，脑子都更聪明。"

顾允醉嗤笑："这倒不见得。如果你真的聪明，就不会明知道等待着你的不是什么好事，还要独自前来。"

花崇说："警察奔赴的，有多少是好事？"

顾允醉眼神微微改变。

"警察奔赴的不都是你们这种犯罪分子的赌局吗？"花崇说，"如果我这点意识都没有，早就不用穿这身警服了。"

顾允醉道："你倒是会说。"

花崇略抬起下巴："顾允醉，你刚才撒谎了。"

"我？撒谎？"顾允醉眉间轻皱，"你知道你在说什么吗？"

"你等的人根本不是安岷。"花崇冷声道，"你等的就是我。"

顾允醉眼中第一次流露出惊讶。

花崇离开窗边的光，向顾允醉所在的黑暗走去："'银河'，我说得没错吧？你冒着被抓获的风险，亲自从 R 国来到汛野镇，目的不是你的同学安岷，而是我。"

十米的距离几乎缩短了一半，顾允醉目光愈冷："我冒着风险？你错了，我来汛野镇不用冒任何风险。这里和 R 国一样，都是我的地盘。"

顾允醉顿了片刻，又道："花崇队长，单枪匹马闯入敌人地盘的人，才会有风险。你要不回头看看？"

那些隐藏在风里、雪里的呼吸声变成了细而密的脚步声，阴森地出现在花崇身后。花崇不用回头，也能判断他们和自己的距离。

顾允醉又笑起来，一边笑一边往黑暗里退："花崇队长，是你自己要来的，我从头到尾都没有逼你。"

花崇快速拔枪，倒地侧滚，向后方打出一梭子子弹。

后面的黑潮反应不及，当即有人中枪倒下，但也有人迅速避开，空气中是子弹上膛的声响。

花崇趁着这一瞬间的混乱，飞身跃入旁边的房间，以墙壁作为掩体，冷静地向"银河"杀手们开枪。

一时间，沉寂得如同坟茔的废楼和荒野枪声四起，血和脑浆的腥臭顷刻间覆盖大雪的冷冽。


柳至秦的手指突然顿在键盘上，刚才那一瞬，他有短暂的心悸。

这心悸来得莫名其妙，像是什么危险的信号。

他抬起右手，轻轻压住胸口，那里跳得很快。他站起来，右手更加用力。好一会儿，那种令人不适的感觉才慢慢消退。


## 21


柳至秦是被沈寻摇醒的。他快到天亮才去沙发上躺着，想眯一会儿，等花崇来叫他。

他睡得不深，梦里还在查案，各种情形如同没有逻辑的碎片，睡着比醒着还累，迷糊间看见花崇推开门，他以为他还在睡，轻手轻脚地走进来，把打包的粥和肉饼小心地放在桌上，然后走到他身边。

所以醒来时，他以为摇他的是花崇。可两眼聚焦，看清的却是沈寻。

沈寻紧蹙着眉，神色凝重："花队跟你说过什么没？"

柳至秦按着眼窝，暂时没反应过来："说什么？"

"柳至秦！"沈寻突然按住他的肩膀，狠狠晃了下："睡醒了没？"

柳至秦一怔，初醒的倦意猛然消散："什么意思？"

沈寻盯着他，脸色越发难看："我以为他跟你通过气。"

柳至秦背脊阵阵发凉，记忆一下子被拉到昨天晚上。

汛野镇有两个地方最可能存在顾允醉布置的线索：一是在火灾现场建起的敬老院，二是邢小伟的命案现场。

他和花崇去过敬老院，没有发现和"银河"有关的疑点，目前敬老院已经处于警方的重点监控中。而邢小伟的命案现场，花崇与他说好，今天一起去看看。他浑身每一处肌肉都绷了起来。

昨晚他忙于网络上的线索，并未注意到花崇细节反应上的不同。花崇冲了两杯咖啡，要与他碰杯。

他们在洛城偶尔这样，但是到特别行动队之后，几乎没有再这么做过。

当初他们第一次拿咖啡当酒时，是解决了一起困难重重的案子。

花崇跟他碰杯，不是一时兴起，是下定决心要去做某件事。

"昭凡早上去找花队，发现他昨晚根本不在宿舍。"沈寻说，"被子没有动过，房间的其他东西也没动过，昭凡以为他在派出所这边陪着你，但过来一看，没找着他人。我刚才去调了招待所和这边的监控，发现他回过招待所后，没多久又一个人出来了，开走了一辆警车。"

柳至秦倒吸了一口凉气。

沈寻沉声道："他把战术背心穿走了，枪也带走了。"

柳至秦心脏狂跳，强行冷静下来，立即朝门口跑去。

昭凡就在楼下，马上追过去："柳至秦！花儿他……"

"我知道他在哪儿！"柳至秦用力拉一辆警车的车门，没拉开，转身朝昭凡喊道，"开车，我知道他在哪儿！"

三辆警车风驰电掣地行驶在路上，为首的那辆开得格外快。

柳至秦盯着前方白茫茫的路，眼中迸火，头脑却异常冷静。

他们明明今天要一起去命案现场，花崇却要提前独自前去，装备齐整，带着枪，故意瞒着他，还有说有笑地和他碰杯。

花崇是最优秀的刑警，也是经历过边疆反恐实战的精英特警。花崇对危险的嗅觉比缉毒犬在面对毒品时还要灵敏。

花崇必然是料想到了那里可能出现的危险，并且预计危险会降临到他身上，才只身前往。

柳至秦用力甩了甩头。不对劲，他和花崇都不对劲。

从他的身世问题浮出水面，他们就不断被推向失控的边缘。他时时刻刻受愧疚不甘的痛苦煎熬，花崇也很难摆脱来自他和顾允醉的影响。

花崇着急了。他却没有注意到花崇在着急。

昭凡一脚油门踩到底，突然说："柳至秦，你现在不能慌，你是最不能慌的一个。"

窗外景色飞逝，柳至秦的指甲嵌到了肉里。

"花崇独自行动一定有他的道理。"昭凡声音很紧，他几乎没有这样和柳至秦说过话，"你要相信他。"

柳至秦胸口蹿起火来。他自然相信花崇，这个世界上他可以不相信任何人，但他永远无条件相信花崇。根本不用昭凡来提醒他。

"我知道。"他寒着声音说。

"你不知道。"昭凡却道。

柳至秦余光往左边扫去。

昭凡说："不是相信朋友的那种相信。我指的是作为队友的信任，柳至秦，你的战场一直在网络上，我们特警之间的信任，你懂不懂？"

柳至秦面容冷得像一块冰，视线几乎要将挡风玻璃盯穿。

片刻，他说："我知道你的意思了。"

昭凡点头："那就行。"

离镇东的废楼越来越近，柳至秦克制不住地战栗。花崇夜里一定是到这里来了，那些顶多四层楼高的房子矗立在荒野里，有的已经是空架子。

花崇来了，却没有回去。这里发生过事。

"刺——"

一道刺耳的刹车声响起，柳至秦因为惯性迅猛往前扑，被安全带拽了回来。

"有车轮印。"昭凡说，"有血。"

柳至秦立即下车，此处离最近的一栋废楼不到五十米，夜里的雪并没有将地上的痕迹全都覆盖掉，可以看到至少有两组车轮印从废楼群中延伸出来，与警车交会，然后奔向北边。

后面的警车全部停下，海梓提着勘查箱跳出来时摔了一跤，被沈寻拉住，"提取车轮印和血迹。"

海梓不敢马虎："是！"

血迹不是滴落到雪地上的，是被车轮带出来，那些浓稠的红被雪地稀释，

285

已经是一串淡色的痕迹。可它在柳至秦眼中，却是那么触目惊心。

这是谁的血？

柳至秦沿着车轮印越跑越快，他出来得急，没戴口罩也没戴围巾，剧烈呼吸将冷空气灌入肺中，像全是钝齿的刀在胸腔里切割。

沈寻立即对昭凡道："追上他，如果里面有埋伏，你护着他。"

昭凡回到车上，在道上拐一个弯，迅速飙到柳至秦前面。

所有的废楼都是青灰色，唯独邢小伟出事的那栋，外面刷着浮夸的图案，而那里也是血迹最多最深的地方。

昭凡从车里出来时，已经戴上了头盔，右手提着一架自动步枪。

他嗅了嗅，在草木烂泥腐败的臭气和血腥味中辨出了另一种气味——子弹的味道。

废楼一共三层，他抬头看向二楼和三楼的窗户。

昨天晚上，这里发生过枪战，有人受伤，并且受伤的人不少，否则车轮上不会沾上那么多血。硝烟味这么久还没有散去，可见战况激烈。

昭凡蹙眉，头皮有些发麻，一种极为沉重的感觉拖拽着他往下掉。

刚才他告诉柳至秦，要站在队友的角度相信花崇。可是此时的情形给了他非常不好的预感。

花崇带了枪，穿着战术背心——战术背心在一定程度上能够防弹，但是花崇只有一个人，等在这里的可能不下十个人。

凶多吉少这个词在他脑中一闪即过，他在门口犹豫了一下，柳至秦已经跑了过来。

"车里有枪，自己去拿。"昭凡深吸一口气，强硬地挡住柳至秦，"跟在我后面，网络是你的战场，这种地方是我和花儿的战场，你得听我的，别往前面去。"

奔跑时，柳至秦脑中闪过了无数片段，冷静和焦灼仿佛拉扯着他。他转过身，拿出车后座的枪，而昭凡已经踏入废楼。

地上有很多足迹，全是作战靴的，每隔几步，就看得见一摊血。昭凡精神高度集中，据枪前行。柳至秦在他后面，与他互相防御着死角。

一楼几乎没有视线盲区，昭凡看到了两个倒在地上的人，他们相隔不远，周围全是血。

"已经死了。"昭凡蹲下检查后道，"子弹打穿脖子和额头，枪法很准。"

死人的脸上是狰狞的表情，柳至秦看了看那两张脸，和昭凡一同向二楼走去。二楼显然是主战场，情况比一楼糟糕得多，走廊上是横七竖八的尸体，墙上有很多子弹打出来的孔洞。

柳至秦几乎屏住了呼吸，从一具具尸体上跨过去。

他们都不是花崇。花崇在哪里？

"这是我们装备的子弹。"昭凡捡起一枚弹壳，冲身后的柳至秦说。

这个房间外面的墙上有大片弹孔，可见有人曾经将此处作为掩体。门外有两具尸体，里面有三具，那些人最终还是冲了进来。

队员们将整栋楼搜了个遍，一共找到九具尸体，其身份有待核实。

被花崇开走的车也已找到，副驾上扔着一件厚实的长款大衣。

柳至秦将大衣拿起来，指骨泛白。那是他的大衣，不久前还被花崇盖在身上。

楼中的血迹、足迹，以及楼外的车轮印等痕迹，已经由海梓、裴情提取完毕，是否有花崇的血迹还需要做过比对后才能下结论。

花崇生死未卜且行踪不明，无论现在是死是活，有一点是明确的——他被人带走了，并且在行动之前没有告诉特别行动队的任何人。

上级部门没有同意沈寻、程久城对"银河"采取行动的申请，特别行动队此番赶到汛野镇，打的是调查安江市连环失踪案的招牌。花崇的失踪打了特别行动队一个措手不及，沈寻必须立即向上级部门请示。


晌城的警力迅速补充到汛野镇，派出所暂时由特别行动队接管，柳至秦一回来就尝试追踪花崇。

花崇带着手机、平板电脑、手表，一切能够接入网络的东西，都能够提供追踪信号，还有那些在雪地上留下血迹的车！

柳至秦等不及申请交警协助，直接入侵了道路监控系统。密密麻麻的数据涌入他编写的独有程序，性能极好的笔记本电脑发出轻微轰鸣，高速处理、筛选这些信息。

他很少这么做，他总是游刃有余，但是这次他等不了，他必须以最快的速度找到花崇。

汛野镇派出所条件有限，没有海梓需要的检验设备，沈寻跟省厅紧急申请协助，将人和检材都送了过去。

多具尸体需要进行尸检，以明确死因，但更重要的是查清楚这些人的身份，以及现场是否有花崇的血液、足迹等痕迹。

海梓从检验室出来时，穿在最里面的衣服已经湿透了。

他抓着墙边的扶手，腿有些发抖。裴情正好从斜对面的房间出来，见状立即赶过来，"你怎么回事？"

海梓摇头，指了指胸口："没，就这儿有点慌。"

裴情蹙眉："出过那么多次现场，你瞎慌什么？"

"以前出的现场和这次的能一样吗？"海梓吞了口唾沫，"这次和花队有关啊！"

裴情问："结果出来没？"

"那座楼内外都有花队的足迹，但是没有花队的血迹。"海梓还在摸胸口，"吓死我了，我一进去，看到那么多死人，那么多弹孔，都急疯了！花队只有一个人，对方那么多人！我生怕他……"

裴情呵斥道："你别乌鸦嘴！"

海梓赶紧捂住嘴："我知道我知道。现场没检验到花队的血，他应该没有受伤，就算受伤了，也应该是轻伤。我估计他是被'银河'带走了。你那边呢？死者身上有没有特殊情况？"

裴情说："致命伤都是枪伤，但在被杀死之前，他们都饮过酒，有三个人吸过毒。这三个人都不是第一次吸毒。"

海梓瞪大眼："喝酒壮胆啊？"

裴情抿着唇，好一会儿才说："我觉得有问题。"

海梓看他："嗯？"

"我这两年解剖的基本上都是凶案中的被害人，但你记不记得我刚来特别行动队时，被调去解剖暴恐分子的尸体？"裴情说。

海梓点头："当然记得。"

"我接触过的那些有组织的暴力持枪分子，有人在死前饮酒、吸毒，但都是极少数，从来没有全部人都饮酒的情况。"裴情说，"这是第一次。他们像是被组织起来喝酒。这太奇怪了，这些人都是亡命之徒，根本不存在喝酒壮胆之说，他们不需要。昨天夜里那种情况，他们是围剿花队，他们应该做足准备，精神高度集中，我怎么想，都不至于集体饮酒。"

海梓想了想："难道是有人故意让他们喝酒？"

裴情说："我想不通。还有，现场你也看到了，那么激烈的枪战，子弹乱飞，一死就是一群，花队只有一个人，一把手枪，他到底是怎么保护自己的？"

海梓一个激灵："你可别怀疑花队啊，花队没受伤不是最好的吗？"

裴情沉默了一会儿，说："我当然希望花队平安。但我觉得昨晚的事方方面面都很蹊跷。"

海梓脸色突然一白。

裴情斜他一眼："你别一惊一乍。"

"我没一惊一乍！"海梓说，"我只是被你提醒，想到了一件事。"

"嗯？"

"花队的足迹，有进入废楼的，也有从废楼出来的。他周围还有其他人的足迹。"

裴情脸色又沉了些："他和别人一起，从楼里走出来？"

"嗯，而且上了车。"海梓说，"他是主动上了那些人的车。"

裴情盯着墙看了半天："不妙啊。柳至秦本来就让上面怀疑了，花队如果是主动跟着'银河'离开的，那上面会怎么想？"

沈寻正在与上级开视频会议，放在他手边的是初步勘查报告。

死在废楼里的人经过 DNA 和指纹比对，其中有两人的身份已经明确，一人名叫姜秋，一人名叫历兵，这两人和陈馨一样，身份合法，但取得身份的途径非法，他们的证件都是由"银河"伪造的。

其余几人可能是黑户，也可能和他们一样，拥有合法身份，但 DNA 和指纹信息未被采集。

沈寻拿到的报告，同一时间也传送给了远在首都的上级部门。

他能发现海梓和裴情讨论过的疑点，上级自然不会放过。

"刑侦一组的花崇，在没有告诉任何人的情况下，擅自行动……"

沈寻却在这时突然打断："刑侦一组的花崇，在追查安江市连环失踪案时，得到一条重要线索，最后一个劫持指示是从汛野镇发出的，而汛野镇正是顾厌枫的家乡，他被大火焚烧的家以及他杀害一名青年的地方很可能有重要信息。时间紧迫，花崇当机立断，前往当年的案发地，陷入埋伏。他在有限的条件下，做了最为充足的准备，和人数众多的敌方枪战。"

屏幕对面无人说话。

沈寻停顿了片刻，眼神和语气都更加郑重："我的队友花崇，他不是擅自行动，他曾经是一名战斗在西北边疆的特警，他有与生俱来的强大应变能力。我想，他的忠诚不应该被怀疑。他在枪战中或许没有受伤，但他现在失踪了，毫无疑问，他是被'银河'劫持——就像安江等三个城市的失踪者。我希望我和我的其他队友还有机会将他平安地带回来。"

对面有人想要打断沈寻。他们每一个人的职位都比沈寻高。

但沈寻没给对方打断的机会，继续说道："'银河'不会停手，他们不仅还在继续对我们社会上各行各业的精英下手，现在还动到了特别行动队的刑警头上来。"

沈寻突然站起来："我认为我们不能再犹豫了，我必须去把我的队友带回来。"


柳至秦红着一双眼，显示屏的光在他瞳孔中闪烁。

信号全部断了，"银河"搜走了花崇身上所有的电子设备，花崇就像一只断线的风筝，在灰蒙蒙的天空中消失得无影无踪。

他现在唯一能够确定的是，那些从雪地上经过的车在半夜4点之前就进入了R国境内，换车之后，无法再跟踪。

他闭着眼，脑中再一次浮现花崇离开之前的情形。

"那个玩偶呢？"花崇说。

"不在那里吗？"他说。

"哦，看到了。"花崇又说。

电子玩偶？顾允醉的电子玩偶！

柳至秦打开装玩偶的盒子，里面空空如也。


## 22


花崇睁开眼，鲜明的金光让他再次把眼闭上，过了两三秒，才将眼皮撑开一条缝。

他正躺在一张床上，但不是病床，病床没有这么柔软，病房也不会这么……

他认真想了想，终于从不太丰富的词汇库中想到了一个词——金碧辉煌。

他在被子里活动了一下手脚，头在枕头上晃了两下，意料之中的脱力感袭来，身体很酸很乏，头一动就痛，还伴随轻度耳鸣。但即便如此，他也必须起来。他费力地支起身子，冷静地观察周围的环境。

床很大，无论是床头柜还是床本身，都显得十分华丽，上头还有束起来的垂帘，床下铺着白色长绒地毯，墙上挂着油画，吊灯像一串水晶葡萄。

如果是在梦中，这里应该是几百年前欧洲的宫廷。但花崇知道，自己不是在做梦。

失去意识之前，他只身前往汛野镇东边的废楼，见到了顾允醉，在那里跟顾允醉的人打了一场，他们有很多人，单是冲上二楼的，就有十七人，他们似乎是顾允醉安排给他的考验，他想要顺其自然地被顾允醉带到"银河"基地，就必须经历这么一场硬仗。

他只有一把手枪，一件战术背心，他再强，也很难同时对抗那么多人，毕竟子弹不长眼。

但那些人的射击像是没有准星似的，最危险的一次，一枚子弹从他手臂上擦过。

他击杀了多少人？没数。

他的子弹打光了，一人用枪指着他的头颅，但枪声响起时，倒下的却是那人。

开枪的人站在黑暗中，显然是听顾允醉的指令行事，他被那人押上了车，车向北边的山林开去。后面还跟着一辆"银河"的车。

他在一场恶战之后，终于还是"失败"了，成为顾允醉的俘虏。

飘飞的雪让夜色变得不那么暗，越野车撞开雪花，他看着前方空荡荡的路。只要进入山林，他就等于到了 R 国。

"银河"在此经营多年，一路上畅通无阻。

"我收回我以前说过的话。"顾允醉突然说，"你和顾厌枫不一样，他很听话，但你不是个听话的人。"

顾允醉笑起来："你突然就不见了，楼里那么多尸体，那么多弹孔，可见围剿你的人数量之多，你说安岷明天看见了，会不会发疯？"

花崇的手指不经意地缩了下，好一会儿才说："你把他当作对手，却太小看他。"

"你高看他，那为什么要独自来找我？"顾允醉说。

他蹙眉，不悦地瞥向顾允醉。

"花崇队长，你在冒险。"顾允醉游刃有余地说，"我观察了安岷多久，就观察了你多久，你不是个墨守成规的刑警，也许因为你曾经是反恐特警，你比你身边那些刑警都更有冒险精神。但是这回，你冒险过头了。你知道这是为什么吗？因为事关安岷，他的情绪一直很差，你看得出来，而你又受到你那些顶头上司的制约，连立即对我采取行动都做不到。"

他眯着眼，掩饰眼中的阴沉。

"你觉得安岷已经伤痕累累，不能再受一丁点儿伤——不管是生理上还是心理上。你要尽快解决我这个大麻烦，最好的办法就是被我'俘虏'到R国。"顾允醉缓缓道，"没有上级的批准，你们特别行动队顶多也就能查到汛野镇，不可能更多了，你们甚至都不能深入虎穴。你当然也可以私自来到R国，以你的本事，越境根本不存在障碍。但这样做，你就违规了。只有被我带走，你的一切行为才合规。而且'银河'劫持那么多社会精英算什么呢？再等等吧，轻易不要采取行动。现在被'银河'带走的是一线刑警，'银河'竟然敢对特别行动队的人下手了？你的上级们就算顾虑再多，也必须行动了。"

"花崇队长，你真的很聪明、无畏。"顾允醉笑了笑。

花崇竭力控制着情绪，眸底的暗影却变化万千。

顾允醉其实……说得没错。他就是在冒险。他必须冒这个险。他已经不能再等。

特别行动队卡在上级的顾虑和顾允醉的阴谋之中，很难再进一步。如果再等下去，可能会有更多的无辜者失踪，柳至秦心理上的压力会越来越大，如果越过了某个临界值，他不确定一切会不会失去控制。

顾允醉显然在汛野镇布下了一个诱饵，他和柳至秦，一定得有人咬住这个诱饵，僵持着的局面才会被打开。

他不能让柳至秦去咬这个诱饵。这绝不是因为他小看了柳至秦，不相信柳至秦，只是因为他才是那个最优的选择。

他曾经是反恐特警，不管是枪战还是应付突发情况，他的经验都在柳至秦之上，柳至秦擅长网络追踪，留在特别行动队，才能发挥最大的作用。

"别说得这么事不关己。"花崇淡定地回应顾允醉的挑衅，"我这么做，不也是在帮你吗？"

顾允醉食指摩挲着太阳穴。

"'银河'，你比我们更着急。"花崇竟笑了笑，"你看上去像是主宰着一切，掌控着无数人的生命，但是你其实连你自己的人生都掌控不了。你刚才说我在冒险，你来汛野镇等我，不是也在冒险吗？"

花崇停了下，又说："你不止在冒险，你还在赌博。"

顾允醉转过脸，眼中晦暗不明，外人很难从他的眼神中看出他是高兴还是不高兴，他总是这样，悲喜难测。

花崇继续道："所以你才会向我们'求助'，你盼着我们赶紧行动，我的上

292

级顾虑重重，这让你着急了不是吗？在时间上，我们比你更耗得起。'银河'依附的那个庞然大物要醒了是吗？你担心你这些年的举动已经引起它的注意了是吗？你的内心在说：'我们警方怎么还不行动？'"

顾允醉压下唇角，花崇在他的眉眼间看到一丝警惕。

"'银河'，你的云淡风轻都是装出来的，没人比你更着急。"花崇收回视线，再次看向窗外，"别再把你自己假装成无所不能的神了，你觉得柳至秦可怜，其实你比他更可怜。"

好一会儿，花崇才听见顾允醉轻轻哼笑了一声。

他们已经行驶在 R 国的土地上，但周围的景物和汛野镇却几乎没有区别，林海雪原，衰败而富有生机。

越野车在一个看似无人的院落停下来，花崇携带的所有电子设备都被收缴。

"这你也要拿走吗？"花崇用下巴指了指那个与此时的氛围格格不入的电子玩偶，"那是你的东西，我还能用它联络柳至秦？"

顾允醉冷笑："当然不行。"

花崇的电子设备被就地破坏，顾允醉却把玩偶抛给了花崇："喜欢就拿着。"

他们在此换车，一切可被追踪的信号断绝。除了那个本属于顾允醉的电子玩偶。

花崇并不知道自己被带到了哪里，重新上车后不久，他就被注射了一针药剂，昏睡过去。醒来就在这间富丽堂皇的房间了。

花崇下床，看了看手臂上的绷带，枪伤已经被处理。

他穿着拖鞋，在房间里走了一圈，察觉到这里虽然装修得像个宫殿，但格局却是酒店的样子。

他被关在一座酒店？

他走到窗边，拉开厚重的窗帘，瞳孔因为浓烈的阳光而忽然收缩。

待到适应了光线后，他向外看去，稍稍心惊。

这是一座城市，繁华程度在洛城之上，他所在的这栋建筑高耸入云，平视过去，比建筑还高的仅有一座地标般的塔。

他缓缓咽了口唾沫。顾允醉竟然将他带到了如此发达的城市里来。而这座城市里很可能就藏有"银河"最为核心的基地，也就是进行人体试验的地方。

他本以为核心基地在最不引人注目的地方，很可能是边境的山林。在任何国家，边境都是最容易出问题的地方，尤其是那些边境线漫长的国家。然而"银河"选择的却是大城市。

花崇无端打了个寒战，想起此前与柳至秦、程久城讨论过的情况——疯狂的科学家其实并不需要什么"超级人类"，会利用"超级人类"的要么是军队里的涉密部门，要么是某个超大财阀。

所以"银河"的基地在大城市里才是合理的，他们有能力将这个非法基地藏在大城市里。甚至，这个基地都不需要藏，它堂而皇之地出现，每天接受无数人艳羡憧憬的目光。

权力、金钱，本就令人心驰神往。

花崇转过身，再次打量这奢华的房间，长长吸了一口气。

这时，门外传来敲门声，他尚未应答，门就自己打开了。

出现在门口的是个穿着华服的青年，金色的卷发，雪白的皮肤，高挑俊朗，像是从油画里走出来的欧洲贵族。

可是他一开口，却是不那么标准的汉语。

"顾先生带来的画，您终于醒了！"

画？什么意思？

花崇琢磨着这个字眼，见那青年微笑着朝自己走来，热情洋溢。

青年身后跟着两个健壮的男人，看一身的行头，应该是保镖。

花崇的目光在青年身上逡巡，他是标准的 R 国长相，和顾厌枫那种混血不同，瞳色浅蓝，像两枚品质卓越的宝石。

此人能出现在这里，必然经过了顾允醉的允许，和"银河"有极深的关系。

花崇视线轻微掉转，扫向墙上的油画，难怪他刚才觉得青年像是从油画中走出来的，对方的五官和墙上那幅画里的人有几分神似。

青年是这里的主人？

豪华酒店，城市中心……花崇脑中的线索飞快排列重组。当他再次看向青年时，已经有了一个清晰的结论——这个人所代表的，就是"银河"背后的庞然大物，他和他的家族正是"超级人类"试验的支持者，这座宫殿般的酒店，只是他们财富的冰山一角。花崇心底很轻地松了一口气。

青年像是一名商人，确切来说，是商人之子。

花崇最担心的情况是，"银河"背靠的是 R 国军方。

大约注意到花崇眼中的探寻，青年露出一个开怀的笑："您是不是很想知道我是谁？"

他的发音有些古怪，在外国人里已经算难得，但还是有很重的地方口音，乡土气息浓重，和他的外貌和打扮十分不搭。

花崇说："如果你愿意做个自我介绍的话。"

青年略显高傲地抬了抬下巴，这个姿势让花崇想到了无聊时看的欧洲老电影，里面那些浮夸的绅士总是让他感到滑稽。

"我名叫泽洛陈。"青年说，"当然，这是我给自己起的汉语名字。我的 R 文名字是……"

泽洛陈？

花崇不清楚这人为什么要给自己取这样一个名字，但他听说过泽洛。

泽洛家族，R 国历史悠久的富豪，如今产业遍及世界各个角落，家族中还出了不少影视明星、慈善家。用一个成语来形容，泽洛家族富可敌国。

所以"银河"背后的那个怪物就是泽洛家族？

花崇不动声色地与泽洛陈对视。

"我特别喜欢你们的国家，我去过很多次，但每次都觉得不够。"泽洛陈说，"欢迎您来到这里，我的朋友。"

花崇说："顾允醉呢？怎么没看到他？"

泽洛陈说："您这么急着和他见面？"

花崇现在无法确定泽洛陈和顾允醉之间的关系，只能初步判断，这人也许是泽洛家族中的一个变数，被顾允醉所利用。

因为顾允醉想要摧毁的是"银河"，更是"银河"背后的支持者。

顾允醉多年来一直在做这件事，他有自己忠实的信徒，比如甘愿为他成为囚徒的顾厌枫，还有那些被洗脑的"工兵"，但这还不够，顾允醉作为首脑，其行为，甚至是思想都处在泽洛家族的监视下，他必须在泽洛家族中找到一个足以被他利用的支点。

泽洛陈很像是这个支点。

"我被他带到这里来。"花崇斟酌着说出的每一个字，既要向泽洛陈透露信息，又不可透露关键信息，"我有很多问题要问他。"

"哎呀呀——"泽洛陈将两个保镖都请了出去，"什么问题？您可以问我啊。"

"问你？"花崇装傻，"我只知道你的名字，并不清楚你到底是谁。"

花崇故意顿了下："你也是'银河'的人？"

泽洛陈笑嘻嘻道："您在套我的话。"

花崇额角轻微一跳。

泽洛陈又道："'银河'先生早就提醒过我啦，你很狡猾，我汉语说得不好，

295

如果您问什么，我就回答什么，那我就容易被您骗。"

花崇轻嗤一声："顾允醉还跟你说这些？"

"因为我们是伙伴啊。"泽洛陈说，"我帮助他，他也帮助我。"

花崇盯着泽洛陈的眼睛。面对犯罪分子的丰富经验让他敏锐地察觉到，面前这个看似纯善的青年很可能天生具有反社会人格。

所谓的帮助，实际上就是犯罪。

花崇以闲聊的语气道："我懂了，你也是'银河'人口贩卖生意的合作者。'银河'见不得光，但你可以，你在帮助他'洗白'。"

泽洛陈不满道："我对那些生意才没兴趣，我只对创新、艺术有兴趣。"

花崇装作听不懂。

泽洛陈以一种看阶下囚的眼神看着他："警察都是废物，你们还真以为'银河'只是做人口生意？父亲忌惮你们，不赞同'银河'先生在你们国家做事，但是你们和我们这儿的警察一样，眼皮子太浅。"

花崇适时捏了捏拳头，以示正被激怒。

他的反应让泽洛陈谈兴更浓："但没关系，我会帮'银河'先生扫除一切障碍。"

他走近，绕着花崇转了一圈，回到花崇面前，忽然伸出手，勾起花崇的下巴。

这个动作挑衅的意思十分明显，花崇下意识就想挣开。

"嘿，挺烈的。但是再烈也没用了，您已经是'银河'先生送给我的画了。"泽洛陈笑意更浓，"您似乎不太聪明，刚才问的都是什么蠢问题。说实话，我对您不太满意啊，顾先生明明说过带来的是个心理非常强大的人，您智商不太够的样子。"

花崇差一点就对泽洛陈动手了，但对方此时的话正好让他冷静下来。

"不过看在您长得还不错的分儿上，我可以接受。"泽洛陈捏着花崇的下巴轻轻晃了晃，松开，"如果您不行，我大不了让他再给我找一个来。反正你们地大物博，人口也多，我就不相信，试验做到最后，还画不出一幅让我满意的画来。"

花崇索性将笨蛋装到底："你一直在说画，到底是什么画？"

"把您当作试验体，用您的痛苦描摹出来的画啊。"泽洛陈摇摇头，"那些天才好归好，但还是差了点劲。'银河'先生说智商高不够，我们需要的'超级人类'，心理必须坚不可摧。"

296

花崇眨了眨眼，困惑恰到好处地浮现在眉眼间。

沈寻独自在露台上抽烟，背上的冷汗已经将衬衫打湿。

他为花崇慷慨陈词，然而最终做决定的仍是上级部门，他故意拿花崇的刑警身份刺激上级，这在当时毫无疑问是有用的，但是对"银河"的行动一定会被批准吗？

不见得。

时间紧迫，花崇现在到底怎么样了，根本无人知晓，他必须想出下一个应对方案来。

这时，大衣里的手机振动，沈寻拿出来一看，是程久城打来的。

"程队。"

"花崇去汛野镇之前，让我们信息战小组尽全力在R国警方中寻找一个有志对付'银河'的实权者。"程久城说，"花崇估计得没错，确实有这么一个人。我们找到他了！"

沈寻精神大振："谁？"

"奥科苏·卢瑟，沈队，他和你们年纪差不多，今年三十三岁，军队背景，曾经是R国烈风特种部队的队员，两年前负伤退役。因为军功，卢瑟一进入R国警界后，就在中央执行处供职，手下有一个特警、刑警混编支队，他身后还有烈风特种部队这座靠山。R国这个中央执行处和咱们特别行动队相似。"程久城显然很兴奋，"银河"的老巢在R国，要对"银河"斩草除根，必须靠R国自己。

"这两年他一直在关注'银河'，但是我查过我们去年联合行动的R国名单，他被派到西部执行反恐任务，并未参与联合行动。"程久城说，"有人忌惮他，挖空心思将他支走。这一年来，他似乎还盯着'银河'。R国警界高层一直有人在阻拦他，而他调查'银河'的时间太短，很可能还没有掌握我们已经掌握的讯息。"

沈寻沉声道："假如他掌握了……"

"那按照我现在对这个人的了解，他一定会行动。"程久城说，"他有背景，就有和警界高层叫板的能力！"

沈寻说："一旦R国警方有动作，我们就不再有顾忌，可以立即采取行动！"

"对！"程久城说，"我们正在尝试联系奥科苏·卢瑟，但还有一个问题，花崇在哪里，'银河'的人体改造基地在哪里，我们还没有得到具体坐标。"

沈寻深吸一口气，看向远处："花崇做事一定有他的道理，等着瞧。"

花崇消失了。越野车消失了。一切关于花崇的信息都消失了。

没有什么外来的电子设备能被带入"银河"的核心基地，除了本来就属于"银河"的东西。

柳至秦在无数的信息流中搜索着那个电子玩偶。

他曾经多次尝试通过它追踪顾允醉，但是都在最后关头失败。这次他追踪的成了那个玩偶本身。

玩偶被花崇带走，玩偶在哪里，花崇很可能就在哪里。

程序接连报错，快速被修改，他盯着显示屏，不放弃一丝希望。

两个声音在耳边浮现，一个声音来自昭凡，一个声音来自安择。

"你要相信他，不是相信朋友的那种相信，是作为队友的相信。"

"在我们的战场上，计划经常赶不上变化，但我无条件相信我的队友。"

"嘀——嘀——嘀——"

程序发回信号抓取成功的提示。接着，是越来越详细的坐标。

柳至秦哑声道："沈队。"

"沈寻！"他喝道，"花崇在 R 国阿莫林卡大区的雅兰酒店！"

## 23

R 国，中央执行处。

奥科苏·卢瑟坐在宽大的办公桌边，一手托腮，面容凝重地看着桌上的电脑显示屏。

他是典型的 R 国人体型，身材高大，一旁的便携笔记本电脑和桌子比起来显得十分袖珍，倒是那张台式电脑的屏幕，很配整间办公室的风格。显示屏进入屏保状态，映出他紧锁的眉心。

片刻，他站起来，向窗边走去。

即便是在办公室，他也穿着特警作战服和作战靴。这副打扮让他有别于总部大楼里的其他警察。

中央执行处的高层几次委婉地提醒他，不用执行任务时，最好和同事们一样，穿制服衬衣，但他拒绝了。

"我从战场上下来，随时都在战备状态。"他的语气有一丝轻蔑，"我和我的队员，与那些依附政客、商人的蛀虫不同。"

他的高傲让他在总部格格不入，许多被他贬低为蛀虫的警察在背后辱骂他，但即便是总部的高层，也不能拿他怎么样，毕竟他是从烈风特种部队退下来的功勋战士。

卢瑟双手抱在胸前，盯着楼下缓缓驶过的一辆车。

那是扬希格斯·泽洛的车，此人毕业于R国警察学院，是总部特殊调查处的负责人之一。

而两国对"银河"的联合行动，R国这边正是由特殊调查处和中央执行处负责。

卢瑟舔了舔上齿。

早在还未退役时，他就知道有一个人口贩卖组织盘踞在自己的国家，十多年来，警方对这个组织毫无办法，那些触角打掉了一条，马上又能生出新的一条。他所在的烈风特种部队常年在国外执行涉密任务，调查"银河"并非他们的工作。

从他脱下军装，穿上警服，来到中央执行处之后，他被安排的任务没有一个和"银河"有关，但他一直在利用私人关系，调查这个杀不死的组织。卢瑟逐渐发现，"银河"的势力已经渗透到总部，高层有"银河"的人！所以不管底下的警察怎么追踪"银河"，牺牲了多少兄弟，"银河"也仅仅是象征性地流一点血。

他尝试将内鬼抓出来，但"银河"有太多精通网络的人，他一时半刻找不到突破口。

去年，由于"银河"的触角伸到了C国，在那片辽阔的疆土上做起人口贩卖生意，C国警方下决心打掉"银河"，和R国商讨联合行动。

当时，C国的信息战小组锁定了"银河"的据点，以及首脑和大量高层的位置，两国警力紧急部署，他却突然被调去西边，协助军方的反恐围剿。

那次调动本身不存在问题，R国反恐向来是军方主导，但也需要特警协助，他们中央执行处本来就是执行这些高级别危险任务的，而他又是从军队中退下来的，是最合适的人选。

两国的联合行动擒获了"银河"的首脑顾厌枫，以及数十名高层，打掉"银河"位于南边、东南边的据点。"银河"仿佛不存在了。

但是大半年过去，他敏锐地察觉到，那次行动很可能只是一场戏，是"银河"表演给两国警方的戏。

"银河"并没有消失，而被擒获的首脑也不是真正的首脑，那些潜伏在总部中的暗影还在，无时无刻不嘲笑着两国警方的无用。

察觉到这个问题，再倒回去看当时的临时调动，他浑身冷意。

联合行动是 C 国发起的，并且"银河"的根基在 R 国，所以行动如果有猫腻，那猫腻一定是在 R 国警方这里。

总部里很多人都知道他在查"银河"，如果那次联合行动，R 国这边的负责人是他，那他会抓住这个机会一查到底，绝对不会只抓到一个假首脑。

他被忌惮，所以被调走。他一被调走，行动就落到了"银河"自己人的手上。

调他的人有问题，行动的负责人也有问题。

楼下的车已经开远了，扬希格斯·泽洛这个名字却持续在卢瑟脑中徘徊。

扬希格斯·泽洛是这几个月以来他最怀疑的人，此人掌握着联合行动的大多数信息，并且直接在 R 国警方负责的战线上指挥作战，完全能够将情报透露给"银河"。但是他没有证据。

另外，那个决定将他调走的人也有问题。他问过中央执行处的负责人，对方说决定是总部开会下达的。

能够参与总部高层会议，并且行使决定权的一共就那几个老头子。

当初捋清楚这些疑点时，他愤怒且不寒而栗，他的警察兄弟们为了铲除"银河"前赴后继，每年都有那么多人牺牲，可是总部的决策者、下一级的执行者中，却藏有"银河"的人。

"银河"已经将总部蛀空了！

扬希格斯·泽洛履历清白，从基层一路平步青云，和他年纪相仿，素来是警方在舆论中的一面旗帜，被众多新警察追捧。几乎没有人提到扬希格斯·泽洛的背景，但凡提到，也会被抹去。

扬希格斯·泽洛在刻意淡化自己的家族背景，但卢瑟早已查到，扬希格斯·泽洛正是泽洛家族的嫡系成员。

泽洛家族是 R 国的老牌商业帝国，其产业早就延伸到社会的各个方面。

扬希格斯·泽洛和"银河"有关，那么就说明泽洛家族很可能和"银河"有关，卢瑟起初觉得这匪夷所思，泽洛家族这种庞然大物怎么会和跨国犯罪组织牵扯上？但越查卢瑟就越相信自己的判断，因为此事可以反推——"银河"如果没有依附泽洛家族这种庞然大物，怎么会兴旺地发展这么多年，连两国警方的联合行动也奈何不了它？

总部高层有一个人也来自泽洛家族——卡尔钦·泽洛，此人德高望重，提出将他调去反恐围剿的很可能正是卡尔钦·泽洛。

卢瑟最近非常焦虑，即便他有军方背景，但总部到底是警方的势力范围，他想要扳倒扬希格斯·泽洛和卡尔钦·泽洛不是那么容易的事，而且他没有证据，就算他要求详查泽洛家族，也很难查出他们和"银河"的关系。但是半小时之前，他接到一个来自C国的加密视频通话申请。

通话一接通，他就认出了对方——程久城，特别行动队信息战小组的负责人。

去年的行动他未能参加，但是在前期网络追踪阶段，他见过程久城，交流过一些铺网方面的问题。后来行动"成功"，程久城参加R国的网络侦查交流，他也见过程久城一面。

在他的印象里，程久城是一位温和有原则的前辈，加上信息战小组在联合行动中起了很大的作用，他潜意识中对程久城就多了一分信任。

"卢瑟先生，我有一个紧急情况，需要你帮忙。"程久城郑重道，"有关'银河'，你是目前唯一能够协助我们的人……"

通话持续了二十多分钟，程久城将已掌握的信息、推断简明扼要地告知卢瑟，经由加密路径传过去的还有实打实证据。

特别行动队已经破釜沉舟，他们必须在R国警方找到一个可靠的助力。

"我们的队员，刑侦一组的队长花崇，在追踪'银河'重要头目的过程中遭遇伏击，他也许已经牺牲，也许还活着，但我有一点能够确定。"程久城说，"他身上有一个特殊的电子设备，这个设备因为是'银河'首脑自己的物品，所以未被破坏，信号也未被屏蔽，我们已经锁定这个设备的位置，在阿莫林卡大区的五星级雅兰酒店！"

"雅兰酒店属于泽洛家族，卢瑟先生，我记得我们上次的联合行动中，你们的负责人是扬希格斯·泽洛！"程久城额头上渗出汗珠，声音发紧。

花崇说R国警方不可能一黑到底，越是黑暗的地方，越是有挣扎着照亮黑暗的光。现在他们找到了这束光，但程久城无法确定，卢瑟一定会配合特别行动队。

太急了，这一切都发生得太急，如果是他，他也需要大量时间来判断信息的真伪，以及更多的时间来计划对抗黑暗。可他们没有多余的时间。

他在赌。

"我们怀疑，不，现在已经不是怀疑。"程久城深吸一口气，"我们确定，泽洛家族就是'银河'的庇护伞，是'银河'人体改造试验的支持者！上次的联合行动表面成功，实际上却失败，正是因为有扬希格斯·泽洛等泽洛家族的成员从中作梗！"

卢瑟感到自己浑身鲜血都因为愤怒沸腾、燃烧起来，这种感觉在通话结束之后仍然没有停止。

他缓缓捏紧拳头，锐利的目光像出鞘的剑。

这大半年来他就做了一件事——调查"银河"。在总部他孤掌难鸣，扬希格斯·泽洛有一大群精英，他背后的烈风特种部队虽然算是他的靠山，但是在没有证据的情况下，他根本奈何不了泽洛家族。

但现在，证据来了。不甘心的不只是他，还有 C 国那些英勇而纯粹的警察。

他们不仅给了他证据，还提供了人体改造试验这一耸人听闻的线索。他终于有了采取行动的理由！


"突突突——"直升机在寒风中降落，柳至秦从机舱里匆忙跃出，险些摔倒。

昭凡在后面喊道："柳至秦！"

柳至秦像根本没有听见，朝即将起飞的军机狂奔。

汛野镇没有机场，此处是距离汛野镇最近的一处军用机场。他根据电子玩偶的信号锁定的位置起了至关重要的作用，R 国中央执行处的奥科苏·卢瑟已经同意合作，因为顾虑重重而犹豫不决的上级部门终于为特别行动队打开绿灯。

R 国军方和警察总部两股力量正在博弈，卡尔钦·泽洛拒绝了卢瑟的行动申请，更是不允许特别行动队入境，但卢瑟背靠的军方却在此时站了出来，邀请特别行动队前往阿莫林卡大区。

这意味着特别行动队再次因为"银河"与 R 国合作，只是合作的主体从警察总部变成 R 国烈风特种部队。

黑暗里的火种，发誓要将黑暗烧为灰烬。

柳至秦登上的这架军机，目的地正是阿莫林卡大区。

特别行动队首批派出的几乎全是特警，全副武装，荷枪实弹，柳至秦身为刑警，还是刑警里的技侦队员，根本不在这一批名单之中。

但是他不可能留在汛野镇。他恨不得马上就赶到花崇身边。

沈寻和程久城明白这一点，所以未加阻拦，但在直升机出发前，沈寻对昭凡千叮万嘱，务必保证柳至秦的安全。

军机起飞，特警们紧张有序地检查装备，阿莫林卡大区在 R 国西北，区内有 R 国北方最繁华的城市阿莫林卡市。

柳至秦刚报出坐标时，昭凡第一反应就是不可能。去年他参加过联合行动，对"银河"有深入的了解，"银河"虽然盘踞在 R 国，但其活动的区域几乎全在 R 国南部和东部，北部几乎未受"银河"影响。并且"银河"的据点全部在村庄小镇，没有一个在阿莫林卡市这种繁华都市。

但到了这个地步，柳至秦不可能随便抛出一个假数据，而雅兰酒店直接扯出了泽洛家族，这符合花崇对"银河"背后支持者的判断。

搭军机远没有坐普通航班舒服，柳至秦靠在角落，右手拉着扶杆，身体随着机身倾斜。

昭凡提着两个迷彩包裹走过去，扔在地上："你的，过了这段气流，你换上。"

柳至秦久未合眼，睡眠严重不足，此时眼中全是红血丝。听见昭凡跟他说话，他也没转过头来，沉默着看向前方。

昭凡在他肩上用力拍了一下，语气不再像平常那样轻佻，"柳至秦，你现在在我的队上，一切行动必须听我指挥。我跟你说话，你发什么愣？"

柳至秦抬起眼皮，与昭凡对视。

昭凡绕到他面前蹲下，那眼神是常年在枪林弹雨中穿行而独有的锋芒。

"我知道你担心花崇，他现在是什么情况，我不敢跟你保证。但是我可以告诉你，我们特警出身的人，敢拿自己的命去赌，也最珍惜自己的命。他在竭尽所能地完成任务，你追踪到的坐标就是他无畏的铁证，他也会竭尽所能地活下来，等我们，等你去救他！"

柳至秦脸上几乎没有表情，但咬肌在机舱并不明亮的光中隐隐动了下。

片刻，他嗓音沙哑道："我知道。"

"这一趟你冲上来根本不明智，你应该待在汛野镇，或者干脆回首都，你拿着你的电脑，可以做更多事。"昭凡顿了顿，"但是我理解你，他们笑你是无情黑客，但谁不知道你有多重感情。把战术背心穿上，头盔戴好，手枪如果用着不顺，我给你自动步枪。你既然要进我的队，那你就不再是技侦队员，该穿的装备全都给我穿上！"

柳至秦闭上眼，嘴唇抿成一条线。

光线下，昭凡看见他的眼睑很轻地颤抖。

睁开眼时，柳至秦面前已经没人了。片刻，军机穿过了气流，颠簸程度减轻。他打开迷彩包裹，将特警的装备一件一件换在身上。

机舱里轰鸣阵阵，如地震与海啸擦肩而过，但柳至秦出神地看着昭凡放在他面前的自动步枪，感到耳边的杂音一点一点远去，这么多天以来那些撕扯着他的情绪也渐渐归于平静。

花崇在成为一名刑警之前，是战斗在反恐第一线的精英特警。那时，花崇每日与自动步枪为伴，还时常在狙击步枪的光学瞄准具中搜索目标。

当年在洛城，他追踪恐怖组织头目连烽，险些掉入连烽的陷阱。千钧一发之时，花崇在直升机上，沉稳据枪，子弹破空而来，直射连烽。

那记枪声干脆利落，就像花崇这个人，永远纯粹，永远可靠。

花崇失踪后，他像是被按入了一个不见天日的牢笼一样。

他无法让自己不去想，花崇为什么要这么做，花崇现在怎么样了，"银河"到底对花崇做了什么。痛苦和愤怒折磨他、扭曲他，而他又必须专注于追踪。

他在沸水里，思绪如同一团乱麻，怪花崇擅自行动，更怪那天夜里，自己没有注意到花崇的细微失常。

现在，他做了他能做的事，想必花崇也已尽力，他正在奔赴花崇，他们的距离越来越近了。

一种奇异的安宁感让沸水冷却，他好像终于能够静下来思考花崇不告而别的动机。

在和"银河"的博弈上，特别行动队受到上级制约，一直处在非常被动的状态，而且这种被动的状态不知道还会持续多久。"工兵"还在行动，不断有无辜者失踪，这是顾允醉催促的信号。

如果只是这样，花崇可能还不会选择冒险。但是还有他。

他掩饰得再好，骗得过其他所有人，也骗不过花崇。事实上，他就是日复一日地承受着心理煎熬，多一人受害，他的负担就重一分。上级对他不信任，不敢贸然采取行动，希望以循序渐进的方式再度与R国警方合作。可他的精神状态不一定能撑到那个时候。

花崇是作为一个深思熟虑的警察，去奔赴顾允醉的天罗地网的。

来到汛野镇后，花崇一定从某些蛛丝马迹中判断出，顾允醉也担心夜长梦多，正在一个地方等着他们。这个地方就是顾厌枫杀死邢小伟的废楼。

他和花崇，必须有一人去赴顾允醉的约。花崇替他去了。

不，不对。花崇不只是替他去，是判断自己比他更适合去。

但是花崇心中一点私心都没有吗？也不可能，花崇那晚和他碰杯时，看着他微笑时，心里在想些什么？

他的心突然被攥得很紧很紧。花崇在心疼他。

可怜和心疼，是两种相似却又截然不同的情绪。花崇从来不会可怜他，却心疼他被蒙在鼓里时所经受的一切。

他低下头，将脸埋进手掌。

一股力量席卷着他，冲撞他的五脏六腑。他还是怪花崇，他无法就这么原谅花崇，可很矛盾，他又能理解花崇。

角色调换，他会因为警察这份职责做同样的事。他们都没有时间去衡量更多。

现在正在发生的事证明花崇的决断是正确的，花崇把线索抛回来，而他接住了这个线索，特别行动队正式出动，R国军方介入被腐蚀的警界。

唯一不确定的是，花崇现在是不是还活着。

他在手掌中深深吸气。

"等着我。"他以只有自己听得见的声音轻轻说。


阿莫林卡市是R国的金融之都，社会精英们聚集于此，几十年来从未发生过大规模袭击事件。

傍晚，结束一天工作的人们踏上归家之路，市中心的主要干道却突然被封锁，每条路上都站着身着迷彩服的军人和身着特战服的特警，数架军方的武装直升机从空中呼啸飞过。

被堵住的车辆疯狂鸣笛，很多人涌向公交、地铁站点，却被告知公共交通暂时封锁。

"出什么事了啊？怎么这么多警察？"

"搞演习吗？但也得让人回家啊。这要等到什么时候？"

"到底是哪里出事了？刚才过去的是不是特种部队？"

"我从雅兰过来，是雅兰出事了，酒店外面全是警车，直升机也过去了！"

"雅兰？那不是咱们这儿最贵的酒店吗？住的都是有钱人……"

雅兰酒店，两方人马剑拔弩张，奥科苏·卢瑟带领中央执行处赶到不久，扬希格斯·泽洛手下的特殊调查处就包围了雅兰酒店。

警察总部对卢瑟下了一级警告，将他的行动判定为非法，命令他立即返回总部。

然而烈风特种部队也在此刻赶到。

卢瑟用枪指着扬希格斯·泽洛："别以为你的身后是泽洛家族，我就不敢对你动手。泽洛家族敢给'银河'当保护伞，我就敢把你们一锅端！"

## 24

雅兰酒店已被重兵包围，中央执行处、特殊调查处、烈风特种部队、总部直属战队，将枪口对准了彼此。

而数十层楼之下的"银河"基地，却像一片不被打搅的世界，各项试验仍有条不紊地进行。

他们不是不知道酒店发生了什么，但这种对峙在"银河"科学家们的眼中不值一提。

泽洛家族的脉络早就覆盖了这片国土的每一寸，没有任何人能够动泽洛家族一根汗毛。中央执行处？烈风特种部队？那是什么玩意儿？

没有人不会向金钱带来的权势拜服。这不过是一个小小的泡沫一般的风波罢了。

"银河"这几十年来颠沛流离，经历的风波不计其数，又怎么会惧怕这一次。不过有惯性思维的科学家们大约不知道，习惯是覆灭的开始。

花崇被固定在一个箱状的器皿中，动弹不得，来自身体的感觉十分迟钝，像是被注射了麻药。

他尝试握紧拳头，这个最简单的动作已经无法完成。

他的头部也被固定，能够轻松转动的只有眼珠子。但意识和胸部以上的感知都非常清楚，可见麻药——如果那是麻药的话——仅作用于胸部以下。

周围很安静，听不见人声，只有机械那无机质的声响。他的头有些疼，嗡嗡的，但他不得不迅速将自己从刚苏醒的混沌状态中挣脱出来。

醒着时，他在酒店华丽的客房见到了一个年轻人——泽洛陈，R国泽洛家族的嫡子。

泽洛陈着实健谈，大概是觉得他死到临头，于是对他滔滔不绝。

围绕"银河"的疑云全部解开，树大根深的泽洛家族就是"银河"的庇护者，泽洛家族上一代当家和当时的"银河"首脑达成协议，共同创造"超级人类"。泽洛家族如同商界的航空母舰，早已不甘只做商人，泽洛陈这一辈不少人进入政界就是他们不甘的信号。

泽洛家族希望拥有一批最聪明、最强大的"超级人类"，如此就能成为R

国的真正统治者。然而试验却一再失败，新一代的人体改造试验也许是"银河"的最后机会。

不过泽洛陈对"超级人类"兴趣不大，他只是喜欢品尝试验的附加物——试验体们在被改造时的激烈痛楚。

"'银河'先生说，脑袋聪明、身体素质强，这些都不是'超级人类'最重要的特征，心理素质才是。"泽洛陈微笑着说，"他跟我保证，会在我热爱的 C 国，为我找来一个心理素质特别强悍的人。他言出必行，果然给我找了。"

花崇说："我是试验体？"

"是您自投罗网。"泽洛陈笑得更开心了，"是你们 C 国的警察非要对我们穷追不舍。您说您好好待在你们国家不好吗？和我们作对，活该给我当试验体。"说完这句话，泽洛陈就离开了，房门关闭，花崇知道房间里必然有监控，而他的枪被搜走，外面也必然有人，一时半刻，他没有逃离的办法。

不久，他嗅到一股独特的味道，这味道越来越浓，令他头昏脑涨，昏昏欲睡。

醒来时，就已经躺在这棺材一般的器皿里了。这里感觉不到时间。

从他被带到酒店，他就已经失去了时间的概念。

不知道时间让人恐慌，电子玩偶也在酒店吗？柳至秦有没有捕捉到信号？

他忽然不合时宜地担心起一个问题——现在躯干和四肢是暂时麻痹，还是永久损坏了？

如果是永久损坏，那以后怎么办呢？他走不了路，连坐起来都不行，生活不能自理，屎尿屁都管不住，谁来管他？柳至秦？

他唇角勾起来，他也没想到，此时自己竟然还能笑。

大概是"柳至秦"这三个字本身，就能让他放松。

柳至秦现在在做什么？位置锁定了吗？还在生他的气没？

我没有别的办法了。他在心里为自己辩驳，如果告诉你，你不会同意，我们都没有时间反复权衡。

他眨了眨眼，忽然听见一个熟悉的声音从高处传来，"您笑起来真好看。但是您在笑什么呢？"

是泽洛陈。花崇眼里的温柔瞬间消失。

电子门悄无声息地朝两边打开，泽洛陈走了进来："您可真是狡猾。"

花崇说："狡猾？"

"上面很多人为您打起来了。"泽洛陈说，"是您把他们引来的。"

花崇胸膛一窒，眼神忽然锐利。

柳至秦捕捉到了信号，特别行动队来了？

不对，这里是 R 国，就算上级部门同意沈寻的行动申请，也还需要 R 国配合。最快赶到的一定不是特别行动队，而是 R 国的警察。

难道程久城找到了 R 国警方里的火种？

花崇飞快梳理信息，只有这一种可能！

"您这是什么反应？"泽洛陈弯腰，鼻尖几乎贴到了花崇的鼻尖，略长的头发落下来，搭在花崇的脸上，"您好像什么都知道。"

泽洛陈身上有一股香味，是很甜的花香，花崇很少在男人身上闻到这么甜的气味，有些想打喷嚏。

"您好聪明啊。"泽洛陈又说，"只有聪明的人才能当卧底。您到底是怎么让他们知道您在这儿的，嗯？"

你那"银河"先生的电子玩偶。花崇心里这般说着，面上却丝毫不为所动。

"但您恐怕要失望了。"泽洛陈直起身子，"我们国家的警察，和你们国家的不一样。告诉您一件事吧，去年你们不是和我们国家的废物搞了次什么联合行动吗？你们以为抓到了'银河'？但顾厌枫根本不是真正的'银河'。联合行动也不可能成功，您知道为什么吗？"

花崇沉默地看着这个花枝招展的男人。

"因为行动的负责人就是我的哥哥。"泽洛陈大笑起来，"所以我说，您是自投罗网，现在您害怕吗？我要打开您的头颅啦！"

花崇知道上次的联合行动，R 国一定有内鬼，但他没有想到的是，负责人就是那个内鬼。

堂而皇之到这种地步，泽洛家族等于已经掌握了 R 国警界。难怪顾允醉从多年前就开始谋划将火烧到 C 国来，他对 R 国警方没有一丝一毫的信任。

三个穿着手术服的人走进来，其中一人推着一个摆满医疗器械的车。

泽洛陈又说："您猜上次躺在这里的是谁？"

花崇感到有一股冷气从器皿中喷出来，包裹着他的身体。冷气越来越多，如同液体。

不，那可能就是液体，他的感觉已经分辨不出那到底是液体还是气体。

"是乔应声。"泽洛陈笑道，"你们国家的天才物理学家，我把他的头颅打开，在上面做试验，天才也不过如此，他的恐惧画出来的图，我觉得不怎么样。"

花崇沉着声问："他人呢？"

泽洛陈耸耸肩："已经死啦。还有那个叫吴什么的，也已经死啦。"说着，泽洛陈愉快地眯眼，"现在，就轮到您了，我英勇无畏的警察先生。"

他感到身体越来越冷，那些冰凉的液体或者气体像针一般往身体里钻。麻木的感觉似乎正在减轻，手能够虚虚握成拳头，脚趾也有了知觉，但在此时的情形下，或许不是一件好事。

花崇说："顾允醉呢？我怎么一直没见着他？"

"'银河'先生很忙。"泽洛陈说，"因为您，他很自责。"

花崇说："嗯？"

"如果不是您，我们就没有上面那些麻烦。"泽洛陈轻松地笑了笑，"他还得跟老头子们解释呢。不过这也不是他一个人的责任，是我非要他在C国给我找一个心理强大的人来做试验，因此让您钻了空子。"

花崇将视线从泽洛陈脸上挪开，看向白得有些刺眼的天花板。

这里完全听不见外面的响动，一切好像都在有条不紊地进行着。R国的警察来了，但是泽洛家族丝毫不慌。

花崇绷着一根弦，迅速想：我还能做什么？

到这里，他能做的其实都已经做了，他不是"银河"费尽心思想要制造的"超级人类"，剩下的只能靠他的队友去完成。

他缓缓吸了口气，一个声音在脑中徘徊——活下来。

他只剩下一个任务了，那就是活下来。

卧底九死一生，可他不算卧底，他必须回去，不然他就给柳至秦开了张空头支票。他们当警察的，给了承诺就要兑现，不然对不起……不然对不起他穿在身上的警服！

泽洛陈是个天生的犯罪者，而他此时手无寸铁，身体还被什么药控制着，泽洛陈要拿他做人体试验，他没有办法反抗。但泽洛陈似乎非常信任顾允醉，到这个地步了，仍然将顾允醉称作"银河"先生。

花崇说："我想见顾允醉。"

他必须再赌一次，至少他不能任由泽洛陈在他身上做那些古怪的试验。

看样子顾允醉还没有对泽洛家族摊牌，顾允醉是他能够利用的最后一张牌。

泽洛陈挑眉："为什么？"

花崇哼了声："我是不是要死了？"

泽洛陈愉快道："您会死，但不会那么快，您知道，试验不是开枪，不会砰一声就解决所有问题。"

"那不还是要死吗？"花崇说，"我们国家有个词，叫'死者为大'，你知道是什么意思吗？"

泽洛陈想了想：就是要尊重死者。

"所以，你看我马上就要死了，我就一个愿望，见见顾允醉，亲口问他把我骗到这里来是不是很有成就感。"花崇看着泽洛陈，"这都不行？"

泽洛陈说："也不是不行，只是他现在不在这里。"

电子门再次打开，泽洛陈转身，意外道："'银河'先生。"

花崇看似平静，但生死一线，又能平静到哪里去。

他转动眼球，看向脚步声传来的方向。

胸膛以下的感觉更加清晰，麻药似乎已经在冷冻液体或气体的作用下失效了，此时阻拦他行动的仅有器皿中的腰铐和脚铐。

泽洛陈蛇蝎之心，要让他以最清晰的意识承受试验之痛！

"你还不走？"顾允醉的装扮和在废楼时一样，作战服、牛皮靴，腰上别着手枪，战术背心上插着弹匣。

泽洛陈挑眉："走？'银河'先生，您想让我上哪里去？"

"警察包围了雅兰。"顾允醉淡淡道，"你起码应该避一避。"

泽洛陈笑道："警察？'银河'先生，您什么时候这么胆小了？警察全听我叔叔和我哥的话。"

顾允醉摇头："军队也来了，烈风特种部队。"

泽洛陈像是没有立即反应过来，眨了眨眼："烈风？你说的是哪个烈风？"

"R国还有几个烈风？"说着话，顾允醉已经来到了试验器皿边，垂眸与花崇对视。

泽洛陈突然开始说R语，语速很快，对听不懂的人来说，就像是在念咒。

花崇盯着顾允醉的眼睛，试图从那双深而黯的眸子里找到一缕和柳至秦有关的东西。

顾允醉忽然伸出手，手掌遮盖住了花崇眼前的光亮。花崇下意识想躲，却只听耳畔"咔"一声脆响，束缚着他颈部和头部的金属扣打开了。

泽洛陈注意到这边的情况："'银河'先生，您这是干什么？"

"试验什么时候不能做？小少爷，我的人已经做好了接应准备，你马上离开。"顾允醉绕到器皿的下方，又是两声清脆的"咔"，花崇感到腰上一松。

"我说过把他送给你做试验，就绝对不会骗你。"顾允醉转身，泽洛陈险些撞到他，他微笑着勾住泽洛陈的下巴，"我骗过你吗？"

310

泽洛陈像是愣住了，好一会儿才轻轻摇头。

但即便如此，他还是对顾允醉此时的行为感到不满，拦在器皿前道："'银河'先生，既然您已经把他送给我了，那他就是我的。"

花崇暗自活动着手脚，金属扣被不断解开，血液从被束缚过的地方流过，带来久违的温度。

顾允醉解开了最后一个金属扣，却不看花崇，认真地看着泽洛陈："现在不是任性的时候。我刚才已经得到情报，军方和C国警方合作，他们已经入境了。"

闻言，花崇肌肉突然一震，那种近乎本能的振奋让他浑身燥热起来。

泽洛陈养尊处优，至今从未经历过任何挫折。在他眼里，泽洛家族就是至高无上的，至少在R国，没有谁能够对他说不。

他瞪着一双眼睛，似乎无法立即消化顾允醉说的话。

顾允醉在他肩上拍了拍，以极温柔的语气道："我不会骗你，等我们渡过这次难关，我就把花崇警官还给你。现在，把他交给我，他对我还有用。"

泽洛陈看看顾允醉，又看向花崇。他紧拧着眉，非常不愿意答应。

他的神情让花崇想到那些刚得到一个心爱玩具的孩子，说什么也不想把玩具让给他人。

"嗡——嗡——嗡——"警报声响起，墙上的指示灯发出橙黄色的光芒，不停闪烁。

电子门又打开了，一群人快步经过，有的穿着和顾允醉相似的作战服，有的穿着白色科研服，人声嘈杂。

花崇费力地从器皿中坐起来，头部一阵眩晕。他的身体上还连接着一些感应线，只是将这些感应线扯掉，就耗费了他相当大的力气。

顾允醉在泽洛陈肩上轻轻一推："对庞大的泽洛家族来说，'银河'只是一个随时可以斩断的触角，你的哥哥扬希格斯·泽洛很可能已经被抛弃了，这个基地也将被抛弃。你也想被抛弃吗？"

泽洛陈慌张地摇头。

"所以马上离开，只要你不暴露在警方、军方的视野下，你就还是泽洛家族的一员。"顾允醉笑了笑，"剩下的交给我来处理，这个人是我的保命符，你不会希望我死在警察的手上吧？"

泽洛陈咬了咬牙，在两名身着作战服的人的保护下，从实验室离开。

警报仍在嗡嗡作响，橙黄色的指示灯也仍然在闪烁。

对"银河"来说，此时似乎是紧急撤退的关头，但顾允醉却不紧不慢地将一件作战服扔到花崇身上，"枪也有，但是我还不能给你枪。"

花崇最缺的就是力气，试验虽然还没有开始，但是泽洛陈在他身上使用了大量药物，他能从器皿里出来，却暂时没有战斗的可能。

门外的人更多了，他们全在向一个方向走去。

花崇略感心惊，在那些"银河"成员身上，他竟然看不到一丝慌张，好像这只是一次转移行动而已。

失去这个基地，他们还有其他的基地。

他没由来地一颤，却听旁边传来一声散漫的笑声。他转向顾允醉。

"怎么，突然害怕了？"顾允醉垂着眼睑，那模样竟是有几分悲悯的意思，"我还以为你这样的人，什么都不会害怕。"

花崇穿好作战服："害怕？"

"不必跟我掩饰，你刚才的神情已经暴露了你内心的恐惧。"顾允醉说，"你在想，'银河'和泽洛家族强大到了什么地步？连撤退都这么井然有序？它们到底是什么怪物？"

花崇抿着唇。

他不得不承认，顾允醉说中了他刚才所想。

顾允醉轻轻叹了口气："你想的那些问题，我已经想了很多……很多年。那就是一个死不了的怪物，你看，它多从容。"

花崇勉强站立，摇了摇头："害怕的是你。"

顾允醉眼皮很轻地撑了下："我当然害怕，否则我为什么不让泽洛陈动你？"说着，顾允醉手上的枪对准花崇，"有你在，我的计划就还有另一种可能。花崇队长，委屈你和我一起等等安岷。"

花崇眼色忽变。

高耸入云的雅兰酒店成了夜色的中心，整个阿莫林卡大区的警车几乎都聚集到了酒店周围，警灯的光芒汇集成光海，武装直升机在光海之上盘旋。

一小时之前，酒店响起枪声，中央执行处和特殊调查处直接开火，民众纷纷溃散。

警察总部要求中央执行处立即停止一切行动，得到的回应却是烈风特种部队的子弹。

奥科苏·卢瑟抗命，迅速控制了雅兰酒店，并且发现了深藏在酒店下方的"银河"基地。

部分企图逃走的"银河"科学家被捕，扬希格斯·泽洛也被军方控制。那扇通往地狱的门已然打开，试验体们的痛哭纠缠在一起，像是从地底深处传来的咆哮。

烈风特种部队和中央执行处的军警奔赴地下基地，卢瑟盯着扬希格斯·泽洛，"人体试验，'超级人类'，你们泽洛家族野心不小！"

扬希格斯·泽洛冷笑："不要把什么事，都往我的家族上扯。"

雅兰酒店中间十几层因为交火发生爆炸，正在熊熊燃烧，火光和下方警灯的光海交相辉映。

三架直升机从夜色中冲来，外表和烈风特种部队的武装直升机稍有不同。

昭凡带领的特别行动队特警一队半小时前抵达烈风特种部队的军用机场，换乘直升机。现在直升机马上就要降落了。

火光刺痛了柳至秦的眼睛，他终于到了，花崇在那里等着他！

"全体准备！"昭凡站在舱门前，冷静地看向雅兰酒店。

他得到的情报是奥科苏·卢瑟已控制住局势，部分泽洛家族成员和"银河"成员被捕，警方、军方从地下基地找到上百名活着的试验体，其中包括失踪的甘军和曹简，但花崇和顾允醉不知所终。

酒店的监控显示，花崇在刚被带到酒店时手臂受伤，看上去没有大碍，但此时离花崇消失在镜头中已有五个小时，没人知道这五个小时里发生了什么。

花崇被顾允醉带着向刚才那群人撤退的相反的方向走去。

顾允醉说："其实我的计划没有安岷，也不一定会失败。但是我总得为自己想好退路。你看到了吧，这个基地随时可以被抛弃，但'银河'和泽洛家族还会存在。我也许无法真正摧毁'银河'……"

"但我可以让安岷取代我。本来，他和我就是一样的人。"


## 25


潮湿的隧道仿佛没有尽头，冰凉的水从隧道壁上浸下来，发出滴答滴答的声响，空气中弥漫着金属生锈和泥土腐烂的气味。

花崇愕然地看向顾允醉："你想让柳至秦取代你？"

顾允醉弯着唇角，露出一个温柔的笑。不明的光线里，他眼中仿佛闪烁着极暗的光。

花崇头皮轻轻发麻。

B计划，顾允醉的B计划！

那日他从凤兰市带着线索回到首都，曾经与柳至秦讨论过顾允醉的计划。最为明确的一点是，顾允醉清楚"银河"已经渗透R国警方，R国警方完全不可信，于是顾允醉将火烧到C国来，引诱C国警方帮其复仇。

可是柳至秦在其中扮演什么角色？柳至秦是信息战小组的一员，一旦C国警方采取行动，柳至秦必然参与。

当然，让柳至秦知道自己的身世——他是"尘哀"的孩子，是"银河"首脑之一顾厌枫的亲弟弟，这在一定程度上会加速整个计划。但柳至秦仍然不是决定因素。

花崇咬牙。现在一切终于明了了。

顾允醉在"银河"这个扭曲黑暗的地方成长，人格已经扭曲，对"银河"以及"银河"背后的泽洛家族恨之入骨，却又畏惧到了灵魂里。

他完全不信任R国警方，看似信任C国警方，但实际是，对泽洛家族的畏惧，深刻地影响了这种信任。

他认为自己一定会借C国警方的力量消灭"银河"。

但如果不行呢？如果"银河"还是只断掉一条触角呢？

他不肯再充当"银河"的武器了，有个人与他有一模一样的身世，有同样聪明的大脑，他们童年和少年时代的经历那么相似。但是那人活在阳光下，他在阴沟里。

这么多年，他已经嗅够了阴沟的味道，他渴望自由。只有柳至秦的到来，能给予他自由。

"走吧。"顾允醉给枪上了膛，枪口对准花崇，"带你去个有趣的地方看看。"

花崇没动。

顾允醉笑了笑："你还有能力反抗我吗？花崇警官，我需要提醒你，你全身上下没有一件武器，泽洛陈的那些药让你失去战斗能力，现在你就像个刚从麻醉台下来的病人。"

花崇胸膛渐沉。他使不出力，脚步虚浮，手无法紧握，这种身体条件下，别说与顾允醉近身格斗，就是站在面前的是个瘦弱少年，他都不一定是对方的对手。

顾允醉将枪抵得更近："走吧，不远，就在这个隧道的尽头。"

周围的水滴声似乎更重了，花崇沉住气。此处阴森寒冷，他背脊上却出了一片薄汗。

柳至秦已经来了吗？就在上面的雅兰酒店？

"到了。"顾允醉平静地说。

花崇看向前方的黑暗。

这里已经是隧道尽头，一扇类似城防的沉重大门缓缓打开。花崇下意识地眯了眯眼，以为会看到什么出乎意料的景象，然而出现在眼前的，和不久前他离开的地下基地几乎一样。

冷硬的钢架、走廊，堆在地上的器械，还有一个个独立实验室。

不一样的是，这里似乎很旧了，有些生锈的架子间已经长出了绿色的植物。

"你猜这是什么地方？"顾允醉缓缓走上一架梯子，它锈得很厉害，作战靴踩在上面，发出令人不悦的声响。

花崇说："另一个'银河'基地？"

顾允醉点点头："'银河'在阿莫林卡大区的第一个试验基地，早就作废了。"

过了一会儿，顾允醉又说："这个基地上面是个森林公园，我以前最盼望的就是乘电梯上去，看看头顶的树，还有天空。"

花崇说："你被黄伟带到了这里？"

顾允醉单手抓着那脏污的栏杆，自嘲地笑了笑，"顾厌枫总跟我说，这里虽然看不到天，但只要乘电梯上去，就能看到晴朗的天空。不过只有最优秀的人才有资格上去。我比较倒霉，每次轮到我，外面不是阴天就是狂风暴雨。"

"我有很长一段时间没有见过蓝天白云。"顾允醉叹了口气，"后来我就忘记在凤兰经常见到的蓝天白云是什么样子了。"

"我和安岷的最后一次比赛，我输给他，他讹了我一杯豪华奶茶。"顾允醉唇角牵着一丝笑，"我惦记着那杯豪华奶茶，也惦记他这个人，更重要的是，我惦记我在凤兰的普通日子。后来我和顾厌枫都可以自由出入基地了，我回去凤兰，开了'海山茶'，每次新推出一个产品，我就想到他讹我的那一杯。我想看看，那个唯一可以和我打成平手的人现在在干什么，他还记不记得我，如果我约他再比一次，能不能赢他一杯豪华奶茶。"

花崇暗暗吸了口气："如果他做的只是一份普通工作……"

"那可能就没有 B 计划了吧，我和顾厌枫与'银河'死磕到底。"顾允醉转身，靠在栏杆上，也不嫌脏，"他竟然成了警察，还不是普通的警察，是你们国家最顶尖的信息战专家。那是我最想要的人生——正义、纯粹、满身阳光。"

"我很羡慕他，我们明明……明明有差不多的才华。"顾允醉微抬起头，看

315

向上方的无底洞，"如果我不是'尘哀'的孩子就好了，我就可以和他一样，也穿上警服。"

花崇说："所以你开始偷窥他。"

"'偷窥'这个词太难听了，怎么说，我那时只是羡慕他，所以多看了看他的生活。"顾允醉说，"不过看得越多，我发现越不对劲。他的父母死于凤兰兵器工厂的一场爆炸，他和我同龄，和我一样聪明。你知道这意味着什么吗？"

花崇揣摩过顾允醉的心理，此时早有答案。

"当年好几个'尘哀'都在凤兰，其中就有我的母亲，我们这些'尘哀'的小孩被带走时，父母不是被烧死就是被炸死，要么就是失踪，安岷的父母就被炸死了。"顾允醉说，"这手法和'银河'真像。"

花崇说："一旦开始怀疑，你就会不断查下去。"

"我这算不算也有刑警思维啊？"顾允醉挑眉，"但假如安岷是'尘哀'的孩子，他为什么没有像我一样被带走？我往源头上查，发现他出生的医院和我们一位'尘哀'生孩子的医院是同一所，连出生的时间都差不多。"

花崇尾音带着一丝颤意："叶铃兰。"

"没错，叶铃兰。"顾允醉说，"更巧的是，叶铃兰的孩子出生不久就夭折了，而她的上一个孩子是我的……我的朋友顾厌枫。顾厌枫提过，叶铃兰觉得对不起他，没有保护好他，两个孩子她只保护了其中一个。"

"我有了一个疯狂的推断。"顾允醉看向花崇，"我当时的推断，就是你们现在的推断。"

花崇脑中浮现出柳至秦被真相折磨的情形，感到五脏六腑都被翻搅。

"不过我有一个你们没有的优势——我可以向唯一的知情者要一个答案。"顾允醉指了指右上方，那是一片和监牢相似的房间，"叶铃兰就住在那儿，'尘哀'都活不长，她运气好，活了那么久。"

停顿了几秒，顾允醉突然说："母爱这玩意儿真虚，叶铃兰为了安岷杀了一车间的人，可我一逼问她，她就什么都招了。那她给予安岷的母爱又算什么呢？"

"她……"花崇说，"她是什么时候……"

"前几年吧。"顾允醉无所谓道，"我告诉她，我要让安岷来取代我，没多久她就死了。改造造成的衰竭。"

花崇向顾允醉站着的生锈楼梯走去。顾允醉倒是懒得防备一个没有力气的人，手在栏杆上一下一下敲着："我在这里度过了很多不见天日的日子，本该和我有同样命运的安岷，成了犯罪反面的警察，他还遇到了你。"

花崇冷冷瞥向顾允醉。

顾允醉笑了笑，"别误会，我羡慕的不是他遇到了你，是……"

花崇说："我知道你指的是什么。"

两人一时都没有再说话，但顾允醉一直在敲着栏杆。那声音非常沉闷，被生锈的金属传向基地的各个角落，竟形成了呜咽般的共鸣。

"这样的基地，'银河'还有不少，这个基地在被遗弃时，其实还能用，但是泽洛家族最不缺的就是钱。"顾允醉轻轻叹了口气，"它实在是太庞大了。"

"我以为你是个孤注一掷的疯子。"花崇站不住了，爬那一串梯子消耗了他所剩不多的体力，他抓着栏杆，坐在哐哐作响的金属地板上，"你痛恨'银河'毁了你的人生，杀死了你的养父和妹妹，你不惜一切代价都要向它复仇。为了复仇，你杀死了多少人？"

顾允醉垂眸，无悲无喜地俯视花崇。可花崇看得出，他的波澜不惊并非真实的内心。

"但你的B计划，泄露了你这里的懦弱。"说着，花崇用力戳了戳心脏的位置。

顾允醉眼中的黑雾聚拢又散开。

花崇冷静地盯着他："至少在八年前，你就已经开始谋划这场复仇，康晴就是证据。我猜，那时你掌握的权力远不如现在，你也没有一个清晰的规划，你只是在尝试。你用了八年时间，让这个计划从最初的杂乱无章，推演到现在的滴水不漏，那个一心复仇的你相信最后一定能成功，但那个懦弱的你认为'银河'和泽洛家族永远无法被根除，你不复仇了，你只要得到自由就好。"

顾允醉侧过身，不再看花崇。

"如果我是你，我不会甘心。"花崇说，"因为你最想要的根本不是什么自由，而是复仇。"

"'银河'。"花崇喊了声。

顾允醉不答。

"其实作为'银河'，你不自由吗？你已经自由到了可以随意支配他人人生的地步。"花崇继续道，"不自由的，是过去的你。"

"嘶吼着要复仇的，是从过去到现在的你。"花崇又道。

顾允醉终于开口："你到底想说什么？"

花崇说："我会在复仇这条路上走到底。"

顾允醉蹙眉，过了几秒才笑了笑，蹲下来，视线与花崇齐平："花崇队长，你怎么回事？你是个警察，警察不兴说复仇的。警察只会主持正义，我这样的人，才会选择复仇。"

"既然你观察过柳至秦，观察过我，那你应该知道，我偶尔会将自己代入犯罪嫌疑人，站在他们的角度分析整个案件。"花崇说，"'银河'，你的计划都进行到这一步了，你还想退后寻找你所谓的自由吗？这不是你真正想做的事。"

顾允醉把玩着枪，笑了声："你是想让我放安岷一马。你不想他成为新的'银河'。"

花崇的语气异常坚定："他过去不是'银河'，将来也绝对不会成为'银河'。你在做无用功。"

"是吗？"顾允醉将枪口顶在花崇下巴上，声线渐寒，"你在我手上，他会眼睁睁看着你死去吗？"

花崇额角不明显地跳了下。

顾允醉嚣张地笑了起来，但这笑声里却隐隐泛着苦意与不甘。

"你说我拿你的性命和他交换，他会怎么做？"顾允醉站起来，居高临下，"他的身上流着'银河'的血，他生来就是'银河'的一分子，他的亲哥哥不是什么英烈，而是犯罪集团的头目。'银河'没有倒，你说，就算这趟任务结束了，他回去还能做他的信息战专家吗？"

花崇反问："为什么不能？"

顾允醉诧异于花崇的反应，眉间像是浮起了一片霜。

"你用他的身世逼信息战小组、特别行动队，还有……"花崇竖起食指，做了个往上指的动作，"上面怀疑他、放弃他，身为'尘哀'之子，只要他不脱下警服，他将永远生活在怀疑和猜忌中。他也许忍得了一时，可他忍得了一辈子吗？"

花崇喘了口气，残存在他身体里的药物开始令他发热，他额头和背上全是冷汗，他费力地平缓呼吸，让声音显得不那么颤抖："他会渐渐受不了，被他所谓的'银河'血脉侵蚀，再也当不成一个普通的站在阳光下的警察，他的队友、上司将他推向你。你做得不多，只是让他周围的所有人知道他是'尘哀'的儿子，是顾厌枫的弟弟，外界自然会将他同化成你。"

花崇抹下一把汗，看上去有些狼狈，但狼狈不损眼中的炽烈。

"你这样想，对吗？"沉重的呼吸在空旷的基地中回荡，和那些生锈金属发出的共鸣交织在一起。花崇说完忽然笑了起来，"但是我告诉你，你的 B 计划绝对不会成功。"

顾允醉脸上伪装的笑容裂开了一道缝。

"他的身世确实给他带去了很多麻烦，上面也的确对他有怀疑，但是他身边的人，没有一个怀疑他会为'银河'做事。"花崇撑住额头，手腕正在发抖，"就算有人将他推向你，推向'银河'，推向犯罪，也会有更多的人拉住他。他不会走向你。他还是能够站在阳光下，不，不止……"

花崇咳了起来，气息越发不稳，唇角却向上勾了勾："等'银河'被彻底剿灭，他会得到属于他的功勋章，被更多人欣赏仰慕。"

"顾允醉，你信不信？"

顾允醉的声音像是飘了起来，很不真实："你这么说，会让我更想把他拉到我身边来。"

"真的吗？"花崇索性将双手撑在身后，身体顺势后仰，这样方便他直视顾允醉的眼睛，"你更想的，难道不是让'银河'永远消失？"

混浊的空气中，仿佛有一块块带着灰尘的碎片从顾允醉那张雕塑般的脸上崩落。

藏在碎片后面的，是一张无助的、哭泣着的脸。

"你谁也不相信，你身边除了顾厌枫，确实没有你能够信任的人了。"花崇望着那张脸，"但现在你不想赌一次吗？"

顾允醉说："赌？"

"赌我们和R国警察里的火把，能不能将'银河'烧成灰烬。"花崇笑了笑，"你和顾厌枫已经赌到最后一局，不如就赌到底吧。你看着，你看看……"还未说完，花崇又咳嗽起来。

顾允醉后退几步，拉开与花崇之间的距离，举起枪，又放下了。

"柳至秦不会取代你。"花崇嗓音沙哑低沉，肺部轰轰作响，"让他取代你，不如让他替你复仇。你说呢？"

顾允醉眉下的阴影闪过一片光。

"也不仅仅是替你。"花崇又说，"也是为他自己复仇，他本可以有一个平凡的童年，平凡的家。他正在拼尽一切对付'银河'，你这个和他同命运的人还想退缩？"

"你们……"顾允醉轻声说，"你们做不到。"

"你真的这么想吗？"花崇说，"那你为什么会为此策划了八年？"

顾允醉踩着脚下的金属底板，在花崇眼中摇摇欲坠。

"因为你独木难支，所以你才会这么矛盾。"花崇像是洞悉了一切，"看看上面，R国最强的烈风特种部队已经行动了，R国警方不是你以为的一黑到底，还有我国的警察。你就看着，顾允醉，看着'银河'彻底倒下。"

顾允醉凝视着花崇，时间好像就这么停了下来，他忽然用一种花崇不曾听过的语调说："真的吗？"

这一声让花崇胸膛忽地一震。

因为它实在是太弱了，含着孩童般的单纯和期望，又含着压抑了十数年的血腥。

"其实你别无选择。"花崇眼前已经模糊了，顾允醉的重影在黑暗里摇摆晃动，他不知道自己还能撑多久，但他知道，过不了多久，就会有一群人追踪而来。其中一定有柳至秦。

"你想用我把柳至秦换到你身边吗？"花崇费力地说，"你知道和犯罪集团头目打惯了交道的警察最喜欢干什么事吗？"

"咳咳……"花崇按着胸口，眼中却迸出精光，"将头目当场击毙。"

他已经看不清顾允醉的表情了。

"当然，在死之前，你还可以拉我同归于尽。但这没有意义。"花崇继续说，"我可以保证，你不会马上死在他们的枪下。我带你回国，回你出生、成长的国家。"

顾允醉发出一阵难听的笑声。

"你看着，'银河'是怎么被斩草除根的。"花崇说，"然后……你可以和顾厌枫见一面。"

顾允醉的身形僵住了。

花崇觉得自己的骨头都在震颤，再也支撑不住，往后一仰，倒在生锈的平台上，"轰"一声响。

"真累啊！"花崇忽然骂了声，小幅度摇着头，"柳至秦让我不要老是站在犯罪嫌疑人的立场想问题，但不这样，你凭什么相信我……"


烈风特种部队封锁了雅兰酒店方圆五公里，泽洛陈和上到地面的"银河"科学家全部被控制，奥科苏·卢瑟带队搜索完整个地下基地，却未找到花崇和顾允醉。

柳至秦面色苍白，狼一般的目光盯着面前的笔记本电脑。

程序正在高速分析一个极其微弱的信号，是那个电子玩偶！

"他们还在下面。"柳至秦的声音干涩，"基地还有一个秘密通道，他们在通道的对面！"

基地像个巨大的地下迷宫，柳至秦循着信号，终于找到了隧道入口，他几乎没有考虑，朝隧道中狂奔而去。

卢瑟喊道："停下来！"

昭凡挡在卢瑟面前："交给我们。"

隧道里几乎看不到光，密密麻麻的脚步声就像迅捷的鼓点。柳至秦跑在最前面，从隧道尽头传来的幽暗光线在他眼前晃动。越近，他的心脏就抓得越紧。

脑海中一个个画面飞过。二十岁时，他在联训营第一次见到花崇，安择牺牲之后，他无数次在远方窥探花崇，终于忍不住了，他悄悄来到洛城，看花崇给顽皮的小男孩夹起一个玩偶。然后，他调到洛城，试探花崇，怀疑花崇，却在不知不觉中完全信任花崇。

花崇微笑着和他碰杯，拿走了电子玩偶。

呼吸在剧烈的奔跑中变得急促，他知道花崇一定在前方，却不敢去想花崇现在的状态。

顾允醉带走了花崇，要对花崇做什么？

他的战术背心里插着枪，他要杀了顾允醉！

花崇仰躺着，用嘴呼吸，脑中嗡嗡直响，听不清周围的声响。

但某一刻，他突然说："他们来了。"

顾允醉靠近，将他拉扯起来，扔在栏杆上。那栏杆锈蚀得太严重，沙沙响着，撑不起一个成年男人的重量。如果栏杆掉下去，花崇也会掉下去。不仅是栏杆，这整个楼梯也并不牢靠，人站在上面，动静稍大一些，就可能让地板断裂。

漫长的隧道终于到了尽头，废弃基地铺陈在柳至秦面前，空洞的声响从斜上方传来，牵引着他的视线向上。忽然，一个身影出现在他紧缩的瞳孔中。

十来米高的楼梯平台上，花崇身躯折叠，挂在栏杆上，上半身几乎全在外面。而在花崇旁边，顾允醉拿着一把枪，指着花崇的后颈。

动作快过了思维，柳至秦拔枪瞄准顾允醉。

这一刻，他无比清醒，却也无比混乱。脑中只有救下花崇这一个念头。

保险已经打开，食指压在扳机上！

"小，小柳哥……"花崇此时说话都有些费力，声音那么轻，就像一丝气进了水中，顷刻间就消失了。

柳至秦愤怒到极点，如同一尊凶神。

不过花崇看不清。

昭凡和其他特警已经赶上来，将柳至秦围住，十数支枪对准顾允醉。昭凡将柳至秦挡在身后。

"我没事。"花崇轻声说，"枪放下。"

昭凡直指顾允醉的眉心。身为特警中的王牌狙击手，他有绝对把握，在下一秒要了顾允醉的命。

栏杆发出嘎吱的声响，顾允醉扯住花崇的后领，将人挡在自己面前，脸上挂着一丝残忍的笑意。

空气极度令人窒息，枪声仿佛马上就要响起。

"在你后面拿着枪的是我的兄弟。"顾允醉看着昭凡，"他和我一样，属于这个没有光的基地，这里就是他的家。"

昭凡一动不动，连余光都没有晃一下，枪口还是牢牢对准顾允醉的眉心。

一秒，两秒，三秒……

时间像是被拉长了，每一个人的呼吸都清晰可闻。

顾允醉说："你不转过去看看吗？"

下方无人作答，花崇却虚弱地笑了起来："我早就跟你说过了，柳至秦的队友绝对信任他，否则不会把后背交给他。"

柳至秦双眼血红地看着花崇，几乎将后槽牙咬碎。

"我们不会把他推给你，你的B计划毫无可行性。"花崇一边喘一边说，"现在要不要听我的？再赌一次？"

赌"火把"是不是能够撕破至深的混沌。

赌繁衍数十年的罪恶能不能在此役后终结。

许久，顾允醉松开了花崇，枪收回腰间，双手缓缓举起。

花崇晃了两下，向地板栽去。


## 26


初夏，特别行动队操场的西侧渐渐被绿树笼罩，二娃穿着黑色"防弹背心"，兴奋地追着一个身影。

花崇扬起手臂，揩掉额头上的汗水，低头朝二娃吹了声口哨。二娃马上全速冲刺，箭一般朝前方奔去。

花崇调整呼吸，加快了脚步。

五公里终点线上，二娃倒是还有劲，这里嗅嗅那里蹭蹭。花崇就没那么精力充沛了，微弓着背，靠在栏杆上喝水。

他穿得少，黑色背心、运动短裤都是薄薄的一层，早被汗水打湿了，布料贴在身上，随着呼吸而大幅度起伏，腹肌和腰肌隐隐显露出来。

他喘匀了气，拿起搭在肩头的毛巾，动作有些粗野地擦着脸和脖子。

二娃吐着舌头跑过来，立起来，用大爪子扒他的腿，喉咙发出"呜呜"的声响，那意思是"我也要喝水"。

"你这么壮一个，撒娇不害臊的吗？"

花崇揉着二娃的脑袋，揉得不过瘾，还去揪二娃的脸："来，让爸爸看看，脸红了没？"

二娃只是想来讨口水喝，却被揉得呜呜乱叫。

花崇欺负够了狗儿子，才把运动水壶拿起来，挤水给二娃喝。

休息得差不多了，一人一狗又在操场上走了一圈。

早上7点多，操场上没什么人，太阳也还没特别晒，走着跑着都舒服。花崇活动着上肢，眯眼看着树叶间漏下来的阳光。

这时，不远处传来随身小音箱的声音，播的是早间国际新闻。

花崇转过去，冲头发花白的老头一抬手："佟队！"

老头六十多岁，姓佟，特别行动队前身——大案协调处的老前辈。退休了，住在队上给安排的干部小区，每天都来操场上溜达几圈，腰上挂个小音箱，不忘关心国际大事，尤其听到案子时，还拉人一起分析。

花崇年初在R国遭了一回劫，被泽洛陈拿去搞人体试验，虽然在试验正式开始之前被顾允醉阻止了，但已经被注射了大量"银河"研发的药物，后来又被顾允醉带到废弃基地，耽误了治疗时间。

柳至秦和昭凡赶到时，他已经到了非常危险的境地，身体各项指标要么远低于正常水平，要么远超正常水平，若不是他正值壮年，身体素质好，可能当场就送命了。

那时他倒在生锈的地板上，眼睛看不清楚，耳边是被压到水中的闷声，他仅剩下的那点意识大概就是为了等柳至秦来救他。

醒来已经是一周之后了，昭凡守在他的病床边，唠唠叨叨地跟他说这一周打的仗。

是真的在打仗，特别行动队和 R 国的烈风特种部队、奥科苏·卢瑟带领的中央执行处有泽洛家族这个硬骨头要啃。

他呢，他的对手是死神。

"我们差点儿没把你救回来。专家说能做的都做了，要看你自己还能不能扛。"昭凡难得地红了眼，"花儿，你特别厉害。"

他那时还不能说话，只能听昭凡说，但没听多久就又困了，觉得昭凡像只嗡嗡嗡的虫。

情况稳定之后，他才搭专机回国，继续接受治疗。到 4 月份时，他的各项数值已经恢复到了正常人的水平，可以回到工作岗位了。

但是沈寻继续给他放假，要他彻底养好身子。

医生也说，他虽然看上去没有大碍了，但到底被注射过超量非法药物，将它们代谢出来有一个不短的过程，平时要多锻炼，保持心情畅快，暂时不要操心案子。

洛城回不去，因为首都的医疗条件是最好的，沈寻要他彻底好了才放人。刑侦一组也不要他干事，他成了个大闲人，于是天天早晨带着二娃来跑操场，一来二去，就跟佟老头等退休警察混熟了。

"今天跑了多少？"佟老头精神气特别足，他们那一辈的退休特警，花崇见过好几位，好像都是这样，不输年轻人。

花崇笑道："跑了五公里，走了一公里。"

佟老头竖起大拇指："那咱俩再走一圈？"

花崇知道，佟老头就是想跟他聊国际大事，反正他也还要再走一走："行。"

早间新闻播完了简讯，开始播头条。

"昨天晚间，我国警方和 R 国警方联合召开新闻发布会。从去年开始，两国合作打击跨国犯罪集团'银河'，及其背后的支持者 R 国泽洛家族。今年冬季，行动获得突破性进展，'银河'首脑、泽洛家族重要成员先后被控制，警方陆续发现'银河'的所有核心基地。R 国政府内部对于泽洛家族的调查也在同步进行中。本月初，'银河'最后一个基地被 R 国军方某特种部队控制，泽洛家族涉案成员全部落网……"

花崇眉梢微不可察地颤了下。

这消息他早就知道了，此时听见，仍有种振奋得血液鼓噪的感觉。

那日在"银河"的废弃基地，顾允醉告诉他所谓的 B 计划。除了无忧无虑的前十五年人生，顾允醉始终被"银河"所束缚，已经变成了一个怪物，狂妄自大，却又矛盾地懦弱，将所有心血倾注在消灭"银河"上，却可笑地想给自己留一条名为自由的退路。

和Ａ计划相比，Ｂ计划就是个笑话，顾允醉那么聪明的一个人，自然也知道。可顾允醉紧抓着Ｂ计划时，就像那个被带走的、家破人亡的十五岁少年，惶恐、无措、不相信任何人。

花崇要让他相信Ｃ国警方，相信Ｒ国黢黑警界里那一束星火。

在特别行动队的枪口下，顾允醉接受了他的"赌约"。

回国之后，他还没见过顾允醉。这个危险的犯罪头目被严格监控起来，比当时特别行动队看守顾厌枫的级别还要高。

两国能够在半年时间里控制"银河"的所有人体试验基地，头功当属Ｒ国烈风特种部队和奥科苏·卢瑟，不过顾允醉提供的情报也起了不小的作用。

他的手上有半数基地的信息，以及泽洛家族部分犯罪证据，后者促成了Ｒ国最高执法部门对泽洛家族的调查。

新闻发布会无法向公众公布所有细节，但花崇知道，"今年冬季，行动取得突破性进展"指的就是他的冒险之举。

这几个月，他无法再参与作战，战斗在最前线的是昭凡带领的特警支队、程久城手下的信息战小组，还有Ｒ国军警。

他这个擅自行动的"危险分子"被看管了起来，唯一的任务就是把身体养好。

现在，他跑五公里都没什么问题了，可算是能给领导们交差了。

"'银河'这个组织真不是东西，早就该被打掉了！"佟老头气愤道，"贩卖人口贩卖到我们国家来了，如果我再年轻几岁，我也要申请去Ｒ国！"

花崇笑了笑："您现在的身体，也干得过'银河'那些人。"

佟老头马上高兴起来："那是！"

"不过您都辛苦几十年了。"花崇又道，"惩奸除恶这种事，就交给我们这些后辈吧。"

两圈走完，早间新闻也播完了，佟老头要上杠去练练力气，花崇跟他告别，带着二娃去警犬队。

该吃早饭了，他得先把二娃喂饱，然后去食堂。

昭凡替他和柳至秦喂了几个月狗，这段时间昭凡和"银河"杠上了，几乎都待在Ｒ国，喂狗就成了他的事，二娃显然更亲他，虽然他拌的狗粮没昭凡那么丰富，也懒得给二娃讲故事，但二娃顿顿都吃得很满足。

"吃好了没？"花崇把二娃脖子上的口水兜取下来，顺道擦了擦狗嘴，"那爸爸也要去吃早饭了。"

二娃用力甩着尾巴，想跟着走。

"立定！"花崇喊了一声，二娃马上乖乖坐好。

花崇冲它笑："自己玩去，爸爸下午来接你。"

时间还早，食堂人不多，但各个窗口都打开了，粥啊包子油条啊，热气腾腾的。

花崇要了两份南瓜粥，一份锅贴，一碗杂酱面，一屉鲜肉包子，让人打个包。

"吃这么多？"厨师小哥说。

"两人份呢。"花崇将口袋接过来。

"这个杂酱面要赶紧吃啊，不然坨了。"

"好嘞！"

花崇提着两人份的早餐往特别行动队走，心情不错，在没人的电梯里哼了首歌。

他这是要去和柳至秦共进早餐。

现在他是大闲人一个，柳至秦却忙得很。从R国回来后，柳至秦先是没日没夜地照顾他，所有工作都放下了，后来医生宣布他脱离危险，柳至秦终于松下来，结果就大病一场——感冒、发烧、说胡话。

5月份，柳至秦被叫去R国协助针对"银河"的行动，回国走了个调查流程。"银河"余孽全部被逮捕，终于闲下来，结果沈寻给刑侦一组派了新任务，理由是实在缺人手。

他不能工作，就得柳至秦顶上。不过沈寻没那么丧心病狂，把柳至秦赶到外地去，只让柳至秦远程盯着裴情、海梓几个。

他优哉游哉地锻炼完，准备去当个送早餐的外卖小哥。

结果到了刑侦一组，大办公室和小办公室都没见着人，这情况他也熟悉，柳至秦不是去信息战小组，就是找技术队员去了。

花崇把早餐放桌上，忘了厨师小哥的叮嘱——杂酱面要赶紧吃。他从柜子里拿出干净衣服，就去浴室了。

他一身的汗，背心和短裤也湿漉漉的，不洗个热水澡难受。刑侦支队这边好几个浴室，没在公共区域，每个组各用各的。

花崇洗完澡出来时，柳至秦正坐在桌边喝粥，南瓜粥凉了，但夏天喝着正好。

花崇拿筷子费力地分着杂酱面："坨成这样，吃不成了。"

柳至秦说："面放久了都会坨，你应该洗澡之前就把它吃了。"

花崇懒得弄了，把面丢一边，夹锅贴吃："还不是为了等你。"

柳至秦眯眼笑。

"你还笑？"花崇把鲜肉包拿到自己面前，"没你的份儿了，笑得像只狐狸。"

柳至秦说："没事，我吃饱了。"

花崇瞄一眼那还剩一半的南瓜粥，"这就饱了啊？"

一点儿稀的怎么够，他刚才只是跟柳至秦开个玩笑，也不是真要把锅贴和鲜肉包都收走。柳至秦这一天天忙得，实在是辛苦了。

"对了。"柳至秦道，"R 国那边提交了一个申请，下个月我们可能会把顾允醉、顾厌枫送过去。"

花崇点头："R 国是受'银河'影响最大的地方，他们肯定得在 R 国受审。"

柳至秦说："你猜顾允醉给我们提的最后一个要求是什么？"

花崇沉默了会儿："他想见我？"


顾允醉戴着一副眼镜，正在用平板电脑看新闻。负责看守他的特警说，那场新闻发布会他已经看了不下十遍。

得知花崇来了，他摘下眼镜，笑着点了点头，神情温和，很难让人联想到"银河"首脑。

"这是？"他看向桌上的一个外卖口袋，有些疑惑。

"不是'海山茶'，比'海山茶'还贵。"花崇将一杯超大杯奶茶拿出来，推到顾允醉面前，"四十八块钱的豪华奶茶，所有料都加进去了，柳至秦不欠你了。"

顾允醉笑起来，肩膀轻轻颤抖。他接过奶茶，没有喝，凝视着里面的布丁、珍珠，好一会儿才说："嗯，不欠了。"

花崇面无表情，眉心很浅地皱着。他知道顾允醉这句"不欠了"指的并不是柳至秦小时候赢的那杯豪华奶茶。

在废弃基地，他跟顾允醉承诺，"银河"会被根除，"银河"背后的泽洛家族也难逃法网。顾允醉应了他这场赌。

现在，他的承诺已经兑现，顾允醉和顾厌枫十数年的噩梦结束了。

"我跟安岷说，我想见你。"顾允醉平静地说，"我以为他不会同意。毕竟……你差点死在我手上。但我还是想争取一下。我很快就要被转移到 R 国了，今后我们大概没有机会再见面。有句话我应该亲口对你说。"

花崇看着顾允醉的眼睛。

顾允醉像是再也没有了负担，说道："谢谢你，花崇队长。"

花崇从座位上站了起来。

顾允醉望着他，眼里有如夕阳一般的光："安岷，他比我们很多人都幸运。"

花崇离开看守室，转身就看到柳至秦。

他们都穿着制服、衬衣，向楼梯走去，警徽在走廊明亮的灯光下闪过温润的光。

"他说你比很多人都幸运。"花崇停下脚步，看向柳至秦。

柳至秦顿了会儿，说："他说得没错。"

"我也很幸运。"花崇抬起手，给柳至秦整理了一下不太平整的衣领，然后在他胸口上拍了拍，大步往前走去。

柳至秦站在原地，看着花崇挺拔的背影，片刻，跟了上去。

番外
回洛城

在借调到特别行动队两年，侦破一起跨国大案、十数起重案后，花崇"功成身退"，回到洛城，正式成为洛城市局刑侦支队队长。柳至秦向信息战小组保证随叫随到之后，常驻洛城的申请也已通过。

离开首都之前，花崇是遭了一番罪的，原因是特别行动队的兄弟们过于热情，从知道他要回洛城，就没有让他过过一个安静的夜晚。

先是裴情、海梓这俩冤家，没事就来他面前刷存在感。海梓告裴情的黑状，说这人没有领导约束时就是个王八蛋，迟到早退，目无法纪，上班时间看小说，还背后诅咒队友——也就是海梓本人！

花崇无语，说："那个，上班时间看小说的可能是许小周。"

咚——正在看小说的许小周从椅子上摔了下去。

海梓栽赃陷害都栽错了人，却脸不红心不跳，咳两声就继续说，总而言之就是说裴情是个猴儿，换个领导压不住这猴儿，他们好好的队伍就要乱套了。

花崇知道海梓是在挽留自己，但天下没有不散的筵席，他在特别行动队两年，认识了一帮一辈子的朋友，但他终归要回到他守卫的那座城市。

好说歹说哄好了海梓，裴情又杀来了。这位法医看起来是个寸头酷哥，实际却是个喜剧演员，上来就给花崇表演了个上蹿下跳。

花崇扶额道："少侠坐下来说。"

裴情道："花队，你知道我在模仿谁吗？"

当初裴情沉迷模仿特种兵，穿着一身自制的制服往现场跑，堪称尸体旁的正道之光。花崇回答："反正这次不是特种兵。"

裴情道："是海梓那个猴儿！"

花崇心想，你也不用这么声如洪钟的。

裴情历数海梓的任性妄为、矫情、心眼小，最后真诚地望着花崇说："我跟他从小就不对付，花队，因为你在，我和他友情的小船才没翻，你要是回去了，我怕……我怕……"

花崇等了半天没等来下文，心里有点想笑——这么大个子，怎么委屈得像

331

个小媳妇?

裴情终于说出来："我怕他下次气我时，我失手把他打死！"

花崇无奈道："没事，你不说海梓是个猴儿吗?"

裴情不解道："嗯?"

花崇道："猴儿都跑得很快，你打不着。"

一旁的柳至秦忍不住"噗——"一声。

裴情像是被安慰到了，又像是被激起男人该死的胜负欲，握紧拳头，愤愤离开。花崇听见他嘀咕着"我怎么打不着"。

和特别行动队的霸王昭凡相比，裴情和海梓的"纠缠"根本不算什么，这位的"帅哥食堂"（昭凡在自己家里开了个"餐馆"，免费招待亲朋好友，起名"帅哥食堂"）才是花崇的阴影。

花崇当年和昭凡还不熟时，被迫吃了昭凡的水煮鱼，这两年在首都，没少被昭凡约去"帅哥食堂"。好在柳至秦和昭凡不对付，经常半路把花崇劫走。

可现在离别在即，即便是柳至秦也救不了花崇——信息战小组要赶在他去洛城前"压榨"他的剩余价值，每晚都有任务。

盛情难却，花崇只能端正地坐在"帅哥食堂"贵宾位，看着昭凡端上一言难尽的告别大餐，强颜欢笑。

昭凡这个人听不得批评，又长了那样一张盛世美颜，即便每一道菜都难以下咽，花崇也只能笑纳。

吃一次还能忍，可每天晚上"帅哥厨房"都要开张，即便是身经百战的花崇也有点遭不住了。于是花崇决定叫上乐然，但乐然一到"帅哥食堂"，花崇就后悔了。

他怎么忘记了乐然是昭凡脑残粉这件事? 昭凡那些看不出是什么原料的菜，乐然是打心眼里赞美："昭凡哥！好好吃！"

昭凡得意扬扬道："是吧！等着，还有十二道菜！"

花崇在心里默念，饶了我吧！

被"毒害"的日子里，花崇最大的乐趣就是把"帅哥食堂"的饭菜打包，带去信息战小组，给疯狂加班的柳至秦。

柳至秦道："谋杀亲兄弟?"

花崇正直回道："亲兄弟有福同享，有难同当！"

柳至秦接回二娃，道："来，尝尝我们人类的食物。"

"嗷?"

二娃一口下去，狠狠摇头。柳至秦随手拍照，做成表情包：狗都不吃。

加完最后一次班，在特别行动队向来有着冷心冷肺、毒舌人设的柳至秦突然长起心眼来，问花崇："我们是不是一起回洛城？"

花崇莫名其妙，道："你除了耳背，现在又健忘了？柳至秦，你才三十二岁！"

柳至秦道："啧，那怎么没人来找我告黑状？没人邀请我去'帅哥厨房'？"

花崇被问蒙了，无情黑客这是受了冷落，不开心了吗？花崇半天没想出来安慰的话，因为事实就是柳至秦经常嘲笑裴情、海梓，长期嘲讽昭凡。

呃，小柳哥，得罪了不少人啊。

无法，花崇拍拍柳至秦的脑袋，以哄小狗的语气说："等回洛城，我请你吃饭。记得咱们经常去的馆子吗？就市局对面那个，我们下了飞机就去。"

"花队。"

"嗯？"

"其实是你馋了吧？"

花崇无语。心想，你这嘴！所以昭凡才不邀请你去"帅哥食堂"！

各种手续走完，回洛城的这天终于到了。柳至秦没让大伙送到机场，在特别行动队门口就告别了。裴情、海梓伤感地保证以后好好做人，不当猴儿，不拆二队的家，许小周保证不上班看小说，昭凡和柳至秦吵架归吵架，但还是对了对拳头。

昭凡说："没请你来'帅哥食堂'是有原因的。"

柳至秦道："哦？什么原因？"

昭凡左看右看，悄悄告密："这事是沈寻从信息战小组打听到，告诉乐乐，乐乐又告诉我的。我也就告诉你和花队，你们别传出去。"

花崇忍住笑，这特别行动队还有什么保密原则？

昭凡声音更小了，说道："信息战小组说，你别以为去了洛城就自由了，以后加班都有你！你一年不知道要回来多少次，有的是机会来'帅哥食堂'！"

柳至秦大无语了，回头就给信息战小组群发消息：感谢组织的关怀和温暖，友情提醒，请注意防止情报泄露的建设，敌在内部。

情报泄露的源头沈寻打了个大大的喷嚏。

回洛城的具体时间花崇没跟老伙计们说，怕他们来机场堵人。正式去市局报到之前，他和柳至秦还有一周的假期。两年多没住的房子需要打扫，生活用品需要重新买，二娃的各种会员卡也要重办。

戴着遮尘帽的花崇瘫倒："啊！好累！不如直接去上班吧！"

二娃大叫："汪汪汪！"（起来干活儿！带我出街！）

其实活儿都是柳至秦干的，花崇这人只有破案时最积极，才扫了个地就喊累。

柳至秦给二娃套上绳子，说："清洁交给我，你们出去逛逛，该买就买。"

花崇立即活了，比二娃还踊跃。

二娃在首都和高智商的警犬们厮混，虽然起初被欺负得很惨，但现在智商得到了明显提升，心眼也长起来了，不是花崇遛它，是它遛花崇，牵着花崇就往狗狗美容店跑，爪子在画册上拍拍，要办最贵的。

最贵的时间长、次数多、赠品多，其实算下来才最划算。花崇的小金库现在也有些富余了，眼都没眨就给二娃办了。但轮到办其他卡时，花崇犹豫了。

糕点店，他以前要么不办，吃多少买多少，要么只充一百块钱。店员说充五百能返五百，还有十二种赠品。他每次都觉得，吃不完，送再多也没用。

但这回，花崇大方道："来一张一千块钱的！"

他吃不完没关系，给柳至秦吃不就完了！

店员美滋滋地说："今天可以免费送您一个四寸蛋糕哦！"

花崇左挑右挑，看中一个黑色的。

之后，花崇溜达到咖啡店、书店、健身房、洗衣店、另一家糕点店……甚至还有厨具店，都如法炮制，办了顶配会员。带着几个锅和二娃满载而归。

花崇还没给柳至秦看自己办的卡，柳至秦一看那些锅，眼皮就开始跳："你是要学昭凡开'帅哥食堂'吗？"

花崇道："呃……买都买了，你就勉强开一下吧。"

柳至秦无语。原来要学昭凡开'帅哥食堂'的是他！

花崇连忙把黑蛋糕放在桌上，道："队长对你好吧？"

柳至秦笑道："谁买蛋糕还买黑色的？"

花崇道："因为你是黑客嘛。"

过了几天，柳至秦来到那家蛋糕店，才发现黑蛋糕并不是花崇买的，是赠品。

花崇的归来让市局沸腾，前三天都吵得他脑壳痛，万幸暂时没有棘手的案子。

坐上支队长的位置后，第一件让花崇烦心的事其实不是案子，而是各种要填的表和要开的会。他填了一个表，上面有一项是：你最擅长什么？

我擅长的多了——自信的花队如是想。

但刚升职的花队想谦逊一点，于是写道：网络安全。

市局领导一看，我们花队真是个宝啊，历任刑侦队长有擅长抓捕的、有擅长尸检的、有擅长打心理战的，擅长网络安全的这还是第一个！

谦逊的花队很快就接到非实战任务：对一场电信诈骗追踪提供技术和全局观的支持。

全局观可以，可是技术……

花崇用他的会员卡去换了个免费蛋糕，老老实实摆在柳至秦面前，说道："柳哥，柳老师，帮帮忙。"

柳至秦故意说："就这点好处啊？"

花崇开始数他办的卡，一张张放在柳至秦面前，说："柳老师，从此以后，它们都是你的了。"

柳至秦一看那些卡，终于没忍住笑，吃完蛋糕后开始给谦逊的花队干活儿。

中途休息时，柳至秦宝贝似的把卡拿出来，翻翻看看，结果从中间掉出一张二娃的美容卡。

柳至秦大无语。他心想，这个花队，要他干活儿，还要悄悄骂他是只狗！

## 编后记

本书版权由北京长佩网络科技有限公司授权，由北京宏泰恒信文化传播有限公司出品。

在此真挚地感谢在《心陨 3》（完结篇）出版过程中参与策划、创作的贡献者。北京宏泰恒信文化传播有限公司参加本书选题策划、封面设计、绘制插图的工作人员有：连慧、李艳、有点态度设计工作室·蜀黍、青沐、维伊、厘鱼 Lyue、鸦胆子。

2023 年 7 月